春夏秋冬代行者

春の舞 下

しゅんかしゅうとう だいこうしゃ

暁佳奈

illustration スオウ

目次

春夏秋冬代行者

春の舞

下

四人の現人神《あらひとがみ》ありけり。

春には桜の絨毯《じゆうたん》を。
夏には緑の海を。
秋には銀杏《ぎんなん》の帳《とばり》を。
冬には白銀の揺り籠を。

富める者にも貧しき者にも、英雄にも咎人《とがにん》にも。
貴賤《きせん》も功徳《くどく》も関係なく、季節の寵愛《ちようあい》を森羅万象に贈る。
神よりその権能を授かり、使命を担《にな》う者。
その名を四季の代行者。
春夏秋冬を司《つかさど》る彼らはそう呼ばれている。

「よろしいですか、雛菊《ひなぎく》様」

いま、一人の少女神が胸に使命感を抱き立ち上がろうとしていた。

姓は花葉《かよう》、名は雛菊《ひなぎく》。四季の神より賜った季節は『春』。

我が身を拐《かどわ》かし長きに亘《わた》り屈辱を与えた『賊』に立ち向かおうと、同じ被害を受けた同胞を救わんと、季節を司《つかさど》る独立機関、四季庁に足を踏み入れていた。

重い樫《かし》の扉の前で、雛菊《ひなぎく》は薄紅色の唇から吐息を漏らし呼吸を整える。

「不躾《ぶしつけ》なまなざしや言葉を投げかける者も居るかもしれません。お覚悟を」

従者のさくらが囁《ささや》いた。少女神の味方は彼女だけ。一等、愛しているこの人間の娘のみ。

目の前の扉を開ければ後戻りは出来ない。無視を決め込むことも出来たが、此処《ここ》に来た。

待ち受ける戦いはきっと自分達を傷つけるだろう。しかし、主《あるじ》も従者も傷つくことを選んだ。

いまこの時が自分達の戦機だと思ったから。

「大丈夫」

雛菊《ひなぎく》はそっと手を伸ばし、従者の手を握った。

「さくら、守ってくれる。そう、で、しょう」

春の花の名前を冠した、彼女の騎士は主《あるじ》の言葉を聞いて胸が熱くなった。

少し前のことだというのに、もはや懐《なつ》かしさを覚えるやりとりだ。

自分の神様にこう言われれば、さくらが返す言葉はもう決まっている。

「ええ、貴方《あなた》を守ります」

世界で頼れるのは互いのみ。

「貴方《あなた》を守っていつか死ぬ」

誰もが味方ではない。信じられる者は限られている。

「それがさくらの幸せです」

少女二人は、誰かを守ることでこの理不尽な世界へ復讐《ふくしゅう》を果たそうとしていた。

「だめ、だよ。二人で、生きる、の」

「……はい」

「雛菊《ひなぎく》も、さくら、守るから、二人で、生きるの。生き、よう、さくら」

「はい、雛菊《ひなぎく》様。御身のお心のままに……では、参ります」

音を立てて、扉が開こうとしている。雛菊《ひなぎく》は漏れ出る室内の光が眩《まぶ》しくてまぶたを閉じた。

視界が遮断され、他の感覚が冴《さ》えた。自らが起こした奇跡の恩寵《おんちょう》が感じられた。

建物の中に居てもわかる。外は桜吹雪。陽光はまろやかに燦々《さんさん》と。空気は暖か。

春の女神たる彼女にとって一番良い季節だ。

『かくれんぼをしましょう雛菊《ひなぎく》』

その時、雛菊《ひなぎく》の頭の中に声が響いた。

『母さまが、もういいよと声をかけるまで貴方《あなた》は捜しちゃだめ』

もう随分前に失われた人の声だ。

『貴方《あなた》がいつか、いつか、もう眠くて仕方なくなって』

花葉雛菊《かようひなぎく》の物語の起点は、今より遥《はる》か昔に遡る。

『ずっと目を開いていられなくなったら』

雛菊《ひなぎく》の母、雪柳紅梅《ゆきやなぎこうばい》の代まで。

『もういいよと声をかけにいくわ』

――母さま。


どういう声かも忘れてしまっていたはずなのに、思い出してしまったのは何故《なぜ》か。

――もうすぐ、お迎えに、きて、くれるの？

四季の代行者の代替わりとは超自然的に行われる。

その時、最もふさわしい者へと異能が自然譲渡され、身体《からだ》に印が浮かび上がる。

そこに血縁は関係ない。近親者に継承者が出る事例は極めて稀《まれ》だ。その特異な譲渡が起きたならば、吉兆というよりは、凶兆に成り得た。神の見えざる手を感じてしまうからだ。

代行者花葉雛菊《かようひなぎく》は始まりからどこかねじれていた。母親から受けとったものは呪いにも似ていて、執着を孕《はら》んでいて、だが無垢《むく》なるもので。人はその祈りを愛と呼ぶのだが時として。

棘《とげ》のある薔薇《ばら》の姿をしている場合がある。

いばらの愛で誰かを包んで幸せと言える者は、いつかその棘《とげ》で人を殺すだろう。

序章 春の代行者 雪柳紅梅

紅鏡《こうきょう》が沈みかけている。

風がごおと吹いて、目の前が花霞《はながすみ》になってしまったように、桜吹雪乱れた。

「紅梅《こうばい》、見えるか」

がらんどうな声が耳に届く。手招きをされて、わたしは彼の傍《そば》へ近寄った。春の里を一望出来るこの丘は美しく、逢瀬《おうせ》にはふさわしい場所だった。眼下の世界は茜色《あかねいろ》に染まっている。

「もうすぐ夜だ。黄昏《たそがれ》の射手の仕事ぶりにはいつも勇気づけられるな」

勇気づけられるだなんて珍しい。どんなところにですか、と尋ねると彼は嗤《わら》った。

「朝が来て、夜が来る。永遠は無い。私が憎む者も、いつかは死ぬと有限を信じられる」

素敵な言葉を期待したが彼は普段通りだった。こういうことを平然と言う。嘘《うそ》でもそんなことを言ってはいけないという思考はない。春なのに冬のような人。

――春は冬を好きになりやすいと聞くけれど。

だからわたしは彼を好きなのかしら。目の前の人から温かな優しさを貰《もら》ったことはほとんど無い。ほとんど無いからこそ、偶《たま》に貰《もら》えると涙が滲《にじ》むほど嬉《うれ》しく思ってしまう。

「この里には死んで欲しい奴《やつ》らが多すぎる」

「春月《しゅんげつ》様……」

「だが、耐え忍び戦機を待つ……特に里長《さとおさ》はしぶとく生きるだろうが、いつかは死ぬ」

彼は自分に言い聞かせるように言った。実際、そうなのだろう。

――可哀想《かわいそう》なひと。

我慢ならないことを、強いられる人生を歩んできた人だ。

我慢している内に憎しみが胸に溜《た》まってしまう。吐き出せなくて苦しむ。そうして、思い出したように毒を吐く。その繰り返し。けれど、そういう姿を見せる相手はちゃんと選んでいる。

護衛官が少し離れた場所でこちらを見守っていた。

昼で会話を読んでいるに違いない。聞かれても構わないのだろうか、とわたしは心配する。里の彼の反対勢力に漏らされでもしたら、何かしら槍玉《やりだま》に挙げられるに決まっているのに。

――信用されている。

一つの推測にたどり着くと、胸が熱くなった。崇《あが》められてはいるが、それは表面上のことで、実際は全ての人の為に生きる部品の一つでしかないわたし。人の為に尽くすことを強制させられている内にすっかり体も心も冷え切ってしまった。

だからこういう感覚には震えてしまう。護衛官ごと、わたしのことを認めているのならば、それは彼との関係構築に於《お》いては称賛に値すると言えた。きっと、恐らくそうなのだろう。

こんな夕方に、散歩に行こうと誘うくらいなのだから一緒に居て嫌なわけではないはず。

――胸が焼け焦げそう。

顔には出さないけれど、心に熱く火が灯《とも》った。最初に挨拶をしたのは確か十代。それから年月を重ねて、やっとここまでの仲になれた。この人は誰にも懐《なつ》かない獣のようなところがある。彼に信を置かれることは、他の人からは貰《もら》えない恍惚《こうこつ》さをわたしに抱かせてくれた。けして懐《なつ》いてはくれない獣のたてがみに触れたような心地になるのだ。

「そんなことばかり言っては、人を傷つけますよ」

わたしが一応たしなめるように言うと、彼は鼻を鳴らした。

「何故《なぜ》、誰かが傷つくことを考慮せねばならない。私が気にしてやる義理はない」

「……里長《さとおさ》は、お母様でしょう」

「だからどうした。血の繫《つな》がりなんてものは生まれた時についてくる付属品のようなものだろう。有《あ》り難《がた》がって大事にしてどうする。家族なんぞ、本来要らんのだ」

憎々しげに言う彼を見ても、わたしは嫌いにはなれなかった。

わたし自身、口では善性を説いていても本当はそれがどんなものかわかっていない気がする。そういう立場だから、絵本や、映画等《など》の物語や情操教育で得られるものから『愛』と呼ばれているもの、それを学んで、周囲の人達が満足するように何となく模倣しているだけ。

けれども彼を好きになって、ある程度みんなが言う『恋愛』を理解した。

――愛も恋も愚か。

どこまでも堕《お》ちていくのに、愛《いと》おしく感じてしまう。

もう好きになってはいけない人だとしても、恋い焦がれる。

「……でも、家の中に収まるのですね。花葉《かよう》の当主となれば不自由が常になりますよ」

「代わりに権力が手に入るだろう。多少の不自由など惜しくはない」

為政者として清々《すがすが》しいほどの答えだった。

きっとこういう人が世の中に一定数は必要なのだろう。

わたしにはとても出来ない。ただ、淡々と奇跡を起こすだけ。

来年も、再来年も、その次の年も、ずっと同じ。色鮮やかな季節を世界にあげる。

わたし自身が、何も貰《もら》えなくても、捧《ささ》げ続《つづ》ける。これは使命だから。

「ご自分を支えてくれる武器が欲しいのですね、春月様《しゅんげつ》」

彼はよくわかったなと言うようにわたしの頭を撫《な》でた。わたしはその手のひらを頬ずりしたくなるが、ぐっと堪《こら》える。昔はこの人と結婚するのかと思っていたが、彼の家督の関係でどうやらそれは変更になりそうだった。

多分、彼は婚約者が新しく出来たことを報告したいのだろうがいつまで経《た》っても言わない。

わたし達に残された時間は過ぎていく。この落日の世界のようにあとわずか。

彼は知らない。わたしが既に里長《さとおさ》からそのことを聞かされて承諾していることを。

婚約破棄は無理強いじゃない。わたし達は好き合っているけれど、どこか破滅的で、家庭を持つには向いていないから、離れたほうがいい。

ずっと、子どものような二人。ふわふわと夢の中で生きている。でもそれではいけない。

「戦機が訪れるまで……待っているのは苦しくありませんか」

「……支えがある」

貴方《あなた》のことを好きだと言えるわたしも。

貴方《あなた》が束縛出来るわたしも、あとわずか。

「ご兄弟を蹴落として、花葉《かよう》の当主になられて、いつか里長《さとおさ》にもなられて、権力も手に入れたら、その次は……」

「それで終わりだ。私の代で出来ることをしたら瞬《また》く間《ま》に人生など終わる」

「……里に正道を敷いて下さるなら良いのですが」

「老人共は四季庁と癒着しすぎている。あいつらが死んで消えてくれるまで時間がかかる。私が活躍するとしたらその頃だろうな。お互い長生きしよう。お前に私が作る里を見せてやる」

「はい」

「そう言って、こちらの方が先に死にそうだがな」

そんな悲しいことを言わないで欲しいとわたしは思った。

いつかはそういう時が訪れるだろう。わたしのほうが若い。何か大病でも患《わずら》わない限り、きっと長く生きる。けれどもわたしは長く生きたいとは思わなかった。

正直に言うと、もう疲れ切っていた。

「わたしが先かもしれませんよ」

神様でいなくてはいけないこの毎日に。

誰かの道具でなくてはいけないこの人生に。

利用されることでしか存在証明が出来ない自分という存在に。

疲れ切っていた。

「……そんな悲しいことは言うな」

嗚呼《ああ》、とわたしは思った。

こういうところだ。

普段は優しさが見えない男なのに、一番大事な時は必ずこうした言葉をくれる。

「お前を看取《みと》るなんて、ごめんだ。私を先に逝《い》かせろ」

それがわたしを、生かしていたのに。

「わたしだって同じです。貴方《あなた》を看取《みと》りたくない。貴方《あなた》に看取《みと》られて死にたい」

もう貰《もら》えない。

「……年下が、生意気を言うなよ」

もう、貴方《あなた》から貰《もら》えるものは何も無い。

わたしの人生で、貴方《あなた》のように強烈な光は二度と現れない。

遠くからでも良い。ずっと見ていたいのに。

「道半ばで私が死んでも春を敷け……お前は後追いしそうだから心配だな」

わたしは、やはり我慢出来なくて。頭を撫《な》でられていた手をとって頰ずりした。

この熱も最後なのだ。お願い、今だけ許して。

「はい……春月様《しゅんげつ》」

もう夕陽《ゆうひ》が消えてしまう。美しい時間というのは一瞬だ。

誰《た》そ彼《かれ》、とは良く言ったもの。彼が見えなくなる。彼を失う。

わたしに出来ることはもう限られている。この想《おも》いを後生大事に持ち続けることだけ。

「春月様《しゅんげつ》、もう日が暮れます」

わたしは神様だけど、恋をしてしまったから。

「ああ」

「言ってくれていいですよ。別れようって。わたし、死にません」

恋を、したから。

「……紅梅《こうばい》」

「わたし、死にません」

貴方《あなた》を好きなまま、死にたかった。

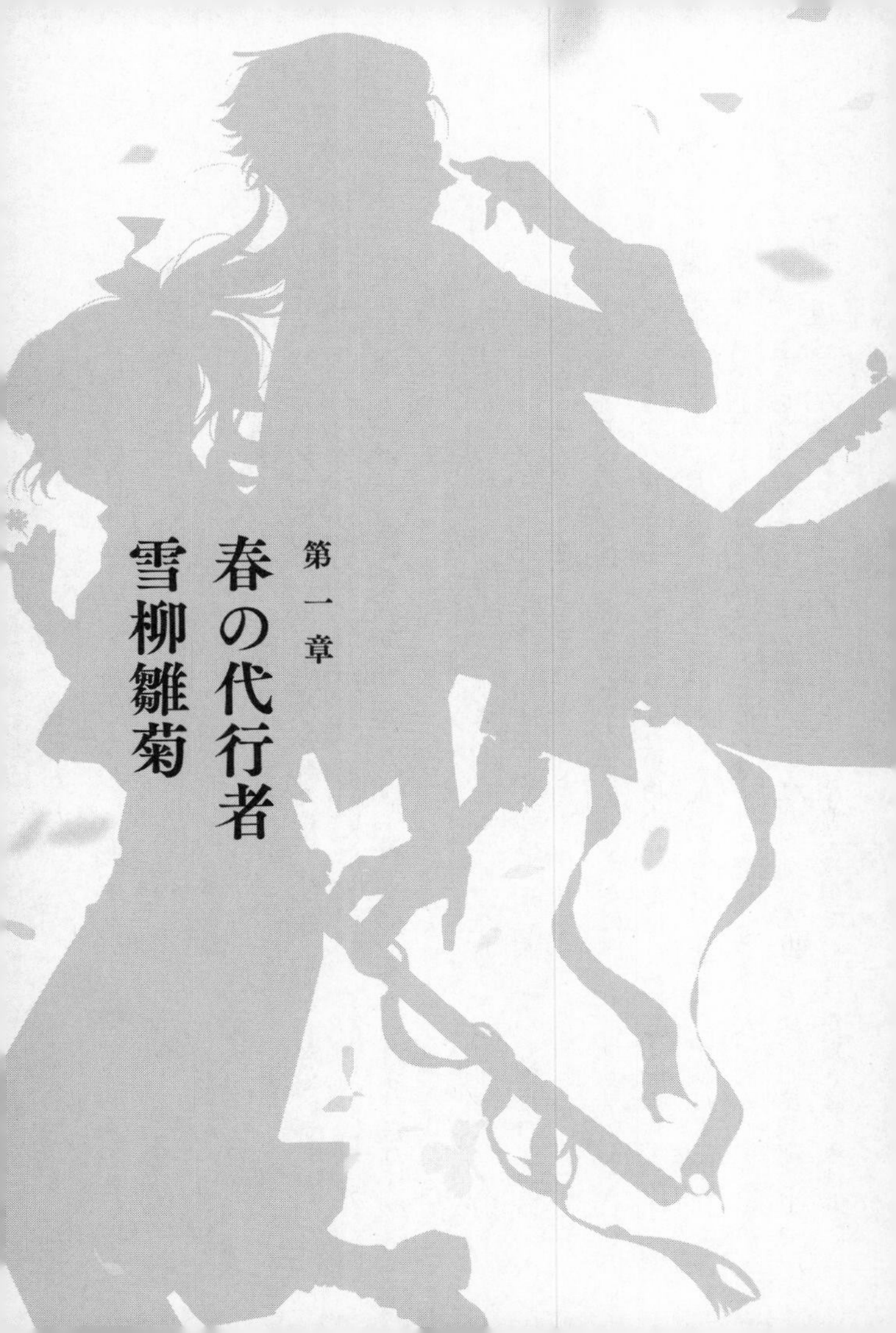

第一章

春の代行者　雪柳雛菊

桜浮かぶ水面《みなも》を渡船が泳いでいる。

薄桃色の花弁は互いに群れをなし固まってぷかりぷかりと漂う。

それを割るようにして渡船が進んでいく。引き裂かれた桜の花弁達は船が過ぎていくとまた風に揺られて集まり水辺に桜の絨毯《じゅうたん》を作る。ついつい微睡《まどろ》んでしまいそうな優しい日差しが、色づいたばかりの木々の色彩が、鳥たちの声が、全て完璧な調和を齎《もたら》し至福に満ちた春の日を作り上げていた。

見渡す限り一面桜雲《おううん》の世界。此処《ここ》が何処《どこ》か知らなければ春夢か、はたまた現《うつ》し世《よ》ではない別の場所へ迷い込んでしまったのではと思う者も居ることだろう。船に乗っていた客は自然のあまりの美しさに陶酔し、ほう、と吐息した。

客は二名。どちらも女性だ。一人は『儚《はかな》さ』をそのまま美しい女に作り上げたような人で、春の世界に寄り添うように存在していた。楚々《そそ》とした着物姿、伽羅色《きゃらいろ》の髪の毛は結い上げられ梅の花の簪《かんざし》が飾られている。見え隠れするうなじが白く艶《なま》めかしい。年齢は二十代にも三十代にも見える。顔の作り自体は清楚《せいそ》な乙女、それがそのまま年を経たような人だった。

もう一人は四、五歳の幼女だ。恐らく実の娘だろう。美姫此処《びきここ》にあり、といった風貌をしている。母親が『儚《はかな》さ』ならこちらは『可憐《かれん》』と言える。顔立ちは似ていないが髪と瞳の色は似ていた。母の髪が伽羅色《きゃらいろ》なら娘は琥珀色《こはくいろ》。母の瞳が黄色の風信子石《ヒヤシンスせき》なら娘は黄水晶。そんな具合に並べば母娘《おやこ》だとわかる。

この花時は、舟を渡している船頭には見慣れた景色だった。

そして初めて此処《ここ》の春景色を見る者が時を忘れて魅入るのを見守るのも彼にとっては恒例のことだった。彼の土地でも彼の桜でもないのだが、彼は自らの仕事を誇っていたので、またこの土地を愛していたので、『そうだろうそうだろう』と言わんばかりに目を細めた。手を水面に少しだけ浸《つ》けて、花弁に触れて遊ぶ客人はおもむろに顔を上げて船頭に声をかけた。

「母さまの春です」

利発そうな声。娘がおずおずと自慢するように言う。

「存じておりますよ、雛菊《ひなぎく》様」

「わたしの母さま、春の代行者さまなの……すごい……？」

「ええ、春の里の者は皆、お母様を崇《あが》めております。お母様は里の誇りですよ」

船頭の言葉に嘘《うそ》はなかったが、母親の方は一瞬痛みを我慢するような顔をした。雛菊《ひなぎく》と呼ばれた娘は母の心中など知らず嬉《うれ》しそうにはしゃいでまた言う。

「エニシにね、いってからね」

「はい」

「はじめてね、すぐ帰ってきてくれたの」

「それはそれは」

「母さまとすごす初めての春なの。これ、記念にとっておくの」

水の中から一際《ひときわ》美しい花弁をつまんでみせる。川に浮かぶ幾千の桜の花弁の中の一枚を、まるで宝石のように扱う。この娘、雛菊《ひなぎく》にとっては何よりも美しい宝物なのだろう。

子どもとは、自分が素晴らしいと思ったものをすぐ誰かと共有したがるものだ。彼らにとってはまだ世界は始まったばかりで、大人達にはもはや手を止める必要がない物も輝いて見える。この頃の雛菊《ひなぎく》にとっては、母が齎《もたら》した春の証明が『素晴らしいもの』だった。

「これ、乾かして押し花にするの」

きらきらとした、濡《ぬ》れた桜の花弁を見て船頭は微笑《ほほえ》む。日がな一日、外でこの場所を守っている彼は子ども好きな紳士だった。櫂《かい》を持っていなければ雛菊《ひなぎく》の頭を撫《な》でていたことだろう。

穏やかな春の日の午後だったのだが、優しい時間はそれほど長く続かなかった。

黙り込んでいた母親の方がようやく口を開く。

「雛菊《ひなぎく》……花弁、もとに戻して……」

母の言葉に、雛菊《ひなぎく》の顔が曇る。

「でも母さまの作った桜、きれい」

「これからお会いする方はそういうことをする子どもが嫌いなの……」

けして咎《とが》めている言い方ではなかった。どちらかと言えば祈るように懇願をしていた。

「……でも」

「お願いよ雛菊《ひなぎく》、あの方に……雛菊《ひなぎく》を好いてもらいたいの」

言われて仕方なく、雛菊《ひなぎく》は手のひらの花弁をまた水に浮かべた。彼女の小さな手から離れた桜の花弁は程なくして花筏《はないかだ》の一部に戻っていく。言う通りにしてくれた我が子を見て、母親はほっとしたように息をついてから言った。

「ありがとう雛菊《ひなぎく》、最後に確認するわ」

「はい、母さま……」

「自己紹介をして……言えるかしら？」

「はい。わたしは雪柳雛菊《ひなぎく》。曙《あけぼの》から来ました。雪柳紅梅《ゆきやなぎこうばい》の娘。今年で五さいになります」

かなり練習させられたのか、すらすらと言えた。母親である紅梅《こうばい》がよく出来ましたと褒めると、雛菊《ひなぎく》は喜びを表すように舟の上を立ち上がり母親の胸の中へ飛び込んだ。

船頭が『漕《こ》いでいる時には立ってはいけませんよ』と優しく叱った。雛菊《ひなぎく》はごめんなさいとくすくす笑いながら謝る。紅梅《こうばい》は自分の子どもからの抱擁だというのに驚いていた。今まであまり撫《な》でてきたことも抱きしめてきたこともないのか、こわごわと抱きしめ返す。一度抱きしめると、何か感じ入るものがあったのか更にぎゅっと抱きしめてふんわりと微笑《わら》った。

これが雛菊《ひなぎく》が母に抱かれた最後の瞬間になったのだが、当人はまだそれを知らない。

紅梅《こうばい》と雛菊《ひなぎく》は船頭に見送られ新天地に足を踏み入れた。

今まで二人は大和国帝州《やまとこくていしゅう》内に所在する『曙《あけぼの》』と呼ばれる土地にて密《ひそ》やかに暮らしていた。とは言っても母親が娘と過ごす時間は年間で半年にも満たない。それは母親の仕事柄、仕方がないことでもあった。

儚《はかな》げな相貌の女、雪柳紅梅《ゆきやなぎこうばい》は大和《やまと》の現人神《あらひとがみ》、四季の代行者。現役の『春』。国の為、人々の為、年明けから数ヶ月は必ず家を空ける。竜宮《りゅうぐう》からエニシまでの長い道のりを北上し続け桜前線を起こし続ける。それが彼女の使命だ。

代行者は季節の顕現を終えた後も仕事がある。四季を管理する四季庁の調査員が各地を調査し春が行き渡らなかった場所が無いか調べるのだ。異常があれば直ちに報告され、再度顕現の儀式を行わなくてはならない。また、夏の季節に四季会議と呼ばれる四季の代行者が勢揃《せいぞろ》いする行事もあり、その準備もある。舞の披露があるので師匠が付いて稽古の日々となる。

身辺が落ち着くのは夏の終わりから秋頃。そこからは休暇となるが年を越すと動き出す。

これが春の代行者の一年だ。誰かに子どもを預けないと育てることが出来ないというのはその通りだろう。だが忙しさで言えば現代人の多くが忙しく、代行者よりも四季庁職員の方がよほど働いている時間が長い。紅梅《こうばい》が子どもを遠ざけた生活をしているのはひとえに四季の代行者という存在が暴力に晒《さら》されることに起因していた。

通常業務に加わって、暗殺や策略の類《たぐい》に巻き込まれるという荒事が付随する。

そして第二に、雪柳紅梅《ゆきやなぎこうばい》が、とある人物との間に子どもを儲《もう》けたことが問題だった。

相手は春の里を牛耳っている複数の名家の内の一つ、花葉《かよう》家の現当主、花葉春月《かようしゅんげつ》。

紅梅《こうばい》と春月《しゅんげつ》の恋の始まりは親のすすめだった。四季の代行者の末裔《まつえい》である里の者達は血統を残す為に見合いや政略結婚をすることが多い。花葉《かよう》当主の三人目の妻の連れ子だった春月《しゅんげつ》は、腹違いの兄弟の中で最下位の位置付けで育った。十歳までは使用人同然で屋敷《やしき》の中で暮らしており、やがて頭の回転の良さから頭角を現し始める。花葉《かよう》の当主争いの候補者ともなった頃に出逢《であ》ったのが紅梅《こうばい》だ。最初、春月《しゅんげつ》は紅梅《こうばい》のことを『なんとぼんやりとした女なのだろう』と思った。紅梅《こうばい》も春月《しゅんげつ》のことを『なんて失礼なひとなんだろう』と思っていたのだが、違う二人だからこそ、強く惹《ひ》かれ合《あ》ってしまったのだろうか。いつしか口には出さずとも愛し合うようになっていた。運命が少し違えば、普通に結婚し、何の障害もなく家庭を築いて、愛情深く子どもを育てたかもしれない。今となっては夢物語だ。

春月《しゅんげつ》が実際に結婚を果たす娘と顔を合わせたのは親戚の葬式だった。

春の里の名家の一つに生まれ、深窓の令嬢として蝶《ちょう》よ花よと育てられた娘は、奇《く》しくも喪服姿の春月《しゅんげつ》に一目《ひとめ》惚《ぼ》れをした。年若い娘はあの方は誰だと人に尋ねて、四方八方手を尽くした結果、好条件の見合いを花葉《かよう》家に持ち込んだのだった。

代行者となった娘との婚姻は家に箔《はく》をつける。春月《しゅんげつ》の経歴を輝かせる為に紅梅《こうばい》はあてがわれたに等しい。だが雪柳《ゆきやなぎ》家そのものが里や四季庁に影響力のある家柄ではなく、資産力も乏しかったこともあり、政治的な意味合いで春月《しゅんげつ》の花嫁は別に決まった。代行者を輩出したということは栄誉ではあるが、里の権力闘争に一枚嚙《か》むほどの力は無い。次代の代行者が血縁によらぬ選抜をされることがその大きな一因ではある。単なるお飾り、一代限りの栄華よりも、数代先まで利益を齎《もたら》す家と繫《つな》がるほうが権力の基盤づくりとして利がある。

紅梅《こうばい》と春月《しゅんげつ》は夕暮れの丘の上で、空が夜色になり朝を迎えるまでこのことについて話し合ったが結局は紅梅《こうばい》が身を引くと決断した。花葉春月《かようしゅんげつ》は誰が評価しても『冷徹』という言葉が入るような男だったので、政略結婚もうまくやるだろうと紅梅《こうばい》も周囲も、春月《しゅんげつ》自身も思っていた。

思っていたが、そうはなりきれなかったから雛菊《ひなぎく》が生まれる。

婚姻を条件に当主の座を手に入れた春月《しゅんげつ》であったが、結婚は早期に破綻した。

性格の不一致、好意の温度差、そうしたものがじわじわと結婚生活を蝕《むしば》んでいった。

やがて紅梅《こうばい》の方にも別に見合い話が持ち上がり、それをじっと見ていられなかった春月《しゅんげつ》が後ろから手を回し妨害を始めた。二人は別れ話をしてから随分と会っていなかったが、自分の見合いがうまくいかない原因を知った紅梅《こうばい》が彼に会いに行きなじった。大喧嘩《おおげんか》して離れるはずだった二人は、だが、そうはならず逢瀬《おうせ》を重ねた。そこからはあれよあれよという間に泥沼だ。

すべてを手にしようとした男は、唯一上手に出来なかったこと、人を愛したせいで、自らが築いた輝かしい経歴を台無しにした。春月《しゅんげつ》は紅梅《こうばい》の妊娠発覚と共に道ならぬ恋を公表した。

結局、この愛憎劇は刃傷沙汰《にんじょうざた》が起きて終幕が訪れる。花葉《かよう》の正妻が包丁を持って紅梅《こうばい》と生まれたばかりの雛菊《ひなぎく》を殺そうと追いかけ回したことが決定打となった。里は一時国家治安機構が出入りする事態に見舞われる始末。『醜悪、極まれり』と里の者は一連の騒動を評した。

一番可哀想《かわいそう》なのは、正妻との間に生まれていた罪のない男児と、同じく追われる咎《とが》などない雛菊《ひなぎく》だ。男児は庇護《ひご》を得られる立場と周りからの同情を貰《もら》えただけ幾分かマシか。

紅梅母娘《こうばいおやこ》は主に正妻派閥の家々から陰湿な虐《いじ》めを受け、それはいつしか常態化した。表立って非難する者は少ないが、陰で行われる嫌がらせは人を病ませるに十分なものだった。

あわや自分の愛した女と娘が刺殺体になりかけたこともあり、春月《しゅんげつ》が援助して外に隠れさせた。以降、紅梅《こうばい》は里に寄り付かず子どもを雛菊《ひなぎく》の祖母に当たる人物と育てていたが、その祖母もつい先日亡《な》くなってしまった。そうして現在に至る。

「でも、本当にいいの？　わたしは里にはいったらだめだって……おばあさまも……」

雛菊《ひなぎく》は素朴な疑問を母親に投げかける。その質問は紅梅《こうばい》の胸をちくりと痛めた。

紅梅《こうばい》は雛菊《ひなぎく》にずっと理不尽な教えを言い聞かせていたからだ。

『貴方《あなた》は春の里に行ってはいけない』

『貴方《あなた》はわがままを言ってはいけない』

『貴方《あなた》は誰もが認めるような振る舞いをしなくてはならない』と。

その呪いを一身に受けたはずの雛菊《ひなぎく》は、しかし今の所ひねくれもせず母思いの娘として育っている。会えば罪悪感を抱くので、どこか遠ざけるようにして育てたのだが、雛菊《ひなぎく》は構わず慕ってくるので紅梅《こうばい》は困ってしまう。雛菊《ひなぎく》の性格形成はほとんど育ての祖母のおかげだろう。

——わたしには厳しい人だったのに。

孫には菩薩《ぼさつ》のように優しい祖母だった。しかしその人も、もう居ない。

「……庇護《ひご》してくださる方がいるから大丈夫よ。雛菊《ひなぎく》、何も心配しないで」

多忙な紅梅《こうばい》には子を預ける場所が必要だった。

手を差し伸べたのは花葉春月《かようしゅんげつ》だ。今までも経済的な支援はあったが、雛菊《ひなぎく》の存在は正式に認知されてはいなかった。これから、その方向に動こうとしている。祖母の死をきっかけに娘の住居を移すのも認知への第一歩だ。紅梅《こうばい》は舟の上で咳《せき》をした。口の中で血の味が広がる。

——良いことにはならなくても、最大限やれることをしなくては。

唾と血を、ごくりと飲み込みながらそう思った。

「……お気をつけて。お体ご自愛ください」

「会えて良かった。あなたも身体《からだ》をお大事にしてくださいね。長生きしてくださいね……」

船頭と紅梅《こうばい》は旧知の仲だったのか、握手をすると名残惜しそうに別れた。

川を渡ってからは徒歩だ。此処《ここ》は既に広大な春の里の敷地内《しきちない》に入っている。

紅梅《こうばい》に手を引かれて歩く雛菊《ひなぎく》。とてとて、と歩きながら瞳を忙《せわ》しなく動かし続ける。

獣道とも言えない山道をしばらく歩くと、木々が開けた場所に行き着いた。そこには寒色の着物を纏《まと》った者達が立っていた。壮年男性が一人、老婆が一人。男の方が先に気づいて雛菊《ひなぎく》達の方へ歩み寄った。

「……」

男は、二人の姿を見て何か言おうとしたが言葉に詰まったようだった。

「だれ、母さま」

紅梅《こうばい》が微笑《ほほえ》んで、それから雛菊《ひなぎく》の背を前に押す。

「雛菊《ひなぎく》……言ってみて。練習したこと」

雛菊《ひなぎく》は母を仰ぎ見て、それから頷《うなず》いた。

「わたしは雪柳《ゆきやなぎ》雛菊《ひなぎく》。曙《あけぼの》から来ました。雪柳《ゆきやなぎ》紅梅《こうばい》の娘。今年で五さいになります」

綺麗《きれい》にお辞儀をしてみせた。大人なら、よく出来たと褒めてやるべきだろう。だが男は笑いもせず褒めもせず、複雑そうな表情を浮かべていた。

「……花葉《かよう》春月《しゅんげつ》だ」

雛菊《ひなぎく》はその顔で悟った。どうやら自分はこの男性にとって良いものではないらしい。他者の感情を敏感に悟る子どもとして成長した雛菊《ひなぎく》は早々に彼との交流を諦める。下を向いて、自分の履いている靴を見るしかなくなった。早くこの挨拶が終わって欲しいと願いながら。

「紅梅《こうばい》、よく来た」

二人を待っていた人物、春月《しゅんげつ》は眼光の鋭い男だった。恐らく四十代くらいだろう。鼻から頰まで何かに切り裂かれたような大きな傷跡がある。元々、男らしい顔立ちをしているがその傷跡のせいか強面《こわもて》の度合いが強い。着物を空薫《そらだき》しているのか近寄ると白檀《びゃくだん》の香りがした。

「身体《からだ》の具合は」

「今日は良いです……」

「今日だけでは困る……もっと早く来れば色々と……」

「里が怖かったのです……わたしのことも、隠してくださるのですね？」

大人の男女二人は、何とも言えない雰囲気で会話を続ける。

「……隠すつもりはないが、静かに休めるところを用意してある。出来る限り養生しろ」

「はい。雛菊《ひなぎく》をよろしくお願いいたします」

紅梅《こうばい》が深々と頭を下げる。男は片手で目を覆い『やめろ』と苦言した。

「頭を下げるな。見たくない。来てくれと乞い願ったのは私だ」

「それでも、これからずっとお願いすることですから……」

「あれは……面倒を見る者も手配している」

「ありがとうございます、春月《しゅんげつ》様」

「お前だけの問題じゃないと百回は言ったはずだが」

「……はい、ごめんなさい……その傷も」

「お前に傷がつかなかったのだから良い」

「……あの方はいまどこに？」

「病院だ……」

「お怪我《けが》を、あの後……？」

「……心のな。それで諸々《もろもろ》書類が進んでいない……」

「では、どうしてわたしを呼び寄せたのですか……てっきり」

「いずれ別れる。勝手に熱を上げられたことだ。その上、この有様《ありさま》だ……相手の親を説き伏せている。契約だと婚姻する前に何度も確認した」

「……わたしは、そこまで、冷たくなれません……お別れになられてないのなら、この話は」

「冷たくて結構。わかる奴《やつ》にわかってもらえればいい……戻ることは許さないぞ。それにいいか、今はお前が」

そこまで言って、春月《しゅんげつ》の言葉が途切れた。それまで大人しく黙っていた雛菊《ひなぎく》が紅梅《こうばい》と春月《しゅんげつ》の間に入り込み大きく腕を広げたからだ。雛菊《ひなぎく》は黄水晶の瞳を潤ませて春月《しゅんげつ》を睨《にら》んだ。

「母さまをいじめないで」

喧嘩《けんか》をしていると思ったのだろう。二人の間に流れる刺々《とげとげ》しい雰囲気、その中にある男女の機微がわかる歳《とし》でもない。春月《しゅんげつ》はぽかんとして雛菊《ひなぎく》を眺める。

紅梅《こうばい》も驚き口を開けたが、その唇は次に弧を描いた。笑ってから、紅梅《こうばい》にしては珍しく自分から娘の頭を撫《な》でた。雛菊《ひなぎく》は驚いて、それから嬉《うれ》しそうにふにゃりと頬をゆるめる。

「雛菊《ひなぎく》、大丈夫……母さまはいじめられてはいないわ。ありがとう」

「ほんとう……？」

「ええ、本当。それにね。この方は……わたし達を守ってくれる御方《おかた》だから、どうか怖い人だと思わないで……お父さま、なのよ」

言われた言葉を、すぐに理解することが雛菊《ひなぎく》には難しかった。

「……わたしの？」

雛菊《ひなぎく》は交互に二人を見る。注がれる眼差《まなざ》しに耐えきれず春月《しゅんげつ》は目を逸《そ》らした。

「母さま……この人、わたしの……お父様なの？」

恐る恐る言う雛菊《ひなぎく》に紅梅《こうばい》は苦笑いを返した。

「ええ、そうよ。でも……」

紅梅《こうばい》はかぶりを振る。自分達、大人が引き起こした諸々《もろもろ》の事柄を雛菊《ひなぎく》に説明することは憚《はばか》られた。

「いえ、何でもない……わたしが居なくなった後の世界で、あなたを守ってくれるからね……」

雛菊《ひなぎく》はきょとんとして目を瞬《まばた》く。

「また春のけんげんをしにいくの？　もう春なのに？」

「……実は母さまはあまり身体《からだ》が良くないの。だから、治療をしにいかなきゃ。雛菊《ひなぎく》は母さまが居なくても大丈夫。今までとあまり変わりない。そうでしょう」

「せっかく……せっかく、いまは一緒にいるのに？」

「いつも居なかった。お祖母様《ばあさま》が貴方《あなた》を育てたようなものよ。わたしと居ない方が良いの」

「そんなことない」

「そんなことあるの……母さまは悪い女だから、一緒に居ると雛菊《ひなぎく》まで悪く言われるの……」

淡々と話す紅梅《こうばい》の傍《そば》で、母子の語らいを見守る春月《しゅんげつ》は苦虫を噛《か》み潰《つぶ》したような顔をしている。

「わたしは母さまと一緒ならいいよ。わるくち言われても」

「母さまが嫌なのよ。自分のことを言われるのは構わない。でも雛菊《ひなぎく》が言われるのは……すごくすごく、悲しいの……」

「……わたしだって、母さまがわるく言われたらかなしい……」

「ごめんね、雛菊《ひなぎく》。きっと曙《あけぼの》に居た頃より悲しいことがたくさん起きるわ。でも……どうか耐え忍んで……あなたならわたしよりもきっと幸せな人生を送れる」

「しあわせじゃ、なくてもいい。母さまと一緒がいい」

「雛菊《ひなぎく》……大人になったら里を出なさい。子どもの頃より、大人になってからの方が自由がある。それまで我慢して。あなたに何か言う者が現れたとしても、耐え忍び戦機を待つの。貴方《あなた》のこれからの時間で、必ず返り咲く時が来るから……」

「たえしのび、せんきをまつ……？」

その言葉は遥《はる》か昔、落日の世界で春月《しゅんげつ》が紅梅《こうばい》に言った台詞《せりふ》だった。それが回り回っていま雛菊《ひなぎく》に与えられている。

「ええ。苦しい時があっても、生き抜いて……生きる為に逃げてもいい。逃げることは負けじゃないの。とにかく生きて。そしてまた戦える日を待つの……心に、刀を抱いてね……」

「たたかいたくない」

「そうね……でも戦わなくてはならない時もあるの。母さまがすべてから守ってあげたい……でも、あなたの人生だから……」

それから紅梅《こうばい》は名残惜しそうに雛菊《ひなぎく》の頭を撫《な》でた。

「生きるのは、あなたにしか出来ないのよ。雛菊《ひなぎく》」

「……そろそろ、先にお嬢様を」

そこで、後ろで控えていた老婆がようやく口を開いた。あからさまに警戒心を解かせるような笑みを浮かべて雛菊《ひなぎく》の腕を掴《つか》む。

「や、やだぁっ」

雛菊《ひなぎく》は老婆のかさかさとした手の感触に驚いて身をよじった。

「母さま」

一歩、母から離された。

「雛菊《ひなぎく》、良い子にするのよ」

一歩、また一歩と母からの距離が無理やり離される。

「母さま、ここでお別れなの？　わたしはまたお留守番？　いつまで良い子でいるの？」

「いつまでも、良い子でいて……」

足を踏ん張って、手を伸ばすが母は立っているだけで指先も動かしてくれない。

「良い子にする。良い子にします。だから……次の満月までに会える？」

紅梅《こうばい》は答えなかった。

「じゃあ、夏になったら？」

紅梅《こうばい》は答えなかった。

「秋に、秋になったら……？」

紅梅《こうばい》は、答えなかった。

「冬に……」

雛菊《ひなぎく》の太陽の瞳に大粒の涙が浮かぶ。

「冬になったら、会えますか？　母さま……！」

叫ぶように、まるで悲鳴のように上げた声にようやく紅梅《こうばい》は返事をしてくれた。

「ずっと先よ、雛菊《ひなぎく》！　ずっと先で待っているわ！」

声が返ってきて、涙が溢《あふ》れた。

「さ、先って、いつ？」

「ずっと、ずっと先よ！」

紅梅《こうばい》が駆け出しそうになるのを、春月《しゅんげつ》が腕を広げて阻止する。

「……六歳になったら？」

「もっと、もっと先よ！」

春月《しゅんげつ》の肩から顔を出して、紅梅《こうばい》も叫び返す。雛菊《ひなぎく》が暴れるのでついには老婆に抱えられてしまった。雛菊《ひなぎく》はそれでも、なんとかして母親の顔を見ようとする。

「お、おとなに、大人になったら？」

「もっと……もっと、先よ！　かくれんぼをしましょう雛菊《ひなぎく》！　母さまが、もういいよと声をかけるまで貴方《あなた》は捜しちゃだめ。貴方《あなた》がいつか、いつか、もう眠くて仕方なくなって、ずっと目を開けていられなくなったらいいよと声をかけにいくわ！」

「そんなの……嫌……！」

ついには泣《な》き喚《わめ》く雛菊《ひなぎく》を老婆は抱えながら小走りした。

「母さま、お願い、一人にしないで、お願い、いい子でいるから……」

雛菊《ひなぎく》は泣いた。その泣き声は山中にいつまでも響き続けた。

山の動物達は新しい住人を何事かと遠巻きに眺める。

雛菊《ひなぎく》の物語はいつも涙から始まる。そういう運命だと言ってしまえばそれで終《しま》いだが、この時の涙はあまりにもしょっぱく、塩辛かった。


「いい子でいるからひとりにしないで……」


小さな雛菊《ひなぎく》の祈りは山の中に溶けていく。

誰もそれを聞き届けてくれはしない。

春風が、ぴゅうと吹いて言葉すら無かったことにしていった。

二人の距離にあった別れの余韻すら消すように風が山の中を通っていく。


ひとりにしないで。

ひとりにしないで。

ひとりにしないで。


まだ神様ではなかった少女の願いは、ついぞ叶《かな》えられることはなかった。

それから一月後。

雪柳《ゆきやなぎ》紅梅《こうばい》は花葉《かよう》家の別荘の一つで死亡しているのが発見された。

数年前から大病を患《わずら》っており、内縁の夫と蜜月を過ごすように療養している矢先のことだったという。第一発見者である花葉春月《かようしゅんげつ》は一時紅梅《こうばい》殺害の疑いをかけられたが遺書が見つかったことや遺体発見時の様子から紅梅《こうばい》の死は自殺だと断定された。

病気を悲観した為の自殺か、春月《しゅんげつ》との関係性を悩んだ末かは誰にもわからない。

残された娘、雛菊《ひなぎく》は春の里に用意された春月《しゅんげつ》名義の屋敷《やしき》に隠されるように育てられていた。

だが雛菊《ひなぎく》は紅梅《こうばい》が死んだ直後、悲鳴を上げて激しい痛みを訴え始めた。

首の後ろにミミズ腫れのような傷跡が急に浮かび上がってきたのだ。生命を孕《はら》んだかのように傷跡は動き、雛菊《ひなぎく》の肌に花の絵を描いた。聖痕、またの名を神痣《かみあざ》。それを最初に見たのは住み込みの使用人だった。使用人が他の人間を呼びに行っている間に、雛菊《ひなぎく》の能力は開眼した。

次に使用人が雛菊《ひなぎく》を目にした時、座敷《ざしき》一面に春の花が咲いていた。うわ言のように『なまえがよばれる、こわい』と口走り倒れている雛菊《ひなぎく》に誰も近づこうとしなかった。

前代未聞《ぜんだいみもん》の代替わり。母から娘への春の代行者の異能譲渡が行われた。

紅梅《こうばい》が意図してやったわけではない。四季の代行者は超自然的に選ばれるものであり人間の意志は介在しない。

だが、まるで紅梅《こうばい》がそれを望んだかのように娘が役目を引き継いだのだった。

雛菊《ひなぎく》が次代の代行者であることは瞬く間《またたくま》に里の中に知れ渡り波紋を呼んだ。

身体《からだ》に印《しる》された代行者の証《あかし》の痛みがまだ消えぬ内に熱を出したまま葬式に出された雛菊《ひなぎく》は夢うつつの状態だったという。その時のことをほとんど覚えていない。

ただ、最初に挨拶をしてからそれきり会っていなかった父親から葬式でこう言われたことだけは記憶していた。

『呪われている。お前が殺したようなものだ』と。

屋敷《やしき》に戻されてから、雛菊《ひなぎく》は言われた言葉を冷えた布団《ふとん》の中で反芻《はんすう》し続《つづ》けた。

——呪われている、呪われている、呪われている。

母の死が、自分のせいならばどう罪を償えばいいのだろうと雛菊《ひなぎく》は泣いた。

かくして世に新しい春の代行者が生まれたのである。

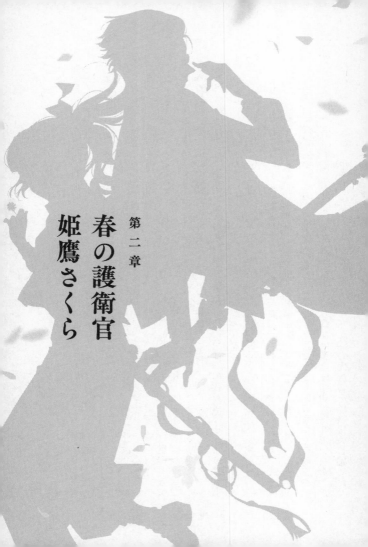

第二章

春の護衛官 姫鷹さくら

春の里に夏が訪れていた。

雪柳紅梅《ゆきやなぎこうばい》の死後、初めて齎《もたら》された季節だ。

夏の代行者が帝州《ていしゅう》に齎《もたら》した季節の循環により、里に植えられている桃の木の花は散り、代わりに実をつけ、芳《かぐわ》しい香りが里中を満たしていた。

何処《どこ》に売り出すでもなく、ただ伝統ある景観を守る為に植えられている桃の木は里の者達にとって喜ばしい自然からの恩恵として愛されている。

この頃の春の里は正に桃源郷という名がふさわしい景観だった。

例年であれば月ごとに季節を祝う祭事があるのだが、その年は春の代行者死亡により喪に服す形となり、祭り囃子《ばやし》も祝い酒も無かった。どこか寂しい夏だ。

新しい春の代行者は既に誕生しており、里の中で日々春の顕現の修行をしている。

元より人と関わらない場所で隠されるように育てられていた娘が代行者になった為、その姿を見たことがある者は限られていた。

大人達はどうして彼女がそのような扱いを受けるのか耳を塞ごうとも聞こえてくる噂《うわさ》で知っている。では、里の子ども達はというと醜聞を聞かせられない為ほぼ情報が降りていなかった。となるとどうなるか。想像力たくましい子ども達はどんどん件《くだん》の代行者を怪談扱いし始めた。

『口が三つあり、目は四つ、その相貌は悪鬼そのものなのでは？』

『身体《からだ》から蜥蜴《とかげ》の尻尾が生えていると誰か言っていたぞ』

『魔眼持ちで、見つめられたら命が吸い取られるらしい』

なんてことはない、子ども達の中で流行《はや》る根も葉もない噂《うわさ》の一つだ。

やがて春の代行者そのものだけでなく、彼女が居るとされる屋敷《やしき》も子ども達の玩具にされた。

曰《いわ》く、春の代行者が住まう屋敷《やしき》には『巨大な蛇』が棲み着いており赤子が餌だと。

曰《いわ》く、春の代行者が住まう屋敷《やしき》には『黄金の桃』があり、売れば一生金には困らないと。

曰《いわ》く、春の代行者が住まう屋敷《やしき》には『時進めの鏡』があり、映るとすぐさま年老いて死ぬと。

こういった怪談や噂《うわさ》が流行《はや》るとどうなるかというと、子どもは肝試しをし始め、悪戯《いたずら》が横行する。花葉春月《かようしゆんげつ》が建てた屋敷《やしき》の塀は瞬《また》く間《ま》に子ども達の落書きまみれにされた。

今日もまた一人、子どもが屋敷《やしき》の前に現れている。

「……」

里のはずれにある落書き塀の屋敷《やしき》を見つめるのは、黒曜石《こくようせき》のように輝く髪をした少女。

名を、姫鷹《ひめだか》さくらと言った。

いずれはこの屋敷《やしき》の中で籠の鳥にされている姫君の騎士になる娘なのだが、当時は彼女もただの子どもだった。未来の代行者護衛官となる彼女がその頃何をしていたかというと、学生をしていた。

春の代行者の末裔《まつえい》達が多く揃《そろ》う土地に、これまた春の代行者の末裔《まつえい》達が設立した初等学校に通う初等学生二年だった。

教育機関としては機能しているが、在籍している学生は里の者だけで構成されている。

学校で噂《うわさ》になっていた恐ろしい春の代行者の屋敷《やしき》を彼女も覗《のぞ》きに来ていた。

とは言っても、他の子ども達のように怖いもの見たさや無知で残酷な悪戯心《いたずらごころ》からではなく明確な目標があった。

——黄金の桃を手に入れたらどこで売ろう。そもそも売れるのか？

彼女は盗みを企てていたのである。

その頃、さくらの世界から『家庭』というものが消えて約一ヶ月が経《た》っていた。

勿論《もちろん》、木の股から生えてきたわけでもないので両親は存在する。

賭博《とばく》で財産を大きく食いつぶし破産したあげく、幼いさくらを里に残して出奔してしまうという事件を起こした男女がさくらの両親だった。

四季の代行者の血族は概《おおむ》ねこの里の中、もしくは四季庁関係の小さな世界の中で人生を終えることが義務付けられている。その為、窮屈な『四季の代行者の末裔《まつえい》』という世界から抜け出したい者達は多く居た。さくらの両親はその方向性が強かった。

そういう者は大抵娯楽で身を滅ぼす。外の世界の賭博《とばく》というものにのめり込み、借金を重ねた。金を借りた相手が普通の金融機関ではなかったのもまずかった。

事が大きくなり、あれよあれよという間に娘を捨てて里から逃げるところまで堕《お》ちた。

自分の両親や、育った家庭が他と比べて少々おかしいことには小さな頃から薄々気づいていたさくらだったが、両親の蒸発でそれは確定した事実となった。

残された彼女は、借金を肩代わりさせられることはなかったが代わりに家も持ち物も失った。

さくらの姓は『姫鷹《ひめだか》』。姫鷹《ひめだか》一門と呼ばれる里の中でも代行者の護衛官を多く輩出する血統の一族である。しかし、一門の恥の部分に当たるということで親戚筋に保護されることもなく里の中にある慈院《じいん》と名付けられた身寄りのない血族の子どもを管理する施設に預けられた。

姫鷹《ひめだか》本家の家長からは両親はいずれ見つかるだろうが二度と里の土地を踏むことはないと言われている。さくらにはすがる大人が一人も居なかった。

――ろくでなしの両親め。子どもなんて産まなきゃよかったのに。

その時のさくらは全ての大人を呪っていたと言ってもいい。

特に両親に対しては自分の存在を世に送り出したことから恨んでいた。この一連の出来事が不法侵入の企てに繋《つな》がる。噂《うわさ》の真偽を確かめようとしたのだ。あわよくば金になる物が欲しかった。無一文で放り出されている今を抜け出したくて。見切り発車で計画性のない行動は、行き場のない怒りを何処《どこ》にぶつけたらいいかわからず、暴走していた結果だったと言える。

慈院《じいん》で食べさせてもらっていることは有り難《がた》かったが、お世辞にも快適な暮らしとは言えず、学校では同級生から遠巻きにされている。心は曇天に包まれていた。

それが免罪符になるとは言えないが、ただそういう状態だった。

『黄金の桃』などという明らかに誰かが作ったようなほら話を信じてみようと思うこと自体が普段のさくらならあり得ないことだろう。『馬鹿らしい』と一笑に付したに違いない。

根も葉もない噂《うわさ》の屋敷《やしき》に忍び込むことを決断してしまうほど、精神的に追い込まれていた。

金が欲しかったのは事実だが、真実のところは違った。

金があったとしても子どもの身分ではどうすることも出来ない。大和《やまと》では何をするにも身分証明と年齢確認の提示を求められることが多い。結局は庇護《ひご》をしてくれる年上の者が必要となる。さくらもそれはわかっている。だがその庇護《ひご》してくれるはずの者達に捨てられた。本来受けられるはずのものを受けられない悲しさ。自分はそれを受けるに値しないと判断されたことの悔しさ。それらすべてに腹が立って、やりきれなくて、自分だけで何かを変えてやりたくて。

しかし子どもの身分ではそれが叶《かな》わなくて。

だから、現状を変える何かに出会いたくて行動を起こした。

——正面玄関からは無理だ。

さくらは散歩をしている体で歩き回り観察した結果、街路樹を伝って塀に飛び乗ることを選んだ。こと、身体《からだ》を動かすことに関しては才覚がある彼女はするすると木登りをしていくとあっという間に塀の上に辿《たど》り着《つ》く。屋敷《やしき》から人の話し声はしない。留守なのかもしれない。

時刻は学校帰りの後の夕餉前《ゆうげまえ》、少し空が夕焼け色に染まりつつある。もうすぐ黄昏《たそがれ》になる。そうしたら、家々に灯《あか》りがつく。春とは違う風が頬を撫《な》でる。

黄昏《たそがれ》は夏の緑すらすべて橙《だいだい》へ染め上げていってしまう。

「……」

数秒、その美しい茜色《あかねいろ》の空に魅入った。

季節という世界を染める色を塗り変えるのが四季の代行者なら、朝と夜をこの世に齎《もたら》すのは『暁《あかつき》の射手』と『黄昏《たそがれ》の射手』だと言われている。春の里に生まれたさくらも一般の人に比べると人智《じんち》の及ばぬ世界の住人ではあるが、彼らもまたそうだ。

今日も何処《どこ》かで誰かが自分の務めを果たした。その素晴らしい結果が、いまさくらが見ているものだ。そう考えると、季節も朝も夜も、本当にかけがえのないものだと感じられる。

この里は窮屈で、牢獄《ろうごく》で、優しくはなく、一生此処《ここ》で生きたくなどないのだけれど。

——うつくしい。

自然と天の恩恵を受けて色づく様は、本当に美しい。

世界はこんなにも美しい。なのに、何をしているのだろう。そう思い、何だか悲しくなった。

安寧としていて無条件に与えられるもの。それは誰かの陰の努力で実現していることが多い。

何処《どこ》かで頑張っている人がいるのに自分は何もしていない。そのことに気付かされてしまう。

――本当に何をしているのだろう。

荒《すさ》んだ心にこそ沁《し》みるものがある夕方の橙色《だいだいいろ》が、さくらをも包んでいく。

この里の中にある人々の営みに、入ることも出来ない爪弾《つまはじ》き者《もの》が一人、夕焼けに染まる。

さくらは塀の上から屋敷《やしき》を見下ろした。この屋敷《やしき》の中に、同じく爪弾《つまはじ》きにされている者がいる。魑魅魍魎《ちみもうりょう》のように噂《うわさ》されている春の代行者だ。

何歳かは知らないが、基本的に新たに誕生する代行者の年齢は総じて若いはずなので、そんなに年は離れていないのではないだろうか。下でも五歳、上でも十代半ばくらいだろう。

代行者は早死にするか長生きするか、概《おおむ》ね両極端に分かれる。

どちらにせよ、人生のほとんどを里に縛り付けられることになる。

職務を拒否することは出来ない。さくらは大人になれば、もう少し楽になるかもしれないが、現人神《あらひとがみ》はほとんどの自由を失い生きる。

比べて安心したというよりは、此処《ここ》にも同じように不便に生きる者が居るのだなという共感が生まれた。

――桃の木だけ、見て帰ろう。

その時にはもう盗みをする気は完全に失《う》せていたので、後は噂《うわさ》の正体を突き止めたい好奇心だけが残っていた。庭の方に桃の木が見える。それほど大きな木ではない。

里の中にある、誰でも自由にとって食べていいとされている桃の木達と変わりないように見える。実の中の一つが黄金で出来ているのだろうか。

さくらはそのままそろりと移動を続けて庭の中に跳んで着地した。近距離で目視してもやはり、変わったところはない。そもそも、この屋敷《やしき》の工事が始まったのが確か一昨年《おととし》か去年あたりだ。それまで此処《ここ》に『黄金の桃』があるなどという噂《うわさ》は出たことがなかった。

──やっぱり噂《うわさ》は噂《うわさ》か。

少し残念だが、気持ちはそれほど深く落ち込んではいなかった。

むしろ、あの美しい景色を見て我に返り、盗みをしなかったのは良いことだと今は思えた。

不法侵入はしてしまったが、庭の木を見ただけだ。何もせず引き返せばいい。

──帰ろう。

悪いことをしたかったわけではない。誰かを傷つけたかったわけでもない。何か、自分を助けてくれる救済となり得るものを求めたかっただけだ。

──私の人生でそんなもの手に入らないんだ。

夕方の生ぬるい風に吹かれる桃の木を見ながら思う。

──何か、運命を変えるような存在になど出会えないんだ。

でもそれで良いのかもしれない。

そんなもの、手に入らない方がきっと平穏な生活を送れるはず。

さくらは華やかな人生を望んでいるわけではなかった。

ただ、他の子ども達が当たり前にもらっているような愛情を受けて育ちたかった。

誰かにとって、自分はこんな扱いをされるほど箸にも棒にもかからない存在なのだと知りたくはなかった。あの時、夕焼けに瞳を奪われず立ち止まっていなければきっと。


「だれ……？」


そこで、一人の少女に出会いさえしなければ、平穏な道もあったのかもしれない。

「……あたらしいおてつだいさん……？」

もっと平和で、優しさに包まれた人生を。

「それとも、どろぼう……のひと？」

恋にも似た、だが愛では足りない感情など知らず。

「もし、そうなら……わたしの物で、あげられるものがあるならあげるけど……」

暴力も、復讐《ふくしゅう》も、恋情も、友情も、平熱で冷静に満ちていて。

「その桃はまだかたいの。だから、やめたほうがいいわ。それか、もう少しあとに……」

誰かに『やめろ』と、そう言われたらやめてしまうような。

「軟らかく……美味《おい》しいときになったらおしえてあげようか……ねえ、あなたはだれ？」

そんな人生を送れたかもしれない。

だが、奇《く》しくも出会ってしまったのだ。さくらにとって運命の女の子に。

「わ、私は……」

その日、姫鷹《ひめだか》さくらと雪柳《ゆきやなぎ》雛菊《ひなぎく》の時間が初めて交錯した。

盗人《ぬすっと》と囚《とら》われの神様、世界から遠ざけられた二人の少女の物語はこのようにして始まった。

住居侵入の罪を問われることもなく雛菊《ひなぎく》と友人関係を育むことになったのはひとえに雛菊《ひなぎく》の孤独感からだった。

母が亡《な》くなってからの雛菊《ひなぎく》はというと、毎日春の代行者として修行をしていた。

他の子ども達とは違い、起きては修行をし、好き嫌いも聞かれない用意された食事を食べ、時間になれば強制的に電灯を消され眠らされるという日々を過ごしていた。完全に管理された環境下。飼育されていたとも言える。

そんな雛菊《ひなぎく》にとって、同世代の女の子が突然庭に現れたというのは不幸な出来事ではなく、寂しい日々に吹き込んだ爽やかな風、夜闇の中に輝く一番星を見つけたような吉報だった。

——友達になってくれるかもしれない。

切実な願いで、桃が欲しいなら軟らかくなったら教えてあげるとまで言ったのである。

一方、さくらはというと咎《とが》めることなく優しく語りかけてくる年下の女の子に面食らってしまった。その上、その子は時を忘れて眺めてしまうほど愛らしくてすっかりまいってしまう。

しどろもどろになりながらも侵入した事情を話した。話す内に、自分でも悲しくなってしまったのかさくらは泣いた。溜《た》め込《こ》んでいた気持ちがたくさんあった。

『両親に置いていかれた』
『慈院《じいん》になんて居たくない。着替える場所すら与えられないところは嫌だ』
『友達だと思っていた者達は、大人に言い聞かされたのかすっかり離れてしまった』
『寂しい。毎日寂しい。まともな家庭に生まれたかった』
『この先、自分がどうなるのかわからなくて怖い』

『わたしも寂しい。母さまが死んでしまった』
『父さまが、母さまが死んだのはわたしのせいだって』
『春の代行者なんてやりたくない』修行もさっぱりわからない。
『どうしてわたしは外に出てはいけないの。そんなに恥ずかしいものなの』
『おばあさまの家に帰りたい。でも帰れない』

二人は自分達が抱えている不安をそれぞれ打ち明けた。話せば話すほど互いの身の上に同情し共感し合う。少女達のおしゃべりは、通いの使用人が雛菊《ひなぎく》の様子を見に来るまで続いた。

『また来ます！』

『本当？　また来る？』

運良く見つからず隠れることが出来たが、代行者の家に忍び込んだとなればさくらが大人達に大目玉を食《く》らう。その日はまた会おうと約束し別れた。

さくらを帰してしまってから、『もう来ないのでは』と内心不安に思っていた雛菊《ひなぎく》だったが、次の日の学校帰りにはお詫《わ》びに野の花を摘んでやってきたさくらの姿があった。

彼女達の間には特別な繋《つな》がりが生まれようとしていた。

それから、二人の仲は急速に縮まっていった。

さくらは学校帰りや休みの日には決まって雛菊《ひなぎく》に会いに行くようになった。

つい最近まで家庭教師と祖母くらいしか会う人物がおらず、父親に引き取られてからは社会から隔絶された生活を送っていた雛菊《ひなぎく》にとって、さくらから吸収するものは多かった。

いま子ども達の間で流行《はや》っているもの、口伝で残されているこの地域の手遊《てあそ》び歌《うた》などはもちろんのこと。先代の春の代行者の墓はいま何処《どこ》にあるかまで、雛菊《ひなぎく》が望めばさくらは諜報員《ちょうほういん》のように調べ上げて伝えた。それまでは母親の墓の方角もわからなかった雛菊《ひなぎく》としては涙が出るほど嬉《うれ》しいことだった。二人の関係はその時は主従ではなかったのだが、自然とさくらが敬愛し尽くすようになった。

時間が経《た》てば経《た》つほど、互いを知れば知るほど、寂しさを埋めるだけが目的ではなくなり、ただ傍《そば》に居て慈《いつく》しみ合《あ》うことが幸せとなる。

しかし、蜜月のような時間は長く続かなかった。

屋敷《やしき》に通いで手伝いに入っていた姫鷹《ひめだか》一門の者にさくらの姿を見咎《みとが》められてしまい、大目玉を食《く》らう事件が起きたからだ。

雛菊《ひなぎく》は大和《やまと》に唯《ただ》一人の春の代行者。そんな貴人においそれと近づくべきではない。

さくらは直ちに屋敷《やしき》への立ち入りを禁止された。

里が支援する慈院《じいん》の世話になって生きているさくらは大人から何かを禁止されればそれに従わざるを得ない。そうでないと孤児扱いのさくらは生きていけない。

学校からも一週間の自宅学習を言い渡され、膝を抱えて泣く日々が続いた。

そのまま時は残酷に過ぎると思われたが、この件に関しては早々に解決した。

「姫鷹《ひめだか》さくらをわたしからとおざけるなら、つとめはおこないません」

今まで借りてきた猫のように『良い子』をしていた雛菊《ひなぎく》が部屋に籠城《ろうじょう》して修行を拒否したのである。自分を管理している者達に、修行再開の条件にさくらの屋敷《やしき》訪問の正式な許可を要求した。これを呑《の》まなくば修行はしない。修行をしなければ春は来ない。そうしたら困るのは貴方達《あなた》でしょうと、大人達を敵に回した。

何かあった時に籠城《ろうじょう》してすべてを拒絶するというのは、本人の怒った時の対処法なのだろう。彼女を管理する大人達は最初は軽んじていた。現人神《あらひとがみ》とはいえど、子どもだと。

「そんなことを言う子には夕食はありませんよ」

「いりません」

飯を一食でも抜けば、泣いてあちらから懇願し許しを乞うだろうとたかをくくっていた。

だが、待てども待てども雛菊《ひなぎく》は音を上げない。

「……里長《さとおさ》にご相談だけは通してみますからもう食べてください」

「あの子がわたしの目の前に来て、きょかをもらったと言うまで食べません」

食事の盆を持って部屋に入ろうとする使用人を締め出してしまう。

数人がかりで無理やり食べさせようとすれば部屋中を桜の木々で埋め尽くして自分と大人達の間に柵を作る始末。これでは餓死してしまうと使用人達は混乱に陥った。

実は、雛菊《ひなぎく》は自分でさくらんぼの木を作り出してしゃくしゃくと食べていたのだがそんなことを知る者はおらず、最後は姫鷹《ひめだか》一門の長《おさ》がさくらを連れてきて『どうかお食事をしてください』と頭を下げる形となった。

さくらは雛菊《ひなぎく》が自分に会いたいが為にここまでのことをしでかしたと聞いて、大層驚いたが嬉《うれ》しくないわけがなかった。益々《ますます》雛菊《ひなぎく》に傾倒していく。

それからの展開は早かった。

この騒動の果てにさくらは雛菊《ひなぎく》の『御学友』という地位を手に入れた。

以前とは違い、監視とも言える目がついてしまったが公然と会えるというのはその枷《かせ》があっても尚《なお》お釣りが来るほど嬉《うれ》しいものだ。行動範囲は制限されているが、その中で二人は子どもらしい遊びをして楽しんだ。

大人達は当初、さくらを面倒な添え物程度にしか思っていなかったが、段々とその評価は変わっていった。さくらが屋敷《やしき》に通うようになってから、雛菊《ひなぎく》の代行者としての顕現能力が飛躍的に伸びたからだ。修行を疎《おろそ》かにすれば友人を取り上げられてしまうかもしれないという思いが雛菊《ひなぎく》の異能を強くしていった。代行者の力は心で行う。さくらの為に雛菊《ひなぎく》は強くなった。

そうなってくるとさくらの扱いも考えなくてはいけなくなる。

さくらは代行者護衛官輩出の名家、姫鷹《ひめだか》一門の娘。その家柄の子であることはさくらの人生に於《お》いてまったくと言っていいほど良いことはなかったのだが、この血統の娘であることも起因して、さくらは早い内に護衛官の任に就くよう辞令が下された。相談ではなく、命令である。他に妥当な人材も居なかった。心を閉ざした雛菊《ひなぎく》の傍《そば》で、彼女が春の代行者として機能出来るように守り慈《いつく》しめる者は、里には居なかった。継母《ままはは》も、腹違いの兄も、父親すらも、屋敷《やしき》には寄り付いていない。適任者はさくらのみ。さくらとしては願ったり叶《かな》ったりの立場だ。

代行者護衛官に任じられてから、さくらは初等学校を辞めて花葉《かよう》の屋敷《やしき》に住み込みで働くことになり、二人で過ごす時間は益々《ますます》増えた。この里から出ていきたいと思っていたさくらだったが、使命を得られてからはすっかりその気が失《う》せた。

慈院《じいん》でぞんざいな扱いを受けていた里の鼻つまみ者が、雛菊《ひなぎく》の一声で途端に生活が格上げされたことも一因としてはある。だがそれよりも、何よりも。

自分という存在を望まれたことが大きかった。

両親に置いていかれ捨てられたさくらは、あなただけが頼りといわんばかりに懐《なつ》いてくれる雛菊《ひなぎく》が可愛《かわい》くて可愛《かわい》くて仕方がなかった。彼女を守ること、喜ばせること、それがさくらの幸せにも繋《つな》がっていった。世話を焼くのも、先回りして何かを用意して喜ばせるのも楽しい。

雛菊《ひなぎく》の笑顔が見られるのなら何だって出来る気がした。まだ自分より小さなこの少女を大切にしたい。口さがない大人達に立ち向かう刀に、盾になってあげたい。

きっとそれは、本当はさくらが誰かにして欲しかったことだった。

必要とし、されること。それは孤独だったさくらの心に慈雨のように沁《し》みた。

まだ子どもの時分で、将来のことを深く考えていなかったとも言えるが、この純粋さが結局はあらゆる事件が過ぎ去った後も続くのだからこの出会いは本物だったのだろう。

その時は、最愛の女の子が何年も帰ってこなくなるとは思いもしなかったのだ。

「雛菊《ひなぎく》様、やだあああああああああっ！　行かないで、行かないで、置いていかないで、やだ、や、だ、やだあああっ！　お願い、私が死ぬから、やだ、やだ、雛菊《ひなぎく》様、雛菊《ひなぎく》様、雛菊《ひなぎく》様ぁあああああああああああっ！　狼星《ろうせい》様、助けてください！　此処《ここ》から出して！　雛菊《ひなぎく》様が、雛菊《ひなぎく》様が、雛菊《ひなぎく》様……！　行かないで、行かないで、行かないで、行かないで、行かないで、お願い、行かないで、一人にしないで、雛菊《ひなぎく》様、殺されて、殺されてしまう、雛菊《ひなぎく》様、駄目です、行かないで、お願いです、行かないで、私も連れて行って！　私も連れて行って！　私も行く、私も行くから……！　何でもする、欲しい物があるならあげる、奪ってくる物なら奪う……お願いです、連れて行かないで、連れて行かないで、連れて行かないで、待って……！　待って、待って、待って、雛菊《ひなぎく》様、やだぁあああああああっ！　雛菊《ひなぎく》様、雛菊《ひなぎく》様、雛菊《ひなぎく》様、お願い、戻ってきて！　駄目です！　雛菊《ひなぎく》様、雛菊《ひなぎく》様雛菊《ひなぎく》様、守らないでください！　私が守ります、貴方《あなた》を、私が守る、私が守ります、嫌だ、嫌だ、嫌だ、やだ、やだ、やだあああああああああああっ！　…………………本当に、行ってしまったんですか…………………足音が、聞こえない……凍蝶《いてちょう》様……いて、ちょう、さま……嗚呼《ああ》っ……狼星《ろうせい》様、凍蝶《いてちょう》様が、息を、していません…………そんな、どうして……狼星《ろうせい》様、傷を押さえるの、手伝ってください！　血が、血が、血が、血が、血が、血が、服を、服を脱いで縛って差し上げないと、凍蝶《いてちょう》様、雛《ひな》菊《ぎく》様、嗚呼《ああ》、もう、どうしたら…………私のことはいいっ！　こんなんじゃ死なないっ！　いいから今は凍蝶《いてちょう》様を……早く、凍蝶《いてちょう》様を病院に、嗚呼《ああ》、それに雛菊《ひなぎく》様を、雛菊《ひなぎく》様を追わないと、こ、国家治安機構、そうだ、サイレン、サイレン……が鳴ってるんだから、近くに居るはず。狼星《ろうせい》様、そのまま呼び続けて下さい、二人で叫んでいれば、気がついてくれるかも、凍蝶《いてちょう》様、大丈夫ですよ。絶対に助けて差し上げますからね。絶対に、絶対に、助けてあげます。死んでは駄目です、雛菊《ひなぎく》様が、雛菊《ひなぎく》様が身を挺《てい》して守ってくれたんですよ！　死なないで……お願い……死なないで……助けて、助けてください！　誰かああああああっ！　おおおおおい！　誰かぁあああああああああああ！　助けてえええええええ！　此処《ここ》に、此処《ここ》に居ます！　怪我人《けがにん》が居るんです！　誰か、誰か、誰かあああああああああああ！　おおおおおおおおおおおおい！　助けてえええええええっ！　たすけてえええええええええええええ！　お願い、誰か、気づいて……おおおおおおおおおおい！　おおおおおおおおい！　誰かああああああっ！　此処《ここ》です！　此処《ここ》に居ます！　春の……春の代行者が、嗚呼《ああ》、此処《ここ》に、冬の代行者と護衛官が居ます！　護衛官は息をしていません！　外から触れてください！　危害を加えない意志があるなら、きっと開いてくれます！　あの方ならきっとそうした術を施したはずです！　嗚呼《ああ》…………はい、はい、そうです、運び出します。狼星《ろうせい》様……はい、二人で、せーので、持ち上げましょう。行きます。せーのっ！　…………腕、腕を引っ張って！　お腹《なか》を撃たれてるんです！　私……？　私はどうでもいい！　その人を任せます、私は追わないと！　私の神様が……私の…友達が攫《さら》われたんです……私達を守って、誘拐されて……嗚呼《ああ》、もう、どうしてこんなことに、お願いです、雛菊《ひなぎく》様を助けて、雛菊《ひなぎく》様を助けて、雛菊《ひなぎく》様を……」

何もかも駄目だった。
――ずっとこの時間が続くと。
何もかも駄目だった。
――寂しくても、二人なら生きていけると。
何もかも駄目だった。
――私と、雛菊《ひなぎく》様なら、きっと何処《どこ》でだって大丈夫と。
何もかも駄目だった。
――そう思っていたのに。
何もかも駄目だった。
――雛菊《ひなぎく》様、今何処《どこ》に居ますか。
何もかも駄目だった。
――寂しいですか、苦しいですか。
何もかも駄目だった。
――ずっと一緒にいようねと約束したじゃないですか。
何もかも駄目だった。
――どうして一人で行ったんですか。
その日は、何もかも駄目だったのだ。

雛菊《ひなぎく》様、独りにしないで。お願い帰ってきて。

雛菊《ひなぎく》様が居なくても日常は続く。続かなくて良くても、心臓は動き続ける。

一年目、まだ信じていた。きっと見つかる。それは明日かも、いや、明後日《あさって》かもしれない。

「雛菊《ひなぎく》様」

二年目、狼星《ろうせい》様がまた首を括《くく》ろうとした。凍蝶《いてちょう》様は介護のように付きっきりで世話をしている。私は性格が悪いから、良くなってくれないと雛菊《ひなぎく》様を捜せないと思ってしまった。

「雛菊《ひなぎく》様、雛菊《ひなぎく》様」

「雛菊《ひなぎく》様、雛菊《ひなぎく》様、雛菊《ひなぎく》様」

三年目、押入れで泣いているところを凍蝶《いてちょう》様に見つけられることが多くなった。

この人はいつも他人のことばかりだ。可哀想《かわいそう》になって、貴方《あなた》も泣いていいんですよと言ったら声を殺して泣き始めた。みんな、疲れている。凍蝶《いてちょう》様の頭を抱きしめながらそう思った。

「ひな、ぎく、さま」

「ひ、な」

「雛菊《ひなぎく》様」

四年目、今日も雛菊《ひなぎく》様は見つからない。この過ぎていく一秒の間にも苦しんでいるかもしれない。そう思うと、心臓が苦しくなって、頭を掻《か》きむしりたくなる。あまり鏡を見ていなかったのだけれど、随分と白髪が増えた。『帰ってきた時に、お前が綺麗《きれい》なほうが雛菊《ひなぎく》が喜ぶ』と狼星《ろうせい》様は言うけれど、私は願掛けのように髪をそのままにした。早く帰ってきて。

「……雛菊《ひなぎく》様」

「雛菊《ひなぎく》様あっ」

「…………雛菊《ひなぎく》、さま」

「雛菊《ひなぎく》様……」

五年目、見捨てられた。何故《なぜ》、何故《なぜ》、何故《なぜ》、何故《なぜ》、信じてたのに。狼星《ろうせい》も凍蝶《いてちょう》も裏切り者だ。何故《なぜ》、里の決定を覆《くつがえ》してくれない。雛菊《ひなぎく》様が誘拐されたのは冬のせいなのに。金が尽きようが人が足らなかろうが知ったことか。人命より大事なものなどないはず。もう雛菊《ひなぎく》様のことはどうでも良いのか？　時間が経《た》てば忘れていいのか？　そんな簡単に捨てられるのか？何故《なぜ》、何故《なぜ》、何故《なぜ》、何故《なぜ》、何故《なぜ》、何故《なぜ》、何故《なぜ》、何故《なぜ》。好きだったのに、今は殺したい。

「雛菊《ひなぎく》」

「……凍蝶《いてちょう》……」

「雛菊《ひなぎく》、さま、雛菊《ひなぎく》」

「狼星《ろうせい》」

「ひなぎくさま」

六年目、身体《からだ》を売ろうと思ったがどうにも客商売も水商売も向いていない。

着飾って男の隣に座ればいいだけと言われたが足を触られただけで殴ってしまった。雛菊《ひなぎく》様を捜すのにお金が足りない。凍蝶《いてちょう》が作ってくれた通帳に、何故《なぜ》か毎月金が入っているけれど使いたくない。使った時点で追跡されるのが予想出来る。偶《たま》に尾行してくる者が居るが、あれも奴《やつ》らの差し金なのだろうか。私を捜す手間をかけるなら雛菊《ひなぎく》様を捜せと家出人調査の探偵に恫《どう》喝《かつ》すること数回。もう私のことなんて放っておいて欲しい。冬のことなど思い出したくもない。

「雛菊《ひなぎく》様……雛菊《ひなぎく》様……雛菊《ひなぎく》様」

「ひなぎく様」

「ひ、な……ぎく……さまっ……」

「ひなぎく、雛菊《ひなぎく》、さま」

「雛菊《ひなぎく》様……ひ、な……」

「雛菊《ひなぎく》様、雛菊《ひなぎく》様、雛菊《ひなぎく》様、雛菊《ひなぎく》様、雛菊《ひなぎく》様、雛菊《ひなぎく》様……？」

七年目、偶《たま》に自分が本当に生きているのかわからなくなる。自分を後ろから見ている時があって、そういう時はとても怖い。もしかしたら病院に行くべきなのかもしれない。でも払う金もない。拠点を幾つか作る内に住む所には困らなくなってきた。人助けをしたり、人を殴ったり、そういうことをしていると縁が繋《つな》がって助けてくれる人も増えた。此処《ここ》に居たら良いのにと言ってくれる者も居るが、頷《うなず》くことは出来ない。

だって、そしたら、雛菊《ひなぎく》様のことは誰が助けるんだ？

みんな、もう忘れているんだろう。私だけは忘れていない。絶対に、絶対に、絶対にだ。

「雛菊《ひなぎく》様」

忘れない、絶対に。

「ひなぎく、さま」

貴方《あなた》を捜し続ける。きっと貴方《あなた》も待っている。

「雛菊《ひなぎく》様、雛菊《ひなぎく》様」

雛菊様《ひなぎく》、覚えていますか。私のこと。

「雛菊様《ひなぎく》、雛菊様《ひなぎく》、雛菊様《ひなぎく》」

貴方《あなた》には守り刀が居るのです。

「ひ、なぎく、さまぁ」

貴方《あなた》が居ない世界で生きていますが、まだ此処《ここ》に居ます。

「雛菊様《ひなぎく》……」

忘れていませんよ、雛菊様《ひなぎく》。

「雛菊様《ひなぎく》」

八年目、貴方《あなた》が帰ってきた。

けれども、違うと言う。私の知る雛菊様《ひなぎく》ではないと。

その人はもう死んでしまっていて、戻らなくて、あまりにも辛《つら》いことが起きて、耐えきれなくて、それで死んでしまったと新しい貴方《あなた》が言った。誘拐されていた時に、八年目で、賊の、頭領に、自分の部下と、こ、子ども、こど、子ども、を、子ども、を、つくれ、つ、作れ、作れ、と、言われた、と。代行者は、血族によって開花、するから、もし、雛菊様《ひなぎく》、の血を、わけた、子どもを、賊側、でも、量産、そう、量産、出来たら、新しい、里、が生まれ、生まれるのでは、と、考え、考えて、もう、生理、が、子ども、も、産める、はず、だから、良いでしょう、と、と、と、とととととt、と、と、言わ、言われt、言われて、それで、それで、抵抗、抵抗、を、勿論《もちろん》、して、して、て、て、それ、で、それで、その時、その時、わた、私を、思い、出して、助けて、と、言ったと、泣いて、泣いて、助けて、と、言った、と、狼星《ろうせい》、狼星《ろうせい》、狼星《ろうせい》、狼星《ろうせい》、に、好き、と言って、もらった、のに、こんな、こんな、こと、絶対に、いや、嗚呼《ああ》、嫌、嫌、嫌、嫌、嫌、嫌、嫌、嫌、嫌、嗚呼《ああ》、嫌だ、だ、だ、だ、だ、と、と、と。嗚呼《ああ》、雛菊様《ひなぎく》、雛菊様《ひなぎく》、それで、それで……戦ったのですね。そして、貴方《あなた》は、それ

嗚呼《ああ》……貴方《あなた》は、私が、愛した貴方《あなた》は、私が、出逢《であ》った貴方《あなた》は、私の友達だった貴方《あなた》は、それで、それで、それで、それで、それで、それで、それで、それで、それで、それで、それで。

それで、死んでしまったのですね、雛菊《ひなぎく》様。


貴方《あなた》は、お母様の言いつけを守り、耐え忍び戦機を待っていた。諦めず生きた。

嗚呼《ああ》、ご立派でした。貴方《あなた》はとても偉かった。けれども受《う》け入《い》れ難《がた》いことが起きて。

そうして、新しい貴方《あなた》が生まれた。代わりに戦ったのですね。

怖かったでしょう、恐ろしかったでしょう。その時の貴方《あなた》を抱きしめてあげたい。

雛菊《ひなぎく》様、雛菊《ひなぎく》様、雛菊《ひなぎく》様。大丈夫です。私が守ります。貴方《あなた》の心を。貴方《あなた》の身体《からだ》を。

貴方《あなた》を苦しめる者全てから貴方《あなた》を守る。信じてください、雛菊《ひなぎく》様。

私はずっと貴方《あなた》を捜してきました。本当に捜していたんです。どうしてって。

貴方《あなた》、言ってくれたでしょう。桃が軟らかくなったら教えてあげようか、と。

私、あの時の貴方《あなた》の優しさが、私を咎《とが》めず許してくれたことが、あの出逢《であ》いが。

私を良いものに変えてくれたんです、雛菊《ひなぎく》様。私は咎人《とがにん》の子で、盗人《ぬすっと》で、不要な存在で。


でも貴方《あなた》はあの時、私を友達にしてくれたでしょう？

理由なんてそれだけで十分なんですよ、雛菊《ひなぎく》様。

九年目、貴方《あなた》を治すのが役目となった。

夏、貴方《あなた》は何をするにも泣いてばかり。

ご飯も満足に食べられない。食べたくないと皿を転がす。でも、貴方《あなた》は拒絶反応を示す度に泣きながらごめんねと言う。貴方《あなた》はバラバラだ雛菊《ひなぎく》様。みんなが貴方《あなた》を殺した。それで身体《からだ》も心もバラバラになっていて形になっていない。貴方《あなた》は満足に人間をすることも出来ないほど傷ついている。でも大丈夫です、私が居ます。貴方《あなた》を一人にはしない。そうだ桃を食べましょう。お外に出ないから気づいていないでしょう。もう夏なんですよ。覚えていますか。私と、初めて会った時。そうです、まだあの屋敷《やしき》の桃かたいでしょうか。そうしたら軟らかくなるまで待ちましょうね、雛菊《ひなぎく》様。一緒にいつまでも待ちますよ。

秋、貴方《あなた》は何をするにも怒っている。

ええ、お辛《つら》いですね。貴方《あなた》は里というより、お父様がご自分を見捨てたことが辛《つら》いのではありませんか。もうやめましょう。私が家族になります。血の繋《つな》がりがないといけませんか。貴方《あなた》の為なら、私は何にでもなりますよ。貴方《あなた》の刀でも、友達でも、姉妹でも。

大丈夫です、雛菊《ひなぎく》様。いつかきっとすべて大丈夫になります。

ほら見て下さい。綺麗《きれい》な秋ですね。新しい代行者の秋ですよ。まだ幼いんですって。

彼女の作る秋、綺麗《きれい》ですね。すごく綺麗《きれい》な秋です。来年も一緒に見ましょうね、雛菊《ひなぎく》様。


冬、貴方《あなた》は何をするにも私が必要だ。


睫毛《まつげ》も凍る寒い日に、貴方《あなた》は再び追い出された私を捜してくれた。

あの景色を忘れることは出来ない。カランコロン、と、貴方《あなた》が下駄《げた》を鳴らして、そうして私を捜してくれたあの日を。

雛菊《ひなぎく》様、あれから随分立ち直りましたね。

貴方《あなた》はとても頑張った。一時は、人すら辞めかけていた。

でも貴方《あなた》は生きた。

本当に、本当に偉かったですね。

何度も何度も泣きましたね。私も一緒に泣きました。

貴方《あなた》がひっくり返したご飯を片付けるのは辛《つら》かった。

貴方《あなた》が自分で自分を傷つけるのを見るのは辛《つら》かった。

貴方《あなた》が死にたいと言う度に、生きてほしくて胸がしくしく泣いた。

でも、貴方《あなた》は生きた。
誰も褒めてくれませんか？
私が褒めます。
貴方《あなた》の御母上《おははうえ》の代わりに。
貴方《あなた》の御父上《おちちうえ》の代わりに。
何度だって褒めますよ。ええ、何度だって抱きしめます。
貴方《あなた》が亡《な》くなったご自分を抱きしめながら生きるというなら私もそれに倣《なら》いましょう。
亡《な》くなった貴方《あなた》も、今の貴方《あなた》も、私にとっては等しく貴方《あなた》です。
雛菊《ひなぎく》様、貴方《あなた》と過ごせるなら冬だって嬉《うれ》しい。
この世界が、雪に包まれて何も見えなくなっても、貴方《あなた》の声さえ聞ければそれで良い。
妄信的ですか。自己犠牲が過ぎますか、私が怖いですか。
私は弱いんです。貴方《あなた》にすがることでしか自分を立て直せない。小さな頃からそう。
強がっていますが、何もかも怖いです。
生きるのが嫌です。でも、貴方《あなた》と居ると私は強くなれる。
本当はただの泣き虫で我儘《わがまま》な娘でしかない私が、貴方《あなた》の為なら強くなれる。
貴方《あなた》は私を良いものにしてくれる。
本当はろくでもない私を、良くしてくれる。

貴方《あなた》の為なら、いくらだって。私、世界に戦いを挑める。
雛菊《ひなぎく》様、雛菊《ひなぎく》様。私達、弱いですね。でも、二人ならどうですか。
私は貴方《あなた》を守る。貴方《あなた》も私には春をくれる。
だから大丈夫、共に参りましょう。さあ手を。
歩けなければ背負いましょう。喉が渇いたら私の涙だって差し上げます。
お願いです。手をとって。このままでは嫌です。行きましょう。
貴方《あなた》が誰か、何者であるか、世界に知らしめてやらねば。
だって、そうでしょう?
こんなままで終われません。私達、弱いからって、傷つけられてばかり。
桜を咲かしてやりましょうよ。春を届けるのです。
傍観していた奴《やつ》らに。虐《しいた》げてきた奴《やつ》らに言ってやるんです。
私達を傷つける、すべての者達へ告ぐ。
おい、残念だったな、嘲笑は引っ込めろ。振りかぶるその手は砕いてやる。
そこでせいぜい指咥《くわ》えて見ていろ。私達は弱くなんかない。

『生きてやる、ざまあみろ』って。

そうして、少女雛菊《ひなぎく》とさくらの運命はあらゆるすべてと交錯し、現在へと帰還する。

——春を咲かせよう。すべての人に春を。

明日が来なければいいと願う人の上にも。
明日が来ることを祈っている人の元にも。

——桜の花を、舞い散らせよう。季節だけは平等だ。罪人にも、善人にも等しく季節を。

「自分は姫鷹《ひめだか》さくら。身分は四季の代行者護衛官。そしてこちらにいらっしゃるのが花葉雛菊《かようひなぎく》様。この国の春の代行者であらせられる」

——素晴らしい季節をあげる。それが世界への復讐《ふくしゅう》だ。

「花葉、雛菊《ひなぎく》、と、申します」

これより先は、覚悟ある者だけが進める戦場。

流した涙で禊《みそぎ》は済んだ。いざや、いざや、春夏秋冬の共同戦線の始まりである。

第三章
春夏秋冬

大和国《やまとこく》、帝州《ていしゅう》、帝都《ていと》。国の首都に存在する四季庁。

一見、都心で良く見かける立派な高層ビルだが、中に入るとそこが四季庁であるとわかる。玄関ホールの天井には花をイメージして特注されたシャンデリアが。庁舎内有線音楽放送は常に自然の鳥の鳴き声や流水の音が流れるヒーリングミュージック。古《いにしえ》より様々な芸術家に描かれてきた四季の神々の像や絵がそこらかしこに飾られていて、訪問者を歓迎してくれる。

その四季庁庁舎十九階に、急遽《きゅうきょ》設立された秋の代行者捜査本部があった。

今回の要人誘拐に対して、国家の安全を担《にな》う国家治安機構がいち早く対策本部を設立していたが、それとは別に四季庁独自の捜査本部も作られていた。二つの機関の共同捜査となる。

現在、四季庁の捜査本部は騒然とした雰囲気に包まれていた。

訪問の約束なしに現れた人物が、あまりにも意外な存在だったたからだ。

砂糖菓子のように甘く、それでいて硝子玉《ガラスだま》のように透き通った声が捜査本部に響いた。

「花葉《かよう》、雛菊《ひなぎく》、と、申します」

花葉雛菊《かようひなぎく》、大和国《やまとこく》唯一の春の代行者が突如降臨していた。

捜査員数十名が顔を突き合わせていた部屋に現れた少女神は、まさに花のように可憐《かれん》で愛らしい娘だった。

花筏《はないかだ》を揺蕩《たゆた》わせる水面《みなも》の如《ごと》く波打つ琥珀《こはく》の髪。髪を飾るのは花嫁を思わせる純白の髪飾り。現代的な意匠が凝らされた和洋折衷の袴姿《はかますがた》。入室した瞬間に芳《かぐわ》しい花の香りが、捜査本部の面々の鼻をくすぐる。緊迫した捜査本部が、一気に春の気配に包まれた。

「知らせ、を、受け、何か、お力に、なれれば、と、参上いたし、ました」

亀裂が入るように途切れ途切れな口上。緊張しているのか顔は強張《こわば》っている。

挨拶の後に春の代行者が少しふらつくと、従者が騎士の如《ごと》くそっと腰を抱いて支えた。

護衛官は黒髪を総髪にした麗人。これもまた目を引く存在だった。

猫のように大きな瞳が注意深く周囲を見ている。いや、威嚇してると言ってもいいだろう。

立ち姿がどこか冬の従者の寒月凍蝶《かんげついてちょう》を彷彿《ほうふつ》とさせた。

『これが、十年間攫《さら》われていた春の少女と復帰した従者か』と、誰しもが息を呑《の》んだ。

すっかり固まってしまった捜査員達の中で、最初に動いたのは秋の里、警備部所属の女性職員、長月《ながつき》だった。

「は、春の代行者様、並びに従者様！」

珈琲《コーヒー》を飲み尽くし、空になったまま無気力に持っていた紙コップをぐしゃりと握りつぶしワークチェアから立ち上がった。もつれる足をなんとか動かし、雛菊《ひなぎく》の前に駆けつける。

「お、お初にお目にかかります……！　ぼく、いえわたくしは四季庁の長月礼子《ながつきれいこ》と申します。里で警備部に……撫子《なでしこ》様の警備システムを担当して、しておりました。職位は管理官です」

長月《ながつき》は風呂《ふろ》に入っていないのか、着替える服がないのか、くたくたの白衣姿だ。

髪を慌てて撫《な》でつけて整え一礼をする。

「長月《ながつき》、さん、お初に、お目に、かかります。この度は……思いも、かけない、ことで、さぞ……お力落とし、の、こと、でしょう」

雛菊《ひなぎく》が声を落として切なげに慰めの言葉をかける。勿論《もちろん》、それは大人同士なら当然の挨拶なのだが、相手はいま困難に陥っている秋の代行者祝月撫子《いわいづきなでしこ》と同じ状況になった娘である。

その娘が、この緊急時に激励と捜索手伝いに来た。その事実だけでも感極まるものがあった。

「いえ、こちらこそ……あ、あの、ぼくは……」

職場の爆撃からまだ数日しか経《た》っていない。警備システムの不甲斐《ふがい》なさを秋の里だけでなく様々な事件関係者から追及されている。相当参っているはずだ。そのせいか長月《ながつき》の瞳からこらえきれない涙があふれた。

「……来て、くださって……本当に、ありが、とうございます……とても心強いです……春の代行者様……」

「なか、ないで……ちから、に、なり、ます」

雛菊《ひなぎく》は冷えた心を温めるように長月《ながつき》の手にそっと自分の手を重ねた。

「秋の代行者様の護衛官はいらっしゃるか？　可能であればお話をしたい」

さくらが捜すように周囲を見回す。喋《しゃべ》ると、若い娘だというのに貫禄《かんろく》があった。

「……」

一方、呼ばれたが硬直していた阿左美竜胆《あざみりんどう》はすぐに反応出来なかった。

呆《ほう》けたというよりかは、驚きすぎて息すら忘れていた。

――なぜ、現れた。

竜胆《りんどう》よりも遥《はる》かに若い娘二人。

――何の為に。

彼が主《あるじ》を失う前に馬鹿だと貶《けな》していた春主従だ。その二人が、わざわざ捜査本部に現れた。

――なぜ。

竜胆《りんどう》が動けないでいると、長月《ながつき》が泣きじゃくりながら名前を呼んだ。

「阿左美《あざみ》！　あざみっ！　来てってば！」

来い、と泣き顔で言われ、竜胆《りんどう》もぎくしゃくしながら二人の前へ行く。春主従に向けて上体を精一杯折り畳んで礼をした。

「お初にお目にかかります。秋の代行者、祝月撫子《いわいづきなでしこ》……の護衛官を務めております。阿左美《あざみ》竜胆《りんどう》です……」

深々と頭を下げると、『お顔を、お上げ、ください』と雛菊《ひなぎく》に囁《ささや》かれた。

言われて顔を上げ、改めてしげしげと相手を見る。成程、これは正に春の代行者だと竜胆《りんどう》は思った。雛菊《ひなぎく》という名にふさわしい、花の妖精のようなかんばせだ。

——こんなに小さい娘だったのか。

竜胆《りんどう》が上背がある分、そう感じてしまうのもあるが、それにしても小柄な娘だと思った。

入室してきた時はとても大きく見えたのだ。

現人神《あらひとがみ》が持つ人ならざる雰囲気に気圧《けお》されてそう思ってしまったのだろう。

同じ護衛官であるさくらは、雛菊《ひなぎく》とは違い背丈はあるが、それでも華奢《きゃしゃ》だ。確か二十歳になるかならないか。それくらいの年齢と聞いたがまだ幼い顔つきをしている。

竜胆《りんどう》からすると学生のようにしか見えず、しかし帯刀している立ち姿は非常に様になっていた。女剣士此処《ここ》にあり、という風貌だ。

——この二人が十年前襲われて、そして今年復帰した少女主従。

竜胆《りんどう》の頭には、ふっと、撫子《なでしこ》の小さな背中が浮かんだ。

二人もああいう時期に今竜胆《りんどう》が味わっている目に遭ったのだという事実が、本人達を目の前にしているからこそ生々しく感じられた。

自分達に置き換えてみると、何と途方も無い困難だろうと竜胆《りんどう》は思った。

撫子《なでしこ》が攫《さら》われて一週間。ここから約十年、竜胆《りんどう》はこの国に秋を齎《もたら》せない罪と、代行者を守れなかった悔恨に耐えなければいけないということなのだ。

――撫子《なでしこ》を、十年も失う。

考えただけで怖気《おぞけ》がした。そんな自分が情けなくもなる。ただでさえ身体《からだ》に力が入らないほど絶望に打ちひしがれているというのに、これが十年続くという想像が恐怖感を煽《あお》る。

それほど長い時間、戻らなければ諦めてしまいそうだが、諦めるということを考えただけでも首を絞められたような心地になる。救いがない。繰り返す。永遠に苦しい。

――撫子《なでしこ》。

護衛官は四季の代行者の為に一生を捧《ささ》げる仕事と言われているが、竜胆《りんどう》はそこまで深入りするつもりはなかった。体力が続くまではやって、同時に後続を育てて引き継ぎ。いい年齢になれば引退する。武芸に秀《ひい》でた自分にはふさわしい花形の仕事だと思うが、代行者のことをまるで家族のように思うつもりはなかった。あくまで仕事上の関係だ。

――撫子《なでしこ》。

そんなつもりは、なかった。

心を明け渡すつもりはなかったのに。

『りんどう』

あの秋の少女神の声が頭から離れない。

――俺の撫子《なでしこ》を、返してくれ。

抱き上げた時、鼻をくすぐる柔らかな髪の感触。全幅の信頼で染まった瞳。

何をするにも自分を呼ぶ彼女は面倒だった。早く大人になって、手がかからなくなればいいと思っていたのに。だが、今は。

――俺の。

降り注ぐ落ち葉のように、好意をくれたあの幼子が恋しい。

――俺の秋だぞ。

頭から離れない。何故《なぜ》、守れなかったのか。あんなにも、寂しがっていたのに。

――俺の秋なのに、なぜ、いま手元に居ない。

あの時は想像も出来なかった。

自分の神が攫《さら》われたら、実際どんなことが起きるのか。どれほどの絶望が、目の前を覆い尽くすのか。たとえ異能を持っていようとも、幼い娘が単身で賊を倒し脱出するという荒唐無稽さを、それほどまでに追い詰められていたであろう事態を小馬鹿にしていた。

――俺は、阿呆《あほう》だ。想像も出来なかった。

外野からならいくらでも言える。

こうすればよかった、ああすればよかった。竜胆《りんどう》もそういうことを言う人間の一人だった。

だが、今は一言でもそんなことはいえない。

――こんなに残酷なことだとは思わなかったんだ。

竜胆《りんどう》は、途方に暮れたような様子のまま、春主従の前に立ち尽くす。

雛菊《ひなぎく》とさくらは竜胆《りんどう》にも礼とねぎらいの言葉をかけた。竜胆《りんどう》はぎこちなく答える。

「ありがとうございます……。長旅のお疲れもあるでしょう……応接室とはいきませんが、座れる部屋で」

他の捜査員への挨拶が済むと、雛菊《ひなぎく》、さくら、竜胆《りんどう》、長月《ながつき》の四人は別室で話し合いをすることになった。議題は『賊による代行者の誘拐』についてだ。

「被害にあった時の状況を知りたい。記録などすべて共有していただけると助かる」

「……貴方《あなた》がたが見ても、解決には……」

竜胆《りんどう》が言葉少なにそう言ったが、長月《ながつき》の方がすぐに用意をした。破壊されていない監視カメラに残っていた映像の修復が済んでいるデータをタブレット端末ごと渡す。

「あの、ね、少しだけ……一人で、見て、いい……？」

乞われるように言われ、勿論《もちろん》ですと三人は答える。

――事件のことを思い出すようなものを見るのは辛《つら》いだろうに。

それでも協力しようとする雛菊《ひなぎく》が、竜胆《りんどう》には不思議で仕方がない。

幸い、ガラス窓で中の様子が見える開放的な造りの部屋だったので三人はただ廊下に出るだけにした。さくら、竜胆《りんどう》、長月《ながつき》の順で横並びになり会話を始める。

「阿左美《あざみ》様、長月《ながつき》さん、少し込み入った話をしてもよろしいでしょうか？」

さくらが伺うように聞くと、二人共ぎこちなく頷《うなず》いた。

「突然の来訪、誠に申し訳ない。告知もなく驚かれたことでしょう。実は、四季庁や里には了承をとらず代行者と従者の単独で行っていることなのです」

「は……？　ど、どういうことですか？」

長月《ながつき》が素っ頓狂な声を上げた。

「言葉通りです。エニシにて春の顕現は終えましたから、本来であれば帝州《ていしゅう》の春の里か春離宮に戻るところですが、勝手にこちらへ参りました」

「は、はあああ？」

更に奇声を上げる長月《ながつき》を、面白そうにさくらは見る。

「通達はしていますよ。春の代行者並びに護衛官は務めを果たしたのでこれより自由行動に移ると。四季庁春部門と春の里は……他の季節の機関と比べても、いつまでも神代《かみよ》を生きている化石の集まりなので、承諾を待っていては助けに参加出来る体制が出来上がるのは来年になるですので、こうせざるを得ないのです。移動中の護衛は変わらずついています。そこはご安心ください。我々の警備の必要はありません」

「……どうして、そこまでしてくださるのか」

竜胆《りんどう》が低い声で尋ねた。

「……阿左美《あざみ》様は、どうやら最初から我々の行動に懐疑的なご様子ですね」

相手に威圧感を与えやすい彼に、怯《ひる》むことなくさくらは目を合わせて言う。

「同じ季節を司《つかさど》る者同士とはいえ、今代の春と秋は繋《つな》がりが一度もなかった。ここまでしてくださる理由がない」

「阿左美《あざみ》、せっかく来てくださっているのに！」

「だが事実だ。護衛官の任期が浅い俺でも知っているぞ。十年前、秋は春の捜索に加わっていない。それでどうして、今ここに来られるのか俺には疑問で仕方がない」

竜胆《りんどう》の口調が段々と素になりつつあった。

今の彼が感情的である現れだ。もう何か取り繕うほどの余裕がなくなってきているのだろう。

「何か目的があるとでも？」

「阿左美《あざみ》！」

「そうだ。何か要求があるなら早い内に言ってくれ。金銭か？　それとも別の何かを？」

「生憎《あいにく》、秋は春より予算が少ない。金銭の場合は要求されても応えられるかわからない」

一度口火を切ると、竜胆《りんどう》は止められなかった。

「……ミサイルをぶちこまれて侵入された今では秋の警備部門は嘲笑の対象だ。地まで落ちた評判を持つ俺達に差し出せるものはほとんどない……」

胸中は複雑で仕方がない。

目の前の娘は、自分が安全圏に居る時には侮《あなど》っていた相手で、それが何故《なぜ》かこちらの危機に現れた。今起こっているすべての事柄はプライドが高い竜胆《りんどう》には許せないことばかり。

「何か目的があるなら、今はっきりとさせておきたい……協力を……断る為に言っているわけじゃない……」

自分が撫子《なでしこ》を助けられなかったことも。

たくさんの人の力を借りなくては何も出来ないことも。

従者という存在は、代行者がどうにかなればすぐに危うい立場になるということも。

何もかもが受け入れがたい現実だった。

「藁《わら》にもすがる思いで、頼みたい……」

自分より年下の、侮《あなど》っていた春の従者相手に、竜胆《りんどう》は苦しげな声で呻《うめ》くように言う。

「……撫子《なでしこ》を……俺の秋を救う手伝いをしてくれるなら、従者である俺の臓器くらいは差し出す。用意が必要になるような対価なら先に知りたい……」

赤裸々な言葉に、さくらは何度か目を瞬《しばた》いた。想定とは違う言葉が出たのだろう。

長月《ながつき》はハラハラした様子でさくらの言葉を待っている。

ややあって、さくらはにっこりと微笑《ほほえ》んだ。

「阿左美《あざみ》様」

そして切れのある声で続けて言った。

「従者として中々見上げた根性です。気に入りました」

恐らく本心なのだろう。さくらにしては珍しく、雛菊《ひなぎく》以外に笑顔を向けていた。

ただ、その笑顔は優しさが詰まったようなものではなかった。

――この男は協力者としては悪くない。

仲間に引き入れる相手を品定めした結果、満足した。そんな笑みだった。さくらは竜胆《りんどう》をまっすぐ見ながら囁《ささや》く。

「……そうですね。目的、ありますよ」

聞いておいて驚く竜胆《りんどう》を見て、さくらは更に笑みを深くした。

「ですがそれは阿左美《あざみ》様の思うようなものではない。利権が絡《から》むものでもない。単なる同情だけともいいがたい。色々なものが絡《から》んでいます。ただ、はっきりさせておきますが……我々は此度《こたび》の協力で秋に対価を求めることはありません。この戦線に参加するのは、十年前の報復をしたいからです。対価を払うことになるのは、賊となることでしょう」

戦線、とさくらは言った。その言葉に竜胆《りんどう》は目を見開く。

――これは、戦争なのか。

この十代の娘が最初から何だか腹に一物抱えているような、底知れない様子に見えた理由がようやくわかってきた気がした。

――こいつらにとっては戦争で、まだ終わっていないのか。

短い言葉の中に込められた理由を、竜胆《りんどう》は同じ立場に落とされたからこそ瞬時に理解出来た。

この屈辱、この絶望。それを向ける相手は誰とするならば、誘拐の実行犯達になるだろう。

花葉雛菊《かようひなぎく》は帰ってきた。だが、それで生まれた喪失が消えることはない。

表に出していないだけで、癒えていない傷は山程あるはずだ。

年上相手にも物怖《ものお》じしない勝ち気なこの春の護衛官ならば、それこそ復讐心《ふくしゅうしん》は人の倍は持っていることだろう。

彼女達の中で賊との戦いは決着がついていないのだ。

喪《うしな》われた十年の遺恨は依然として存在している。だから報復出来る好機に飛びついた。

勿論《もちろん》、秋を救いたい気持ちは嘘《うそ》ではないだろうが、それがすべてでもない。もし何か定義するとすれば、彼女達にとって秋の救出を成功させるということは過去の自分達への弔い合戦とも言える。

「さて……色々、正直に言ったほうが貴方《あなた》からは信頼を得られそうなので、ざっくばらんに話させていただくが……阿左美《あざみ》様、疑いたくなる気持ちはわかるが、先程の言葉は夏には言ってくれるなよ。あそこは完全な善意でやってくる。善意を疑うような言葉をかけられれば瑠璃《るり》様は黙っていないだろうし、そもそもお膳立てしたこちらの面子《めんつ》が潰れてしまう。ご容赦願いたい。嗚呼《ああ》……冬にならって言っても構いません。あそこが悪く言われても私は気にしない」

竜胆《りんどう》と長月《ながつき》はさくらの言葉を神妙に聞きながら、途中で疑問符を頭に浮かべた。

「……え、姫鷹《ひめだか》様、あの……」

「待て、いま聞き捨てならないことが……冬と夏、と言ったか？」

「はい。この共同戦線に参加するのは春だけではありません。冬と夏も来ます」

長月《ながつき》は湧き上がってくる興奮が抑えきれなかったのか、自然と竜胆《りんどう》の腕を叩《たた》く。

春のみならず、他の二季節まで捜索に参加するというのは前代未聞《ぜんだいみもん》である。

「……嘘《うそ》だろ？」

「嘘《うそ》じゃないほうがいいでしょう？　捜査は人海戦術が基本ですよ」

小首をかしげてさくらが言う。覗《のぞ》き込《こ》むように見上げて言われ、竜胆《りんどう》は少しどきりと心臓が高鳴る。魅惑的な瞳にたじたじとなってしまう。

「いや、そりゃそうだが……」

「十年前も、こうしていたら春は失われなかったかもしれない」

「……だが、他の季節とはそれほど親交が無いし……」

「これから深めればよろしい。冬は別にどうでも良いが」

「……だが、春のみならず他の季節にまで手助けをしてもらう義理が……」

「……だ・か・ら！　貴方《あなた》達の為だけではないと言っているでしょう」

さくらはちらりと雛菊《ひなぎく》の様子を確認してからまた竜胆《りんどう》に向き直る。腰に手をあてて、眉をしかめて言う。

「わからない人だな。いいですか、阿左美《あざみ》様。此処《ここ》は正念場ですよ！　この場をうまく運ぶには、貴方《あなた》が腹をくくって状況を受け入れ、回していく必要がある！　貴方《あなた》も先程仰《おつしや》られた。祝月撫子《いわいづきなでしこ》様は自分の秋だと。貴方《あなた》は秋の従者、護衛官、下僕《しもべ》、撫子《なでしこ》様の為に生きる存在だ！　そんな貴方《あなた》が失われた秋を取り戻すのならば、先導する立場にならねばならない。私がするのはお膳立てまで。揃《そろ》った材料をうまく使うのは貴方《あなた》がた秋だ！　そんな風に及び腰では貴方《あなた》が疑っているような利権を狙う者達に捜索の主導権を握られてしまいますよ！　大して何もしていないのに色々な人間に取り入って、周囲の人間を印象操作し、大きな立場を手に入れたいが為に立ち回るような輩《やから》がこの捜査本部に居ないとも限らない。そんな奴《やつ》らに貴方《あなた》が本来やるべき役割をとられてよいのですか？　それで撫子《なでしこ》様が救えるとでも？　真に撫子《なでしこ》様を救いたいと思う者でないと最善の方法はとれませんよ！　毅然《きぜん》としてください！」

竜胆《りんどう》はぐうの音も出ず黙り込んだ。

——耳に痛い正論だ。

さくらが竜胆《りんどう》と同じ経験をしていた時は九歳。

大人達に任せて場に翻弄され続けた結果、春は三ヶ月で捜索を止《や》めたという事実があるゆえに言葉の説得力はかなりのものがあった。

小娘と切り捨てられない気迫が彼女の顔にも声にも表れている。

「阿左美《あざみ》様！　自分の女を救いたくないのか⁉」

「……救いたいっ」

竜胆《りんどう》を鼓舞するさくらは、さながら熱血指導者だった。

「ならば、我々を利用するくらいの心積もりでいろ！　自分の女を取り戻す為なら臓器を差し出してもいいんだろう⁉」

「あ、ああ」

「じゃあ、根性見せろ！　お前の女の為だぞ！」

——何なんだ、この娘は。

まだ出会って一時間も経《た》っていないのに、勝てる気がしない。

「……わかった、わかったから！　俺も根性を見せるっ！　俺の撫子《なでしこ》を絶対に救うっ！」

竜胆《りんどう》がようやく覇気のある言葉を返すと、さくらは満足したのかふう、とやりきったように息を吐いた。そんなさくらのことを、竜胆《りんどう》はどう扱っていいか益々《ますます》わからなくなったが、長月《ながつき》は目を輝かせて見ている。

「姫鷹《ひめだか》様……！　ぼく、ぼく……感動しました……！　阿左美《あざみ》が途中で日和《ひよ》っても、ぼくが必ずフェアリーちゃんを……いえ、撫子《なでしこ》ちゃんを救います」

「おい、長月《ながつき》。俺は日和《ひよ》ってない」

「その意気です。長月《ながつき》さん。けしてよからぬ輩《やから》に現場指揮をとらせないでください。阿左美《あざみ》様、こういうのですよ、現場が欲しいのは。熱意は士気を上げます」

「俺だってな、撫子《なでしこ》を救う熱意は誰よりも……」

竜胆《りんどう》は何か言い返そうと思ったが、その時雛菊《ひなぎく》が部屋の扉から顔を出してきた。

「……けんか、して、る？」

どうやらさくらの熱血指導が喧嘩《けんか》に見えたらしい。心配そうな表情を浮かべている。

「まさか、とんでもありません」

素早い変わり身で、さくらは雛菊《ひなぎく》専用の優しい笑顔に切り替わった。

「さくらはそんなことしません。今後の指揮系統について話していたら熱が入っただけです。雛菊《ひなぎく》様、監視カメラの様子をご覧になられていかがでしたか？」

竜胆《りんどう》はその切り替わりの早さに呆《あき》れてしまう。

「あのね……あの人、だった」

だが雛菊《ひなぎく》の一言でさくらが貼り付けていた笑顔は消えてしまった。

「本当ですか……」

神妙な面持ちで尋ねるさくらに、雛菊《ひなぎく》は頷《うなず》いた。

「うん、間違い、ない。顔、隠してたけど、背格好でわかる」

そう言うと、雛菊《ひなぎく》は何かを耐えるような顔つきのままさくらのほうに身を寄せた。やはり過去を思い出すような映像を見たのは辛《つら》かったのかもしれない。

さくらは雛菊《ひなぎく》の腰を抱いて自然となぐさめる。

「……そうですか。雛菊《ひなぎく》様、捜査本部の面々の前で……ご説明は可能ですか？」

「うん……がんばり、ます。そのために、きた……もの……いま、はなす……？　すこし、ながく、なる、けど」

「何度も話させるわけにはいきませんから……一度場を整えましょう」

秋の二人が少女主従のやりとりをまた疑問符を浮かべて見ている。さくらは二人の世界に入っていたことに気づいて慌てて身を離し、佇《たたず》まいを正して竜胆《りんどう》達に向き合った。

「すみません、二人だけで話して……賊の首謀者と思われる人物が判明しました。国内でも有名な活動家で、指名手配されている人物です」

「本当かっ⁉」

「はい。雛菊《ひなぎく》様が誘拐時に接触していた人物です。春と冬の捜査記録も引っ張れますが、恐らく最近のだと国家治安機構に資料請求したほうが良いでしょう。お任せ出来る方はいますか？」

「ぼくがやります！」

「では長月《ながつき》さん、お願いします。首謀者と思われる人物は国内最大の賊集団【華歳《かさい》】の頭領……通称『御前《ごぜん》』と呼ばれている女です。四季の代行者へのテロ活動の他、環境活動家としての側面も持っていますのでそちらの方面で調べることも可能なはずです」

「……【華歳《かさい》】の頭領……御前《ごぜん》。ぼくも詳しくはありませんが存在は認知しています。了解しました。阿左美《あざみ》、資料はぼくが揃《そろ》える。捜査員に情報の共有を」

「……了解した。花葉《かよう》様、貴重な情報をありがとうございます。その……この御恩はいつかお返しします……今後も、ご協力をお願いいたします」

竜胆《りんどう》が深々と頭を下げる。だが、その頭は途中で降下が止まった。

雛菊《ひなぎく》が竜胆《りんどう》の頭を両手でそっとキャッチするように触れたのだ。そして優しい力で押し戻した。竜胆《りんどう》は何事かと顔を上げる。すると、春の妖精と目が合った。

「あの……花葉《かよう》、様」

竜胆《りんどう》の声が動揺で裏返る。

清廉であるのに、どこか人を耽溺《たんでき》させる不思議な雰囲気を持つ少女。その彼女に触れられて、見つめられれば、神様に慣れている竜胆《りんどう》でもそうもなる。

「あたま、さげ、ないで、くだ、さい」

竜胆《りんどう》の動揺など知らずに、雛菊《ひなぎく》は彼の乱れた髪の毛を直した。

雛菊《ひなぎく》の方が遥《はる》かに年下なのだが、その仕草はまるで息子の髪を撫《な》で付《つ》ける母のようだった。

「こんなに、がんばって、捜してる。頭、下げないで、ください」

普段の彼を知っている者からすれば、現在の彼のやつれようは目を剝《む》くものだった。

伊達男《だておとこ》という言葉がぴったりな人物だったのに、徹夜続きで風呂《ふろ》もろくに入っておらず、顔色は悪い。目の下にはひどいクマが刻まれていて、スーツは何日目のシャツと合わせているかわからない。普段は完璧に振る舞う男が、今は見るも無残な崩れ具合。そんなくたくたな状態の彼に、雛菊《ひなぎく》は手を伸ばし触れている。年頃の娘だというのに微塵《みじん》も躊躇《ちゅうちょ》がなかった。

「阿左美《あざみ》様……くるしい、ですね」

まるで竜胆《りんどう》に成り代わって語るような台詞《せりふ》を囁《ささや》く。

「ほんとうに、くるしい、ですね」

竜胆《りんどう》は驚きすぎてただ口を開いたままぽかんとした。

雛菊《ひなぎく》は、そんな竜胆《りんどう》を撫《な》で続《つづ》ける。手負いの獣を癒やすような手つきだった。

「雛菊《ひなぎく》も、くるしい、です」

彼女がここまで竜胆《りんどう》に心を砕く理由は、恐らく自身の護衛官、姫鷹《ひめだか》さくらの存在があってのことだろう。再会した時のさくらの姿は世界を拒絶していた雛菊《ひなぎく》にとっても衝撃的だった。

美しかった刀剣が、錆《さ》びて変わり果てた。そんな様をしていたからだ。

自分が居ない間、従者はどれほど思い悩んでいたか。雛菊《ひなぎく》はそれを見せられている。そしていま竜胆《りんどう》にその姿を重ねた。だから気持ちが溢《あふ》れる、支えたいと思う。

「もしかしたら、雛菊《ひなぎく》は、このために、かえってきた、の、かも、しれません」

覚悟のようなものが滲《にじ》む声音で雛菊《ひなぎく》は言った。動作、言葉、彼女が齎《もたら》すもの端々から、使命感がほとばしっている。向こう見ずな正義感で言っているのとは違った。

『十年前攫《さら》われた女の子』としての使命感があった。あの悲しみをけして繰り返したくないという祈りが起点となっている。

「そんな、きが、します……。雛菊《ひなぎく》、本当、は、いらない、子、でした。帰って、こなく、て、も、かわり、すぐ、生まれ、ます。雛菊《ひなぎく》、じゃ、なくてもよかった……」

さくらは、悲しげに雛菊《ひなぎく》を見つめた。

彼女が自らの存在をそう思っていたことは知っていたが、立ち直った今の彼女から聞くと友人としても従者としてもやるせなさは増した。しかし当の雛菊《ひなぎく》に悲壮感はない。

「代行者、は、道具。みんなに、とって、中身、なんでも、いい……」

普段の弱気で怯《おび》えがちな彼女とは違い、まっすぐに竜胆《りんどう》を見ている。

「雛菊《ひなぎく》、はやく、死んだ、ほう、が、いいと、ずっと、思って、た、時期、あり、ました」

竜胆《りんどう》を支える手は柔らかく小さいものだったが、人を守ろうとする無欲の強さがあった。

「みんな、その、ほう、が、満足、する、から」

いま自分が、自分を傷つける言葉を吐いていても構わない。

そんなことよりも伝えたいことがあると雛菊《ひなぎく》の表情は言っている。

今日というこの日、目の前に居る娘は。


「でも、生きまし、た」

辛《つら》くても『生きる』を実行してきた者なのだ。本当は死にたい時だってあった。

けれども、けして自分を投げ出さず生きてきた。だからいま悲しみの淵《ふち》に居る人を助ける。何か欲しいわけではない。ただ他の人には元気でいて欲しいと願っているだけだ。

「生きて、て、良かった」

現在の花葉雛菊《かようひなぎく》は、そういう願いを持つ娘だった。それは頑《かたく》なだった竜胆《りんどう》にも、指先の温度から、瞳の熱から、雛菊《ひなぎく》が発するすべてから伝わりつつあった。

「生きて、できること、春、以外にも、あり、ました。みんな、が、望んで、ない、雛菊《ひなぎく》、でも、役に立つ、こと、ある……」

優越感に浸りに来たのでもない、物見遊山《ものみゆさん》でもない。復讐《ふくしゅう》とさくらは言ったが実際のところ彼女達の行動は献身に近い。少なくとも雛菊《ひなぎく》の今の言葉で竜胆《りんどう》はそう思った。

「雛菊《ひなぎく》は、なら、するの、あたりまえ、です。あたまを、さげない、で……。いま、いちばん、つらいの、竜胆《りんどう》、さま、です。なんでも……たよって……ほしい、です」

いま、あらゆることに絶望し、信じられなくなっている竜胆《りんどう》に雛菊《ひなぎく》という存在は。

「ごおん、いりません。撫子《なでしこ》、さまが、もどって、きたら、雛菊《ひなぎく》も、うれしい……ほんとう、に……ただ……それだけ、なん、です……」

春の暖かさのように優しく感じられた。雪解けを齎《もたら》す春そのものに感じられた。

「花葉《かよう》様……ありがとう、ございます」

竜胆《りんどう》はそこで不覚にも涙が溢《あふ》れてしまった。

「みんなで、とりもどし、ましょう、ね」

泣くなど大の男がすることではないと、竜胆《りんどう》は思ってしまったが、雛菊《ひなぎく》はそんな竜胆《りんどう》におかまいなしに指先で涙を拭う。ほつれるように落ちてくる髪も同じ指先ですっと整える。

「阿左美《あざみ》、さま、従者、は、代行者の、ひかり、です……撫子《なでしこ》、さま、きっと、待って、ます、よ……くじけ、ない、で、ください……ね……」

「……はい、肝に銘じます」

眼《め》の前の娘の無垢《むく》な優しさが痛いくらいに竜胆《りんどう》の心を刺した。

「雛菊《ひなぎく》様、それでは……」

さくらが竜胆《りんどう》に嫉妬してその手を剝がそうとした頃に、捜査員が一名、四人の元へやってきた。竜胆《りんどう》が泣いている様子にぎょっとしながら言う。

「み、皆様、お話し中申し訳ありません。ただいま一階訪問者受付より夏の代行者様が到着されたと入電がありました！　まもなく捜査本部に来られるようなのですが……」

捜査員は言いながら混乱している。もらい泣きをしている者達が顔を突き合わせているのを見ればそうなるだろう。長月《ながつき》がメイクが落ちるのも気にせず目をこすって素早く動いた。

「先程聞きました。お出迎えの準備をしましょう！　冬の方の到着は聞いていますか？」

「長月《ながつき》さん、冬は里ともめているらしく到着は予定より遅れると私に連絡が入っています。ですが、必ず来ます」

さくらの言葉に長月《ながつき》は頷《うなず》いた。

「では、情報共有の会議は一旦冬の方々抜きでやりましょう。春の代行者様より首謀者の情報もいただいたのですぐに取り掛かりたい。四季庁内の大会議室を借りられますか？」

捜査員は『了解です』と言ってまた離れた。

まるで止まっていた時間が動き出したようだ。どんどん慌ただしくなってきた。

「阿左美《あざみ》、情報共有も資料もぼくがやっておく。代行者様がたのお出迎えを頼めるかい。一階ロビーから来るなら、エレベーターを使うはずだ。エレベーター前で待機して！」

「わ、わかった」

竜胆《りんどう》はよれよれのスーツの袖でまだ流れてくる涙を拭った。

「俺は出迎えます。春の方々はどうされますか？」

「……勿論《もちろん》、お出迎えします。冬だったらしませんが、夏の方々なので」

「その、姫鷹《ひめだか》様は……冬への嫌悪《けんお》をちょいちょい挟むな……嫌いなのか？」

「はい、嫌いなんです。もう染《し》み付《つ》いて抜けない癖みたいなものなんで聞き流してください。さあ、お出迎えしましょう」

瑠璃《るり》とあやめは雛菊《ひなぎく》達の姿を見ると破顔して駆け寄ってくれた。

こうして春、夏、秋の合流が済み、残すところ冬のみとなった。

秋の代行者祝月撫子《いわいづきなでしこ》の捜査に於《お》いて『四季の里』、『国家治安機構』、『四季庁』という三つの存在が同じ目的の為に現在動いていた。

言わずもがな、『四季の里』は代行者を輩出する血族の集団だ。

『国家治安機構』は大和国《やまとこく》での警察権を所有している行政組織。

『四季庁』は国の運営に関わる仕事を担《にな》っているが行政組織ではない。

過去には一時、祭事庁と名を変えて国営に転換する案も出ていたが結局は様々な問題や横槍《よこやり》、利権を巡る事件が起こり独立機関のままとなっている。

大和国《やまとこく》は国民の生活が季節の円環により豊かになることを望み、四季庁に援助を惜しまず、四季庁はそれを受け入れ四季の里と連携し国に季節を届ける。

これが国家治安機構と四季庁、四季の里の関係だ。

四季庁は四季全体を管理する組織ではあるが、春夏秋冬で業務は分かれている。

給与の高さも予算も均等ではない。冬は突出して高く、次に春。夏と秋は同格だ。どの季節の部門に配属されるかでキャリアとしての明暗も分かれる。こうした不均等は主に神話での力関係に依《よ》るものが大きいが、現代に於《お》いては同じ組織に所属しているのに敵対関係を生みやすい状態を作っている。毎年行われる予算編成の会議は『戦』とも称される。

同じ組織内に、特に仲が良くはない別組織が四つあると理解するとわかりやすい。

各部門、季節の時期が違うので、それぞれの繁忙期も異なる。

職員はすべて『四季庁○○部○○課、冬部門』などと役職名に担当の季節名が入るようになっている。例えば四季の代行者一年の顕現計画、スケジュールを調整するのは四季庁祭事部秘書課だ。四季会議などの年間行事の運行も担当する。

四季庁職員全体の仕事を支えるのは四季庁総務部人事課。備品管理などを任せられるのは四季庁総務部調度課。代行者警備に加わるのは四季庁保全部警備課だ。

今回、捜査本部を立ち上げたのは四季庁保全部情報課秋部門となる。

職務内容としては平時は四季庁職員の業務効率化の為のシステム開発、代行者警備の第一線で働く警備課職員への情報提供、バックアップが主だ。こうした非常事態、賊襲撃があった際、警備課は国家治安機構と協力して解決に努める。国家治安機構と四季庁の間には優劣は存在せず、完全に別個で対等の存在だ。

結局は四季庁も国営の組織のようなものなのだが、頑《かたく》なに現在のあり方を維持するのは、たとえ相手が政府であっても何かの下にはつきたくないという、四季界隈《かいわい》の権威的な考えに依《よ》るものが大きい。

民にとっても、国のお偉方にとっても神秘を司《つかさど》る高嶺《たかね》の花の存在のままで居たいというのが四季庁、並びに協力体制にある四季の里の本音だろう。

この特殊な在り方のせいで国家治安機構とうまく連携がとれていない時もある。

その顕著な例が十年前四季庁保全部警備課春部門に下された約三ヶ月での捜査終了の通達だ。捜査本部運営による資金繰り、人手不足が原因とされているが、もう一つ違う噂《うわさ》もある。

誘拐された春の代行者は春の里の里長《さとおさ》の孫にあたり、父親は次期里長《さとおさ》候補、母親は先代の春の代行者で自殺して死亡。醜聞を撒《ま》き散《ち》らした先代の雪柳紅梅《ゆきやなぎこうばい》、そしてその娘である雛菊《ひなぎく》が四季に選ばれ代行者になってしまったことを恥じた春の里が、此処《ここ》で縁を断ち切ることで次代の代行者が不吉な繋《つな》がりもなく誕生することを願って決定されたというものである。

あくまで噂《うわさ》でしかないが、こういったことを『やりかねない』とされるのが春の里、及び四季庁春部門だった。血縁関係者が誘拐されたとしても、非情に切り捨てることが出来ると外部にも思われている。

四季庁保全部情報課春部門は代行者誘拐の責任を冬の里と国家治安機構に転嫁《てんか》し捜索を丸投げ。代わりに事件を誘引させたとも言われる冬の里と四季庁保全部情報課冬部門が入れ替わるように捜査本部を設立。国家治安機構も継続して捜査。そしてこれが五年前に小規模捜査へと切り替わり、しかしその後も見つからず、最終的には春の代行者花葉雛菊《かようひなぎく》本人が賊のアジトから単身脱出して生還したというのが顚末《てんまつ》である。

現在、警備課職員はほとんど秋離宮周辺の聞き込み調査に出ている。

残されたのはデスクワーカーである情報課職員達と秋の里から一時的に出向してきた竜胆《りんどう》と長月《ながつき》だ。そこに春の少女主従が加わった。

合流を経て、捜査員達の心には燃え上がる炎のようなものが灯《とも》っていた。

奪還作戦の目処《めど》が立たない、行き詰まったこの場所に、四季の代行者が現れた。

その企画をしたのが十年ぶりに戻ってきた誘拐被害者の花葉雛菊《かようひなぎく》とその従者というのだから心も昂《たかぶ》るものだ。四季庁大会議室内にはずらりとそうした者達が揃《そろ》っていた。


拡張現実プロジェクタースクリーンを中央に設置した会議室は人が溢《あふ》れていた。


「夏の里より、夏の代行者、葉桜瑠璃《はざくらるり》様。そして代行者護衛官、葉桜《はざくら》あやめ様でございます」

周知の事実ではあるが、実際に目にしたのは初めてだという捜査員の為にも長月《ながつき》が司会をしながら紹介をしていく。横に立っている竜胆《りんどう》は、少しだけ顔つきに変化が出来ていた。彼が元来持つキリッとした表情が戻ってきている。さくらによる喝が効いたのかもしれない。

「最後に、今回の協力体制を築いていただきました春の里、春の代行者、花葉雛菊《かようひなぎく》様。代行者護衛官、姫鷹《ひめだか》さくら様でございます。我が秋の里の代行者、祝月撫子《いわいづきなでしこ》の捜査の為にお集まりいただいたこと、御礼《おれい》申し上げます」

「捜査員は既に知っていますが、こちらからも紹介をさせていただく。秋の里、代行者護衛官、阿左美竜胆《あざみりんどう》です。隣に居るのは警備部の管理官長月礼子《ながつきれいこ》……早速ではありますが、本題に移ります。今回の賊からは犯行声明や政府交渉の入電がまだ入っておりません。全身戦闘服に身を包んだ謎の集団ということで捜査は困難を極めています。その上で花葉《かよう》様からいただいた情報を共有させていただく」

紹介が済むと、竜胆《りんどう》が手前のプロジェクタースクリーンを操作し始めた。届いたばかりの資料映像を展開させる。椅子や机は排除され、全員が同じ目線で空中に投影される拡張現実の画像を見ている形だ。

「こちらが今回の首謀者の一人と思われる人物です。改革派賊組織【華歳《かさい》】の頭領、観鈴《みすず》・ヘンダーソン。通称『御前《ごぜん》』と呼ばれています」

映し出された映像には、長いウェーブがかかった黒髪の女が映っていた。大きなサングラスをかけて颯爽《さっそう》と歩いている写真、戦闘服を着て銃を構えている写真、自家用ジェットと思われる航空機に乗り込む写真と、様々な場面で盗撮されたものだ。

年齢はこの写真が近年のものであるのなら三十代前半といったところだろう。モデル体型と言い切れる見事なプロポーションはどんな写真からも見て取れる。

「父親が【華歳《かさい》】の前頭領であり、その母体を引き継いだ形で活動しています。御前《ごぜん》は【華《か》歳《さい》】を継ぐ前は母親筋で武器商人をしていたようで、その地盤も存分に活用しているようです」

銃火器の入手は大和《やまと》国内でもアンダーグラウンドな市場を探れば可能だが、今回秋離宮を襲撃したような誘導飛翔体《ゆうどうひしょうたい》の入手はルートと、買い手としての信用がないと難しい。

過激派賊組織の父親と武器商人の母親を持つサラブレッド。

相手にとって不足はないどころか考えられる限りで最悪な敵だ。

「近年は環境活動家としての露出も見られており、主に海上国防隊からも目をつけられています。十年前の花葉《かよう》様誘拐にも関わる人物でもあります。花葉《かよう》様……」

竜胆《りんどう》に名前を呼ばれて、雛菊《ひなぎく》はこくりと頷《うなず》く。

「御前《ごぜん》、もしくは【華歳《かさい》】の人間で知り得る情報があればぜひ……」

その場に居た者達の視線が雛菊《ひなぎく》に集中する。

雛菊《ひなぎく》は少し顔を強張《こわば》らせたが、意を決し口を開いた。

「【華歳《かさい》】……のひとたち、の、ことは、くわしく、は、あまり、わかり、ません。あそこ、は、ひとが、すごく、替わります。入れかわり、はげ、しい、です……」

「統率……リーダーシップ、が取れていないと？　素早い行動と撤退を見る限り、団結がないとは思えないのですが」

続けて竜胆《りんどう》が尋ね、雛菊《ひなぎく》は注意深く言葉を聞いてから頷《うなず》いた。

「団結力、は、すごく、あります。でも、それは、みんなで、がんばろって……いう、いま、雛菊《ひなぎく》、たちが、やってる、のと、は、ちがい、ます……」

こんなにも大勢の前で話すことに慣れていないのか、雛菊《ひなぎく》は喋《しゃべ》るのにもたつきながらも精一杯といった様子で話し続ける。

「観鈴《みすず》さん……ええと、雛菊《ひなぎく》、は……『御前《ごぜん》』さんを、観鈴《みすず》、さん、と呼んで、いました……観鈴《みすず》、さん、は……すごく……かしこくて、でも……すごく……こわい、ひと、で……おこると、ほんとうに、くうき、ふるえる、みたいな……おこりかた、します。手も、でます。だから、部下の、ひと、道具、扱い。それに、たえられる、ひと、しか、のこりません」

大会議室に居た捜査員の一人が補足するように口を開いた。

「十年前の事件は【華歳《かさい》】の方から名乗り出て政府交渉をしてきています。彼女はその時から頭領を務めているようです」

捜査員は雛菊《ひなぎく》とさくらを見る。情報に相違はないと、さくらは頷《うなず》いてみせた。

「四季庁としてもずっと消息を追っている人物です。学生時代の情報が出ないところを見ると、公表している名前も偽名の可能性が高いと思われます。現在の【華歳《かさい》】は……賊の中でも最たる過激派、トップ集団です。しかし、十年前は今ほど名が周知されてはいませんでした。【華《か》歳《さい》】が冬の里襲撃に成功したのも観鈴《みすず》・ヘンダーソンが陣頭指揮を執ってからです。前頭領から代替わりして観鈴《みすず》がトップになってから大きな組織改革が起きたと後の調べでわかっています。わざわざ娘に引き継がせた理由は、十年を経ても彼女が【華歳《かさい》】の頭領でいることが証明しているかと」

捜査員の言葉でざわざわと会議室が賑《にぎ》わう。

「あ、あの……も、いっこ、いい、です、か」

雛菊《ひなぎく》がおずおずと手を挙げるとすぐに静かになった。

「……撫子《なでしこ》さま、の、安否は……すぐに、危険な、ことに、ならないと、思い……ます」

「本当ですか！」

竜胆《りんどう》は声に喜びを滲《にじ》ませる。

「はい、あの……でも、それは、いい、とも言い切れなくて……」

「というと……？」

「観鈴《みすず》さんの、目的、多分、撫子《なでしこ》さま……自分の、子ども、に、すること、だから、です」

「……は？」

「自分の、子ども……と、して、可愛《かわい》がり、たい。それが、観鈴《みすず》、さん、の、目的、なん、です……少なく、とも、雛菊《ひなぎく》、の、時は、そう、でした」

その言葉は、大会議室に居た全員の体温を下げた。

——花葉雛菊《かようひなぎく》はどうして、長い間誘拐され、殺されず生きていたのか？

彼女を語る上で、この疑問は必ずぶつかる問題だった。

政府交渉が決裂した瞬間殺されなかった理由について色々考えることは出来る。

理不尽な虐待を受けていたのでは？

春の能力を利用して悪事を働かされていたのでは？

捕虜としてただただ無駄に人生を消費させられていたのでは？

憶測はいくらでも出来る。

もちろん、彼女はその答えを国家治安機構に返答しているだろう。限られた者しか知らないだけで、答えはちゃんとある。

だが、それを雛菊《ひなぎく》自身が語ることがあまりにも痛々しい。

だからこそ、今から語られようとしている『真実』に戦慄が走る。

「撫子《なでしこ》、さま、幼い、と、聞きました。七歳、なん、です、ね？『いい歳頃《としごろ》』、です。きっと、観鈴《みすず》、さん、の、子ども、になってる、と、雛菊《ひなぎく》、思い、ます」

雛菊《ひなぎく》は淡々と言う。そこには悲愴《ひそう》や憐憫《れんびん》はなかった。

自分も味わったであろう苦い経験を努めて冷静に伝えている。一番戸惑いの表情を見せたのは竜胆《りんどう》だ。

「撫子《なでしこ》が……秋の代行者が、誘拐犯の賊の娘にされているというんですか⁉」

彼の額に、じわりと冷や汗が浮かぶ。

「はい。今回、秋離宮、襲撃、うけました。代行者、しんでも、いい。そういう攻撃、してます、よ、ね？」

「はい……」

「でも、撫子《なでしこ》、さま、さらいました」

「それは……」

「まだ、いきてた。息、あった。撫子《なでしこ》、さま、おちいさい、女の子、です。観鈴《みすず》さん、過去に、ご自身の、おこさん、なくして、ます。すごく、すごく、悲しかった、言って、ました。あれほど、悲しい、こと、ないって……あの悲しみ、に、比べた、ら、他の、こと、なんて、何でも、ないって。だから、きっと、撫子《なでしこ》さま、みて、おもった、と、思い、ます」

雛菊《ひなぎく》は眉を下げ、悲しそうにつぶやく。

「『欲しい』って……」

そのやわらかく、しかしひんやりとした冷たさを孕《はら》んだ言葉は竜胆《りんどう》をぞっとさせた。

――欲しい、だと。

雛菊《ひなぎく》に憤《いきどお》っても仕方がないのだが、どこにぶつけようもない不快感が湧いた。

――自分の子でもない子どもを。それも恐れ多くもこの国の現人神《あらひとがみ》を欲しいと？

竜胆《りんどう》には到底理解出来なかった。

「四季の代行者のあり方を否定する賊の女が代行者を娘に？　いくら逆らえない女とは言え、内部で反発があるでしょう」

「【華歳《かさい》】、改革派、です。扱い、は、阿左美《あざみ》さま、いうように、ぎもん、もつひと、多かった、けど……存在、と、しては、歓迎、され、て、いました。雛菊《ひなぎく》、『生命促進《せいめいそくしん》』、の、能力、もって、ます。それが、あるから、認め、られて、ました。秋は……『生命腐敗《せいめいふはい》』です、よ、ね？」

「はい。木々が色を失うように、あらゆるものを腐敗させていきます。それとは別に……生命力自体を吸収することも可能です。壊すことも治すことも出来る。撫子《なでしこ》はまだ神通力《じんつうりき》の扱いに長《た》けておりませんが……瀕死《ひんし》の重傷を負い、他者から生命力を吸収し自分に治癒を発動していたようです。音声は拾えませんでしたが、様子は確認出来ています。今現在も次代の代行者が誕生していないことが何よりの証拠です。該当の映像箇所は雛菊《ひなぎく》様もご覧になりましたね」

「みました。だから、こそ、雛菊《ひなぎく》、思います。たぶん、それを、みたから、撫子《なでしこ》、さま、さらわれた、と。雛菊《ひなぎく》も、桜の木の、顕現、見て、観鈴《みすず》さ、ん、感動、して、持ち帰った、いい、ました。あの、時、使える、と、思った、から、雛菊《ひなぎく》、は、すぐ、殺され、なかった、し、いうとおり、能力、つかってる、あいだ、は、大事に、され、ます……」

「……能力の使用とは何を？」

雛菊《ひなぎく》は少しためらうように押し黙ってから、意を決して口を開いた。

「カンナビス、ずっと、つくって、ました」

――カンナビスとは何だ？

はてなマークを浮かべる竜胆《りんどう》に、長月《ながつき》が『カンナビスは大麻の学術名だよ』と教えた。

大麻……大和《やまと》では禁止されている中毒性植物である。その中毒性から精神のみならず身体《からだ》まで崩壊させる者も出ることから販売も生産も許されていない。医療用として使われることもあるが、それは国営の医療現場で作られている。賊が生産しているのならば勿論《もちろん》違法だ。

「つまり、賊達は恐れ多くも春の代行者に大麻栽培をさせていたと？」

「は、い。雛菊《ひなぎく》、が、つくった、こと、で、特別な、もの、出来ます。すごく、たかく、うれる、そう、です。ええと、ふ……か……え、と……ふかか」

「付加価値、ですね。雛菊《ひなぎく》様」

さくらの助け舟に、雛菊《ひなぎく》は頷《うなず》く。

「はい、付加価値、ついて、それ、すごく、資金源、なり、ました。だから、観鈴《みすず》、さん、へん、な、こと、いって、ても、みんな、いいやって、なって、ました。おかね、たくさん、かせげるから。きっと、撫子《なでしこ》、さま、も、なにか、りようを、され、ます……」

「……そんなこと許されない……貴方《あなた》は当時六歳でしょう！」

食ってかかるような勢いの竜胆《りんどう》に雛菊《ひなぎく》はたじろぐ。

「あ、いや、すまない。けして春の代行者様に怒っているわけではない」

「阿左美《あざみ》、さま、お、こった……？」

「怒ってない怒ってない……ごめん、ごめんな……怖かったか？」

年下の娘を怯《おび》えさせて、盛大に空回りしている竜胆《りんどう》を見かねてさくらが口を挟んだ。

「……一応、雛菊《ひなぎく》様の名誉の為に言うが、阿左美《あざみ》様の言うように強要された行為だ。雛菊《ひなぎく》様は罪に問われていない。雛菊《ひなぎく》様が何を言おうと、裁かれることはないし咎人《とがにん》ではない……そこは勘違いしないように。さて、そろそろ話を元に戻そう。阿左美《あざみ》様、いいか？」

「あ、ああ……賊の女が四季の代行者を……我が子にした……だがその上で道具としても使っている。かなり歪《ゆが》んでいて異常としか言いようがないのだが、そこを受け入れないと話が進まないんだろうな……」

「はい……観鈴《みすず》、さん、に、とっては、おかしく、ない、こと、だから……」

竜胆《りんどう》には到底理解出来ない思考だった。

そんな異常の中に、撫子《なでしこ》が居ること自体が許せない。

「あの、阿左美《あざみ》、さま。だから、いまのところ、は、大丈夫だと、思って、いい、はずです」

「……すぐには殺されないと？」

「はい。撫子《なでしこ》、さま、が、おとなしく、観鈴《みすず》さん、の、いうこと、聞けて、いれば……」

竜胆《りんどう》は口元を手で覆い考える。自分の主《あるじ》が雛菊《ひなぎく》と同じように状況を察して大人しくしているかは竜胆《りんどう》にとっては疑問だった。竜胆《りんどう》の思いを察したのか、長月《ながつき》が励ますように言う。

「阿左美《あざみ》、大丈夫だよ。きっと大人しくしているはずだ。君が助けに来てくれるはずだとね。あの子は君のことを白馬の王子様だと思っているんだから」

「……そう祈るしかないな……花葉《かよう》様、誘拐されてから国内の移動は頻繁にありましたか？

今現在、撫子《なでしこ》がどこにいるか見当はつくでしょうか」

「たぶん、国内、です」

「根拠は?」

「雛菊《ひなぎく》、誘拐されて、政府交渉、うまく、いかなく、なってから、観鈴《みすず》、さん、【華歳《かさい》】、の活動、しばらく、続けたあと、海外、いきました。美上《みかみ》、さん、という、男のひとに、【華歳《かさい》】、を、いちじ、任せて……。でも、す、ぐ、嫌になって、戻ったの。海外はいかない、と、思う……ええと、美上《みかみ》、さんは、美しい、に、上、と書きます」

長月《ながつき》がタブレット端末を操作して情報を検索し始めた。監視カメラに残っていた秋離宮襲撃の映像だ。雛菊《ひなぎく》はその中の一人である狐《きつね》目の男を指差す。

「この人、です。美上《みかみ》、さん。猫背、で、少し、細身、なの」

背格好だけで特定したことに、竜胆《りんどう》は疑うつもりはないが言う。

「よく姿形でわかりますね」

「だって、雛菊《ひなぎく》、の、人生、で、ほとんど、いっしょ、の、ひと、です。そういう、ひと、遠く、歩いて、いても、わかり、ません、か?」

竜胆《りんどう》は返す言葉が見つからず、ただ頷《うなず》く。

確かに、共に長く過ごしている相手は遠くに居ても見つけることが出来る。

──相手は誘拐犯だというのに。

親しい相手ではなく、犯罪者にそれを見出《みいだ》すのはおかしなことなのだが指摘できない。

「美上《みかみ》、さん、は……観鈴《みすず》さんの……こと、大事に、してる……みたい、でした」

観鈴《みすず》と共に海外で過ごした日々は雛菊《ひなぎく》の記憶だと一、二年ほどらしい。

史実と合わせるとその間、【華歳《かさい》】の活動は比較的大人しく、事件らしい事件はあまり起きていない。美上《みかみ》は観鈴《みすず》と比べて慎重派なようだ。主《あるじ》の不在に鳴りを潜めているところを見ると美上《みかみ》は下剋上《げこくじょう》を行うようなタイプでもないのだろう。観鈴《みすず》の人物像も反乱を許すような人間ではない。信頼関係があったと見える。

「海外、なぜ、いった、かというと、観鈴《みすず》、さん、の、お母さま……亡《な》くなられて……引き継ぎ、発生、しました。観鈴《みすず》、さん、海外、の、武器商人、と、縄張り、争い、し、続け、て、それ、嫌に、なった、みたい、で、その、仕事、妹さん、に任せて、自分は、大和《やまと》、帰って、きました。それからは、大和《やまと》が一番、といって、国内、転々、として、います。もう、一生、やだ、って、言って、ました。だから、国内、に、居る、と、思い、ます」

「はい、わかる人に質問」

今度は瑠璃《るり》が挙手をした。

「夏離宮襲撃の犯人も【華歳《かさい》】だと思う？」

これにはさくらが答えた。

「可能性は高いですね。発電所の爆発も【華歳《かさい》】と見てよいかと。当時は話題に上がっていませんでしたが、冬の里襲撃の際も近隣の発電所が一部破壊されています。ただ、昼間だったこともあり表立った被害は携帯電話が繋《つな》がらないことだけでした。そのせいで冬の里は応援も呼べず、事件の発見が遅れた」

さくらは表情に感情はのせていなかったが、今語っていることを苦々しく思っているであろうことはその場に居る皆がわかった。声が刺々《とげとげ》しい。

「里が停電に陥った際、直ちに近隣の国家治安機構から警備が来ることになっていたのが不幸中の幸いでした。保安警備に来た彼らに救急車を無線で呼んでもらえましたから……雛菊《ひなぎく》様が交渉をしてくれなければ、奴《やつ》らは早々に立ち去ることもせず、警備に来た彼らにも危害を加えていたかもしれない。そうしたら重軽傷者の手当ては間に合わなかったことでしょう……」

雛菊《ひなぎく》はそれを聞くと、控えめに喜びの表情を顔に浮かべた。

「じゃあ、一連の事件は連動していると考えるべきだよね。これさあ……」

瑠璃《るり》は清楚《せいそ》なワンピース姿ながらも、腕を組んでぶっきらぼうに言った。

「完全に身内の裏切りでしょ。内通者いるよ」

斬り込むようなその台詞《せりふ》は、室内をしんとした空気にさせた。竜胆《りんどう》や長月《ながつき》は口をへの字にしている。自分の周囲の人物なのか、そうでないのか、はっきりと見当がつかないからだ。

「まあ、いるでしょうね」

さくらは平然と頷《うなず》いた。

――十年前の事件も、誰かが手引きした可能性は否《いな》めない。

いつかはその裏切り者達を引きずりだしてやろうとさくらは思っている。

「ただ、今は犯人捜しをするより、撫子《なでしこ》様の救出が先です」

「同意します。事が解決すれば、自然とわかる可能性があります。現在も夏離宮襲撃で生け捕りにした賊達への尋問は行われていますが」

あやめが努めて冷静な口調で言う。

その言葉でさくらは自身が斬った賊のことを思い出した。重体だと思うが、命までは奪っていない。あやめの考え方を聞いて、やはり無闇に命を奪うものではないとさくらは再認識する。

「きっと……取引で名前を売られる内通者は何人か出るかと」

敢《あ》えて周囲を見回しながら言うところが、あやめの役者ぶりを表していた。

この場に内通者が居るかはわからない。だがもし居るのであれば動きを牽制《けんせい》、もしくはあぶり出すことが出来るかもしれない。さくらは内心舌を巻きながら会話を続ける。

「瑠璃《るり》様、こちらに来られる前に秋離宮での調査を依頼しましたがいかがでしたか？」

「ウン。近くに棲む鳥や動物に話を聞いてみたけど、創紫《つくし》空港で足取りは途切れちゃったんだよね。あ、ええと知らない人もいるかもだけど、あたしの生命使役《せいめいしえき》の能力は動物や虫を従えて会話も出来るの。だから捜索には持ってこいなんだけど、飛行機に乗られるとさすがに追跡が難しくなるのよ」

「夏離宮を襲った時に近くに居た車はどうだったんでしょうか？　確か、そういった車があったと襲撃時に言ってらっしゃいましたよね」

「さくらさま記憶力イイね。あれもね、空港で追跡が途絶えた。あの車も賊なのであれば、彼らが帰る場所は衣世《いよ》でも創紫《つくし》でもないってことになる。近くにアジトがあるなら飛行機に乗るのはおかしいし……エニシか帝州《ていしゅう》にある可能性が高いんじゃないかな。まあ、一旦ほとぼりが冷めるまで海外に逃げた可能性もあるけど……」

犯人から連絡がない以上、捜査方法や範囲を今一度見直す必要がある。

大会議室での話し合いはその後も続いた。


一方、誘拐された当の秋の代行者祝月撫子《いわいづきなでしこ》はこんこんと眠り続けていた。

大和《やまと》美人というよりは、少し西洋の血が入っているように見える撫子《なでしこ》の寝姿は人形のようだった。血まみれだった身体《からだ》は洗浄され、子ども用の浴衣《ゆかた》を着せられた状態だ。清潔を保たれているので劣悪な環境とは言《い》い難《がた》かったが、快適な住空間でもない。

ようやく彼女がうっすらと覚醒した時、傍《そば》に人は誰も居《お》らず、部屋はしんとしていた。

「……」

打ちっぱなしコンクリートの壁、輸血用の器具、見えるものはそれくらいだ。

彼女が住んでいた秋離宮とは明らかに違うことはすぐにわかった。撫子《なでしこ》がまずしたことはこの世で最も自分を大切にしてくれるであろう男の名を呼ぶことだった。

「りんどう……」

乾燥した、がらがらの声が出る。

「りんどう、りんどう」

何度か呼び続けた。しかし返事はない。

次に子守の女性の名前を呼んだ。それからは警備の人間の名前を覚えている限り順に呼ぶ。

「……」

誰も反応はなかった。撫子《なでしこ》はそれに、恐怖を覚える。

――だれも、いないの？

秋の里警備部は二十四時間監視体制。

撫子《なでしこ》が誰かの名前を呼べば六十秒以内に何らかのアクションが得られるような警備をしていた。部屋のスピーカーから応答があり、誰かしら駆けつけてくれる。その理由が怖い夢を見たということでも、小腹が空《す》いたというだけでも、必ず真摯に話を聞いてもらえた。

撫子《なでしこ》は秋の里出身の四季庁エリート職員の両親の元で育った。

異能が発現し、代行者として選ばれてから両親は撫子《なでしこ》の養育を里に移譲。以降、誕生日やその他の祝日や記念日には何かしら交流する形となっている。

撫子《なでしこ》自身もそれをさして不満に思わないのは、秋の大人達が完全な管理体制で親代わりをしてくれているからだ。その状況が壊れているということは。

——窓、がしゃんって割れてたわ。

最後に見た、ガラスの破片の雨の後に何かが起きたとしか考えられない。

「…………うっうう……」

撫子《なでしこ》は怖くて静かに泣いた。寝台から起き上がろうとしたが、自分の腹回りに体を固定するようなバンドがついていることに気付く。無理に動こうとしてもそれはびくともしない。自分の体が誰かに囚《とら》われているのだという事実が恐怖を更に上乗せしてくる。

「……ふ、え、うう……ひっく……りんどう、り、どう……！」

撫子《なでしこ》は泣きながらまた周囲に助けを求めるように見る。秋離宮にも設置されていたような監視カメラが天井の隅にあった。撫子《なでしこ》は首を動かして監視カメラに向かって言う。

「た、たすけて……」

しばらく救助を求める言葉を言い続けたが何の変化も無かった。

無音の部屋に響くのは自分が齎《もたら》す衣擦《きぬず》れの音と、拘束具のすれる音のみだ。部屋の中で色鮮やかなものは点滴スタンドにかけられた輸血パックの血しかない。

「……たすけて、たすけて」

結局、部屋に来訪者が現れたのはそれから一時間ほど経過してからだった。

時計というものがなかったので、撫子《なでしこ》には三時間にも五時間にも感じられた。涙の痕が頰についてしまうほど泣いていた撫子《なでしこ》の前にやっと現れたのは二人組の男女だった。

「御前《ごぜん》、すぐに出かけますから会話は三分で終わらせてください」

少し猫背で影のある風貌の男性と。

「……せっかちね」

艶やかな黒髪の女性。女性は安心させるように微笑《ほほえ》みを見せたが、男性のほうは撫子《なでしこ》と目が合っても厳しい表情のままだった。

「……祝月撫子《いわいづきなでしこ》ちゃん……ね？」

声をかけられ、撫子《なでしこ》はびくりと震える。

「怯《おび》えないで……ええと、空調とか大丈夫かしら？」

「え……」

「寒くない？　暑すぎたりしない？」

目の前の女性は、一見すると優しい大人に見えた。

「あら……もう輸血も終わってるじゃない。監視対応していたのは誰なの？」

だが、どうにもひっかかる。動作が演劇的なのだ。表情も身振り手振りも少し大げさで、声の抑揚も定められた役を演じているように感じられる。

「……後で指導をしておきます。御前《ごぜん》」

「頼むわね、美上《みかみ》。ごめんね撫子《なでしこ》ちゃん。後で針を抜いてくれる人が来るわ。おトイレとかも行きたいわよね……ああ、それよりお腹《なか》が減っているかも。嫌だわ、これから出かけるのに、ちゃんとこの子を見てくれる人を作らなきゃ……」

信用出来るとは思えないが、無愛想な男性よりは人情がありそうに見えた。だから撫子《なでしこ》は勇気を出して口を開いた。

「……ここは、どこ？」

怯《おび》えながらも続いて気になったことを聞いてみる。すると女性はふんわりと微笑《ほほえ》んだ。その笑顔は蕩《とろ》けるような、と称するのがぴったりな笑顔だった。

「ここがどこかは言えないの……ごめんなさいね。位置情報は秘匿事項だから。でもあなたの家だと思って……」

「あなたはだれ……？」

「私は観鈴《みすず》・ヘンダーソン。この基地……いえ、このお家《うち》のお母さんよ。私が一番偉い人だから困ったことがあれば何でも言ってね」

「お母さんなの？」

「ええ、あなたのお母さんでもあるわ。今日からそうなるの。でも最初は慣れないわよね。前の子は他人行儀で『観鈴《みすず》さん』って呼んでくれていたけど……私としては『お母さん』と呼んでくれると嬉《うれ》しいわ」

「……で、でもお母さんじゃないわ」

「お母さんよ。私がお母さんと言えばお母さんなの」

「……え」

撫子《なでしこ》は混乱した。自分には確かに母が居る。それは彼女ではない。だから彼女を『お母さん』だなんて呼ぶのはおかしい。そう思っておずおずと言う。

「ち、ちがうよ……？」

相手を傷つけないように、優しく否定する。

「あら違わないわ。あのね、あなたは私の子どもになったの。もうなってしまったのだから受け入れないといけないわ」

「や、やだ……どうして？」

撫子《なでしこ》の『やだ』という言葉に観鈴《みすず》の唇がぴくりと動く。本能的に、撫子《なでしこ》は怒られると思った。

「どうしてって……私がそう決めたからよ」

「……あなたが決めたら、全部そうなるの？」

「そうよ。私はあなたのように神様じゃないけど、ここでは神様なの」

「……」

話が通じない。その混乱と共に自分が置かれている状況が少しずつクリアになってきた。

突然降ってきたガラスの破片。体をズタズタに切り裂かれるような痛み。大人達の叫び声。

何かが倒壊する音。そういう断片的な記憶がやっと戻ってくる。

撫子《なでしこ》はまだ子どもだが、言い含められたことはきちんと覚える利発さがあった。

——りんどうは、言ってたわ。

彼女は、阿左美《あざみ》竜胆《りんどう》と初対面した時のことを思い出した。


撫子《なでしこ》と竜胆《りんどう》が顔合わせをしたのは秋の里の中枢である本殿だった。


季節は夏。特別暑い日だった。

広い座敷《ざしき》でスーツを着た竜胆《りんどう》が汗をぽたりぽたりと落としながらひざまずいていた。

撫子《なでしこ》は今より少しだけ背丈が低く、我が身が置かれている状況がよくわかっていなかった。

竜胆《りんどう》がこれから終生守ってくれる人間だと周囲の者に教えられ目をパチクリとしたものだ。

一生、その身を撫子《なでしこ》に捧《ささ》げる、そして守り抜くと、竜胆《りんどう》は誓いの言葉を言った。

『何から、まもるの……？』

その時、撫子《なでしこ》は尋ねた。ずっとひざまずいていた竜胆《りんどう》は、声をかけられてようやく顔を上げた。凛々《りり》しい顔立ちに撫子《なでしこ》の心臓が跳ねた。

『あらゆるものからです。だが……強いて言うなら……』

その時、竜胆《りんどう》は言ったのだ。

『代行者にとって天敵である【賊】から……と答えておきましょう。俺の秋よ』

彼女の敵とは賊と称される狼藉者達《ろうぜきもの》だとその時竜胆《りんどう》は教えてくれた。

もし賊と接触したならば、どんな甘言をかけられても、絆《ほだ》されてはいけないとも。


——この人は味方じゃない。


撫子《なでしこ》は年相応の子どもであったが、絶対的に信頼しているものを価値判断の基準としていた。

それが何かと言えば、阿左美《あざみ》竜胆《りんどう》だ。

——りんどうが言っていた悪い人に、したがってはいけない。

「撫子《なでしこ》ちゃん、お母さんって言ってみて？　出来ないの？」

撫子《なでしこ》は反発するように返した。

「……あなたはお母さんじゃないし、賊のひとかもしれないからそんなことは言わないっ」

彼女の精一杯の抵抗だ。ここに竜胆《りんどう》が居れば『よく言った』と褒めてくれたかもしれない。

だが、この場面に於《お》いては撫子《なでしこ》が選択した言葉は誤りだったと言えよう。

「あら、あら……」

観鈴《みすず》の声が、明らかに険のあるものに変わったからだ。

「確かに私は賊だけど、撫子《なでしこ》ちゃんの命の恩人なのよ。そんなこと言っていいの……？」

「……り、りんどうは、離宮の人達はどこ？」

「撫子《なでしこ》ちゃん、話の途中で違うことを聞かないで。ねえ、私はあなたの命の恩人なのよ。あなたは死にかけてたの。それを私が救ったの。私に失礼な口を利《き》いて良いと思っているの？」

「りんどうは！　どこ！」

「自分のことばかり話したがるのはやめなさい！　私の言うことを聞くのっ！」

怒鳴られて、撫子《なでしこ》の喉がひゅっと音を立てた。怖い、恐怖で頭がしびれる。

撫子《なでしこ》は美上《みかみ》と呼ばれた男の方に救いを求めるように視線を向けてみた。

「……」

しかし美上《みかみ》はため息を漏らして苛《いら》ついたように背をくるりとそむける。

「ほら、感謝しなさい」

最初よりもかなり厳しい声音で観鈴《みすず》は命令する。

それでも撫子《なでしこ》は言いたくなかった。

「あ、あなたが、わたくしをりんどうから離したの？」

「撫子《なでしこ》ちゃん、感謝」

「ねえ、りんどうのところに戻して……きっと心配してるわ。りんどうはいつもそうなの。わたくしが見えているところにいないと嫌だからかくれんぼもしてくれないの。それくらい……」

「……撫子《なでしこ》ちゃん、感謝しろって言ってるでしょ。ありがとうと言いなさい」

口を閉ざした撫子《なでしこ》に、観鈴《みすず》は容赦なく平手打ちをした。寝たままの状態の撫子《なでしこ》が避《よ》けられるはずもない。平手打ちは一回では済まず、何度も、何度も往復で打たれた。

「…………っう、うう、うう、ああああ、ああ、あう……」

「泣くなら最初から口答えするんじゃないわよ。良い？　私の言うことを聞くの。あなたは私のものになったの。私の子どもなの。子どもは親の言うことを聞くものよ。そうでしょう？」

「うああああっ！　あああああ、うあああああんっ！」

「うるっさいわね……！　泣くのやめなさい！」

更に頬を叩《たた》かれ、撫子《なでしこ》の唇から血がたらりと垂れる。

「やめて、泣くのをやめなさい。泣いたらまた叩《たた》くわよ。ほら、叩《たた》くわよ、ほら、ほら」

「……っ」

撫子《なでしこ》はまだ嗚咽《おえつ》が漏れていたが、殴られたくないが為にぎゅっと唇を噛《か》んだ。

「嗚呼《ああ》……やっぱりあの子みたいに最初から素直じゃないわね……」

「教育はまだ終わりませんか、御前《ごぜん》」

「終わらないわよ……ねえ、あなたはあの子より馬鹿みたいだから厳しくいくわね。あなたはこれから自分の名前も忘れて、私の子どもとして生まれ変わるの。大丈夫よ。私の言う通りにすればひどい暮らしにはならないわ。あのね、あなたは捨てられたの。重傷だったのに誰も助けてくれなかったのよ。私はその現場に居合わせて助けることにしたの。捨てられて悲しい？　でも捨てた人達はそう思ってないわよ。きっと今頃せいせいしているかも。あなたちょっとわがままだし、空気が読めない子だから仕方ないかもね。助けなんて来ないわよ。あのね、あなたが倒れてからもうかなり日にちが経《た》っているの。その間だーれも助けに来なかったわよ。いらないのね、あなた。いらない子なの。普段から自覚なかった？　わがまま放題で生きてきたんじゃない？　それは嫌われるわよ。うんうん、いらない子だわ。でもね……私は違うの。みんなに捨てられたいらない子でもちゃんと育ててあげる。感謝しないとだめよ？　だってあなた子どもなのよ？　私にまで捨てられたらどうやって生きていくの？　ご飯は？　寝るところは？　身体《からだ》もまだつらいでしょ？　私の言うことを聞けば生きるのに困らないわ。だから、お母さんの言うこと聞けるわよね？　ねえ、聞けるわよね？　聞けるわよね？」

観鈴《みすず》の責め苦のような言葉の嵐に、撫子《なでしこ》はただ震えながら頷《うなず》くことしか出来なかった。

「うう、あ、う、うう……」

横にいる美上《みかみ》は呪いのように孤独と服従を植え付けている観鈴《みすず》をただ哀れな目で見ている。

──りんどう。

撫子《なでしこ》は、声は出さず、涙だけ流しながら彼《か》の人の名前を心の中で呼んだ。

──りんどう。

それはいつもなら恋心が滲《にじ》む甘い言葉なのだが、この状況に於《お》いては唯一の光だった。

──りんどう。

十年前誘拐された花葉雛菊《かようひなぎく》とまったく同じ状態だ。絶望の中を生きるのに、糧《かて》となる感情を忘れないように噛《か》み締《し》め続《つづ》けるしかない。終生守ると誓ってくれた男が救出してくれることを撫子《なでしこ》は祈った。囚《とら》われた彼女が出来ることはそれくらいしかない。

──りんどう。きっと助けに来てくれるよね。

撫子《なでしこ》は盲目にそう信じた。この状況下で彼を信じることが出来たのは、竜胆《りんどう》が自らを偽りながらも撫子《なでしこ》を慈《いつく》しみ育てた結果に他ならない。

竜胆《りんどう》の秋は瞳を閉じてすべてを遮断した。王子様を待つ眠り姫のように。

雛菊《ひなぎく》達が四季庁に集合した次の日。

誘拐犯として想定されていた賊団体【華歳《かさい》】から四季庁に入電があった。

ようやく人質救出の交渉開始だ。提示された条件はまず第一段として多額の身代金《みのしろきん》だった。次に四季の代行者が縛られている四季条例の改正。その力を国民と国土の為に広く提供すること。そして投獄されている賊の仲間達の解放。果てには賊の攻撃を過剰防衛する場合、代行者に大和国《やまとこく》の刑法に基づき厳重に処罰をくだすべしということまで盛り込まれていた。

四季庁は身代金《みのしろきん》の要求には応じたが、それ以外は拒絶。

これに対し【華歳《かさい》】は四季の代行者の制度変更を譲歩しないのであれば人質の解放には応じないと交渉を拒否。通話は遮断。十年前の春の代行者誘拐事件よりも、相手に我慢する余裕がないように感じられた。このままでは再び大和《やまと》から季節が一つ消えてしまうのではという恐れが関係者の中では広がり始めた。

入電の際に逆探知に成功し、直ちに協力体制にある国家治安機構が出動したが賊の発見には至らず、しかし近くに捨てられていた使い捨ての携帯電話を発見した。幾人かの指紋が検出されたが犯罪者登録ベースには存在していなかった。

入電から更に翌日。

時刻は午前十時頃。四季庁、庁舎内はフル稼働《かどう》していた。

捜査本部にも人が入れ代わり立ち代わり出入りしている。

交渉失敗から一夜明けて、捜査本部は【華歳《かさい》】側からの再度の入電を待ちつつアジトの探索と、引き続き彼らが秋離宮から離脱した際の逃走経路を調べている。

夏の代行者瑠璃《るり》と、従者のあやめは捜査本部の人間と秋の従者竜胆《りんどう》を伴い出かけていた。逆探知が成功した場所に手がかりを求めて昨日から動いている。

「……了解した」

一方、春の代行者雛菊《ひなぎく》とその従者さくらは四季庁に待機していた。

四季庁内捜査本部前の廊下で電話をしている。横には雛菊《ひなぎく》がそわそわした様子で立っていた。

さくらの電話の相手が気になっているようだ。通話を終えると、雛菊《ひなぎく》が尋ねた。

「さくら、誰、だった？」

「え」

「お電話の、相手、誰、だった……？」

「ああ、冬の里の者です。業務連絡でした。狼星《ろうせい》達が春、夏、秋にまで連携の根回しをしてくれたようで、正式に人員と予算が回されることになりました」

「ねま、わし……？」

「今は我々が強行して秋の救出を主張することで暫定的な支援をもぎとっていたんですよ。護衛とか、滞在費とか、そういうものですね」

「また、もぎ、とって、たの……！」

雛菊《ひなぎく》が驚きの声を上げる。

「はい。もぎとってました。でも今回は政治的行為というか……ちゃんと計画されたものですよ？　我々が動けば生活周りと防衛を担当している四季庁職員も動かざるを得ませんが……上から命令がないのに勝手な行動を許すのはまずいはずです。しかし、秋が攫《さら》われてしまったいま、制止を振り切って勝手な真似《まね》をする代行者を放っておくことも出来ません。何せ四季庁や里なんてものは代行者を支援する為にあるようなものです。現状、機能する代行者の支援を絶つのは本末転倒。だから仕方なく支援するしかないというのが今までの状況だったわけです」

「それ、雛菊《ひなぎく》、たち、わる、いひと、じゃない……？」

「部分的に見れば悪いかもしれませんね。でも、大局的に見ればそう悪くはありません」

雛菊《ひなぎく》はさくらの言っていることがまったくわからず疑問符を浮かべる。

「自らの地位の安定や保身だけが趣味の奴《やつ》らのケツを蹴り上げ、捜査状況を良く出来ます」

「け、蹴り上げる……？」

「はい。我々と夏で独断行動を強行することでまず四季庁と里に問題提起が出来ます。『どうして秋を連携して助けないのかと？』。しかもこの連携を発起したのが建前上ではありますが雛菊《ひなぎく》様です。十年前のこともありますから、誘拐被害者である雛菊《ひなぎく》様の人道的介入に無視を決め込むことは非常にバツが悪い。春の里なんて一番気まずいでしょう。あいつらが三ヶ月で見捨てたことは未《いま》だに語り草です。そこで起爆剤として活躍してもらうのが狼星《ろうせい》達です。四季庁と里のお偉方に会談を申し出て、同じ悲劇を起こさない為に協力しようと説得する調整役になってもらいました。過去の事件で負い目がある冬が他の季節の為に動くのはとても自然な構図で、かつ非難しにくいと思いませんか？　しかも相手は狼星《ろうせい》と凍蝶《いてちょう》です。黙っていれば迫力のある男二人が各里のお偉方に頭を下げてくれたおかげで、ようやく正式に色々要求出来るようになったんです」

一息に言ってから、さくらは雛菊《ひなぎく》専用の甘い笑顔で笑いかけた。

「四季全員で秋を救うというお題目が出来たいま、我々は大手を振って行動出来ます。捜査の増援が叶《かな》いましたし予算も増えた。雛菊様《ひなぎくさま》、ホテルのランク、アップしますか？」

雛菊《ひなぎく》は、すべてを把握することは出来なかったが、何となくさくらが時代劇の悪代官のようなことをしたのだということは理解した。うろたえながら言う。

「さくら、どして、たまに、悪い、こと、思いつく、の……すごく、いい子、なのに……」

呆然《ぼうぜん》、といった感じでつぶやく雛菊《ひなぎく》にさくらは小悪魔な笑顔を見せる。

「雛菊様《ひなぎくさま》……何度か言っていますが、さくらがいい子なのは雛菊様《ひなぎくさま》にだけなんですよ。まあ、さすがに私も冬に一番面倒なところを任せるのは気が引けましたが……狼星《ろうせい》がその役目をやりたいと言ったのです。だからいいんですよ。あの男は雛菊様《ひなぎくさま》の為なら何でもします。命じれば泥も食べかねない」

「そ、そうなの……」

「はい。本人が喜んでやっているんです。罪悪感につけこんで色々やらせましょう」

それが良いのか悪いのかはわからないが、少なくともさくらが冬への連絡を継続していることは雛菊《ひなぎく》に安堵《あんど》を与えてくれた。

「さくら、凍蝶《いてちょう》、お兄、さま、とは、話して、ない、の？」

雛菊《ひなぎく》の寝ている間に段取りが決められたので、結局雛菊《ひなぎく》は狼星《ろうせい》の声すら聞いていない。

「……電話口に出たのは狼星《ろうせい》のみですので」

そして、さくらの方は凍蝶《いてちょう》と話せていない。

お互い、決着をつけるべき相手との会話は後回しになっている。

「そっか……」

「あれの性格上、もし我々と話すにしてもちゃんとした場所をお膳立てして対面での会話を希望すると思いますよ……予想としては……会食の申し出があるかと。昼近いですし」

「会食、あったら、受けます……狼星《ろうせい》さま、たち、これから、来る、ん、だよ、ね……？」

「はい。到着は本日間もなくの予定です。我々は少し早く来すぎましたね。合流後の捜査会議の前にお茶でもしましょうか？」

「一階、の、カフェ、テリア、に、居れば、狼星《ろうせい》さま、来たら、すぐ、わかる、かな」

「別に迎える必要はないですが、わかるでしょうね」

雛菊《ひなぎく》が行きたそうな顔をするので、さくらは仕方なさそうに肩をすくめた。

「……雛菊《ひなぎく》様がそうされたいのなら出迎えもしましょう。でも先に言っておきますね。さくらは愛想《あいそ》よくは出来ませんよ」

さくらとしては最大限の譲歩と言えるだろう。雛菊《ひなぎく》はこくりと頷《うなず》いた。それから、ハッとしたように自身の髪の毛を整える。

「さくら、雛菊《ひなぎく》の……髪の毛、へん、じゃ、ない？」

「は……いつもどおり国宝級の艶です」

「お着物は……？　へん、じゃな、い？」

「大変、お似合いです。天女がこの世に舞い降りたような可憐《かれん》さです」

身なりの確認をしてもらうと、少し気持ちが落ち着いたのか雛菊《ひなぎく》は自分を納得させるように
こくりと頷《うなず》いた。

「……雛菊《ひなぎく》、雛菊《ひなぎく》じゃない、けど……大丈夫、か、な……？」

どうしてその確認をさせたのかは、よほど鈍くない限りはわかるものだ。

「……貴方《あなた》を、大丈夫じゃなくさせる……失礼な真似《まね》をしたら、さくらがその場で斬り捨
てますよ」

「だめ、だよ」

「……じゃあ殴りますよ」

「それ、も、だめ」

「私、何も出来ないじゃないですか」

「見守って、て……？　もし、いまの、雛菊《ひなぎく》、を、狼星《ろうせい》、さま、受け入れ、られ、なくても
……雛菊《ひなぎく》、それ、仕方ない、な、と、思い、ます」

「……」

「でも、仲良く、なれた、なら……」

──雛菊《ひなぎく》様。

さくらはずっと不思議で仕方がなかった。

自分のことを死んだと思っているいまの花葉雛菊《かようひなぎく》が狼星《ろうせい》になぜ会いたがるのか。

別人で、恋も愛も他の人間のものなら固執する必要はないはず。

「……『わたし』の、代わり、じゃ、なく、ても」

だが何度も雪を見る。狼星《ろうせい》の名を呼ぶ。彼にどう思われるか、気にしてしまう。

「仲良く、なれた、なら……」

それは、以前とは形や姿を変えてしまったかもしれないが、淡い恋心だ。

彼女の暗く惨《みじ》めな監禁生活の中で、『わたし』の恋心はきっと支えだっただろう。

いつかきっと会えるはず。それだけを頼りに生きてきた。

「それは、ね、きっと……」

攫《さら》われた花葉雛菊《かようひなぎく》が、後生大事に守っていた恋心は今も生きている。

「『わたし』を……みんなに、帰して、あげる、こと、に、繋《つな》がる……気が、する……」

本人がどれだけ『死んだ』と言おうが、過去の雛菊《ひなぎく》は延長線上にやはり生きている。現在の雛菊《ひなぎく》はもう死んでしまった子の恋心を抱えて生きているのだ。

「雛菊《ひなぎく》、ね、『わたし』を、ずっと、帰して、あげたかった」

──雛菊《ひなぎく》様、どうしてですか。

穏やかに語る雛菊《ひなぎく》を、さくらは少し泣きそうになりながら見つめる。

「『わたし』が、守りたかった、三人、に、雛菊《ひなぎく》、『わたし』を、帰して、あげたかった、です
……でも、出来ない」

しかし雛菊《ひなぎく》は、その恋心を無理にでも叶《かな》えようとしているわけではない。

「雛菊《ひなぎく》、もう、死んでしまった、自分に、してあげられる、こと、少ない。死んでしまった、自分、好きだと、言ってくれた、ひと、に、あげられる、もの、ない」

――どうしてそんなに、誰かの為に戦えるのか。

雛菊《ひなぎく》は新しく始めようとしているのだ。

――私はいつも、貴方《あなた》といると。

過去から逃げるのでもなく、持て余すのでもなく、決着をつけたい。

――自分がひどく愚かに思える。

「でも、ね……雛菊《ひなぎく》、感じる、の。さくら、とは、また、仲良く、なれた……でしょ……同じ、ことを、ね……狼星《ろうせい》さま、たち、とも、出来たら……恋じゃ、なくて、も、出来、たら……」

――私はいつも、自分のことばかり。

さくらの喉がぐっと鳴った。胸が痛い。刺されているかのようだ。

この神様がくれる痛みも喜びも受け入れると決めているが苦しい。

「出来たら……十年前、つらかった、みんな、は、気持ちが、変わる、んじゃ、ないかな……

雛菊《ひなぎく》は、変わった、よ……死んだあの子と、うまく、お別れ、出来たの……そうして、また、歩き出せた……きっと、そう、なれるよ……それが、前と、同じ形、じゃ、なくても良い……

さくらの今の、苦しい、気持ち、も、弔える、よ……」

あの事件に関わった皆が、誰かに許して欲しくて必死に生きてきた。

雛菊《ひなぎく》が帰ってきたとしてもその苦しみも悲しみも消えることはない。

何か大きく変わるものはない。起きた出来事と、受けた傷という事実は変わらない。だが。

「ねえ、さくら……」

新しい再起の地点とすることが出来る。

それが『あの時』苦しんだ全員の弔いになると言っているのだ。

「……少しだけ、頑張れない……？」

死んだ自分を抱えた雛菊《ひなぎく》がそう言っている。

誰が一番辛《つら》いかなどと、悲しみの深さを比べることなど出来ないが、今までの彼女を知っているさくらだからこそ、『今の雛菊《ひなぎく》』が言うこの台詞《せりふ》が胸を突いた。

――雛菊《ひなぎく》様。

さくらは薄ぼんやりとした光を雛菊《ひなぎく》に見た。それは彼女が瞳に涙の海を作ってしまい、視界が揺れて煌《きら》めいただけのものだが、さくらには雛菊《ひなぎく》が光そのものに見えた。

――雛菊《ひなぎく》様。

竜胆《りんどう》に代行者にとって従者は光だと言ったこの主《あるじ》に、そっくりその言葉を返したかった。

——雛菊《ひなぎく》様。

さくらはずっと嫉妬していた。どうして、一番尽くした自分にだけ視線をくれないのかと。

だがその間に雛菊《ひなぎく》は考えていたのだろう。新しい自分が周囲に何を出来るのかと。

そうして今も頑張っている。誰の為かと言えば。

——わたしの雛菊《ひなぎく》様。


「雛菊《ひなぎく》、さくらと……これからも、生きて、いきたいの……」


まだ、罪悪感と憎しみの中に居る大切な友人達の為だ。

さくらと狼星《ろうせい》と凍蝶《いてちょう》。自分と同じく過去のことを抱えているであろう者達に向けて、何の見返りも要求しない愛を捧《ささ》げようとしている。自分が帰ってきたことで与える動揺を、彼女自身で打ち消す努力をしたいと言っているのだ。

「さくら、に、そういう、雛菊《ひなぎく》、見守って、欲しい……いつか、さくらも……『いいよ』って、雛菊《ひなぎく》の、すること、『いいよ』って……思えた、とき、声を、かけて、くれたら……きっと……さくら、今より、楽に……なれるよ。雛菊《ひなぎく》、ね、わかってるの……さくらが、教えてくれたの……本当だよ、こう思えてるの、さくらの、おかげなの……今度はね……雛菊《ひなぎく》が、さくらの心、守るよ……さくらが、もう、誰か憎むの、つかれた、嫌だよって……なった時……おいでって、して、あげられる、そういう、道を、雛菊《ひなぎく》、いまから、作りたい……」

雛菊《ひなぎく》は生きていくと決めた。そして生きていくのならばより良く、大切な人の為に。

そう願っている。もうそこまで出来るほど、元気になれたのだ。

そしてそうなれたのはさくらのおかげだと、雛菊《ひなぎく》はちゃんと明言してくれた。

「……………私が、疲れ果てたら……おいでって……本当に言ってくれますか……」

「言うよ。たく、さん、言う」

「……承知いたしました」

さくらは、もうあまり否定を投げかけたいとは思わなかった。

まだ憎む気持ちはある。現状が変わったわけではない。だが、雛菊《ひなぎく》は道を指し示してくれた。

誰かを憎むのをやめたくなったら、こっちへ来いと。

それがどれほど救いになるかは、今のさくらでもわかる。

そして雛菊《ひなぎく》は、すぐにこちらに来なくても良いと、ちゃんとさくらを待っていてくれているのだ。さくらが、雛菊《ひなぎく》の心の雪解けを辛抱強く待ったように。

「さくらが居たことが、御身のお力になれていたのですね……」

だからもう、自分で自分の首を絞めているような、自死を選んでいるような、あんなにも苦しい気持ちは失《な》くなっていた。

「なって、くれて、た、よ……さくら、が、いなかった、ら、きっと、いま、ここに、いない、よ……それ、一番、さくら、わかる、でしょ……」

「……」

「千回、さくら、が、良い、って、言う……？」

春の顕現がこなせるか、怯《おび》えていた雛菊《ひなぎく》にかけた言葉がいまさくらに返ってきた。さくらは思わず笑ってしまう。

「これから一生お仕えするのですから、分割でお聞きします」

雛菊《ひなぎく》はさくらが素直に返事をくれたことに、嬉《うれ》しそうな顔をした。

「……では、仕方ありませんが……冬主従を待っていてやりましょうか。少し待つでしょうから、ラウンジが混まない内に席をとりましょう」

「はい、いざや、いざや、冬の方との、お目通り、です」

さくらが苦笑しながらエレベーターのボタンを押す。その時、あまりにもタイミングが良かったせいで、さくらは一瞬自分が『それ』を引き起こしたのかと勘違いした。

押したと同時にけたたましい非常ベルの音が四季庁内に響いたのだ。

ジリリリリッジリリリリッジリリリリッジリリリリッ。

耳をつんざく音がそこらかしこから聞こえる。

「……何だ？」

さくらは自分の指先とボタン、周囲に視線を行き来させる。

ボタンを押すという自分の行為が非常ベルの音を齎《もたら》したのかと身構えてしまったが、よくよく考えればそんなことがあろうはずがない。

唸《うな》るようなサイレンと同時にアナウンスの声が聞こえた。火事が発生したことが伝えられる。

『火事です、火事です　速やかに避難してください』

機械的なアナウンスはその言葉を繰り返す。

庁舎は開庁され一日の活動が始まっていた。内部から出る者も居れば、外部から入る者もいる。正面ゲートには警備員が居て、ＩＤを持っている者以外は簡単な持ち物チェックを受けるが侵入が難しいわけではない。中の誰かと繋《つな》がりがありアポイントが確認出来れば問題なく入れる仕様だ。その為、この火災が何かしら不慮の事故ではない可能性がすぐに浮上した。

そしてさくらはこのような事態に既視感を覚えていた。

「雛菊《ひなぎく》様……」

さくらは雛菊《ひなぎく》を手元に引き寄せ腰を抱く。刀に手をかけながら全体の様子を眺めた。

「火事だっ！　一階まで下りて外に出るぞ！」

「エレベーターは？」

「こういう時は使わない方がいい！　階段で行こう！」

「代行者様方！　ロビーまで下りましょう！」

捜査員達は身の回りの品や重要な資料を片手に移動し始めている。火事というアナウンスがあったがどの階でという特定はされていない。雛菊《ひなぎく》達が居る階は四季庁舎全二十階建ての内、十九階に当たる。二十階は展望台を兼ねた空中庭園だがいまの時期、一般開放はされておらず、もしそこで火が出ているのなら既に煙の匂いが降りてきていてもおかしくない。火事発生が確認されるとしたら十九階より下と想定される。

「さくら、移動しないの？」

さくらは黙って雛菊《ひなぎく》を伴いながら窓に近づき外を見た。外の状況を確認したかった。

広い駐車場がある。車の台数は昨日より多く感じられた。既に一階に居た者達はエントランスホールから外に出ている。いくつかの車から民間の警備サービス会社の服を着ている者達が出てくるのが見えた。オフィスビルなどの警備システムを売りにしている会社だ。非常ベルが鳴ったから駆けつけたのだろうか。

——対応が速すぎないか？

待っていたかのように、駐車場から出てきたようにしか見えない。

「春の代行者様、従者様！　早く！　非常階段から一階へ向かいましょう！」

長月《ながつき》が血相を変えてやってくる。彼女は竜胆《りんどう》と共に行動せずに本部で連絡役をしていた。

「はい……」

返事をしながらもさくらは視線を忙しく動かし続ける。そんなさくらの様子を見て、雛菊《ひなぎく》は自分だけ動くことはせず黙って寄り添っている。緊張した面持ちで従者の判断を待つ。

「さあっ！　こちらです！」

誘導する長月《ながつき》の背中を見つめながら、さくらは自分達についてきたはずの冬の里の護衛と春の四季庁職員の護衛が全く姿を現さないことに気づいた。離れて警護してくれるよう要請していたが基本は目の届く範囲に居る。いつ居なくなったのか。誰一人駆けつけない。

――いや、そうじゃない。

駆けつけられない事態が起きている。そう考えるほうがきっと正しい。

――あちらは既に始末されているのでは？

ぞくり、と鳥肌が立った。

一手、また一手と、見えぬ誰かに盤上で駒を進められている心地になる。

さくらの心臓がどんどん早鐘を打つ。

――これが。

これが既に何者かに攻撃されている状態であるならば。

――日和《ひよ》るべきではない。

守るべき行動、それらすべてに足踏みしてはいけない。

さくらは一度、大事なものを取りこぼしている。

今度は絶対に守らなくてはいけない。

「長月《ながつき》さんっ！」

さくらは周囲を観察しながら叫んだ。

「早くこちらへ！　階段で地道に下りることになりますが、大丈夫ですかっ⁉」

「はい、それは大丈夫なんですが。一点良いですか！」

長月《ながつき》はそこでさくら達の方を振り返った。

さくらが鞘《さや》から刀を抜いているのを見て目を剝《む》く。避難に遅れをとっている四季庁職員達が悲鳴を上げた。さくらがおかしくなったのかと思ったのだろう。

しかし三名ほど、長月《ながつき》と同じく悲鳴を上げたりせずただ黙ってこちらを見ている者が居た。

——一、二、三、あれを含めて四名。

「長月《ながつき》さん」

さくらは雛菊《ひなぎく》の腰に当てていた指先を動かす。トントントントン、と弾《はじ》くように人差し指を当てて注意を払うよう伝える。ぴくり、と雛菊《ひなぎく》の体が動いた。雛菊《ひなぎく》の足が片方だけ一歩下がり逃げの状態になったのを確認する。これは二人でずっと練習してきたことだった。

雛菊《ひなぎく》を守る為にさくらが戦う。さくらが戦う最高の舞台を作る為には守護対象には一歩下がっていてもらわなくてはいけない。そうしないと巻き添えを喰《く》らう可能性がある。

「中に着ているもの、分厚すぎるんじゃないですか？」

——我が流派は寒月流《かんげつりゅう》、戦うとなれば大立ち回りとなる。

かつてさくらは寒月凍蝶《かんげついてちょう》を師として仰ぎ剣術を習っていた。ほとんど舞っているようだと称される寒月流《かんげつりゅう》は体術と剣術の合体武芸。剣舞と競技剣に似た軽業で攻撃する。現代的な言い方をするならアクロバティックな剣法だ。存分に舞うためには広い場所が必要だった。

間合いを確かめている時点で、既にさくらの中では戦闘が開始されていた。

「防弾ベスト着てるの、どうしてか、教えてくれませんか」

さくらの言葉がきっかけになった。

「……っ！」

長月《ながつき》はそれまで貼り付けていた人情のある秋の里職員という顔を即座にやめた。

「……雛菊《ひなぎく》様っ！　離れてください！」

さくらは素早く足を動かし上半身を下げた状態のまま旋風脚《せんぷうきゃく》をした。一回、二回と旋回し続け距離を詰めたところで一気に刀で斬りつける。服は派手に破れたが血が出ない。

──やはり仕込んでいたか！

防弾服の着用を目視で確認し思わず舌打ちが出る。運良く薄皮一枚も斬られていない長月《ながつき》だったが、殺す勢いで斬りつけたさくらの一撃が重かったのか、呼吸困難を起こしたように胸を押さえて床に倒れ込んだ。

「寝てろっ！」

既に敵認定した相手だと容赦なく攻撃出来るのは護衛官として長所と取るべきだろう。

さくらは倒れた長月《ながつき》を端に退《ど》けるように蹴って転がした。長月《ながつき》がまた悲鳴を上げる。

立ち止まっていた男三名がこちらに向かってくる。スーツに隠していたのか武器を持ってい
る。警棒が二人、拳銃が一人。拳銃を持っている男は明らかに不慣れな手つきだった。

——あいつ、撃ったことないな。

片手で構えて、腰が引けている様子を見てさくらは先にそちらに狙いを定めた。

振りかぶられた警棒を刀身で受け止めると思いきやそのまま相手の攻撃を流す。

二人目の警棒男の攻撃もさらりとかわし拳銃男に接近する。

相手が無駄に撃ってくる前にさくらは拳銃を刀で叩《たた》き落《お》とした。

そのまま走る勢いを止めず片手を空けて拳を握り、大の男の足先を空中に浮かせるような突きを入れる。拳銃男の口から唾液と悲鳴が漏れた。手からこぼれた拳銃は取られないよう蹴って遠くへ飛ばす。

——あと二人！

さくらは後ろから襲いかかる足音を聞いて、刀を鞘《さや》に納めた。

けして後ろを振り返らず、右足を一歩前へ、左足を旋回させて着地、着地した瞬間に今度は右足を天高く蹴り上げ百八十度体を捻《ひね》った。空中で体を縮め、それをバネに勢いよく左足の後ろ蹴りを繰り出す。

「ぐあっ！」

襲いかかってきた警棒男の顎に、月にすら届きそうな蹴り技が決まった。振り向きざま、男がかくんと体を落とし意識を失うのを確認する。走ってくる相手の位置を見ずとも把握していたかのような動きだ。

——あと一人！

顎蹴りで失神した男が警棒を落としたのが見えた。

地面で跳ねるそれを足で蹴り上げてから片手でキャッチし残った男に投げつける。怯《ひる》んだ隙に接近、抜刀、同時に袈裟《けさ》斬りをした。男は悲鳴を上げて地面に転がる。こちらは長月《ながつき》と違い、防弾服ごと斬れて薄く鮮血が飛び散った。

「少しの切り傷でぎゃあぎゃあ騒ぐな！」

斬ったばかりの腹部を踏むように足蹴りをして無情にも痛みを倍増しにさせた。

「雛菊《ひなぎく》様っ！」

さくらは振り返り、立ちすくんでいた雛菊《ひなぎく》に駆け寄った。

「長月《ながつき》以外の男三名にいばらを！」

言いながらさくらはスーツのポケットから種の入った小袋を取り出す。さくらが野球をするように華麗に投げると雛菊《ひなぎく》の白魚の手の中にすとんと落ちた。雛菊《ひなぎく》は言われた通り種を握り、春の代行者の力でいばらを生長させる。まるで生き物のように床を這《は》っていくいばらは倒れていた男達の身体《からだ》を呑《の》み込《こ》むように覆い尽くした。

逃げ遅れた捜査本部の職員達はさくらの戦いを見ながら目が足りないと言った感じだったが、雛菊《ひなぎく》の神秘の秘術を目の当《ま》たりにするとあんぐりと口を開《あ》けた。

「雛菊《ひなぎく》様、安全を確認しながら脱出を……」

その時、ドオン、と大きな音がした。四季庁の庁舎が微弱に揺れた。

――爆発？　それも下の階か？

非常ベルの音でかき消され気味ではあるが、爆発音だったのは間違いない。立て続けに爆発音がする。さながら戦場のようだ。下層階に行けば巻き込まれるかもしれない。

――くそっ！　やられた！　袋の鼠《ねずみ》だ！

「他に、寒月流《かんげつりゆう》の餌食《えじき》になりたい奴《やつ》が居るなら前へ出ろ！　そうじゃないなら非常階段への扉を閉めろ！　そちらに誘導しようとしたんだ！　待ち構えてる奴《やつ》らがいるかもしれん！」

捜査員達は慌てて非常階段に出る扉を閉めてロックした。代行者の護衛に派遣される四季庁職員は武芸に秀《ひい》でている者が選出されるが、ここに居る捜査員達はデスクワーカーだ。格闘技を嗜《たしな》んでいる者も居るだろうが、このようなテロリスト絡みの非常事態にテキパキと動ける者はそうそう居なかった。自然とさくらの言いなりになる。さくらは腰がひけた状態で這《は》いつくばっている長月《ながつき》に駆け寄って再度蹴りを入れてから手首を捻《ひね》り上《あ》げた。

「ぎゃあっ！」

「……何、逃げてる。お前、内通者だろ……」

「ひっ……」

長月《ながつき》の喉からひゅっと音が鳴った。

「……警備部の女が賊の間諜《かんちょう》なら、秋離宮も崩壊して当然だ……阿左美《あざみ》様もさぞ悲しむだろうよ……よくもまあ、可愛《かわい》がった娘をズタボロに切り裂いてしまえたもんだ……今日、我々を襲ったのもお前の手引きか……？　こちらの動きを漏らしているのか……？　四季庁を襲うなど、前代未聞《ぜんだいみもん》だぞ！　生きて帰れると思うなよこの賊がっ！」

さくらが更に手首を捻《ひね》り上《あ》げて、長月《ながつき》が悲鳴を上げる。

「さく、ら！」

雛菊《ひなぎく》が見るに堪《た》えない、といった感じで声を上げた。さくらはハッとする。非常時とはいえ、愛する主《あるじ》に見せるような振る舞いではなかった。

「嗚呼《ああ》っ！　春の代行者様！　ち、違うんです！　ぼくは！」

「何が違う、さっき雛菊《ひなぎく》様に手を出そうとしただろ！」

「違う！　ぼくは守ろうとしただけだ！　春の御方《おかた》を安全な場所へ……！」

長月《ながつき》は雛菊《ひなぎく》の方を見て恍惚《こうこつ》とした表情を浮かべていた。

「嗚呼《ああ》、春の代行者様……貴方《あなた》は、この世界に必要な方です。どうして危害を加えたりすることがありましょう。よくぞ戻られましたね。【華歳《かさい》】などに貴方《あなた》の季節が奪われるなんて、けして許されないことだ。此処《ここ》から逃げましょう……そして末永く世に春を齎《もたら》してください……」

興奮した様子で近寄ってくるので雛菊《ひなぎく》もさくらもぞっとして後ずさりした。

「さ、さくら、長月《ながつき》、さん、変だよ……」

「雛菊《ひなぎく》様見ないでください。御身《おんみ》の目が汚《けが》れます」

さくらが刀を突きつけると、長月《ながつき》はそこで止まったが依然として微笑《ほほえ》んでいた。

「……姫鷹《ひめだか》様。ご安心ください。ぼく達は本当に敵意は持っていないんです」

「では問う。どうして襲撃を予測していたかのように行動し、我々を連れ出そうとした？」

「ですから、お守りする為です。【華歳《かさい》】の動きは常に警戒をしていました。四季庁との交渉が決裂したことから不安に思い、備えていたのです。貴方《あなた》がたがこちらに来たのは誤算でしたが近くでお守りする運命だったとも言えます。何でもいたしましょう」

「それは、何故《なぜ》だ。お前らもどうせ代行者に害なす賊だろうが」

長月《ながつき》は、さくらにも崇拝の念を込めた視線を注いで言った。

「いいえ、ぼくらは春を至上とする信徒。【彼岸西《ひがんにし》】でございますので」

その言葉の意味するところをさくらは知らない。

——何なんだ。一体何が起きている。

さくらは頭を抱えて叫びだしたくなった。

突然の強襲。下手に動くことの出来ないこの現状。

誰を信じればいいのかわからない状況下で、更に未知の存在が追加されてしまった。

「春の御方《おかた》を傷つけることなどあり得ません。他の季節はいずれ朽ちるべきです……いえ、個人的には秋は助けてあげたいですが……ぼくも立場があるので……」

「お前達は普通の賊と違うというのか？」

「はい。先程は失礼いたしました……雛菊《ひなぎく》様だけを我らの手で安全な場所に……と思いましたが貴方《あなた》は忠臣だ。引き離すのは無理ですね。ならば協力しましょう。我らは正しく雛菊《ひなぎく》様の信徒。目的は雛菊《ひなぎく》様の保護。此処《ここ》を脱出するまで、どうか手足のようにお使いください」

──お前のような不気味な手足など要るものか。

さくらは心の中でそう吐き捨てたが、唇は冷静に言葉を紡《つむ》いでいた。

「……切り離して自滅しても見捨てても良い手足なら歓迎する」

今は緊急事態だ。その上、地上から遠い楼閣の如《ごと》き高い場所で孤立している。

使えるものは何でも利用しなくてはならない。背中にしがみつき震えている雛菊《ひなぎく》を守る為なら何でも。それが突然現れた謎の信望者であってもだ。

「……春の信徒と言うなら、持っている情報を全部こちらに晒《さら》してみせろ。我が神に代わって命じる。答えろ長月《ながつき》、【彼岸西《ひがんにし》】とは何だ」

さくらを守ってくれる者は居ない。ポーカーフェイスを保ちながらそう囁《ささや》いた。

同刻。

黒塗りの高級車が横転を免れて何とか前進していた。帝州《ていしゅう》、帝都《ていと》の首都高速道路を爆走し続ける車が数台。それらはすべてこの黒塗りの高級車を追跡していた。

誰が乗っているかと言えば。

「殺《や》るか？　どうする凍蝶《いてちょう》」

「物騒なことを言うな！　一般人の車が走ってるんだぞ！」

「見敵必殺と言うだろう」

「……いいか狼星《ろうせい》。大人しく守られていろ！」

帝州《ていしゅう》のとある地域に隠匿された春の里での話し合いを終えて四季庁へ向かっていた冬主従だ。雛菊《ひなぎく》とさくらが彼らの話をして、ロビーで出迎えようかと決めていた頃には既に渦中《かちゅう》の身に置かれていた。

——何故《なぜ》、こんな時に！

凍蝶《いてちょう》は窓の外を見ようとする狼星《ろうせい》の頭を無理やり手で押さえながら心の中で叫んだ。

これからようやく過去のあらゆることに決着をつける時だったというのに、もはやそんなことを言っている場合ではなくなった。狼星《ろうせい》の保護、及び安全地帯までの避難が最重要任務に切り替わってしまった。春主従との対面が今日中に叶《かな》うかどうかもわからない。まだ幼かった少女達の姿が頭に浮かぶ。ずっと会いたかった二人の姿が。

「くそっ！」

凍蝶《いてちょう》はらしからぬ様子で悪態をついた。

刀ではなくスーツの裏側に隠していた拳銃を取り出した。護衛官は刀の佩用《はいよう》が義務付けられている。使用するか否《いな》かは個々の戦闘スタイルによって違う。あくまで刀が第一武器なだけで他の武器が使えないわけではない。凍蝶《いてちょう》が扱える武器種は幅広かった。銃もその中の一つだ。

——車体は激しく揺れているが、運転手は冬の里出身の凄腕《すごうで》ドライバーだ。

後部座席で撃ち合いを始めても怯《ひる》まず対応するはず、と凍蝶《いてちょう》は考えた。

「撃つのか、外すなよ」

狼星《ろうせい》が非常事態らしからぬ平静な様子でまた話しかけてきた。

「……黙って体勢を低くしていなさい！」

「サポートしてやろうか。お前、射撃はそこまで得意じゃないだろう」

「狼星《ろうせい》……お前、楽しんでないか？」

怒り気味に言うと、狼星《ろうせい》は口元に笑みを作った。何をしても少し気品が溢《あふ》れる彼だ。この微《ほほ》笑《え》みも非常に悪そうな笑みだったが何故《なぜ》か下品には映らないのだから見た目で得をしている。

「そんな訳ないだろう」

狼星《ろうせい》は笑っていた。だが声は冷え冷えとしていた。

「俺は一刻も早く雛菊《ひなぎく》とさくらに会いたいんだよ」

実際、吐息が氷の息吹《いぶき》を纏《まと》っていた。狼星《ろうせい》は表面的には余裕を取り繕っている。

「なのにあいつらが邪魔してきている。どちらかと言えば激しく憤《いきどお》っているし、さっさと始末をつけたいんだ……本当にな」

――わかりにくい奴《やつ》だな。

どうやらこの状況を愉快そうに見ているのではなく、腹が立ちすぎて怒りの臨界点に到達し、むしろ冷静に、そして愉快になってきてしまっている、というのが正しい状態なのだろう。

子どもの頃から彼を見てきた凍蝶《いてちょう》はそのように当たりをつけた。

「だから殺《や》るかと聞いただろうが。凍蝶《いてちょう》、命令はしていないが、さっさとやらないなら俺が手を下すぞ。氷漬けにしておけば勝手に死ぬだろ」

凍蝶《いてちょう》は大きくため息をつくと、狼星《ろうせい》の額に強めのデコピンをした。

「痛いっ！」

衝撃で少し正気に戻ったのか、叫ぶ姿はいつもの狼星《ろうせい》だ。

「狼星《ろうせい》、お前の立場でそういう発言はよせ。排除は私の任務だ」

「……すまんな。俺の命は紙風船のように軽く扱われてきているから、つい他人に対してもそうしてしまうんだ。神だから人権もない」

「また減らず口を……アンガーコントロールしろ」

「……お前こそうるさいな。コントロールしてなきゃ今頃この辺り一帯スケートリンクにしてる。民が喜ぶかもしれんぞ、やるか」

「やらない。いいから私に任せろ」

凍蝶《いてちょう》は運転手と助手席に居るはずの石原《いしはら》に迎撃を開始することを伝えると、サングラスを外して窓を開けて身を乗り出した。凍蝶《いてちょう》が銃を構えて狙いを定めたのを見て、追跡してくる車の者達も動き出す。嫌らしいことに一般車両の後ろにまで下がり出す車があった。

「左前のにしろ。横転しても氷漬けにしてカバーしてやる」

反対側のドアの窓から手だけ出して狼星《ろうせい》が言う。

――こういう時は頼りになる。

凍蝶《いてちょう》は呼吸を整えて、逃げ隠れせず追ってくる車のタイヤに意識を集中させる。

瞬間、弾丸が放たれた。射撃が得意でないと狼星《ろうせい》に評された凍蝶《いてちょう》だが、結果を見れば彼にとって第一武器が刀であるがゆえの発言だとわかる。弾丸はタイヤに命中し、車体のバランスを崩した追跡車が一台走行不能になった。

「氷の息吹《いぶき》を与えてやろう」

同時に狼星《ろうせい》が道路を一部分だけ凍結させる。誘導されるように氷の路面に流れた車はやがて、地面から突如立ち上がった氷柱にぶつかって止まった。

「……お前、あれ、カバーにしてはやりすぎじゃ」

「カバーしてやると言っただけで手加減するとは……」

狼星《ろうせい》はまた皮肉を返そうとしたが、突如凍蝶《いてちょう》に乱暴に抱きしめられて言葉が引っ込んだ。銃声がしたのだ。他の追跡車から反撃の銃弾が放たれた。

「狼星《ろうせい》！　無事か！」

「お前に潰されていること以外は」

幸い、こちらの車体に弾は当たっていない。

座席の下で高身長の男に覆いかぶさられながら窮屈な状態を強いられること以外は問題ない。

車内前方、助手席から石原《いしはら》の声が聞こえてきた。

「狼星《ろうせい》様！　凍蝶《いてちょう》様！　お怪我《けが》ありませんか⁉」

現在、他の四季庁職員や冬の里の護衛は首都高速に入る前に囮《おとり》として陽動させたので同行していない。敵はある程度分散させることが出来たが、それでも数台追いかけてきてカーチェイス状態になっている。

「こちら問題なし！　運転席、助手席、問題ないかっ？」

「怪我《けが》ありません！　振り切る為に運転速度を更に上げるそうです！　どこでもいいのでしがみついていてください！」

車は右へ左へ、華麗なドライビングテクニックで首都高速を走りつづける。

「銃声、一旦やんだな。凍蝶《いてちょう》どけ。重たい」

「まだ頭を下げてなさい。またすぐ撃ってくる……阿左美《あざみ》君からの情報が正しければ、敵は【華歳《かさい》】。武器などいくらでも所有しているだろう。我々も何度か交戦したことがある組織だが、雲隠れがうまい上に尻尾を出さない……何を考えているかもよくわからない」

凍蝶《いてちょう》の言葉に、狼星《ろうせい》は眉を上げる。

「代行者を攫《さら》って、自分の子どもに仕立て上げる奴《やつ》が率いてる組織だぞ。心理なんて考えるな」

「……狼星《ろうせい》」

「反吐《へど》が出る……秋の為にもやはり奴《やつ》らは許しておけん」

狼星《ろうせい》は吐き捨てるように言った。

雛菊《ひなぎく》達が行った会議の内容は狼星《ろうせい》にも連絡が入っていた。

連絡係を務めたのは秋の護衛官の阿左美竜胆《あざみりんどう》だ。

面識はあるが、深く関わったことがない人物だった。狼星《ろうせい》の個人携帯端末の番号を勝手に共有したとさくらに言われた時は渋面を作ったものだ。

竜胆《りんどう》の印象は『気障《きざ》な洒落者《しゃれもの》』悪く言えば『軟派』だった。撫子《なでしこ》を扱うその姿がそう思わせた。笑顔が胡散臭《うさんくさ》い。何をするにしてもすぐ抱き上げて運んで代行者を甘やかし放題。表面上良い従者ぶりを見せているが観察していれば猫をかぶっているとわかる。

自分の周囲にも居る上辺だけ良い大人を演じている輩《やから》と同じ匂いがした。四季降ろしで一月共に過ごしたが、狼星《ろうせい》が引きこもっていたせいか撫子《なでしこ》ほど関わりは持たなかった。しても挨拶程度。陰で煙草《たばこ》を吸っている姿をよく目にした。狼星《ろうせい》は竜胆《りんどう》に良い印象を持たないまま四季降ろしを終えた。

『……寒椿《かんつばき》様。全ては俺の咎《とが》です』

だが、電話越しの声を聞くと今までの印象がガラリと変わった。

『あの時、撫子《なでしこ》を守ってやれたら』

——嗚呼《ああ》。

『あの時、俺が部屋から離れなければ』

——俺が穿《うが》った見方をしていただけか。

『あの時……』

久しぶりに話す竜胆《りんどう》は、彼が良く知る護衛官と同じ声をしていた。

後悔している者の声だ。

——ちゃんと代行者を大事にしてたのか。

そこに居たのは外面《そとづら》の仮面を捨てた阿左美《あざみ》竜胆《りんどう》その人で、年相応に不安に揺れていた。

まだ若く、困難と失敗に慣れていない青年。壁にぶち当たってどうしたら良いかわからない、傷ついている。けれども負けたくはない。恥を忍んでこの電話をかけている。凍蝶《いてちょう》だけでなく、十年前絶望の淵《ふち》に居た自分を彷彿《ほうふつ》とさせた。

『……俺が、俺が……代わりに傷ついてやれたら……』

――その台詞《せりふ》は俺も何度も自分に言ってきた。

『阿左美《あざみ》殿』

『皆様にも申し訳ない、俺が』

『阿左美《あざみ》殿、それ以上言うな。言葉にすると身体《からだ》にも響く。過ぎた後悔は毒になるぞ』

狼星《ろうせい》は気がついたら身を案じる言葉をかけていた。

『……しかし、俺は』

『先程から自分のことばかりだが、そちらの警備はうちと同じでチーム編成で対応する方法をとっているはずだろう。咎《とが》はあっても誰か一人のものではない』

『ですが俺は従者です』

『従者だが、所詮人の子だ。出来ることは限られている』

『……』

『言い過ぎた。すまん。だがそうだろう。出来なかったことは次で取り返せ。これは俺にも言えることだがな……いいか、冬が協力するのは俺と凍蝶《いてちょう》の意志だ。謝られることではない』

『はい……』

『先に動いたのはさくらだが、俺も秋を救うことを考えていた。結果、春夏秋冬の共同戦線になった。阿左美《あざみ》殿はそこを心苦しく思っているようだが、そう思わなくて結構。俺達は俺達で目的もある。救助と同時に賊に一泡吹かせたい』

『姫鷹《ひめだか》様からお聞きして存じております、今ならそのお気持ち、十分に理解出来ます』

『……』

『これから十年……撫子《なでしこ》を失うと考えるだけで……』

電話越しに、竜胆《りんどう》の深いため息が聞こえる。

『頭がおかしくなりそうです』

ひどく苦しげに言う。狼星《ろうせい》は純粋に心配になってきた。

精神的に追い込まれると元の状態に戻るのは困難だと彼自身が一番良く知っている。

『……その、大丈夫か？』

狼星《ろうせい》は最初より何となく声を和らげた。

『……ご心配までして頂き申し訳ありません』

『いや、そういうことを言ってるんじゃないんだ。経験者だからわかる。大事にしていた者を失うのはつらい……撫子《なでしこ》は、その……小さいしな』

『はい、撫子《なでしこ》は……小さく、本当にただの子どもで……』

『あれも四季の代行者の端くれではあるが、まだ幼い。俺も心配だ』

『自分でも喪失して初めて気づきました。どうやら俺は、俺の秋が心底大切だったのだと……』

『自覚がなかったのか』

『自覚がありませんでした……』

『外野から見ると、相当甘やかしていたぞ。砂糖に砂糖をかけているようなものだった』

『……そんなつもりは。いやでも、同僚にも似たようなことを言われたのでそうだったのかもしれません……嗚呼《ああ》、俺は本当に愚かだ……今は撫子《なでしこ》より大切なものはないとわかります……』

しれっと気障《きざ》な台詞《せりふ》を吐かれて、狼星《ろうせい》は納得した。

――成程、こいつは凍蝶《いてちょう》と同じようなところがある。

自分達も外野から見たらこうなのだろうかと恥ずかしくなってきた。

代行者と従者は主従関係を結ぶ前から相手を知っていようが、知らなかろうが、何故《なぜ》か過程で強い相互依存になりやすい。必然のように主《あるじ》は従者を、従者は主《あるじ》をそれぞれ違う形で愛するようになる。凍蝶《いてちょう》ははっきりと『大切だ』、『大事だ』と好意を口にする方なので麻痺《まひ》していたが他人の口から聞くとかなり照れ臭い。というか小っ恥ずかしい。気をつけよう、と狼星《ろうせい》は思った。狼星《ろうせい》が気をつけたところで多分どうにもならないのだが。

『……撫子《なでしこ》』

『阿左美《あざみ》殿、だから後悔をしすぎるな』

段々と人生相談のようになってきている。

『今は秋を救うことだけ考えろ。自罰的になりすぎるな、目が曇る。冷静な判断が出来なくなるぞ。ちゃんと協力する。いいな？　あの時、頑張って良かったと思える結果にしよう』

『はい……すみません。協力のお願いのみならず、お優しいお言葉まで頂き……花葉《かよう》様にも情けなくもなぐさめられました。しっかりします』

『……春の代行者は健在か？』

『はい。お食事もちゃんと召し上がっています。弁当で申し訳ないですが……』

『そうか良かった。雛菊《ひなぎく》は……好みが変わってなければオレンジジュースが好きだ』

電話の向こう側で竜胆《りんどう》の空気が少しだけふわっと軽くなったのが狼星《ろうせい》にも伝わった。

『了解しました。オレンジジュース、ご用意します。花葉《かよう》様の為ならば』

その返事で、竜胆《りんどう》が少なからず雛菊《ひなぎく》に対し敬う姿勢を持っていることを知る。狼星《ろうせい》はそうした者が彼女の傍《そば》に居てくれることに安堵《あんど》を覚えつつも内心複雑になった。竜胆《りんどう》は女性受けの良さそうな甘い声の持ち主で、見た目も魅力的な男だ。

――俺が居ない間に新しい恋など生まれていないだろうか。

再会してもいない雛菊《ひなぎく》の恋愛事情が気になってしまった。一応、雛菊に付けている冬の護衛に変な虫が湧くようなら排除しろと言いつけてあるが、相手がもし竜胆《りんどう》の場合は無理だろう。

『……阿左美《あざみ》殿』

『はい、寒椿様《かんつばき》』

『不躾《ぶしつけ》なことを聞くが……恋人は、居るのか？』

『……は？　居ませんが』

何故《なぜ》そんなことを聞くのかという疑問の色が竜胆《りんどう》の声には含まれている。

『そうか独身か。四季庁の職員も若い男が多いだろうな。所帯持ちよりは出歩きやすい身の上だ。あまりこういうことは言いたくないが、そちらに春も夏も揃《そろ》う。娘四人だ。貴殿には彼女達の守り刀で居て欲しい。若者同士で羽目を外すなよ』

かなり遠回しに牽制《けんせい》をしてみたが、竜胆《りんどう》はあまりよくわかっていないようだった。

『こんな事態です。いくら懇親を深めるべき方々と言えど、皆で飲みになど行きませんよ。全員が成人しているわけじゃありませんし』

飲み会のことだと思っている。

『寒椿《かんつばき》様、もし全てがうまく片付いたら、むしろ俺と飲みに行ってください』

『お、おお』

そして男同士の飲み会を誘ってきた。

『何かお困りになられた時は俺を頼ってください。俺のすべてを懸けて報いてみせると誓いましょう』

『いや、そんな重いことは言わなくていい』

『受けた恩は必ずお返しします』

『いや、重い』

『そう仰《おっしゃ》らずに』

さくらの伝言通り、竜胆《りんどう》は護衛官としては『悪くない』と狼星《ろうせい》も思った。根は真面目で忠義の男だ。軟派な男かと思いきや、中身は意外と硬派なところがある。弱い部分も見えたが、起きている事態を考えれば自暴自棄になっていないだけマシだろう。


狼星《ろうせい》は竜胆《りんどう》との会話の回想から思考を戻して凍蝶《いてちょう》に問いかけた。

「さっきの話だが【華歳《かさい》】の奴《やつ》らかわからんだろう。根絶派の可能性もあるんじゃないのか」

車が右往左往する中、凍蝶《いてちょう》と狼星《ろうせい》は舌を嚙《か》まないようにしながら会話を続ける。

「どこかの季節だけなら私もそう思うが、夏離宮、秋離宮ときてるんだぞ。そして今、我々冬が襲われている。根絶派ではなく改革派。目的は政府への揺さぶりと考えるべきでは？　それか、根絶派だとするなら……考えたくはないが季節全否定のカルト集団だな」

「……わかった。凍蝶《いてちょう》、弾貸せ。氷結の加護を与えてやる。一気に仕留めるぞ」

言われて凍蝶《いてちょう》は少し迷ってから狼星《ろうせい》に銃を渡した。彼が弾倉から弾を抜き取って術を施している間にも車は揺れに揺れている。あまり周囲に気を配っている状態ではなかったが、凍蝶《いてちょう》は狼星《ろうせい》と密着していた為、それに気づいた。

「狼星《ろうせい》、携帯が鳴っている」

「取ってくれ。腕つっこんでいい。この状態で他のことは出来ん」

仰向けでぶつぶつと四季歌を口ずさみながら弾に祈りを込めている狼星《ろうせい》は手が空いていない。

凍蝶《いてちょう》は仕方なく狼星《ろうせい》の着物の帯に手を伸ばし、着物との間に挟まって潰されている携帯端末を助け出す。捜査に進展があるなら竜胆《りんどう》からの追加連絡である可能性が高いが、憶測は外れた。

「……さくらからだ」

着信名は『姫鷹《ひめだか》さくら』と出ている。

狼星《ろうせい》は弾倉に銃を再装填しながら『出ろ』とぶっきらぼうに返す。

「私が出たら嫌がる」

凍蝶《いてちょう》は眉を下げた。話したい気持ちと、話せない気持ちが同居して戦っている。

「俺が出てもあいつは嫌な声しか出さない。昔は様付けだったのに今は呼び捨てで下々にするような態度だからな……まあ、俺はそっちのほうが好きだが。同世代の友達っぽいし」

「……」

「お前のことも呼び捨てにしていたぞ。格下げされたな」

「構わない。年は上でも職位は一緒だ」

「お前ら……あんなに仲が良かったのにな」

「……私の咎《とが》だ」

「俺の咎《とが》だ」

「違う」

「違わない。いいから当たって砕けろ。砕けても俺が後でカバーしてやる。お前がどれほど捜していたか、気にかけていたか、ちゃんと言ってやる」

「……」

「凍蝶《いてちょう》、君命だ。お前が出ろ。詠唱続けるからもう話しかけるなよ」

端末の着信音は凍蝶《いてちょう》が逡巡《しゅんじゅん》している間に切れてしまった。慌てて凍蝶《いてちょう》はこちらからかけ直す。端末を持つ手が汗でじわりと濡《ぬ》れた。賊の襲撃よりも緊張する。

ルルルル、ルルルル。発信音二回。三回目になる前に相手は出た。

『……ろうせい、さ、ま？』

凍蝶《いてちょう》は息を呑《の》んだ。途切れ途切れの音楽のような声音が耳に響く。最初は誰かわからなかった。だが、事前に狼星《ろうせい》から伝え聞いたさくらからの情報で見当をつけた。

「こちら冬の護衛官、寒月凍蝶《かんげついてちょう》です。そのお声は……雛菊《ひなぎく》様ですか……」

狼星《ろうせい》が詠唱をやめてがばりと顔を上げる。しかし体勢が悪かった。狼星《ろうせい》が仰向けで寝て、その上に凍蝶《いてちょう》が覆いかぶさっているので自然と狼星《ろうせい》は凍蝶《いてちょう》の顎に頭をぶつけた。

「……つく……」

凍蝶《いてちょう》は軽く呻《うめ》いた。狼星《ろうせい》は無言で悶絶《もんぜつ》している。ぶつけられた凍蝶《いてちょう》より狼星《ろうせい》が痛がっているあたり、凍蝶《いてちょう》の頑丈さが窺《うかが》える。

『ど、どうしたの？　いま、なんか、ごんって、ぶつ、けた……？』

「だ、大丈夫です。狭いところに居まして」

『凍蝶《いてちょう》、お兄、さま？　さ、さく、ら、凍蝶《いてちょう》、お兄、さま、でた、よ。え……ま、まってもらうの？　切るの？　ど、どうしよう……あ、お兄、さま、いまさくら、他の電話に……』

どうやら最初に電話をかけてきたのはさくらで、凍蝶《いてちょう》が出なかったので今は他の端末に応対しているらしい。そして凍蝶《いてちょう》のリダイヤルをさくらの代わりに雛菊《ひなぎく》が取った。

「どうかそのままで。雛菊様《ひなぎく》……で、合っていますか」

『は、はい、雛菊《ひなぎく》、です。凍蝶《いてちょう》、お兄、さま、お体、だいじょうぶ、ですか？』

「今のことならお気になさらずに」

違うよ、と雛菊《ひなぎく》が間髪入れずに言ってきた。

「違う、とは……？」

『いま、じゃなくて、むかし、のこと……撃たれて、た、でしょ、う。もう、なおってる……？　あの時、かばって、くれた……』

凍蝶《いてちょう》は、息を呑《の》んだ。

「……」

『たすけて、くれて、ありがとう、ございい、ます』

冬の里襲撃でのことを言っているのだとわかって、凍蝶《いてちょう》はしばらく呆《ほう》けたように口を薄く開けて黙ってしまう。

『ずっと、お礼、いいたかった、です』

——どうして。

彼女の中で凍蝶《いてちょう》は、撃たれて怪我《けが》をしたままで時が止まっているのだ。

もちろん、生きていることは知っているだろうが、それでも十年も前の怪我《けが》をいま案じてくれていることに驚きを隠せなかった。

——貴方《あなた》はそれを最初に言うべきではないでしょう。

もっと他に言うことがあったはずだ。

——なぜ助けてくれなかったのか、とか。

——どうしてさくらをずっと庇護《ひご》出来なかったのか、とか。

——お前達のせいで人生が失われた、とか。

言おうと思えばいくらでも悪し様《あざま》に言えるはずなのに。

『いまは、だい、じょう、ぶ……？　もう、痛く、ない？』

雛菊《ひなぎく》はそれをしない。

——他に言うことがいくらでもあるでしょう。

凍蝶《いてちょう》は十年前生死の境を彷徨《さまよ》った。助かったのは雛菊《ひなぎく》のおかげだ。

あの時、雛菊《ひなぎく》は保護を選んだ。もし神通力《じんつうりき》による攻撃を賊側に向けていれば雛菊《ひなぎく》は助かった
かもしれないが全員生きていたかはわからない。

——どうして。

賊側は人数が多かった。取り逃がせば報復で誰かは殺されていただろう。春の桜に守られて、
病院に運んで貰《もら》えたからどうにかなった命だと凍蝶《いてちょう》自身がわかっている。

「はい、今は……」

——どうしてなんだ。

もっと違う会話を想像していた。どんなものかと問われるとわからない。

「今は……」

たとえば、膝をつき、床に額をこすりつけて、どんな罵詈雑言《ばりぞうごん》も受け入れる。

蹴るや殴るをされてもただ黙って頭《こうべ》を垂れ続ける。

そんな謝罪を、そんな会話を想像していたのに。

『凍蝶《いてちょう》、お兄、さま？』

実際は、どうだ。

——罰を。

彼女は怒るどころか心配している。守ってくれなかった青年を。

——私は罰を受けるべきなのに。

心臓が助けてくれと訴える。痛い。取り出してしまいたい。

それくらい、痛くて、切なくて、苦しい。

許す、許さないの問題ですらなかった。

『まだ、痛い？』

ずっと心の片隅に置いていてくれたのだ。

あの時大丈夫だったろうかと。そのままの時を生きていた。

監禁されて、救われないまま過ごしていても、案じてくれていたのだ。


「今は……もう、大丈夫です……」

まるで十年前と変わらないように、言ってくる。


「……もう、痛くありません」

凍蝶《いてちょう》お兄さまと。

凍蝶《いてちょう》の目頭が熱くなった。

自分を『お兄さま』と敬称をつけて呼んでいてくれたのは、彼女が何かしら自分に求めるものがあったからなのだろうと察していた。腹違いの兄が居るという事情を聞いてからは凍蝶《いてちょう》も代わりにはなれないが、そうあれたらいいと雛菊《ひなぎく》を可愛《かわい》がっていた。

この失われた少女が、あいも変わらずそう呼んでくれることが、あまりにも切なくて苦しい。

そして、愚かにも。

「大丈夫です……もう、痛くありません、雛菊様《ひなぎく》」

嬉《うれ》しく思う。

――貴方《あなた》は俺を罰するべきなのに。

凍蝶《いてちょう》は外したサングラスを慌ててかけ直す。視界が涙で歪《ゆが》んだ。

「こちらこそ……十年前……命を……お救い頂き……ありがとう、ございます……」

『……凍蝶《いてちょう》、お兄、さま……』

「お守り出来なかった罪を、お許しくださいとは口が裂けても言えません……一生かけて償います……何か困ったことがありましたか？　お体の具合は？」

『お兄、さま』

「……貴方《あなた》に、その愛称で呼んで頂く資格はない……」

『そんな、こと……言わない、で……』

「いいえ、そうなんです。雛菊様《ひなぎくさま》……」

凍蝶《いてちょう》が苦しげに吐息ごと言葉を漏らす。

――凍蝶《いてちょう》。

いつも気を張って、他人に自分が崩れた姿を見せないようにしている男が、いとも簡単にその仮面を脱いだ。狼星《ろうせい》は呆《ほう》けたように見る。

――二人が十年ぶりに喋《しゃべ》っている。

雛菊《ひなぎく》の声は携帯端末から少しだけ漏れている。何を言っているかまでは聞き取れないが、彼女特有の甘くて、透き通った、金平糖のように煌《きら》めく声音は少しだけ拾えている。

――生きてる。

狼星《ろうせい》は詠唱もすっかり忘れて口を閉ざしていた。急に苦しくなり、呼吸を止めていることに気づき浅く空気を吸う。自分の呼吸音が、相手に聞かれるのをどうしてだかまずいと思ってしまった。口元に手を当てる。

――雛菊《ひなぎく》が、生きてる。

本当に、生きているのだと、ようやく実感した。

何か重大な神秘体験に遭遇したかのように体が動かない。感情の濁流が狼星《ろうせい》を襲う。

『そんな、こと、言わ、ない、で……』

雛菊《ひなぎく》の二度目の言葉は、あまりにも悲しげな声音をしていた。

『それを、言うなら、雛菊《ひなぎく》、も、その資格、ない……です。でも、今は、うまく、説明、できません……凍蝶《いてちょう》、お兄さま、雛菊《ひなぎく》、のこと、聞いて、ますか』

「……はい、少しだけ……人づてに聞いております」

『……雛菊《ひなぎく》、違います。違う、もの、中に、入って、います。まがい、もの、です。けれど、続いている、ところ、も、あります……』

まるで謎かけのような台詞《せりふ》に、凍蝶《いてちょう》は返す言葉がない。

『もし、死んだ、あの子が、此処《ここ》に、いたら、同じように、凍蝶《いてちょう》お兄さまと、呼び、ます。だから……そんな、こと、言わないで……』

「……死んだ……」

『雛菊《ひなぎく》は、死にました。今の、雛菊《ひなぎく》、違う』

「……理解がすぐ出来ずすみません。多重人格、というものでしょうか」

『わかり、ません。病名、こうほ、複数、あり、ます』

病名、と言われて凍蝶《いてちょう》は頭を殴られたような衝撃を受けた。それはそうだ。現代の医学に照らし合わせたら、雛菊《ひなぎく》の状態は何か名前がつくのだろう。

『いまいるの、そういう、雛菊《ひなぎく》、です。凍蝶《いてちょう》、お兄さま……あの、ね……お会い、したら、ちよくせつ……言おうと、思ってたけど……』

「ちょ、ちょっと待ってください、いま狼星《ろうせい》が居るんです。代わります。雛菊《ひなぎく》様！」

『……言えるか、わからなく、なって、きたから……いま、言います』

雛菊《ひなぎく》は動揺しているのか、凍蝶《いてちょう》の言葉を聞いている様子ではなかった。

急いで狼星《ろうせい》の耳に携帯端末を当てる。

狼星《ろうせい》は拒否する間もなく声を受け取った。

『十年前の雛菊《ひなぎく》を、生きて、かえしてあげられなくて、ごめんね……』


そこでようやく、狼星《ろうせい》は彼女の声を聞いた。

「……」

電話の相手が雛菊《ひなぎく》だとわかってから、自分の声が相手に伝わらないようになぜか口元に手を当ててしまっていたが、今はそれすら難しかった。

「……ひ、な……」

唇も手も震える。どんな寒さでも凍えない冬の王が、惚《ほ》れた娘の声を聞いただけで震えが止まらなくなった。

「ひなぎ、く……」

名前を呼ぼうと、どうにかして声を絞り出したが、次の瞬間狼星《ろうせい》の耳に聞こえたのは電話越しの爆発音だった。立て続けに数回、その後に悲鳴も続いた。

「……雛菊《ひなぎく》？」

悲鳴は複数だったが、確かに雛菊《ひなぎく》も叫んでいた。

そして電話は切れた。ツー、ツー、ツー、と断絶された音が無残にも響く。

「狼星《ろうせい》、変な音が聞こえたが雛菊《ひなぎく》様はどうかされたのか？」

「……」

「さくらが代わりに出たのか？　おい、狼星《ろうせい》」

凍蝶《いてちょう》は押し当てた携帯端末を見る。通話は終了している。再度かけてみるが繋《つな》がらない。

「……雛菊《ひなぎく》が、叫んでた」

狼星《ろうせい》がぽつりとつぶやいた。

その直後、何が起きたのかは凍蝶《いてちょう》ですらわからなかった。

「叫んで、た」

狼星《ろうせい》がそう言ってから、身体《からだ》が浮いた。

冗談でも幻覚でもない。

事実、浮き上がった。

その時の出来事はたった数秒間だったが、凍蝶《いてちょう》の瞳にはスローモーションのようにゆっくりと見えた。浮き上がった自分達の体と一緒に、銃も、銃弾も、空中を遊泳した。

運転席の方で石原《いしはら》の悲鳴が聞こえる。

そしてその後に激しい衝突音。

シートベルトをしていない体はやがて車体に叩《たた》きつけられた。

ガシャンッと聞こえた音は何が壊れた音なのかすらわからなかった。

外に巨人が居て、車を摑《つか》んで落とされたと言われても納得してしまったかもしれない。

凍蝶《いてちょう》は苦痛の声を上げる。音の割にはひどい衝撃は来なかった。だが打ち身の痛みはある。

唇も頭も変な場所にぶつけて軽く血が滲《にじ》んでいる。

凍蝶《いてちょう》は狼星《ろうせい》の安否をまず確認した。

「……」

生きている。呼吸も問題なかった。

凍蝶《いてちょう》は無意識にちゃんと抱きかかえていたようだ。彼が生まれてからずっと守り続けてきただけのことはある。狼星《ろうせい》は弱っているようにも見えたが、目は爛々《らんらん》と光り、唇からは火を吐いた竜のように冷気が漏れていた。

――まさか、こいつがやったのか。

首を捻《ひね》り状況を確認すると、自分達の頭上に大きな氷柱《つらら》が生えていることに気づいた。

――嗚呼《ああ》、狼星《ろうせい》。

地面から生えた氷柱は後部座席を持ち上げるように貫いている。座席の下に二人で潜んでいたので助かったが、座っていたら串刺しにされていた。

それはまるで、自殺願望がある狼星《ろうせい》の自傷癖を現すような。

死にはしないが、だが死にそうな程度に自分を傷つけたがる彼のやり方に似ていた。

「……狼星《ろうせい》っ！」

狼星《ろうせい》の反応は鈍い。一気に神通力《じんつうりき》を使ったせいか、まどろむような顔をしている。

凍蝶《いてちょう》は身体《からだ》を起こした。

「運転席！　大丈夫か！」

「だ、大丈夫……です。エアバッグのおかげで……でも身動きが……！」

「待っていろ。出られるようにする！　狼星《ろうせい》！　呆《ほう》けてる場合か！　覚醒しろ！」

凍蝶《いてちょう》は狼星《ろうせい》の頬を何度か叩《たた》いた。狼星《ろうせい》の目の焦点が段々と凍蝶《いてちょう》に合ってくる。

「……凍蝶《いてちょう》」

「とにかく車から出るぞ。とんでもないことをしてくれたな……」

四苦八苦しながらも何とか外に出る。

すると車外はもっと『とんでもないこと』になっていた。凍蝶《いてちょう》は言葉を失う。

「………」

そこには氷山があった。春の代行者が授けた春景色に不似合いな、氷の塊が鎮座している。

これにより首都高速道路は完全に通行不能になった。車線を分断するように氷山が生まれてしまったからだ。明らかに狼星《ろうせい》のしでかしたことだった。

――あいつ、攻撃したのか。

名付けるならば氷の針千本地獄。狼星《ろうせい》達を付け狙い、執拗《しつよう》にカーチェイスを仕掛けてきた追跡者達の車数台、それらはいくつもの氷柱で串刺しにして磔《はりつけ》にされていた。うまいこと運転席と後部座席を避けるように刺さっているが、中の者が無傷とは言《い》い難《がた》い。自分達の車も攻撃したのは、恐らく意図したことではないだろう。感情の発露によるものだと推測出来る。

――無茶苦茶だ。

周囲は静けさに包まれていたが、やがてクラクションが鳴り響き始めた。

前を走っていた車やバイク達が何事かと集まってきている。首都の大事な交通ルートを、冬の代行者の奇跡の力が潰してしまったのだ。ただ日常を生きる民間人には大迷惑でしかない。

「……凍蝶《いてちょう》様っ！」

石原《いしはら》が突然叫んだ。凍蝶《いてちょう》は危機を察して狼星《ろうせい》に突進するように抱きついてそのまま彼を抱え込み地面に伏せた。と、同時に銃声が響く。串刺しになった賊達がそれでも尚《なお》、氷山の中からこちらに銃弾を撃ち込んできた。

とはいえ威嚇か錯乱かやけっぱちのどれかで撃ったのだろう。全く当たる気配はない。ただ、民間人の車が停車してしまっているいま武力解除させる必要はあった。

「……煩わしいやつらだな」

狼星《ろうせい》は凍蝶《いてちょう》に守られた状態のまま宙に手を掲げた。

その掌《てのひら》に大ぶりの氷の刀が瞬時に生まれて握られる。狼星《ろうせい》は凍蝶《いてちょう》を押しのけ、立ち上がってそのまま走り出すと槍投《やりな》げのように刀を投げた。

放たれた氷の大太刀は銃を撃ってきた車両に突き刺さり完全に外から氷漬けにされた。パキパキと音を立てて氷塊と化していく。

周囲はまたしんと音を消した。この不可思議な幻術のようなことをしでかしている者がこの国に於《お》いては何と呼ばれる者か、みな認識し始めていた。

「冬の代行者だ……」

誰かがそうつぶやく。

民間人にとって四季の代行者は雲の上の存在。

絵物語のような世界に生きる現人神《あらひとがみ》。

四季が巡ればその季節を楽しむが、陰で働く代行者を意識することはほとんどない。

それもそのはず。春夏秋冬がどう齎《もたら》されているか知識としては知っているが、実際にその御業《みわざ》を目にする機会はほぼ無い。

狼星《ろうせい》はひと目を憚《はばか》らず使用するほうだったが、本当は神秘をそう容易《たやす》く一般人に見せてはいけない。見られる、ということは関心を集め、それは好意だけでなく悪意も集める。

秘匿されるべきは代行者の異能だけでなく代行者本人もだ。

それが彼らを守ることにも繋《つな》がる。

そこをわかっていないのか、わかっているが無視しているのか。

狼星《ろうせい》は危機管理能力が低い行動ばかりとる。

本人が少しだけ他の人間より死にたがりな部類に入るせいもあるのかもしれない。

だが凍蝶《いてちょう》は今までも言ってきた。四季の力を闇雲に使うことをしてはならないと。

峠で事故現場を助けた時も苦渋の決断だった。

こうしたことを続けると里の中や四季庁内でも立場を悪くする。そうなると生きづらくなるのは狼星《ろうせい》自身だというのに。

——この大馬鹿者は氷山を作った上に氷太刀《ひだち》で賊を刺した。

心臓が弱い者が居れば、一時停止してしまったかもしれない。

凍蝶《いてちょう》は顔に怒りを滲《にじ》ませて狼星《ろうせい》にまた近寄った。

「狼星《ろうせい》、歯を食いしばれ」

警告したくせにノータイムで頭を殴った。

ゴッと激しい音が鳴る。狼星《ろうせい》の視界に星が飛んだ。前につんのめり、転びかけたが何とか踏みとどまる。狼星《ろうせい》は抗議すべく顔を上げたが、憤怒《ふんぬ》の表情を浮かべた凍蝶《いてちょう》を見ると威勢の良さは直ちに削《そ》がれた。長年の付き合いでこれはまずいと察したのだろう。バツの悪い様子で言う。

「その……食いしばる時間がなくて頬肉を噛《か》んだんだが……？」

「大馬鹿者っ！　あんなこと、許されないぞ！　自分の力をそんなに見せつけたいのかっ⁉」

「いや……ここまでやるつもりはなかった。無意識で……」

「そんな言い訳が許されるかっ！」

凍蝶《いてちょう》はまた拳を握りながら近づいたが狼星《ろうせい》が『待て』というように手を前に出した。凍蝶《いてちょう》は一応止まってみせる。

「凍蝶《いてちょう》、聞け。もう殴っただろ？　すっきりしたはずだ」

「いや、もう一度くらいは殴らせろ。雛菊《ひなぎく》様に会う前だし顔は避けてやる」

「待て、待て、待て。この緊急時に仲違《なかたが》いは良くない、お前のげんこつは本当に痛いし、これから待ち受ける戦いの前に体力の消耗は避けたいっ」

「色々尤《もっと》もなことを言っているが、仕置きされたくないだけだろう……ならばこんなことをしでかした目的と動機を簡潔に言えっ！」

狼星《ろうせい》は一瞬『お前は俺の母親か？』という顔をしたが、これを言うとまたノータイムで殴られるとさすがにわかっているのかぐっと呑《の》み込《こ》んだ。

「了解した。まず目的だが、四季庁庁舎に向かい春主従を救う。電話で悲鳴と銃声が聞こえた。お前が聞いていた変な音はそれだ。直ちに現場に急行し援護に入らねばならない」

「……！」

「動機は惚《ほ》れた女と友を救う為だ。これは説明不要だな」

狼星《ろうせい》の発言も行動も、第三者からみれば無茶苦茶なのだが、彼の過去と現在を知る者からすれば行動に一本筋は通っていた。

「……春と冬、賊に同時に襲われているということか？」

「そうだろうな。計画されていたことなのかもしれない。凍蝶《いてちょう》、お願いだ。付いてきてくれ。二人が待っている」

「…………」

少し長めの沈黙があった。

狼星《ろうせい》は凍蝶《いてちょう》のサングラス越しの瞳を見て思った。

――これは、断ることを考えているわけじゃないな。

狼星《ろうせい》が凍蝶《いてちょう》に命令することはあっても『お願い』をすることはほとんどない。そしてこれを発動させる時、凍蝶《いてちょう》は絶対に断らないと狼星《ろうせい》は知っていた。その上今回の『お願い』は凍蝶《いてちょう》自身にとっても悲願であったものだ。

「……狼星《ろうせい》」

ややあって、凍蝶《いてちょう》は口を開いた。

「それを早く言え」

サングラスのずれを直しながら凍蝶《いてちょう》は言う。

「他の護衛陣が四季庁に到着するまでには一時間はかかる。待っていられる状況ではない。二人だけで行くことになるが、覚悟は出来ているか？」

凍蝶《いてちょう》も、こと、春主従に関してはブレーキを踏んでいられる人間ではなかった。

「無論だ。だからあの賊達を氷漬けにしたんだよ。凍傷になるだろうが死にはしない。あのまま放っておくぞ」

「国家治安機構に救出を要請しないといけないな。だがあれはやりすぎだ。それはわかるな？」

「わかってる、わかってる！　緊急時とはいえやりすぎた。雛菊《ひなぎく》が……悲鳴を上げたから……」

狼星《ろうせい》は言ってから焦燥感に駆られたのか、不安げな顔をした。

「とにかく、この始末は後でつける！　車は……もう駄目だな。凍蝶《いてちょう》、石原《いしはら》達を助けてやってくれ。俺は民間人に車両を譲ってもらえないかちょっと交渉してくる」

そう言うと、狼星《ろうせい》は独りすたすたと歩いていき、野次馬に声をかけた。

——狼星《ろうせい》。駄目なところは駄目なままだが、大人になったな。

守護すべき主《あるじ》が今や立派な青年として自分の傍《そば》に居てくれること。凍蝶《いてちょう》はそれに心強さを覚えていた。十年前なら考えられなかったことだ。

——役割分担が出来ることほど頼もしいことはない。

石原《いしはら》達を助ける為に車に近づく。凍蝶《いてちょう》の刀でエアバッグやシートベルトなどを斬ってやるとようやく石原《いしはら》達が外に出ることが出来た。

「何事ですかっ⁉」

血相を変えた様子で言う石原《いしはら》に凍蝶《いてちょう》は肩をすくめる。凍蝶《いてちょう》もそう言いたい気持ちだった。

運転手も無事だったが道路に座り込んでいる。氷山を見て『我らが神は随分お怒りですね』と冬の里の人間らしい感想をつぶやいた。

当の狼星《ろうせい》は今は怒りを潜めて近くに居た軽トラックのドライバーに話しかけている。氷山が出来てから車両を停止させて野次馬をしていた青年だ。

「三百万出す。それでどうだ？」

狼星《ろうせい》は青年の軽トラックの荷台に積まれたバイクを指差しながら言う。

車両の代わりにこのバイクを買い取るつもりらしい。

「え、え？」

突然バイクの譲渡を持ちかけられた青年は、目の前で起こった氷の刀の遠投に衝撃を受けたまま頭が痺《しび》れていたので会話についていけていない。

「え、じゃない。バイクだ。これ……すぐ使えるんだろうな」

「あ、はい！　もう売るつもりで……最後に林道で走らせようかと思ってて、えーと、はい、だからすぐ乗れます。あ、あのつかぬことを聞きますが、本当に冬の神様なんすか……？」

「冬の代行者だ。人間だと自認しているが、現人神《あらひとがみ》だと定義するのが最適解だろう。つまり、俺を助けることは神を助けるに等しいぞ」

「まじすか」

「まじだ。功徳《くどく》は積むものだぞ。売ってくれ」

ずずい、と顔を近づけられ青年は顔を赤くする。狼星《ろうせい》の端整な顔立ちは男女共に有効だ。

「三百って……新車買える価格ですけど、逆に良いんですか？　中古で売るつもりで積んでたので……」

「今すぐ乗れて小回りがきくのが欲しいんだ」

「ええと、どうしようかな。ああ……いやでもこれで奨学金返せるな……」

「奨学金……勤労学生か」

「あ、いえ。社会人なんですけど払い終えてなくて……ほ、本当に払ってもらえるんですか？」

迷っている様子を見て、狼星《ろうせい》は即座に畳み掛けた。

「三百五十出そう。電子手形ですぐ振り込む」

青年は少しの間を置いたが、意思を固めた表情で頷《うなず》いた。

「……売ります」

狼星《ろうせい》は片手を出す。青年と握手をした。

「正しい判断だ。銀行口座番号わかるか？」

商談が成立した。

「あ、わかります。バイクショップで手続きする為にメモしてて……」

二人は出会って十分も経《た》っていなかったが、円満な関係が構築されていた。

「神様……じゃない、代行者様。これオフロードバイクなんですけど、乗ったことありますか？　というか免許とかって持ってるんですか？　冬の代行者様も教習所行くんですか？」

多少緊張がほぐれたのか、青年は興奮気味に質問してくる。

狼星《ろうせい》は冬の神らしくすべて素っ気なく冷たく返した。

「まさか、俺がするわけないだろう。運転に関しては従者がやるから問題ない………出来た。民間人、協力に感謝する。支払いが完了した。荷台から降ろしてくれ。此処《ここ》は危険だからその軽トラですぐ離れろ。少し多めに振り込んだから今日はそれで美味《うま》い飯でも食え。四季の神のご加護があらんことを」

狼星《ろうせい》は青年に一方的にまくし立てて準備させると、早々に追い払ってしまった。

「……よし。凍蝶《いてちょう》、来いっ！　お前、大型二輪の免許持ってるよな？」

傲慢な態度なのに嫌味なく見えるのがたちが悪い。凍蝶《いてちょう》は呆《あき》れた。

「お前は天上人か何かのつもりか？」

尊大さに対する牽制《けんせい》として言ったつもりだったのだが、狼星《ろうせい》は『何だ？』という顔をしながら返事をした。

「いかにも俺は天上人だが……？　四季の代行者だぞ？」

「……」

「なあ、首都高って二人乗り駄目だっけか」

凍蝶《いてちょう》はまたため息を吐《つ》いてから答えた。

「……四季条例第六条の特殊状況下に当たる。これにより賊の対処が終わり我々の身の安全が確保されるまでは超法規的措置が通る。二人乗りをしても法律違反で咎《とが》められることはない」

「よし、なら良いな。これ以上大和《やまと》の法を犯すとさすがに尻拭いする石原《いしはら》を泣かせてしまう」

「私が泣きそうだ……狼星《ろうせい》、もう少し民間人にも敬意を持ちなさい。たとえお前が天上人でも」

「俺は誰にでもこうだ。相手の身分で態度を変えはしない。大体、誇りある態度で周囲に振る
舞うよう指導したのはお前だろう。季節の最上位である『冬』であれと」

確かに狼星《ろうせい》は相手によって態度を変える人間ではない。だがそれはこの場に限っては偉そうに言うべきことでもない。

「……二十歳を過ぎてもこうなら私の教育の仕方というよりはお前の資質と判断すべきでは？」

「こうって何だよ。何か失礼なことを言ってないか？　俺はお前の君主なんだが」

「いやもういい。お前と話していると日が暮れる……石原《いしはら》女史、話は聞いただろうが……」

凍蝶《いてちょう》は置いてきぼりにされていた運転手と石原《いしはら》に声をかけたが、予想もしないものを見せられてその後の言葉が続かなかった。

「……申し訳ありません」

謝罪の言葉は不確かな温度で宙に浮いた。

その言葉にどんな感情が込められているのか、わからないまま空気に溶けていく。

「……石原《いしはら》？」

狼星《ろうせい》が乾いた笑いを漏らす。

目にしている光景を信じたくなくて、冗談だろうというように笑いかけたが、彼女は『冗談です』とは言ってくれない。

石原《いしはら》は、運転手に銃を向けていた。

冬の里から派遣されている運転手に四季庁冬職員の者が銃口を向ける理由。

この場に於《お》いては一点しかない。

「狼星《ろうせい》様、凍蝶《いてちょう》様、けれど、行かせるわけにはいかないのです」

春、晴天の下の首都高。氷漬けの道路。

この時点で既に不可思議な光景なのだが、それに今まで尽くしてくれた人間の裏切りが加わると、更に奇妙な光景だった。

少なくとも、狼星《ろうせい》と凍蝶《いてちょう》にとっては耐《た》え難《がた》く。そして、信《しん》じ難《がた》い。

「行かないでください。行くと死にます」

石原《いしはら》の声には悲痛な願いが込められていた。

時は遡って。

竜胆《りんどう》と瑠璃《るり》、あやめは国家治安機構の機構員と四季庁保全部警備課の職員を連れて帝州《ていしゅう》の土地の一つである凰女《おうめ》を訪れていた。

秋の代行者祝月撫子《いわいづきなでしこ》の誘拐犯である【華歳《かさい》】が脅迫電話をかけてきたのは此処《ここ》とは方角がまるきり違う場所だ。だが、瑠璃《るり》の異能である『生命使役《せいめいしえき》』により現地の動物達をかき集め、使役し、現場から逃げた者の捜索に当たっていた。使い捨ての携帯端末に残された匂いを犬達に辿《たど》らせ続《つづ》け、鳥や虫、果ては鼠《ねずみ》や猫の噂話《うわさばなし》にまで耳を傾ける。

そして最終的に賊の消息が途切れた場所が此処《ここ》だった。

「あのさあ……」

瑠璃《るり》はいちごミルクの紙パック飲料を乱暴に開けてストローを挿した。

「電話をかけて逃げた賊がそのまま自分の本拠地に帰ってればいいけど……そうじゃなかったらこれすごい骨折り損だよね」

立て続けに神通力《じんつうりき》を使用している疲労のせいか目が据わっている。

「いや、しかしその賊を捕まえることが出来れば拷問して吐かせる手もあるかと……」

同じく疲労で目つきが悪くなっている竜胆《りんどう》は、今日何本目かわからない栄養ドリンクを開けながら答えた。

「どうでしょうね。現状、夏離宮で捕まった賊も口を割っていません」

睡眠がちゃんと取れていないのか、あやめは眠そうに目をこすってからカフェインドリンクを一口飲んだ。

『はあ……』

三人同時にため息を吐《つ》く。彼らは【華歳《かさい》】からの入電があってから取る物も取り敢えずに出動し、夜通し追跡を続けていた。いまはコンビニの駐車場で一服している。

すっかり凝り固まった身体《からだ》を解《ほぐ》す為に車の外に出てそれぞれ伸びをした。

本来ならどこかの宿泊施設で温泉でも入り骨休めしたいところだが、撫子《なでしこ》のことを考えるとそうも言っていられなかった。

──だが後退はしていない。前進しているはずだ。

栄養ドリンクを飲み干しながら竜胆《りんどう》は思った。隣で疲れた顔をしながらも、この件から降りずに手伝ってくれる夏主従に感謝の視線を向ける。

異能の力で追跡をしてもらえるのは勿論《もちろん》だが、こうして隣に居てくれることが何より心強かった。独りではないと強く感じられた。送り出してくれた雛菊《ひなぎく》とさくら。連携を約束してくれた狼星《ろうせい》と凍蝶《いてちょう》。どの季節の主従にも返しても返しきれない恩を受けている。

──撫子《なでしこ》、くじけるなよ。

どこかで自分を待っていてくれるはずの自分の秋に、竜胆《りんどう》は念じた。

お前の為にたくさんの人が動いてくれているぞ、と。

「国家治安機構が周辺を聞き込みしてくれてますから、俺達は少し待機となります。瑠璃《るり》様、あやめ様、車の中でお休みになられてはいかがですか？」

「あたし達、結構寝てるよ。運転してないし。竜胆《りんどう》さま、四季庁の職員さん達と交代で運転してたから疲れてるでしょ。何かあったら起こしてあげるからそっちこそ寝たら？」

「お気遣い痛み入ります。しかし、俺は気が昂《たかぶ》って寝られそうにないので……」

撫子《なでしこ》のことを考えて寝られない、というのもあるが、段々と賊への怒りが沸々と湧いて来て腹が立って寝られないという気持ちになっている。それを話すと瑠璃《るり》は大きく頷《うなず》いた。

「……わかるわ～今回もハラタツけど、賊の人達に関しては年間通してむかつくもんね。賊、ぼこぼこにしたい！　ね、竜胆《りんどう》さま」

「瑠璃《るり》、言葉遣い、もう少し考えなさい」

「同感です。賊、ぼこぼこにしたい」

「……阿左美《あざみ》様まで……」

「あやめ良い子ぶってる～！」

「ぶってないわよ……言葉遣いのことを言ってるの。四季の代行者としてその発言はどうかと思うけど……気持ちは同じよ」

三人はくだけた調子で会話をする。

最初こそぎこちなく挨拶を始めたが、苦痛の長距離ドライブを経験する中である種の一体感が生まれていた。人は共通の敵を持つと連帯感が強まる。何かと言うと、賊である。

瑠璃《るり》は飲み終えた紙パックをぐしゃりと片手で潰しながら言う。

「大体さ、賊の人達って自分達ばっか抗議してるけどおかしくない？　こっちにも言いたいことめちゃくちゃありますけど！」

竜胆《りんどう》はうんうんと頷《うなず》いた。

「言ってやってください、瑠璃《るり》様」

「言っちゃう！」

「瑠璃《るり》……阿左美《あざみ》様……」

「まず根絶派！　特定の季節が嫌い、むかつく、だから殺すってどういうことよって話！　そりゃあ、昔は冬とか来たら年越せない病人とか居ただろうし、山間部に住む人とかは死活問題だろうけど、そんなんしゃーないじゃん？　何で何百年も前の遺恨を現代にまで持ち込むの？　自然に文句言うのもおかしくない？　山に『山むかつく！』って言ってるようなもんじゃん！　山だって困るよ！　何でそんなこと言われなきゃいけないわけ？　夏もさ、根絶派の人達からの嫌がらせ結構あるんだけどお前らが暑かろうが寒かろうが知るかって感じ！　こちとら自然を司《つかさど》る現人神《あらひとがみ》じゃぞ！　自然の摂理に逆らうな！」

「荒ぶるわね……瑠璃《るり》」

「荒ぶるよ！　思想はそれぞれあっていいと思うけど意見の押し付けは本当にだめだと思う！　嫌なら遠ざかって共存すべきじゃん！」

「……理想論で言うならね。それが通じない相手だから『賊』なのよ」

「俺は改革派の方が意味がわからないですね。暇人か、正義感を振りかざして暴力や破壊行動をしたい馬鹿の集まりとしか思えない。世の中の為に四季の代行者を利用したい、利用すべきだなんて言ってる暇あったら自分達で何か国の為に行動すればいい。それをせずにひたすら抗議、暴力……頭がおかしい。それで慈善事業のつもりか？」

三人の会話は瑠璃《るり》の怒りが伝染していくようにどんどんヒートアップしていく。

「ほんっとそれ！　しかも、あたし達のことまるきり無視じゃない？　兵力に転用？　そっちが戦地に行きなよ！　災害時に出動？　もっとやばい影響を大地に及ぼしたらどうすんの？　自然災害に代行者の力を使うのは昔っから御法度《ごはっと》って決まってるのに！」

「代行者の人権は無視。道具としてでしか見てないのよ……そういう指摘にはだんまりか、ノブレス・オブリージュを持ち出す……神々を馬鹿にしているわ」

「あやめ様の言う通りだ。理《ことわり》の違う存在を捻《ね》じ曲《ま》げようとすることの怖さを理解していない。そんなこと実際にして四季の神々がお怒りになられたら？　そういう想像力が無いんですよ」

「昔の文献ではありますよね。大戦に四季の代行者を利用して、国土に草も生えなくなって砂漠になったって話。ああいうのって民間人が閲覧出来る文書に載ってないのかしら」

「教科書に載ってますよ」

「竜胆《りんどう》さま、下界のことに詳しいんだね〜」

「俺は育ちが特殊で、民間の学校に通ってましたから」

ぽろっと漏れた竜胆《りんどう》の個人情報に瑠璃《るり》は湧き立つ。

「えー！　普通の学校行ってたの？」

「学校ってどこまでですか？　大学まで行けました？」

これはあやめも気になるところだったのか、身を乗り出した。

「大学も行きましたよ。まあ、行ったところで結局は四季に関する仕事に就くんですが……」

瑠璃《るり》とあやめは二人して『あ〜』と言いながら同情の目を向ける。

もし一般人の耳に届けば奇異に思えただろう。この自由意志の時代で、進路や行動、果ては婚姻まで制限された中で生きなければならない彼らの閉塞感に。

四季の代行者という太古から続く神の代理人の制度。これを守る為に犠牲となるのは何も代行者だけではない。彼らを支える血族達も少なからずこの閉鎖的な世界に縛られる。子が親を選べないように、生まれた家柄故に進路を選べない。

「でもほら、撫子《なでしこ》さま可愛《かわい》いし。良かったじゃん」

「そうですよ。祝月《いわいづき》様付きの護衛官なんて志願したい方、たくさん居たでしょうに」

だが彼らにとってはそれが普通だ。現代に於《お》いて、一昔前の時代を生きている。その一方で現代機器を使いこなし、世俗とも関わっていき、価値観だけはアップグレードされていくので年々自分達と同世代の若者が味わう自由の格差に絶望する者は多い。

ほとんどの者は割り切って考える。そうしないと生きていけないからだ。

「……はい、そうですね。本当は院にも行きたかったのですが諦めました。親も喜びましたし……栄誉あることでした」

閉鎖された世界に生きる利点は、それ故に最低限の生活は守られ、よほど愚かなことをしでかさない限り里からの支援を貰《もら》い生きていける。声高に嫌だ嫌だと叫んで制裁を受ければそれはその本人のみならず、『家』の問題とされる。

静かに、耐え忍びながら生きていく方が楽なのだ。

「だというのに俺は……」

割り切って生活し、仕事なのだからと撫子《なでしこ》の前で演技をしていた竜胆《りんどう》は、いつしか本人も気づかぬ内に『護衛官』になってしまっている。これが良いことか悪いことかは、本人の受け取り方次第だろう。

「撫子《なでしこ》……」

此処《ここ》にその人物が居《お》らず、しかも誘拐されているという事実が再認識されて少し雰囲気が湿っぽくなった。あやめはあたふたし、瑠璃《るり》は『元気出しなよ！』と竜胆《りんどう》の背中を力強く叩《たた》く。

「でも、四季の学校卒じゃないの血族にしては珍しいね。いいな。いいなぁ」

「それほど良いことでも……親が海外の四季組織と連携を行う仕事をしてまして、転勤族だっただけなんです。里からも許されてます。大和《やまと》だけでなく海外でも似たような話はありますよ。ただ……俺は長い間、親の仕事の関係で数カ国転々として暮らしてましたが、大和《やまと》よりも四季の神々への信仰心が厚い国であっても賊の暴走は激しいものでした。周知されているかが問題ではなく、やはり個々の倫理観かと……暴力のはけ口にされてる節もあります」

「倫理観、まじそれ大事。みんなさ、これが神様からの恩恵だってわかってるのにすごい罰当たりなことしてくるじゃない？　四季の代行者の扱いも、あれれ？　人権ないんですけどって時あるし！　人間なんてみーんな自然のお情けで生かしてもらってるところあるのに、敬い、畏れないの本当意味わかんない！　恩恵に与《あずか》るくせに上から目線なの本当意味分かんない！」

「もっと言ってください。瑠璃《るり》様の咳呵《たんか》を聞いていると心が晴れます……」

「意味分かんない！　意味分かんない！　ばーかっ！　みんなぶぁーか！」

「阿左美《あざみ》様、瑠璃《るり》を焚《た》き付《つ》けないでください」

この中で一番年上なのは竜胆《りんどう》なのだが、いつの間にかあやめが二人をなだめる係になってしまっていた。だが悪いことばかりではない。あやめと瑠璃《るり》は二人で居ると喧嘩《けんか》をしがちなのだが、第三者が入ると会話がうまく流れていきやすい。竜胆《りんどう》という男が居ることで姉妹間の調和はとれていた。そのせいか、まだ四季庁を出てから姉妹は喧嘩《けんか》をしていない。

「あ、誰か携帯鳴ってるよ！　音する」

瑠璃《るり》に言われてあやめと竜胆《りんどう》はそれぞれスーツのポケットを漁《あさ》る。着信が入っていたのは竜《りん》胆《どう》の携帯端末だった。表示は『捜査本部』となっている。

「捜査本部の固定電話からです。出ます」

竜胆《りんどう》が携帯端末を耳に当てると、最初に聞こえたのは物がガンガンとぶつかる衝撃音だった。

一体何ごとかと眉をひそめる。

『阿左美《あざみ》様、いま大丈夫ですか？　私の声、聞こえますか？』

電話の相手はさくらだった。凛《りん》とした声はそんな状況下でも耳にすっと入りやすい。

「姫鷹《ひめだか》様でしたか。聞こえます。どうされましたか？」

『緊急事態です。夏の方にも共有をお願いしたい情報が。周囲に人は居ますか？』

「いまコンビニの駐車場で、追跡チームと待機しています」

『ではまず貴方《あなた》達の間で情報を消化してください。その後に彼らに伝えて』

なぜそんな回りくどいことを言うのか。携帯端末をスピーカーモードに切り替えて全員で聞けばいいじゃないかと思ったが、さくらの緊迫した声と、後ろで鳴り続ける衝撃音と騒がしい人々の声がそれを喉奥に引っ込ませる。

『現在、四季庁庁舎は攻撃を受けています。敵の目的も所属も不明です。戦闘は下層階で行われており、我々は上層階で籠城中《ろうじょうちゅう》です』

「は……？」

『ですから現在攻撃を……』

「違う！　聞こえてる！　大丈夫なのか？　君や花葉《かよう》様に怪我《けが》は？」

竜胆《りんどう》が声を荒らげたので、傍《そば》に居た瑠璃《るり》とあやめはびくりと震えた。

慌てて竜胆《りんどう》は目で謝罪の意を表す。

「竜胆《りんどう》さま、聞こえない。かがんで」

瑠璃《るり》とあやめは、何事かと自然と竜胆《りんどう》にぴったりと寄り添う。竜胆《りんどう》は美少女双子に挟まれて、少し居心地が悪そうになったが中腰になって彼女達が聞きやすいようにしてやった。撫子《なでしこ》と過ごしているせいか、女性の身体《からだ》を気遣い優しくすることは自然と身についていた。

『ひとまず大丈夫です。少人数でしたし、返り討ちにしました。今は籠城《ろうじょう》しています』

さくらの頼もしい返答に、竜胆《りんどう》は一旦胸を撫《な》で下《お》ろしたが、不安な気持ちはすぐにまたふつふつと湧いた。さくらが努めて冷静な声を出そうとしているのが伝わってくるからだ。

『階段は封鎖。エレベーター前はすぐに入ってこられないよう物を積んでいる最中です』

では背後に聞こえるやけにうるさい音はそれだろう。

「国家治安機構から応援は？」

『確認出来ていません。通報はしていますし、いずれ来るでしょうがその前にこちらが潰される可能性も』

「わかった、すぐに戻ろう」

『いえ、戻らなくて結構』

ぴしゃり、とさくらは断った。

『戻る頃にはすべて終わっています。これは外部から助けが来るまでの持久戦です。我々が斃《たお》れるか、あちらが斃《たお》れるか、どちらにせよ貴方《あなた》達の応援は間に合わない。ならばそちらはそちらで動いていて欲しい。万が一こちらに何かあった時、貴方《あなた》がたが【華歳《かさい》】に対して有力な情報を握っている状況にあれば、まずい事態に陥っていても風向きを変えられるでしょう』

「それでは君が無事では済まないだろう！」

『護衛官の務めを果たすのみです。阿左美《あざみ》様、貴方《あなた》は秋のことだけ考えてください。私も電話を切れば雛菊《ひなぎく》様のことしか考えない。いいですか、冷静であってください。連絡をしたのはどこかで報を聞いても戻るなと言いたかったのと、警告をしたかったからです。阿左美《あざみ》様。裏切り者が複数居ます。貴方《あなた》はそうでないと判断しているので連絡しています』

「何を、何の、話を……」

『……長月《ながつき》が裏切りました』

竜胆《りんどう》の頭の中は、一瞬すべての思考が停止した。何を言われているのかわからなかった。

数秒後に、また脳が処理能力を取り戻した時には今まで長月《ながつき》と過ごした日々が走馬灯の如《ごと》く頭を駆け巡った。竜胆《りんどう》とほぼ同じ時期に前任から代替わりして入った彼女は、竜胆《りんどう》より年上だが人好きのする性格で場を調整することに長《た》けた人物だった。

『長月《ながつき》の所属は根絶派の【彼岸西《ひがんにし》】という団体です』

第一印象は派手でやかましい女だなと竜胆《りんどう》は思ったが、彼女は土に水がにじむが如《ごと》く警備の人間達とすぐ仲良くなった。

『特定の季節の根絶を願う根絶派と少し系統が違います。春の代行者を崇拝し、それ以外の季節は不要と考える一派。云《い》わば春の狂信者ですね。秋に潜入していたのは、雛菊《ひなぎく》様を囲う……春の代行者のみを崇拝出来る世界が整ったら排除する為だったと言っていました』

同僚としては花丸をつけても問題ない人柄で、強いて悪いところを挙げるなら共同空間で匂いの強い物を食べることくらいで、他の誰が裏切ったとしても、長月《ながつき》が裏切るなどあり得ないと言い切れる人物だった。少なくとも竜胆《りんどう》の中では。

『十年前、【華歳《かさい》】と組んでいたのは【彼岸西《ひがんにし》】の前身にあたる組織だそうです。既に解散していますが、残ったメンバーが新たに【彼岸西《ひがんにし》】を作り上げ現在まで活動しています』

「長月《ながつき》が裏切ったとは……信じがたいが、本当なら君達の復讐《ふくしゅう》相手か」

『そうですね。ただ、当時の組織はもう解散しているのと、まったく違う思想を持った団体として生まれ変わっているので私もどうしたものかと思っています。【彼岸西《ひがんにし》】はかつて冬の根絶派だった者達なのですが、十年前、雛菊《ひなぎく》様が身を挺《てい》して他の季節を庇《かば》ったお姿に感銘を受けて、根絶派から脱却し、春至上主義になったそうなんです……』

「……は？」

『いや、わかりますよ、そんな簡単に思想を変えるなよと言いたくなるんですが……あの時の雛菊《ひなぎく》様のお姿を見て宗旨変えしたというのは、まあ……わからなくもなくて……』

「……」

『単身で賊に立ちはだかり、桜を顕現……私達を守護して、悪《あ》しき者に善性を問うような命乞い……。本当に神がかっていたんです……』

「現人神《あらひとがみ》であらせられるのは元からでは……」

『そうなんですが……』

さくらは言葉を一度切ってから、適切な回答を探しながら、というように話し出す。

『もちろん、既に現人神《あらひとがみ》であらせられるのですが……阿左美《あざみ》様、世に奇跡というものがあるとして、それを行使する神々《こうごう》しい存在を見たら……民は歴史上、そうした人物を聖人や聖女と称します。そして崇拝者が生まれる。何と言うか、宗教の成り立ちとはこういうことから始まるのだろうなと思えてしまう光景だったんですよ。私自身も、あの日を境にあの方は神だと改めて認識しました。それまでは……どこか、もう少し近しい存在だと思っていたのです。あの場に居なかった阿左美《あざみ》様にはご理解が難しいかもしれません……』

さすがに持ち上げ過ぎでは、と竜胆《りんどう》は一瞬思ったが、雛菊《ひなぎく》の顔が脳裏によぎるとさくらの言葉も否定しがたい気持ちが生まれた。

代行者という存在は、何かしら人を惹《ひ》き付《つ》ける魅力がある。それは春夏秋冬で違う。

冬の寒椿狼星《かんつばきろうせい》は彼の名であるシリウスの星のように、寂しげでいながらも人を魅了する求心力がある。彼を守る精鋭の部隊の結束は軍隊並みだと聞く。

夏の葉桜瑠璃《はざくらるり》は純真でありながら快活。友愛の精神は誰よりも強く、情が深い。それでいて周囲を見定める冷静さも併せ持つ。世話をする者達からは妹のように愛されている。

——撫子《なでしこ》の魅力は俺が一番わかっている。

では春の花葉雛菊《かようひなぎく》はというと、一見すると不安に震えながらも懸命に生きているだけの少女。まだオレンジジュースが好きな、舌っ足らずな子どもでしかない。少し話せばそれはわかる。

だが、それがわかったとしても。

——彼女は他者を照らす春そのものだ。

何の説明にもならないが、そうとしか言いようがない。彼女は人を照らす。相手が頑《かたく》なであればあるほどそれは効果的かもしれない。

厳寒の冬を、春の陽光が周囲を照らした後、齎《もたら》される世界は暖かさに満ちているのと同じだ。

絆《ほだ》されてしまうのだ。あの在り方に。

——あの方は他者の心を守ろうとする。

強い女の子ではない。だが、弱くあろうとはしない。一見、守られる側なのだが本人は守護する側に回る。無理をするなと言いたくなるほどに。

――姫鷹《ひめだか》様があれだけ花葉《かよう》様に尽くしたがるのは、人として理解は出来る。

竜胆《りんどう》も雛菊《ひなぎく》の春の陽光に当てられた一人だ。

思い返すと顔が熱くなるが、竜胆《りんどう》は自分がなぐさめられた時に感じた彼女の優しさをあれから何度も噛《か》み締《し》めていた。ささくれた精神を確かになだめてくれた瞬間だったからだ。

彼女とて大変な身の上なのに、他に心を砕いているというのが竜胆《りんどう》の胸を刺した。

花葉雛菊《かようひなぎく》という現人神《あらひとがみ》に接したことがあるただの人間として考えてみると。

今より神威《しんい》が溢《あふ》れんばかりだったという当時六歳の雛菊《ひなぎく》が、すべてを守る為に桜の木を顕現させ『誰も殺さないで』と涙ながらに訴えてきたら。

――陥落する者は確かに居るかもしれん。

そう思えた。こういうのは絆《ほだ》されているというのか、彼女が傾城《けいせい》なのか。それとも魔性か。

良くも悪くも、人を狂わす季節なのだろう。春というものは。

竜胆《りんどう》は撫子《なでしこ》に心の中で浮気《うわき》ではないぞと何処《どこ》か言い訳をした。押し黙っている竜胆《りんどう》に、さくらはやはり理解は得られないかと諦めつつも言葉を続ける。

『十年前、雛菊《ひなぎく》様の扱いで対立した【華歳《かさい》】と彼らは空中分解。というか、ほぼほぼ【華歳《かさい》】に殺されたそうです。生き延びた者達は雛菊《ひなぎく》様を掻《か》っ攫《さら》った【華歳《かさい》】を恨み、彼らもまた雛菊《ひなぎく》様の行方を捜していたと……いつかまた春の代行者が復帰することがあれば今度こそ自分達が春の代行者を我が物にし崇《あが》め奉《たてまつ》らんと長らく計画を練っていた……我々春はそんな輩《やから》が居る場所にぬけぬけと現れて遭遇した形で……阿左美《あざみ》様、貴方《あなた》が長月《ながつき》の裏切りを知らずとも仕方ないことですよ。約十年前から種まきは始まっていたということですから』

「……十年前から？」

『ええ。長月《ながつき》はその時学生です。ちょうど大学で入部したサークルが実は【彼岸西《ひがんにし》】の息がかかったものだったそうです。ＯＢなどが訪問して、接触を深めていく内に……と』

宗教団体や詐欺団体が得意とするやり口だ。竜胆《りんどう》は自分の足元が誰かが編んだ蜘蛛《くも》の巣《す》なのではないかという錯覚に陥りそうになる。

『まんまと引っかかった長月《ながつき》は、まっさらな人生を棒に振って【彼岸西《ひがんにし》】の幹部の言う通りに四季庁に入庁を果たしました。そして秋の里へ派遣された……後は貴方《あなた》が知る長月《ながつき》です』

「……俺の知る長月《ながつき》など、居ないだろう……」

つい先日まで二人で疲労困憊《ひろうこんぱい》になりながらも撫子《なでしこ》奪還の為に動いていた日々は何だったのだろう。秋離宮で撫子《なでしこ》が流した血の痕を見て泣いていたのも演技かもしれない。

今まで感じていた友情のような何かは今、音もなく消え失《う》せようとしている。

──全部嘘《うそ》だったのか？

竜胆《りんどう》より警備計画を入念に考える人間だった。仕事ぶりに手抜きはなかった。ほとんど地下に籠もっていたので撫子《なでしこ》との関わりは薄かったが、彼女を『フェアリーちゃん』と慕っている様子に虚偽は見られなかった。

――本当はいつか殺そうと思いながら暮らしていたのか？

背筋が凍った。

自分がどれだけ甘い意識で過ごしていたのか秋離宮襲撃でも痛感したが、今程それを正面から突きつけられたことは無い。

――こんなこと、撫子《なでしこ》にどう言えばいい。

自分の秋がこれを知ったらどれだけ悲しむだろうかと竜胆《りんどう》は考えてしまう。

竜胆《りんどう》の胸中を知らず、さくらは話し続ける。

『長月《ながつき》は四季の代行者の末裔《まつえい》ではなく一般層のキャリア組です。四季庁に入庁出来るほどの人材が、いつどの時点で賊の思想に汚染されたのかは今後追及されることでしょう。この点は四季庁の人事が死ぬほど叩《たた》かれる案件になるでしょうが、場合によっては更に膿《うみ》が……』

その時、さくらは誰かに話しかけられたのか会話が一時中断した。どうやら別の電話から着信が来たということを話しているようだ。雛菊《ひなぎく》の慌てた声が聞こえる。

『すみません。雛菊《ひなぎく》様に保留ボタンを教えてなくて……冬からのようです。冬にも連絡しようとしたんですが繋《つな》がらず。この通話が終わったら彼らにも情報共有します……時間が保《も》てば』

竜胆《りんどう》はぐちゃぐちゃになりかけた気持ちを何とか落ち着かせ、返事をする。

「気を確かに持つ。続けてくれ……」

『はい。ただ、長月《ながつき》を庇《かば》うわけではないですが、今こうして喋《しゃべ》っていることはあれが吐いたことです。拷問もしていません。言っていることを鵜呑《うの》みには出来ませんが彼女も秋の代行者様と接する内に思うところがあったのか、秋離宮のことは守ろうとしていたようですよ。【華歳《かさい》】の資金源だった麻薬売買、武器売買の線から少しずつ少しずつ動向を読んでいたそうです……。武器商人界隈《かいわい》で大きな取引があったと聞き、これは大きなテロが起こるぞと警戒をしていた。【彼岸西《ひがんにし》】の前身は十年前の冬の里襲撃で【華歳《かさい》】から武器提供を受けていますから、当時の流れと比較していたのでしょう。大規模テロが起きるのではと上層部にも警告していたようですが……何分、発足して十年の小規模団体です。【華歳《かさい》】のように武力は備えていない。主に情報戦にのみ長《た》けた団体だとか。だからろくな対策もとれず経過観察をするだけにとどめていたら夏離宮襲撃、そして長月《ながつき》自身も秋離宮襲撃に巻き込まれた……と』

「……秋離宮の襲撃はわかっていなかったのか」

『予測はついていたでしょうね。しかし間諜《かんちょう》という立場上離れるわけにもいきませんし、いつ来るかまでは不明だったのでしょう。今日も巻き込まれた形だそうです。今回は雛菊《ひなぎく》様が近くに居るということで、襲撃のどさくさに紛れてあわよくば自身のアジトに連れ去ろうとしていたようですが、私がボコボコにしたので今は従っています』

「……」

『阿左美《あざみ》様？』

この話が本当なら長月《ながつき》はもしかしたらただ洗脳されているだけの被害者なのかもしれない。

だが、そうだとしても秋離宮で撫子《なでしこ》と竜胆《りんどう》を裏切り続けながら過ごしていたことに変わりはない。次に会う時があれば、竜胆《りんどう》はもう彼女を敵と見なさなくてはならないだろう。

「はい。大丈夫です。長月《ながつき》には拘束を？」

『いいえ、雛菊《ひなぎく》様を守る為なら手足のように使ってくれとのことだったのでいまエレベーター前にバリケードを作らせています』

「縛ったほうがいいんじゃないですか」

『後で縛りますよ。今は猫の手も借りたい。現在、下層階で何かしらの武装組織と四季庁の警備が衝突しているようなのですが、それが上がってきてしまった時に弾除《たまよ》けか囮《おとり》にしようと考えています。非常階段から逃げる手もあるのですが……下で抗争が発生している以上、階段を使うのはあまりにも危険すぎるので籠城《ろうじょう》せざるを得ません。敵と鉢合わせたら逃げ場がない。非武装の者も居ますし我々はやはり国家治安機構の応援を待ちます。あいつらを盾にして』

かなりひどいことを言っているが、これくらい割り切って代行者以外の存在はどうでもよい道具として扱えるほうが気は楽なのかもしれない。竜胆《りんどう》は未《いま》だ長月《ながつき》に裏切られたという衝撃に打ちのめされているのですぐには出来そうもないが。

「とりあえず、裏切り者に警戒すること。【華歳《かさい》】は大規模なテロを計画している可能性がある。十分に気をつけること、だな」

『その通りです阿左美《あざみ》様。もし此処《ここ》で私達が死んでも捜索をくじけてはいけませんよ』

「……そんなこと言わないでくれ」

『いえ、言います。誰が何を言おうと、絶対に撫子《なでしこ》様を諦めてはいけない。貴方《あなた》だけは。いいですね。従者は……代行者の光です。雛菊《ひなぎく》様のお言葉をお忘れなく』

「約束する……撫子《なでしこ》を諦めない」

それが聞けて良かった、とさくらの声が最後だけ年頃の娘らしい声音に戻った。

「ね、ねえ！　やっぱり今からでも！」

会話を聞いていた瑠璃《るり》が焦《あせ》ったように口を挟んだが、ちょうどその時、携帯端末は奇妙な音を立てて通信が途絶えた。

「……え、何？」

瑠璃《るり》にシャツを引っ張られ、竜胆《りんどう》は慌てて再接続を試みる。呼び出し音が鳴る。

だがさくらは出ない。

「……最後、叫んでましたよね？」

「はい。爆発音にも似た音が聞こえてました。あと、銃声も」

「……雛菊《ひなぎく》様とさくら様、本当に賊に襲われてるんだ……ねえ、戻らなくていいの？」

竜胆《りんどう》はそれにすぐ答えることが出来ない。さくらが戻るな、意味が無いと言ったように現在の位置から四季庁に援護に走っても間に合わない。

それどころか、新しい死体を増やすだけになる。

——班編成を分けるか？　無駄だとしても援軍は出すべきでは。

感情で動くか、大局を見るべきか。

「阿左美《あざみ》様、どうされますか」

「竜胆《りんどう》さま、どうするの？　助けに行くよね？」

竜胆《りんどう》の背中にたらりと冷や汗が流れた。


一方、四季庁の十九階に立てこもった春主従は混乱の中に居た。

下階層からまた大きな爆発音が聞こえたからだ。

非日常の音にさくらはくらくらと目眩《めまい》がしそうになった。

——下の攻防の決着がついたのか？

窓から下を見ると、正面玄関あたりからもくもくと黒煙が出ていた。非常ベルは相変わらずけたたましい音を立てている。

周囲に残っているのは長月《ながつき》の裏切りに狼狽《ろうばい》し、爆発にも怯《おび》えている四季庁の捜査員達、約十数名。非常階段は封じたが、エレベーターは機能している。外から見えた作業員風の者達がもしさくらが思うような悪漢だとしたら、もうそれほど時間はない。

エレベーター前は質量のあるオフィス家具をどんどん積み重ねてあるが、もし爆発物など持ち込まれたらすぐに吹っ飛ぶ。何の意味もないだろう。

「じゅ、銃声近づいてませんかっ⁉」

捜査員の声の後、存在を知らしめるようにパアン、パアンと確かに銃声が鳴った。未《いま》だ非常ベルが鳴り止《や》んでいないのではっきりとは聞こえないが間違いない。

雛菊《ひなぎく》が小さく悲鳴を漏らした。さくらも声を上げそうになった。この状況は、冬の里で味わったものと酷似している。

「国家治安機構からの追加の連絡は⁉」

怒鳴るように周囲に聞くと、四季庁職員の一人が返事をした。

「ありません！」

「本当に連絡したんだろうなっ！」

「し、しましたよ！　というか、これだけでかい騒ぎになっていれば我々以外もしているかと」

――確かにそうだ。野次馬なり、外に逃げた職員達なり、誰かは通報する。

長月《ながつき》という裏切り者を知った以上、何もかも疑いたくなってしまう。誰を信じていいかもわからない。その電話が傍受されていたら、国家治安機構に裏切り者がいたら、そもそも、この職員達すら味方なのかどうかも不明だ。

さくらは落ち着きなく騒ぐ胸を何度か叩《たた》いた。

「……さくら、連絡……途中で、切れちゃった……」

雛菊《ひなぎく》が青ざめた顔をしながら携帯端末を差し出してきた。今はもうかけ直している場合ではない。携帯端末をそのまま受け取り懐《ふところ》に入れる。持っていた固定電話から再着信が来ていたが、こちらも出ている場合ではないと切って元の位置に戻した。

「凍蝶《いてちょう》、お兄さま、出たよ」

「そうですか……あいつらの位置が不明ですが、あちらを待つより国家治安機構が来るほうが早いでしょう。雛菊《ひなぎく》様、これは籠城戦《ろうじょうせん》です。外部からの助けが来るまで何とかして耐えなくてはなりません」

「うん、バリケード、のところ、いばら、巻く？」

「お願い出来ますか。下の攻防の決着がついたなら、何らかの武装組織が上にあがってくると思われます」

「……う、ん。わかった」

依然として恐怖に怯《おび》えている表情ではあるが、雛菊《ひなぎく》の行動はテキパキとしていた。花の種子が入った小袋から種を選別し、作ったバリケードを更に神秘の力で植物まみれにして固定する。

「姫鷹《ひめだか》様」

バリケードを作らせていた長月《ながつき》が肩で息をしながら話しかけてきた。さくらが倒した【彼岸西】の男達も、まるで兵隊のように規律よくこちらに一礼する。

さくらにこてんぱんに負けて、軽傷ではあるが流血も打撲もしているというのに輝いた目で見てくる。

——気持ち悪い。

意思疎通が出来ているとは思えないが、一方的に奉仕はしてくれる兵隊をさくらは手に入れていた。何が琴線に触れたのかはわからないがさくらに好意的だ。

「国家治安機構ですが……あまり期待しないほうがよろしいですよ」

「何故《なぜ》だ？」

「【華歳《かさい》】はここ数年随分羽振りがよく、色んなところに金をばら撒《ま》いて協力者を作っていたようです。国家治安機構の人間も恐らく含まれているでしょう。というか消防もまだ来てないのおかしくないですか？　ここから消防基地近いですよね。すぐに出動出来ない何らかの圧力、もしくは工作をされていると考えたほうがいいかと」

——そんなことされたらお手上げじゃないか！

さくらはそう怒鳴りたかったが、推測の域を出ない発言だとなんとか押し黙る。

「あとすみません。こちらが本題なんですが……非常ドアの方、先程から叩《たた》いてる音してますが、あれ出なくて大丈夫ですか？」

さくらはロックしたままの状態のドアを見る。

「お前らの頭のおかしい仲間では？　あちらに誘導しようとしてたじゃないか。非常階段から賊が上がってくる可能性がある。その時に弾除《たまよ》けになってもらう為にも鍵を開ける気はない」

さくらが言い放った言葉に長月《ながつき》は呆気《あつけ》にとられたあと、蕩《とろ》けた瞳で見つめてきた。

「姫鷹《ひめだか》様……すごい冷徹で、ぼく、ドキドキしちゃいます」

どうやら少々被虐を好む性質《たち》らしい。

「やめろ、お前の趣味に私を巻き込むな。優しくしなくてはならなくなる。したくない」

「いえ、どうぞ冷たいままで……」

「やめろ、怖い。私は口は悪いがそういう方向性じゃないんだ……」

「……可愛《かわい》いですね、姫鷹《ひめだか》様。あの、話を戻しますが、ぼくらの人数はここにいるだけです。生憎《あいにく》、【彼岸西《ひがんにし》】は小規模団体……まだ花葉《かよう》様の素晴らしさを世にお伝えする布教活動が進んでおりません……今年復帰されたことで、これから信徒を増やしていく所存なんです」

「いらん。増やすな」

はた、とさくらは思った。ではあれは何なのだろうか。

「恐らくなんですが、この場に駆けつける者が賊以外に居るとしたら……忌々《いまいま》しくも花葉《かよう》様のお傍《そば》に侍《はべ》っていた護衛の者達ではないですか？」

――四季庁職員か、冬の里の者、もしくはその両方か。

彼らだとしたら、増援として心強い。さくらは暫《しば》し逡巡《しゆんじゆん》する。その時、非常ベルが鳴《な》り止《や》んだ。うるさいほどの音が止まると、他の音がクリアになっていく。

非常階段との間にある防火扉からは扉をしつこく叩《たた》き続《つづ》ける音が。外からの声がやっと明瞭に聞こえるようになった。

「開けてくださいっ！　春の代行者様！　護衛官殿！　いらっしゃいますか！」

それは冬の里から派遣されている男性の護衛二名の内、一名の声だった。

さくらは慌てて非常階段の扉まで近づく。他の者はパイプ椅子や消火器などを持って扉前に立っている。

「開けますか？」

扉前で警戒している職員に声をかけられ、さくらはまだ決心がつかないながらも、最悪斬ろうと決めて抜刀した。

「開けてくれ」

さくらが言うと『いま開ける！　武装解除して入ってこい！』と職員が少し震える声で言う。

ゆっくりと錠《じょう》を外すと護衛達が入ってきた。二名のみだ。

「ああ、良かった。ご無事でしたか……！」

「離れて申し訳ありません、奇襲を受けて拘束されましたがなんとか脱出を……」

彼らは既に戦闘を経験したようで、顔に切り傷や打撲痕が見受けられた。

二人を入れるとすぐにまた扉を施錠《せじょう》する。攻撃してくる意志がなさそうなので、一旦は刀を鞘《さや》におさめてからさくらは言う。

「銃声は貴方《あなた》達か、相手は【華歳《かさい》】か？」

さくらの問いに、冬の護衛は気まずそうに顔を見合わせた。

「いえ……四季庁の護衛です。四季庁保全部警備課春部門の連中です……」

「全員、始末してきましたが、まだ裏切り者が居る可能性がある。下手に動けません」

つまり、下りるも地獄、留《とど》まるのも地獄。やはり八方塞がりのままだ。

「護衛官殿……」

気遣うような声をかけられたが、さくらは何とか裏切りを咀嚼《そしゃく》した。既に長月《ながつき》という存在が居るのだ。四季庁内に他にも裏切り者が居るのは想定内。それがやはり身近な者だったというだけで。しかも自陣である春から出たというだけだ。二人きりで竜宮《りゅうぐう》の顕現をしてから、監視されるように付いていた春部門の護衛達。彼らのことを遠ざけていたのは気持ちの問題のせいだったが、今では正しかったことになる。

「貴方《あなた》達はどのタイミングで襲われた？」

冬の護衛は非常ベルが鳴る前に四季庁警備課の者達に強襲を受け、一つ下の十八階に引きずり込まれ拘束され袋《ふくろだた》叩きにされたとのことだった。警備課の人員は日によって人数が違うが今日は五名だった。つまり二名で五名を倒してここまで来てくれたことになる。

冬の里の護衛の、それも精鋭を回してくれたことに今だけはさくらも凍蝶《いてちょう》に感謝した。

「素早く情報共有する」

さくらは二人に【彼岸西《ひがんにし》】の存在を伝えた。

「拘束するべきでは？」

彼らが裏切り者で、雛菊《ひなぎく》の信望者だと聞くと、冬の里の護衛二人は苦虫を噛《か》み潰《つぶ》したような顔をしながら苦言した。当然言われるであろうことを口にされ、さくらも眉を下げる。

「考えがある。使えるものは使ったほうがいいだろう。それに武器も取り上げた」

「ぼくらのことでしたら信用して頂いて構いませんよ」

「口を挟むな、長月《ながつき》」

「しかしですね、不安要素は始末したほうが」

尚《なお》も冬の護衛に食い下がられて、さくらは自分の判断が正しいかわからなくなってくる。

この場で完璧に正しい判断が出来ている者など居ないだろうが、彼女の肩にのしかかる責任があまりにも大きすぎた。

――くそっ。

精神が追い詰められていく。動悸《どうき》が止まらない。

さくらはその時、どうしてだか凍蝶《いてちょう》の背中を思い浮かべてしまった。

『さくら』

あの声を思い出す。さくらを唯一守ろうとしてくれた青年の声を。

――やめろやめろ、考えるな。

不安な時、辛《つら》い時、いつも彼の背中が一瞬浮かぶ。

――考えるな、考えるな。

さくらの人生で凍蝶《いてちょう》の影響力は大きい。

武芸を習った。春の里を追い出されてからは保護された。他人だけれども近く、友人ではないが親愛はあって、互いに雛菊《ひなぎく》を失い狼星《ろうせい》を支える生活を五年もしてきた。それに何より。

――考えるな、弱くなるぞ。

彼はさくらを守る男だった。庇護《ひご》してくれた。大事にしてくれた。優しかった。

――強くあれ、勇ましく。

凍蝶《いてちょう》は誰に対しても紳士的な青年だ。彼が人に優しいのはいわば常態のようなもので、別段特別なことではない。ただ、さくらの周囲にはそういう年上の青年が居なかっただけで。

さくらが一方的に好きだったのだ。好意を抱いて、それがいつしか恋慕になって。

『さくら……雛菊《ひなぎく》様の、捜索が』

そして砕け散った。捜査規模が縮小される、実質、雛菊《ひなぎく》救出を冬の里としては諦める方向に動いていると凍蝶《いてちょう》に言われた時のことは、もうあまり鮮明には思い出せない。

頭が真っ白になって、気づいたら恋しさの分だけ憎んでいた。
——心を殺せ。今は職務中だ。
さくらは息を吐いた。心が蠢《うごめ》くのを何とか抑える。
——凍蝶《いてちょう》を忘れろ、凍蝶《いてちょう》を忘れろ、凍蝶《いてちょう》を忘れろ。
追いつきたいあの背中を。
——お前はもう強いんだ。もう強い。
貴方《あなた》も悲しいのなら泣いて良いと言ったら、崩れるように見せた顔を。
——もう強いから、戦える。
いつだって慈《いつく》しんでくれているのが伝わった彼の瞳を。
——全部一人でやるわけじゃない。背負いすぎるな。他人は駒だ。駒を使え。
一等、甘く痺《しび》れるように聞こえた『さくら』という呼び方を、声音を。
——守るべき尊き方が居るんだぞ。
頭の中から凍蝶《いてちょう》をすべて追い払った。
「さくら」
呼ばれて、さくらは振り返った。

いばらを作り終えて、息を切らしている雛菊《ひなぎく》が『次は何をする？』という顔を向けている。

その姿は、けして強くはないのだが。

「なんでも、いって、手伝う、よ」

とても頼もしく見えた。さくらの少女神は十年前と比べて大きくなっている。そしていま一緒に戦おうとしてくれている。

「……雛菊《ひなぎく》様」

――貴方《あなた》は何度でも、私を救ってくれる。

さくらは恋を忘れ、目の前に居る最愛の女の子に意識を集中させた。手を伸ばして引き寄せる。恋人が恋人にするように。雛菊《ひなぎく》は何も言わず、しがみつくようにしてさくらに寄り添った。

「素晴らしい主《あるじ》を持てて、さくらは果報者です」

「雛菊《ひなぎく》、のほうが、かほう、もの、です。さくらが、居てくれる、もの」

そう言うと、雛菊《ひなぎく》はさくらの不安を吸い取るように、一度ぎゅっと抱擁してくれた。パニック状態になっていた頭の中が少し落ち着いてくる。

――守れ。

雛菊《ひなぎく》の体。密着して伝わってくる体温、心音。それらを感じて、再び息を吐く。

「……だいじょう、ぶ？」

雛菊《ひなぎく》は異常を感じ取って従者に尋ねた。間髪入れずに、さくらは答える。

「はい。雛菊様《ひなぎく》。問題ありません。ご安心下さい。必ずさくらがお守りします」

そう言い切った後には、表情だけはいつもの少しクールな彼女に戻っていた。

「作戦があります。非戦闘員の被害を少なくし、迎撃する作戦です」

さくらの言葉に、皆が耳を傾けた。


その頃、さくらの想《おも》い人《びと》である寒月凍蝶《かんげついてちょう》は新たな敵を前にしていた。


「行かないでください。行くと死にます」

狼星《ろうせい》を守る護衛チームの運転手に銃を突きつけている石原《いしはら》だ。

「……石原《いしはら》女史、少し、落ち着いてくれ」

――甘かった。

凍蝶《いてちょう》から見て、石原《いしはら》は人格的に何も問題ない人物として映っていた。人の話を良く聞くし、働きぶりも良い、気遣いにも長《た》けている。石原《いしはら》のカウンセリングを受けるようになってから狼《ろう》星《せい》の精神面も落ち着いているように見えた。

――全部、台無しだ。

凍蝶《いてちょう》の頭の中に今まで狼星《ろうせい》がした自殺未遂と、飲ませている薬の数々の映像が駆け巡る。

狼星《ろうせい》は雛菊《ひなぎく》を失ってからというもの、自傷癖に陥ってしまっていた。

本人は何故《なぜ》そんなことをするんだという問いに『雛菊《ひなぎく》がいま苦しんでいるかもしれないのに、俺も苦しんでいないのはおかしいと思って』と胸中を吐露している。

——全部、全部、治療が台無しだ。

心の傷というものは治そうとしても何度も何度もぶり返す。出血が止まり、かさぶたが出来て、表面的には問題なくなっても、本人が引《ひ》っ掻《か》くので永遠に治らない。そういうものだと凍《いて》蝶《ちょう》は理解している。目の前に居る女性は恐らく賊なのだろう。信じて護衛にしてしまった落度は凍蝶《いてちょう》にある。この裏切りにどこまで自分の主《あるじ》が耐えてくれるか凍蝶《いてちょう》は不安に思う。せっかく受けた治療の時間は、霧散するどころか酷《ひど》くなる原因となってしまった。

——殺すしかないか。

凍蝶《いてちょう》の声は普段と比べるとマイナス五度は下がっていた。サングラスの奥の瞳もいつもの柔和な眼差《まなざ》しから、獲物を狩るものへ変化している。

「話し合おう」

凍蝶《いてちょう》は、石原《いしはら》を消すことに決めた。

——さて、どうする。

さくらも切り替えを即座にするほうだが、凍蝶《いてちょう》のほうが遥《はる》かに機械的で動揺が少なかった。

——距離は近い。注意を引けばいけるか。

表面上はいつもの彼を取り繕いながら、内心では淡々と始末の仕方を考える。

そこに温度はなく、ただただ静かな思考だった。足し算引き算をしているのと似ている。

——だが彼女の射撃訓練の腕は悪くなかった。下手な真似《まね》は出来ない。

悲しいことに、凍蝶《いてちょう》は人の裏切りに慣れている人間だった。

狼星《ろうせい》の護衛官に任命されてからずっと、四季の中で一番賊に狙われやすい代行者を守ってきている。頼った人物が賊の手引きをする者だったということも少なくない。

そうでなくとも、季節の最上位である冬、その代行者である狼星《ろうせい》に取り入ろうと画策する者は多い。人間という生き物にある邪悪な一面を冬の里の中でも外でも飽き飽きするほど見てきた。狼星《ろうせい》に害為《がいな》す者を始末した回数は両手だけでは足りない。

——さくらと雛菊《ひなぎく》様の元に駆けつけなくては。

凍蝶《いてちょう》のこの切り替えの早さは、生来の性格というよりかは今までの人生で培《つちか》われたものだ。

誰とでも人付き合いが出来る優しい男であり、慈悲深い人格者。

他者から見た彼の性格は本来の彼が有するもので、けして演技ではない。だが。

——銃弾を拾えば良かった。

それはあくまで彼の一面にしか過ぎない。もう一つの顔は主君を守る為ならどんな行為も辞さない男。

「何か事情があるんだな？　私で良ければ聞こう」

生粋の護衛官だった。

護衛官に情は不要。仕事の邪魔になるのなら、それまで発生した感情すべてを灰にして冷徹にならねばならない。

——殺そう。

たとえ、それが親しくした同僚をこの世から消すことだとしても。

「……石原《いしはら》、凍蝶《いてちょう》の言う通りだ。落ち着け、頼む。銃を下ろしてくれ……お願いだ」

狼星《ろうせい》のほうは狼狽《ろうばい》するのを必死に我慢しているように見えた。冷静でいなくては雛菊《ひなぎく》を助けにいけないいからかもしれない。石原《いしはら》は狼星《ろうせい》の心理カウンセラーとしても働いていた人物だ。裏切りは辛《つら》いものがあるだろう。本当はひどく混乱しているのだろうが、何とか耐えている。

「石原《いしはら》女史、狼星《ろうせい》の言う通りだ。落ち着いてくれ」

——私の冬を傷つけて生きて帰れると思うなよ。

凍蝶《いてちょう》は怒りを表面には出さずに言う。

「……落ち着いています。冷静です。いえ、冷静ではありません……」

石原《いしはら》は凍蝶《いてちょう》と狼星《ろうせい》を交互に見ながら言う。唇は震えていた。目は焦点が定まっておらず、彼女自身も揺れ動いている様が見える。

「とにかく行かないでください。死にに行くのと同じです」

明らかに怯《おび》えていた。

「石原《いしはら》、理由を伏せられた忠告は聞けない。それは何故《なぜ》か俺達に教えてくれないか」

狼星《ろうせい》の言葉に石原《いしはら》は唇を一度嚙《か》む。

「……」

何か葛藤している。もしかしたら、したくてした裏切りではないのかもしれない。

「石原《いしはら》、お前困っていることがあるんじゃないか？」

狼星《ろうせい》はいち早く、その方向性に賭けた。

「呼吸が荒い。苦しそうな顔だ。誰かに脅されているのか？　嫌々やっているように見える」

「……私は」

「死にに行くのを止めたいと言っているのも気になる。石原《いしはら》、何か事情があるなら話せ。出来ればすぐに。俺には時間がない。俺の春を助けに行かねばならない。行って俺が死ぬとしても俺は行かねばならない」

「そんな……！」

「石原《いしはら》、お前がいま銃を突きつけているのは俺の同胞だ。その時点である程度処分が決まっている。死にに行こうとしているのはお前のほうだ。お前が撃つより、凍蝶《いてちょう》が斬るのと俺が氷の礫《つぶて》を放つほうが早いと思わないか？　試してみたいならやってみろ。俺の護衛陣には遺書を書かせている。覚悟はしているだろう。だがな、この状況では今日死ぬのはお前だ。俺は部下をみすみす死なせやしない。お前を素早く殺すだろう。そうしたら、お前が今抱えている不安や悩みは誰にも聞いてもらえないまま終わるぞ。いいのか？」

「……私は」

——うまい。

凍蝶《いてちょう》は黙って聞きながらそう思った。

飴《あめ》と鞭《むち》の緩急の会話だ。狼星《ろうせい》が比較的穏やかな声を出しながら言っているのも効果があった。

彼女を気遣っているのがわかる。そして立場上、石原《いしはら》がしていることを許すわけにはいかないが、今ならある程度お目溢《めこぼ》しが出来るかもしれないと暗に伝えている。

——こいつは本当に人を操作するのがうまい。

石原《いしはら》の様子を見るに、裏切り者ではあるが自発的な行為ではない。本人も自分のやっていることへの迷いが見える。

きっとこちらから救済の道を示せば揺らぐだろう。

手を刀から離すことはしなかったが、そのまま狼星《ろうせい》に説得を任せることにした。

「短い間だったがお前には色々と助けになってもらった。本当だ。今までのカウンセラーの中で一番良かった。だから俺も助けてやる。いま、お前がしていることはやりたくてやっているわけではないいな？　誰かに命令されているのか？」

「……お、や、に」

予想外の返事に、狼星《ろうせい》も凍蝶《いてちょう》も目を瞬《しばたた》いた。

「親に言われてやっているのか？」

石原《いしはら》はこくりと頷《うなず》く。それから少し黙ったが、やがて口を開いた。

「………父も、母も、【華歳《かさい》】の上層部に居ます」

「賊のサラブレッド……【華歳《かさい》】の御前《ごぜん》のようなものか。なるほど……逃げられないのか？」

石原《いしはら》の顔が、血の気が引いたように青ざめていく。

「……逃げたら、殺されるかも……しれません……今まで、何度も逃げようとしましたが……無理やり家に戻されました。兄が一人、【華歳《かさい》】の幹部の制裁で死んでいます……身内だからといって、許してもらえるような環境ではありません……」

「……」

――嘘《うそ》を言っているようには見えない。

と、狼星《ろうせい》は思った。血筋に縛られるのは四季の代行者だけではない。

家庭環境に恵まれない者は世の中に多くいる。その一人が賊の娘でもおかしくはない。

「狼星《ろうせい》様、行かせないのは……両親の命令だけではありません。【華歳《かさい》】の攻撃部隊が……」

「攻撃部隊が何だ？」

「……四季庁庁舎ごと、爆破する計画が動いています」

突然、スケールが大きい問題が降ってきた。首都高に氷の剣山を作ることが出来る狼星《ろうせい》でも、建物の爆破には手も足も出ない。一気に背に冷や汗をかく。

「それは本当か？」

「ここで嘘《うそ》を言っても仕方がありません。【華歳《かさい》】の頭領である御前《ごぜん》様は四季庁も国家治安機構も取引に応じないことをお怒りになられているのです。代行者を攫《さら》ってもまだ交渉にのってこないのなら、もはや機関そのものに攻撃をしかけるべきだとお考えになられて……ただ、狼《ろう》星《せい》様が懸念《けねん》されている雛菊《ひなぎく》様のお命は助かるかと……御前《ごぜん》様がご執心されているので、恐らく爆破前に回収されます。その後は躊躇《ためら》わず壊すでしょう。今から行っても間に合うかどうかわかりません。最悪、爆発に巻き込まれます……本当です。今、忠告しているのは私が出来る最後の援護です」

「……援護？」

「はい。追跡者はすべて【華歳《かさい》】の者達です。氷漬けにしてくれたおかげで話せています。元々、狼星《ろうせい》様達は待ち構えていた者達で消される予定でした。しかし、人員を分散し、被害を散らしたのでここまで逃げてこられた。せっかく助かったのです。四季庁に行ってはいけません」

狼星《ろうせい》達はカーチェイスを繰り返し、ここまでたどり着いた。途中で消す予定だったということは石原《いしはら》もそれに巻き込まれることが前提となる。

「お前の言うことがすべて正しいなら、石原《いしはら》……お前は捨て駒か？」

「……」

「お前を巻き込むような攻撃ばかりしていたぞ、あいつらは。親は何と言って送り出したんだ？」

石原《いしはら》は黙ったままだ。目が少しだけ赤くなった。

「……自決覚悟で行けと……」

「成程、逃げたくもなるわけだ……」

いま狼星《ろうせい》達が無事なのは、本来石原《いしはら》が命じられていたであろう妨害ないし何かの策略を行わなかった結果なのかもしれない。それくらいの推測は立てることが出来た。であるならば、石《いし》原《はら》としてはせっかく助けたのに、火中に飛び込むのは苦労が無駄になると言いたいのだろう。

「守ろうとしてくれたのはありがたいがな、それは俺の意思に反するぞ。雛菊《ひなぎく》だけ助かっても意味がない。護衛官も友人だ。四季庁職員を見殺しにも出来ない」

「全員を救うことは出来ません……私も、だから貴方《あなた》達を選びました」

その言葉は、震えを帯びていた。

「……親の言いなりになって、貴方《あなた》達を見捨てたくない。私のなけなしの良心です……狼星《ろうせい》様、凍蝶《いてちょう》様、今まで騙《だま》して申し訳ありません。貴方《あなた》達は……親なんかより、ずっと……ずっと……優しくしてくれた……」

言いながら石原《いしはら》は銃を下ろした。

「だから、助けたい。わざわざ死にに行ってはいけません……このまま帝都《ていと》からも離れたほうがいい。ルートを提案します。必ず、逃がしてあげます。代わりに……私のことも逃がしてください……」

手から銃すら落として完全に武装を解除した。

瞬間、銃を突きつけられていた運転手が素早い身のこなしで石原《いしはら》の腕を捻《ひね》り上《あ》げる。石原《いしはら》は大人しくそれを受け入れた。

「……なるほど……自分もどさくさに紛れて逃げたくてこれをしたんだな？」

石原《いしはら》は青ざめた顔をして頷《うなず》いた。良心が痛むから狼星《ろうせい》達を助けたのも本音、間諜《かんちょう》という立場から逃げ出したかったのも本音というところだろう。

元々撃つ気はなかったようだ。狼星《ろうせい》は凍蝶《いてちょう》を見た。

凍蝶《いてちょう》は狼星《ろうせい》に好きにしろと言うように頷《うなず》く。

「石原《いしはら》、取引をしよう」

地面に伏せた体勢で運転手に確保されている石原《いしはら》の顔を、狼星《ろうせい》はしゃがんで覗《のぞ》き込《こ》んだ。

「……差し出せるものはたいして……」

「お前が持っている【華歳《かさい》】の情報を残らず吐けば俺の保護下に置いてやる」

「こ、殺されてしまいますっ。【華歳《かさい》】は裏切り者を追ってきます！」

「殺させない。何なら海外に逃がしてやる。しばらくは身を隠すしかないが、数年経《た》てば自由に生きられるだろう。資金も用意してやる。途中で逃がせと言ったが、しっかりした逃走計画はあるのか？　場当たり的に、俺達を助けようと決めたように見えるぞ」

「……」

「責めていない。それだけ必死になって俺達を救おうとしてくれたんだろう？」

「は、はい」

「ありがとうな、石原《いしはら》。だから助けてやる。四季の神々に誓う。俺につけ、石原《いしはら》。後悔はさせない。必ず、お前の忠義に報いると誓おう」

その時の狼星《ろうせい》の顔を、凍蝶《いてちょう》は見ていない。

だが、石原《いしはら》が惚《ほう》けたような表情をしたのでさぞ美しかったのだろう。

――本当に人を使うのがうまい。

冬主従はこの危機的状況の中、一つの大きなカードを手に入れた。

狼星《ろうせい》はそれからすぐに秋の護衛官、阿左美《あざみ》竜胆《りんどう》に連絡をとった。

「阿左美《あざみ》殿、急な連絡すまない」

『寒椿《かんつばき》様？』

奇《く》しくもそれは竜胆《りんどう》がさくらからの連絡を受けた直後だった。

「ああ、緊急事態だ。情報共有したい」

『瑠璃《るり》様、ちょ、ちょっと待て』

横で、瑠璃《るり》と思われる声が何か騒いでいるのが聞こえた。

「運転中か？」

『いえ、違います……瑠璃《るり》様が……わかってる、わかってます……寒椿《かんつばき》様、すみません。こちらも今問題が起きていて、どうすべきか議論しているところでした。ご報告があります』

その時、狼星《ろうせい》は自分達の情報が相手を驚かせるものと思っていたが、結果は引き分けだった。

秋の陣営内での裏切り、春の籠城戦《ろうじょうせん》。さくらが死を覚悟して、それでも竜胆《りんどう》に撫子《なでしこ》を捜せと言い切ったこと。それらは絡《から》み合《あ》った情報として狼星《ろうせい》の中に入り、味わいたくもない苦さで咀嚼《そしゃく》されていく。

──【華歳《かさい》】はよほど俺達が憎いと見える。

「……阿左美《あざみ》殿、さくらの言う通りだ。貴殿らはそのまま【華歳《かさい》】の本拠地へ向かえ。既にそちらの端末に位置情報を送った。この一連のテロが終わった後に、そこから移動されれば追跡がまた難しくなる」

『しかし……』

「うちから出た内通者によれば俺達への攻撃、そして四季庁庁舎への爆破の為に人員はほとんど出払っている。もちろん、警備はあるだろうがいまこの瞬間は皮肉なことに手薄になっているんだ。好機だと言える。行け」

『……花葉《かよう》様達は』

「子細なし。俺が救う」

ちょうど、狼星《ろうせい》が言い切った直後に、近くに居た凍蝶《いてちょう》から声がかかった。バイクにまたがって手招きしている。準備が整ったのだ。

狼星《ろうせい》はこれから爆破されると言われている四季庁庁舎に行かねばならない。

「もう行く。そちらの健闘を祈る」

すると、竜胆《りんどう》側の方からガサゴソと何やら音がした。

「阿左美《あざみ》殿？」

『待って、切る前に聞いて！』

『瑠璃《るり》っ！』

端末を持っている人間が代わったらしい。キンキンとした高い声が耳に響いて狼星《ろうせい》は顔をしかめる。

──夏の代行者、葉桜瑠璃《はざくらるり》か。

「夏の代行者殿、此度《こたび》は協力に感謝する。引き続き秋の援護を……」

『も、そーいうのいいからっ！』

「……引き止めたのはそちらだろう。挨拶の口上くらい聞けないのか」

建前上の挨拶を抜きにしろということなので、狼星《ろうせい》もそれに従い素の口調に戻る。狼星《ろうせい》と瑠《る》璃《り》は当世の代行者の中で、一番付き合いの年数が長い二人だった。

「葉桜妹《はざくらいもうと》、一体何だ？　手短にしろ。俺は急いでる」

『……ジメジメブリザードマン。何だじゃないわよ』

そして仲はそれほど良くはなかった。

基本的に代行者、護衛官同士は敬称をつけて喋《しゃべ》る。

それをわざわざ抜きにして狼星《ろうせい》は瑠璃《るり》を『葉桜 妹《はざくらいもうと》』とし、瑠璃《るり》は『ジメジメブリザードマン』にしているのだから推して知るべしだ。

仲が良くない理由は色々ある。

過去に瑠璃《るり》も四季降ろしで冬の里に訪れていた。瑠璃《るり》は狼星《ろうせい》と友達になりたくて何度も話しかけたがほとんど無視された。周囲がまるで雛菊《ひなぎく》の代わりにしろと言わんばかりにお膳立てしてくるので狼星《ろうせい》が大いに拒絶してしまったのだ。

雛菊《ひなぎく》との思い出である庭の花梨《かりん》の木を、瑠璃《るり》が生命使役《せいめいしえき》の訓練で動物達を突撃させて折ってしまったことも悪かった。狼星《ろうせい》は激怒して益々《ますます》瑠璃《り》を無視するようになった。

そして瑠璃《るり》の言う『あの人、すごく無愛想だし怖いし。良い印象ないんだよね』という人物評に繋《つな》がる。

『雛菊《ひなぎく》様、ブリザードマンに会いたがってたよ。あたしは君のこと好きじゃないから応援したくないんだけど……』

「おい、いい加減その呼び名はやめろ」

『君こそあたしのこと分類するみたいに呼ぶじゃん。双子だからってなに？ 葉桜 妹《はざくらいもうと》って』

「……」

『あのさ、それより雛菊《ひなぎく》さまね』

「何だ」

『ブリザードマンのことすごく気になってたみたい』

「は？」

『脈アリだと思うな』

「……はっ？」

『だからー、さくらさまに聞いたんだけど、君……雛菊《ひなぎく》さまに告白して、お返事もらえてないんでしょ？　もしかしたらもう言う気ないかもしれないけど、雛菊《ひなぎく》さまは多分、君のこと十年考えてたんじゃないかなってあたし思うの……』

――何を。

『そういう雰囲気、ある。あの、あたしね……実は結婚の予定あるんだ。里にお膳立てされた恋愛なんだけど、でも普通に好きになっちゃって……』

――何を言ってるんだこいつは。

『だ、だから、ジメジメしてるジメジメブリザードマンより恋愛経験あるの。旦那様になる人だけなんだけど……だ、だからね！　説得力あるアドバイスだよ！　無事に救えたらさ……』

瑠璃《るり》は今までで一番優しい声音で狼星《ろうせい》に囁《ささや》いた。

『好きだよってもっかい言ってあげて。雛菊《ひなぎく》さまに……』

瞬間、狼星《ろうせい》の顔は冬の寒さに晒《さら》されたように真っ赤になった。

「お、お前な……」

自分の恋路が思ったより周囲の人間に広まっていたこと、しかも思わぬ人物に見守られていたことがあまりにも恥ずかしくて羞恥で身が焼かれたような心地になる。

そんな狼星《ろうせい》のことなどつゆ知らず、瑠璃《るり》のマシンガントークは続く。

『雛菊《ひなぎく》さま、前とは違う人格らしいけど、外野から見るとそゆのよくわかんないし……てゆーか好物とか変わってないみたいだよ。あ、あのさ、君がオレンジジュース用意しろって言ったから竜胆《りんどう》さまちゃんと用意したの。そしたらさ、嬉《うれ》しそうに飲んでたよ。好み変わってないって、存在の地続きの証明みたいな気がしない？　ちょっと頑張ってみなよ！　すっごい危ないところに行くのはこっちも同じだけど、ブリザードマンも死んじゃだめだよ！　告白するんだって思って行ってきな！　だって君、十年ずっと好きだったんでしょ？　だから操立《みさお》てるみたいに誰とも仲良くしてなかったんだよね？　あやめがね、ブリザードマンが初恋こじらせてるの解決しないと、あたしとも多分友達になれないって』

「……そんなことお前に言われるまでもないがっ⁉」

勢い余って、狼星《ろうせい》はそのまま携帯端末の通信を切ってしまった。

「……」

そして両手で顔を覆う。

「……あ〜〜っ！」

空に向かって叫ぶように唸《うな》った。これから冬の里預かりで移送されることになる石原《いしはら》と、彼女を拘束している冬の里の運転手が驚いたようにその姿を見つめる。

「いや、切り替えろ、切り替えろ……」

ぶつぶつと言ってから、狼星《ろうせい》は凍蝶《いてちょう》の元に走っていく。

「どうした、狼星《ろうせい》……何があった？」

「何でもないっ」

凍蝶《いてちょう》は『何でもなくはないだろう』という顔をしたが、目下彼の思考は春主従の救出に囚《とら》われていたので深く追及はしなかった。

「動作確認が終わった。問題なくいける。ヘルメット被《かぶ》れ」

「いや、お前が被《かぶ》れ。俺は術式を施さねばならんから視界が開けていないと困る」

「……本当にやるのか？」

「やるに決まってる。この方法なら四季庁までかかる時間を半分以下にすることが出来るんだぞ。安心しろ、転ばないようにしっかり地盤をサポートしてやる」

「……」

「人命第一だろ、行くぞ」

狼星《ろうせい》は扇を握りしめ天に掲げた。

いまこれから行おうとしていることの為に、神経を研ぎすます。

——雛菊《ひなぎく》。

準備が出来ると狼星《ろうせい》の唇から冷気が漏れた。

狼星《ろうせい》が扇を開いて方向を指し示す。すると、首都高速を抜けて一般道、一般道の高層ビルから高層ビルの屋上、帝都のあちこちに氷の道が生まれ始めた。

「銀花の矛で空を回し　六連星を砕いて降らせ」

アーチを描いた橋は春の桜舞い散る風景に自らの存在を主張するように次々と架かっていく。

帝都の至る所に氷の魔法が施されていく。

「寒椿《かんつばき》の衣を纏《まと》い　二十四節気の歌を唱え」

舞を奉納し、扇を振るのは大和国《やまとこく》を代表する冬の代行者。

桜華絢爛《おうかけんらん》な薄桃色の世界を切り裂いていく氷の魔術師。

正に季節の祖。

「冬は囁《ささや》く　死を静思せよ」

凍結の異能は幼少期と比べて遥《はる》かに上達していた。

「季節が如《ごと》く　死は平等に」

息一つ乱さず、頭の中に思い描いたものを顕現させる様は神秘としか言いようがない。

当世の四季の代行者で彼の在位年数は最長だ。それが熟練している理由の一つではあるが。

「人の子らに囁《ささや》く　降りゆく死を待て」

最たる理由は雛菊《ひなぎく》だろう。狼星《ろうせい》の上達方法は、初恋の娘を想《おも》うことだった。春の少女に乞われて作った氷の花を、もっと美しく、もっと可憐《かれん》に作る為に何度も練習したのだ。

「命ある限り　死も四季も傍《そば》にあり」

あの子を喜ばせたい。その気持ちが神通力《じんつうりき》の練度へと通じた。

「汝《なんじ》　終焉《しゅうえん》を恐れることなかれ」

だから彼は、冬の力を行使することに於《お》いては自信を持っている。

「我が息吹《いぶき》をもってして　潔《いさぎよ》い死を」


いつか、好きな子にもう一度花をあげる為に生きてきた。

今日、この日に限っては誰も彼を止めることは出来ないだろう。

狼星《ろうせい》は何もかもかなぐり捨てて、ただ愛《いと》しい春の為に氷の橋を架けた。

——雛菊《ひなぎく》、待っていろ。

「……凍蝶《いてちょう》様、狼星《ろうせい》様をお守り出来るのは貴方《あなた》だけです。安全運転で……」

バイクに跨《また》がる二人を見て、運転手がひどく心配そうな顔で言った。先程まで銃を突きつけられていたのにケロッとしているのでさすが冬の護衛陣といったところか。

横で縛り上げられている石原《いしはら》も『お気をつけて』と小さくつぶやいた。こちらはしおらしく眉を下げている。

二人は別行動、首都高を下りて、冬の里の護衛陣と合流してもらう。間に合うようなら護衛陣はそのまま四季庁へ出動。爆破を阻止出来なければ、狼星《ろうせい》と凍蝶《いてちょう》の死体を捜すことになる。

凍蝶《いてちょう》は石原《いしはら》を見た。まだ遺恨はあるが、石原《いしはら》の助力でここまで辿《たど》り着《つ》けたのは間違いない。

凍蝶《いてちょう》は軽く親指を立ててみせた。きっともう会うことはないだろう。

「駆け上がるのも、滑るのも、俺が操作し続ける。凍蝶《いてちょう》、お前は俺を信じて進め」

狼星《ろうせい》は目の前の氷の橋に意識を集中させた。雪国では郵便配達員は冬でもバイクだが、車体が軽くて小回りのきくバイクを利用している。だからこそ出来る芸当だ。

オフロードバイクで、ほぼアイスバーン状態の橋を転倒なしに走らせるには、その上に柔らかな雪を敷き、轍《わだち》をあえて作り上げ、走らせるしかない。

「……正気では出来んな」

凍蝶《いてちょう》はヘルメットを被《かぶ》りながら言う。凍蝶《いてちょう》のぼやきに狼星《ろうせい》が笑った。

「馬鹿め凍蝶《いてちょう》。正気になるな。狂っていくぞ」

冬の代行者として問題な発言を澄ました顔で言う。

「言いたいことはたくさんあるが、了解した。それは君命だな」

「ああ、俺は今まで幾万の氷の花を作ってきた男だ。これくらいの芸当なんてことはない。だいたいな、凍蝶《いてちょう》……俺達の日常は……」

狼星《ろうせい》は凍蝶《いてちょう》の肩を拳で叩《たた》く。狼星《ろうせい》はやはり笑っていた。

「雛菊《ひなぎく》もさくらも消えてから、ずっと狂っていたようなものだろう」

返事の代わりに、エンジンが良い音で鳴いた。

ビルからビルへの天空の氷橋になっている部分などはスリップした時点で死にかねないが、二人でこの最短距離で行こうと決めた。

狼星《ろうせい》と凍蝶《いてちょう》がやろうとしていることは、帝都に生きる者達の日常を非日常に変える蛮行とも言える。普段なら絶対に許さないことを凍蝶《いてちょう》が了承したのは爆破テロを防ぐという名目と、春主従を救うという目的があってこそだ。

「カウントする。一、二の三でアクセル全開にしろ。進んでいく内から解かしていくぞ。後続車も進行を邪魔する車もない。目指すは四季庁庁舎、一本道だ」

封鎖された首都高に立ち往生している者達はどこかわくわくとした高揚感に包まれながら見ていた。

「いち」

きっとこんな光景は二度と目にすることは出来ない。

「にの」

二人が何処《どこ》に何をしに行くかも知らずに、傍観者達は次の瞬間歓声を上げた。

「さんっ」

冬主従を乗せたバイクは桜の世界を蹂躙《じゅうりん》する氷の橋を駆け上がった。

場所を移して、四季庁庁舎一階。

上階に居た者達を怯《おび》えさせていた抗争の決着がようやくついていた。

非常ベルが鳴り響く中、庁舎に入ろうとしていた民間警備サービス会社の制服を着た男達と四季庁の施設警備員の攻防は双方死者が出ない形で四季庁側が勝った。国家治安機構がサイレンを鳴らしながら四季庁に到着したからだ。雛菊《ひなぎく》とさくらが庁舎十九階で聞いた最後の爆音は、駆けつけた国家治安機構の機構員が投げ込んだ閃光《せんこう》発音筒の爆音だった。非殺傷兵器ではあるが、大きな音と閃光《せんこう》でその場に居る者達を一時的に無力化させることが出来る。

その場に事件解決の空気が流れ、外に避難していた四季庁職員達から拍手が起きた。

次々と外に避難出来なかった者達や、お縄になった不審者達が出されていく。

正に、国家の安全を担《にな》うプロの手腕と言うべき迅速な現場対応がなされた。

「上階に取り逃がした者は居ますか？」

駆けつけた国家治安機構の機構員が、ようやく息をつけた施設警備員に尋ねる。

「乱戦になっていたので何とも……今から確認に行かないと……」

「いえ、先程のような所属不明の組織がまた攻撃してくるとも限りませんので、正面玄関を完全に封鎖してください。我々で一層ごとチェックをします。同時に重軽傷者を救急車へ」

指示を受けた施設警備員は使命感に溢《あふ》れる顔で頷《うなず》いた。十数名の国家治安機構の機構員が一階を施設警備員に任せて階段とエレベーターの二手に分かれて上がっていく。非常ベルが鳴った時点で庁舎に居た中層から下層階に居た人々は我先にと一階へ向かい脱出をしていた。

しかし、恐怖で動けなくなった者や、脱出の押し合いで怪我《けが》をした者、そうした罪もない普通の四季庁職員達がまだ各階層に数名ずつ残されていた。階段から上がる国家治安機構の機構員の姿を見て、足首を捻《ひね》って動けずに居た老齢の女性職員が『助けてください』と声をかける。

だが、何故《なぜ》か彼らは要救助者を無視していった。

「あの、助けて！　助けてください！　足を怪我《けが》しているんです！」

残された女性職員は何度も追いすがるように呼んだが、ついぞ誰も戻ってきてくれることはなかった。

「……」

女性職員は唖然《あぜん》とした様子から、段々と悲しみに暮れてポロポロと涙をこぼす。だが、彼女はこの時彼らから冷たい対応をされてむしろ幸いだったと言える。

彼女が助けを求めたのは、国家治安機構を装《よそお》った賊集団【華歳《かさい》】の面々だったからだ。

「殺さなくて良かったのか」

「動けない様子だった。どうせ後で死ぬだろ」

他人の命を何とも思っていない会話をしながら【華歳《かさい》】の面々は移動をしていく。

【華歳《かさい》】はこの日、この四季庁庁舎を襲う為に念入りに準備をしていた。最初に庁舎に侵入しようとした、明らかに怪しい警備サービス会社の制服を着た者達は罠《わな》の一つだ。

この庁舎で起きた事件の流れを一度整理しよう。

まず、【華歳《かさい》】に金で買われた内部犯行者により火災が起きてもいないのに非常ベルが四季庁庁舎で鳴り響いた。庁舎職員並びに業者、取引先など、四季庁庁舎内に居たすべての者達が突然のけたたましい警報に恐怖を覚える。『一体何事か』と右往左往する。

災害発生時に正しい行動、判断が出来るというのはよほど訓練を受けた者でないと難しい。

恐怖の色で染まった思考でする選択は視野が狭くなる。

それでも、四季庁庁舎の施設警備員達はこの緊急事態にマニュアルに沿って行動した。

こうした事態に於《お》いて優先されるのはまず避難誘導だ。

施設警備員達は四季庁職員や来庁していた人々に声をかけながら正面玄関にどんどん人を逃がした。非常ベルを鳴らした内部犯行者はこの流れで既に消えてしまった。

そうこうしている内に、出ていく者ばかりの中で侵入してこようとしてくる者達が居た。

民間警備サービス会社の格好をした者達だ。彼らは非常ベルなどの警備システムを売りにしている大手企業の制服を着ていたが、あまりにも来るのが早かった。

警備サービス、セキュリティシステムの会社というものは基本的に二十四時間三百六十五日、システムに異常が見られると現場へ急行する契約のものが多い。

提供されるサービスは幅広くある。

例えば、決められたエリアに何かあれば警報を鳴らすものがまず一つだ。夜間に完全に施《せ》錠《じょう》された状態の屋内で、空調の影響や積み上げられた書類が崩れて落ちただけでも異常検知し、侵入者ありと警告音を上げる。契約上、エラーが出れば警備サービス会社は紙一枚が引き起こした事態でも安全確認の為、現場へ向かわねばならない。

今回のようにオフィスビルの非常ベルが鳴ったというのは急行案件だ。

こうした防犯目的の警備サービス会社の急行対応に慣れている者なら通常彼らが現場に来る

までに数十分、人手が足りなければ更に待たされることを知っている。だというのに、非常ベルが鳴ってからすぐに現れた。

勿論《もちろん》、さくらが庁舎十九階から見ていたように彼らはあらかじめ駐車場で待機していたので早いのは当たり前だ。四季庁庁舎の施設警備員達も不審に思う。

その疑念は当たっている。彼らは【華歳《かさい》】の鉄砲玉だった。

頭領である観鈴《みすず》が差し向けた罠《わな》の一つが彼らだ。

不審を抱くこと自体が策略の内だということも知らず、警備サービス会社の親元に急行指示が本当に出ているのか確認をとらせてくれというやり取りが生まれる。

『失礼ですが、本当にうちのビルと契約している会社からの出動か問い合わせてもいいですか』

『非常ベルが鳴ったから来たんですよ？　中に入れてください』

『いや、ちょっと待ってください！　勝手に入らないで！』

ただの強引な職員なのか、はたまた不審者か。判断する前に施設警備員と押し入ろうとする彼らとの乱闘が始まり、相手は最終的に手製爆弾を一階ロビーに投げ入れた。

『きゃあああああっ！』

これが雛菊《ひなぎく》とさくらが最初に聞いた爆発音だ。

警備員達に誘導され逃げている途中の者から悲鳴が上がる。人々は冷静さを更に失い逃げ惑い、一階ロビーは阿鼻叫喚《あびきようかん》地獄と化した。

もはや侵入しようとしている彼らが民間警備サービスの者などではなく不審者、更に言えば爆発物所持の犯罪者なのは明らかだ。庁舎への不審者侵入を阻止すべく、施設警備員達はこの謎の集団との攻防戦を強いられることになった。

そして流れはこの戦いに決着がついたところに戻る。

重軽傷者は出たが死者が出なかったのは幸いだ。

すべては、この後に駆けつける『国家治安機構』と名乗る者達。【華歳《かさい》】のメンバーを問題なく通す為にお膳立てされていた。

大きな騒ぎの後に大和《やまと》での警察権を持つ国家治安機構の機構員が現れたのだ。その素性を疑う者は居なかった。ようやく来てくれた。後は彼らに任せようという流れになる。

本物ではないと気づいている者は、庁舎内では今のところ誰一人として居なかった。

エレベーターに乗った国家治安機構を騙《かた》る【華歳《かさい》】のメンバーは静かに上階へと進んでいく数字盤を見つめている。

頭一つ、他より背が低い人物は【華歳《かさい》】の頭領である観鈴《みすず》だ。

「……雛菊《ひなぎく》は元気にしているかしら」

ぽそりと、そうつぶやく。傍《そば》に居た彼女の右腕の美上《みかみ》は感情の乗っていない声で返した。

「元気だから、春夏秋冬の共同戦線など組むのでしょう」

「そうよね……」

皮肉を込めた言葉に、何故《なぜ》か観鈴《みすず》は嬉《うれ》しそうに顔を輝かせる。

「撫子《なでしこ》ちゃんもいるし、早く家に連れて帰りたいわ。姉妹にしてあげましょう」

「……」

「二人も女の子が居ればどちらかは私の元で血族を産み育ててくれるかも。今度こそ」

非人道的なことを軽やかな口調で言う。

その場に居た美上《みかみ》以外の【華歳《かさい》】の者は観鈴《みすず》の言葉に何も反応しなかった。何か反応して、それで不興を買えば即座に制裁が待っている。

どうなるかは観鈴《みすず》の気分次第で、その日、その時によって気分も対応も違うので最善の対応を予測することは難しい。彼女の側近周りの構成員はそうした察しが良い者しかなれない。

何も言わないのが吉だとわかっていた。

彼女に何か言えるのは右腕とも言える美上《みかみ》だけだ。

「御前《ごぜん》……まだ諦めていなかったので？　やろうとして結局失敗したでしょう」

美上《みかみ》の言い方は、刺々《とげとげ》しかった。

「失敗とは心外ね」

「壁に追い詰めただけで危うく殺されるところだった」

「そうね、男に負ける子じゃないのよ。私が育てたんだもの。強い女で当然よね」

観鈴《みすず》は雛菊《ひなぎく》に反逆されたことをどこか誇らしげに言う。

——お前が男に襲わせたんだろうが。

喉からそんな言葉が出かかったが、言い方はもう少し優しいほうが聞いてくれるだろうと思い、美上《みかみ》は考えながら話す。

「御前《ごぜん》……攫《さら》うことには文句はありません。あれにはまた大麻を作ってもらわなくては。ですが……繁殖の計画は得策ではない……」

「子どもを産ませるのは反対？」

「反対です」

「美上《みかみ》……雛菊《ひなぎく》のような子が好きなの？」

「違います。俺が言いたいのは……」

美上《みかみ》は眉間にシワを寄せる。

「あれは大抵のことは我慢していた……」

「そうね。良い子だったわ」

「恐らく、貴方《あなた》があんなことを企てなければ今もうちに居たでしょう」

「……」

「地雷を踏んだんですよ。一番許せないことだったんでしょう……」

「もっと優しくしろってこと？　私なりに優しくしていたんだけど……つがいの相手だって適当に選んだわけじゃないのよ？」

「そうじゃない。そういうことじゃないんですよ……相手を壊そうとするなと言ってるんです。適度に餌をやって、長く生かしたほうが利があるでしょう？　大麻は売れていたし最高の環境だった。壊したのは貴方《あなた》だ。貴方《あなた》自ら、自分で作り上げた成功を壊したんですよ。我々はあれを支配下に置いていましたが、やはり人とは違うんです。従わせるなら、嚙《か》まれないよう飼い方には気をつけないといけない。あの時の状況は嚙《か》めと言っているようなものだった。あの娘は……冬の里を襲うと脅せば、何でも言うことを聞かせられていたのに……」

観鈴《みすず》は黙り込んだ。不服そうだが、図星だと思うところがあるのかもしれない。

「……私なりに、大事に思った結果なのに……雛菊《ひなぎく》のことも、【華歳《かさい》】のことも、両方考えたら一番良い措置だと思ったのよ……あの子を壊すつもりなんて……」

「精神崩壊してました。復帰したのが不思議なくらいですよ」

「……」

観鈴《みすず》は少し考えるように黙ってから、独り言を囁《ささや》くようにつぶやいた。

「でも……だとしたら今は壊れた後の雛菊《ひなぎく》なのね……」

「そうですね。貴方《あなた》が壊した」

責めているのに、観鈴《みすず》は嬉《うれ》しそうに微笑《ほほえ》んだ。

「ふふ、私と同じじゃない。おそろいね、娘としてふさわしいわ」

美上《みかみ》はため息を吐《つ》きたくなった。

――何でそうなる。

この美貌の女はやることなすこと、すべてに於《お》いて自己中心的だった。他者への理解や寛容といった概念は存在しない。

「やっぱりあの娘《こ》は特別。早く会いたいわ」

幼い子どもが持っている残虐性をそのまま純粋培養したらこういう人間が出来上がる。そういう人格をしている。

――新手の自傷行為なのか？

観鈴《みすず》の、年を取るごとに色香が増している横顔を見ながら美上《みかみ》は思う。

――そういうことで一番苦しんだのは自分だろうに。

この女が、どうしてこんな怪物になってしまったのか、美上《みかみ》は横でずっと見てきた。

美上《みかみ》が観鈴《みすず》を初めて認識したのは彼女がまだ少女と言っていい頃だった。

賊同士の会合に、父親と一緒に同席していたのだ。

事業家として幅広く活動していた先代は、複数の事業経営の他に賊としての裏の顔を持っていた。家出少年を拾っては雑用係として使うのが得意で、美上《みかみ》もその一人だった。

そんな先代を美上《みかみ》は尊敬していて、彼の言うことなら何でも聞いた。恩人の娘はどんな子かと密《ひそ》かに楽しみにしていたが。

――仲良くなれそうにないな。

そう思ったことを覚えている。

紹介されても観鈴《みすず》は目も合わさず挨拶も返さなかったからだ。大人びた顔立ちと、豊満な身体《からだ》のせいか、もう成人しているように見えた。父親がどこか特別な教育機関に送り込み、ようやく帰ってきたところだと聞いた。将来は母親の元で武器商人をすると決まっているらしい。

『武器、好きなんですか』

『きらい』

初めて交わした会話はそれで終わった。

その日の宴《うたげ》は長く続き、観鈴《みすず》はいつの間にか途中で退席していた。

次に見かけた時は、会合相手の賊の幹部の頭を鯉《こい》が泳ぐ池に沈めている場面だった。

『ねえ、あなた』

美上《みかみ》は厠《かわや》に行こうとしていたのだが、尿意はその光景を見て引っ込んだ。

庭には割れたビール瓶が転がっていた。

殴って昏倒《こんとう》させたのだろう。

それだけではなく、ネクタイで手も縛っていた。完全に殺すつもりでやっている。

『手伝って。ねえったら』

観鈴《みすず》が大の男の首を掴《つか》んで水責めにしている姿は、それまで色々と汚いことをしてきた美上《みかみ》にとっても暴力的で衝撃だった。美しい大和《やまと》庭園が広がる料亭の片隅で、こんな風に誰かが死のうとしている。世の中にはこういう殺人現場もあるのだと妙なことを思ったものだ。

しばらく呆《ほう》けてから、慌てて間に入ると、観鈴《みすず》の着衣に乱れがあることに気づいた。口の端も切れて血が滲《にじ》んでいる。

『この人、私が誘ったたって』

もはや抵抗する力も弱くなっている男を見ながら、言い訳するように観鈴《みすず》は言った。

『スカートが短いから誘ったことになるんですって』

その言葉の端々に、怒りが満ちていた。

『だから、手を出しても許されるんですって……こういう男、もう……何度目かしら。意味が、意味がわからないわ……どうして……？』

そして、それを殺意へと変換出来る激情も。

『意味が、わからない。でも、きっと話を聞いてあげるべき、なのよね？　私もこの人の土俵に立って一度は考えてあげるべき、よね？　だからね、そうしてみたの』

実行出来るほどに溜《た》まってしまった彼女の中の膿《うみ》も。

『この人、虫みたいな顔してる。そういう顔しているのだから、この世から駆除されても仕方がないと思わない？』

悲しみも、理不尽な世の中の仕組みへの疑問も。

『そういうことよね。そうして良いのよね？　だからしたの。しちゃったわ』

それを考え続けることの難しさも。

『正しい応酬よ。でもね、おかしいの』

観鈴《みすず》の胸の内には満ちていて、もう溢《あふ》れそうなほど溜《た》め込《こ》まれていた。

『この人ビール瓶で殴った時驚いた顔してたのよ。どうして自分は暴力を受けないと思っていたのかしら……』

美上《みかみ》は奇《く》しくも、観鈴《みすず》が人生に耐えきれず爆発した場面に居合わせたのだ。

『もしかしてそういう立場だと思っていたの？　いえ、実際そうなのかしら……そうだとしても私を傷つけていいの？　……私は悪くない……ねえ、助けて』

観鈴《みすず》の言葉は、切実な祈りに聞こえた。

足は震えていたし、瞳には涙が溜《た》まっている。美上《みかみ》としては恩人の娘に手を出した時点で男を生かしておく理由はない。この同意を求める行為は特に不要だったのだが、とりあえず彼女が喋《しゃべ》り終《お》わるまで待った。

それから、また観鈴《みすず》が不安衝動を起こすように話し出す前に宣言した。

『わかった。手伝います』

そう言った美上《みかみ》のことを、観鈴《みすず》はひどく驚いた顔で見た。

『本当に手伝ってくれるの？』

『はい』

『本当の本当に？』

『本当の本当です』

『どうして？』

『お父上には、お世話になってる』

『……あなた……父の部下だからって……だから娘の私の殺しも手伝うの？』

『手伝ってと言ったのはそちらなんですが……』

『だって……』

『というか、やるしかないでしょう。これも死にかけですよ。楽にしてやらないと』

『……』

『お嬢様、やらないんですか。やるしかなかったからこうしたのでは？』

『あなた、あなたって……変な人ね』

それはそっちだろうと、美上《みかみ》は思った。感謝されたくて言い出したことではなかったが、その時、観鈴《みすず》が向けたまなざしを美上《みかみ》は忘れられない。

『……助けに来てくれて、ありがとう。あなた、ヒーローみたいね……』

今から許されないことをするのに、救世主になってしまった。


まだ若い二人が一緒にしたことは、外に遊びに行くことでも、共に星を見ることでもなく、大の男の首根っこを押さえることだった。

それからは美上《みかみ》が主に奮闘した。観鈴《みすず》の父親に事の次第を話し、不埒者《ふらちもの》を出した賊組織には謝罪をするのではなくむしろ管理の怠慢を責め、こちらに落ち度がないことを認めさせた。

会合で生まれた死体はそのまま所属の賊組織に持ち帰らせた。

関わった美上《みかみ》もお咎《とが》めなし。冷や汗をかいた背中はしっとりと冷たかった。もう死体の処理をしたのだから関わり合いはそれで終わりのはずだが、なぜか観鈴《みすず》はずっと美上《みかみ》の傍《そば》に張り付いていた。仕方ないので美上《みかみ》は励ますように言う。

『よかったですね。お父上、怒ってないですよ』

『あの死体、元々父が嫌いな組織の男よ。理由をつけて幹部を殺せたのが嬉《うれ》しかったんでしょう……前に私が同じような目に遭った時は、隙があるお前が悪いって言ってたくせに。見た？あの手のひら返し……どういう神経しているのかしら』

『……』

『私……いえ、もういいわ…………ねえ、あなた、何て呼んだらいい？』

『美上《みかみ》と。お父上もそう呼びます。挨拶……最初にしていたんですが』

『あの時は興味がなかったの』

『……』

『でも今はすごくある。みかみ、覚えたわ。美上《みかみ》って正義の味方……ううん私の味方ね』

その時から、妙に懐《なつ》かれている。

時が進むと観鈴《みすず》は親の勧めで武器商人になり、やがて評判の悪い男に嫁いだ。

いくらなんでもと、美上《みかみ》も止めた。観鈴《みすず》は悲しそうな顔でつぶやいた。

『別に好きじゃないわ。でも、少しでも遠く……家から逃げ出したいの。そうするには、父と母の息のかかった相手の元へ転がり込むしかないのよ……あの人達は私が結婚したっていう事実があれば満足するのよ。一年したら離婚する。その時、迎えに来てね美上《みかみ》……』

それまでは呼び出される度に他愛もない話をしたり、片付けて欲しい誰かの始末をやらされたが、ぴたりとなくなった。厄介な女だと思っていたが呼ばれなくなると少し寂しいものだ。

そう思っていた矢先、観鈴《みすず》は連絡を寄越してきた。

『ねえ、手伝って』

顔を青痣《あおあざ》まみれにして、腹から下を真っ赤にした観鈴《みすず》が玄関で待っていた。

何が起きたのかすぐに予想はついた。観鈴《みすず》は泣いているばかりでろくに喋《しゃべ》れない。

『赤ちゃんが、[redacted]が』

ただそう言い続ける。だからやめろと言ったのに、という言葉は喉から出ない。

『美上《みかみ》、ねえ、手伝って。[redacted]とあの人、片付けるの……』

——いつもこうだ。

彼女がそう言い出す時は、彼女の人生から彼女の身体《からだ》を通り抜けた誰かが退場していく。

唯一、退場しないのは指一本触れない美上《みかみ》だけ。

『手伝ってくれるでしょ、美上《みかみ》』

触れさせてはくれない、けして。

『美上《みかみ》、美上《みかみ》だけが頼りよ』

美上《みかみ》も他の男と同じようにはなりたくなかった。彼女を傷つけて通り過ぎていく何かには。

『はい、お嬢様』

結局はほとんどの始末を美上《みかみ》がやった。

片付けてくれと頼まれたのは観鈴《みすず》の旦那と、その時観鈴《みすず》の腹から流れた子どもの死体だった。

それらをすっきり無かったことにして数日も経《た》つと、今度は観鈴《みすず》の父親から呼び出された。てっきり指か腕か、とにかくどこかの部位を切り落とされるだろうと覚悟して行ったのに待っていたのは労《いたわ》りの言葉と新たな辞令だった。代替わりで頭領になる観鈴《みすず》の右腕になること。もはや、どこへ行っても死体を作ってしまう娘を放り込むにはそこしかないと思ったのかも知れない。そして、その相棒にあてがうなら美上《みかみ》しかいないと。

二人きりになると観鈴《みすず》は嬉《うれ》しそうにしていた。美上《みかみ》のシャツの袖を摑《つか》んで引っ張って言った。

『ねえ、手伝って美上《みかみ》』

どうしてだか、この女にそう言われると美上《みかみ》は断れない。

あの日、あの時、夜の庭で観鈴《みすず》は助けを求めていた。泣いていた。殴られていた。

それがいつまで経《た》っても忘れられないからかもしれない。

家出をしたまま、家に帰らなくなった美上《みかみ》にとって、観鈴《みすず》は高嶺《たかね》の花だった。

何の心配もなく生きていけそうな箱入りのお嬢様に見えた。輝いて見えた。

だが実際は彼女には彼女の地獄があり、しかも容易に抜け出せない。

救いようがない。救いが見えない。あるかもしれないが手を出すには遅い。

もっと早く誰かが見てあげるべきだったと、他人事《ひとごと》のように言うしかない。

誰も彼女に此処《ここ》から逃げようとは言わないし、他に世界があるとは教えない。
誰かが犠牲になっているほうが、世の中都合が良いからだ。

いつしか観鈴《みすず》は、逃げたがっていた両親と同じように他者を支配するようになっていた。

『美上《みかみ》、私気づいたの。世界は、世の中は、間違っていることが多すぎるわ。どうしてこうなのかしら。力がある人がたくさんいるのに、その人達は助けを求めている人の所に行かないのよ。皆が皆、美上《みかみ》みたいなヒーローじゃないのね。世界を自分で変えるしかないのよ。だから私考えたの、美上《みかみ》。世界を変えるには大きな仕組みを変えなきゃ。大きな仕組みを変えるにはすごい人にならなきゃ。誰かに頭を押さえつけられるような弱い女じゃだめなの。どんなものにも負けない女に私なるわ。今ならなれるって気がするの。もう、失うものがないもの。みんなが私を見捨てたのよ。見返してやりたいわ。【華歳《かさい》】をすごい組織にする。国の運営も変える。弱い人を助ける人になる。ねえ、美上《みかみ》。私なるわ。痛みを知ってるもの』

人は、痛みを知ると大抵の場合二分化する。
痛みを知っているから、癒やすほうに回るか。
痛みを知っているから、痛みを与えるほうに回るか。

『手始めに、世界を変える為に神様を殺してみましょう、美上《みかみ》。四季の代行者って、世の中の仕組みを変えるには良い材料よね。殺してもまた違うのが生まれるんだし、何度も何度も殺して政府を脅しましょう。もっと世の中を良くする政策を打ち出させるの。みんなの為に、弱い人達の為に……わくわくするわね、美上《みかみ》。一緒に神殺しをしましょう』

世界には双方存在する。どちらが良いかは、その人によるだろう。

「美上《みかみ》、手伝ってね。あの娘を説得するの。私の世界にはあの子が必要よ」

もう何度目かわからない『手伝ってね』を聞きながら、美上《みかみ》は観鈴《みすず》を眺める。

十数年前と比べて水を得た魚のように生き生きとしている彼女を。

観鈴《みすず》はテロリストに向いていた。

頭のネジが何本も飛んでいるし、いくらでも残酷になれる。

生まれつき人の上に立つ素質もあった。

彼女が傷つきながらも獲得してきた人生の経験値は犯罪者になるとうまく活《い》かされた。

すべて、こうなる為に傷ついてきたのだと言いたくなるほどに。

観鈴《みすず》はこの世界に向いていなかった。

生まれた環境も悪かったし、本人も自分の痛みに鈍感だ。痛い痛いと言うが結局痛い場所に留《とど》まる。逃げないので暴力を振るう者達の餌食《えじき》になる。そしていつしか観鈴《みすず》も誰かを攻撃することに、自分がされたことを相手にすることに、何の良心の呵責《かしゃく》も抱かなくなる。

『だって私は耐えてきた』と言わんばかりな顔をして、首をかしげるのだ。

殴る相手に言う。

『なぜ耐えられないのか』と。

――世の中、こういう奴《やつ》が減ればもっと優しい世界になることだろうな。

美上《みかみ》は純粋に観鈴《みすず》が哀れだった。家庭環境がもっとマシだったら。結婚生活がもっと幸せだったら。本人がもう少し色んなことに気づきを得られる性格だったら。

――俺に、勇気があったら。

だが、そんな『もし』を重ねたところで意味はないのだ。

美上《みかみ》が観鈴《みすず》にしてやれることは傍《そば》に居ることだけ。

それが最も困難で険しい。長生きは出来ないだろう。

――まあいいか。一度きりの人生だ。

もうすぐ上階にたどり着く。場合によっては誰か死ぬだろう。

地獄の始まりだ。

——頭がおかしい女とぶっ飛んだことをして死ぬのも悪くない。

「了解です、御前《ごぜん》」

美上《みかみ》は、正しく観鈴《みすず》の味方だった。


一方、秋の代行者救出班は大きな局面を迎えていた。

狼星《ろうせい》からの情報提供により、【華歳《かさい》】の基地が国家治安機構、四季庁に共有された。

秋の代行者祝月撫子《いわいづきなでしこ》を救う為に直ちに救出作戦を立ち上げることになった。

四季の代行者はその特異な存在ゆえ、あらゆる場面で超法規的措置がとられる。

秋の代行者付き護衛官である竜胆《りんどう》の要請もあり、各種手続き、許可証の発行を待たず先行して救出部隊を送り込む流れとなった。構成員は捜索班として動いていた竜胆《りんどう》達と付き添いの四季庁職員達。そして要請により現場に急行した国家治安機構の特殊部隊【豪猪《やまあらし》】だ。

繰り返しになるが、国家治安機構は大和《やまと》の警察権を所有している組織である。

大和《やまと》の安全と秩序を守る行政機関、それが国家治安機構だ。

村や街にある駐在所での地域の保安活動、犯罪者の取り締まり、その業務は多岐にわたる。

そしてこの大きな組織内に、武装部隊として存在するのが【豪猪《やまあらし》】だった。

大和《やまと》各地に駐屯地が設けられており、国家治安機構の精鋭達が配属されている。

云《い》わば、テロリスト達へのカウンターの役目を持った部隊と言える。

国外では類似したもので、タスクフォース、対テロ部隊、特別任務機動隊、などという名称で同じような部隊が存在する。

彼らが出動する時は概《おおむ》ね事件が起きた後であり、立てこもりなどが発生しない限り現場支援で仕事が終わってしまうのだが、今回は違った。

四季庁から国家治安機構へ情報共有が元々為《な》されていたこと。駐屯地が凰女《おうめ》からほど近く、超法規的措置により直ちに出動を命じられたこともあり、彼らが現場に到着したのは入電から一時間という早さだった。これにより、竜胆《りんどう》達は突入前から支援を得られることが出来た。

凰女《おうめ》に集結した、賊との戦いを控える一団の構成人員の内訳はこうだ。

秋の護衛官、阿左美竜胆《あざみりんどう》。夏の代行者、葉桜瑠璃《はざくらるり》。夏の護衛官、葉桜《はざくら》あやめ。

夏の代行者警備として派遣されていた四季庁保全部警備課夏職員四名。

秋の代行者救出の為に同じく派遣された四季庁保全部警備課秋職員四名。

四季庁ともとより協力体制をとっていた国家治安機構の機構員八名。

そして国家治安機構、特殊部隊【豪猪《やまあらし》】二十名。

以上のメンツが揃《そろ》っていた。

竜胆《りんどう》達は次々と入ってくる四季庁庁舎襲撃の情報に戦々恐々としていたが、ついに自分達も戦場に足を運ぶこととなった。

現在、竜胆《りんどう》達が居る凰女《おうめ》は扇状地。

地域の山である凰女《おうめ》山の麓には上空から見ると扇形の大地が広がっている。

扇状地に集落が作られ、そこから大きな都市と言えるまでに発展した凰女《おうめ》は山間部に廃神社がいくつか存在した。次代の担《にな》い手《て》がおらず、近在の神社と合祀《ごうし》され放棄されたものがほとんどだが、山崩れにより通行が険しくなり泣く泣く手放されたものもある。

竜胆《りんどう》達はその内の一つに向かった。

廃神社の近くに無許可で建てられた建物があるという。

それが【華歳《かさい》】の現在の基地であり祝月撫子《いわいづきなでしこ》が拘束されている場所だというのが石原《いしはら》からの密告だった。山の中の、それも廃神社の近く。現地民も滅多に寄り付かぬ場所に基地を造ったのは捜索するほうからすると嫌らしいとしかいいようがない。

竜胆《りんどう》達が目的の場所に行くには困難が生じた。

途中から車が使えない通行止めの山道となっているので歩いていくしかない。整備されていない道は傾斜が厳しい坂になっている。

【華歳《かさい》】からの電話の逆探知に成功したと聞き、四季庁を弾丸の如《ごと》く飛び出して来た瑠璃《るり》達は山歩きには不似合いな格好をしていた。瑠璃《るり》はワンピース、あやめはいつものスーツ姿だ。靴も服装に合わせた物を履いているので、本人達の意志ではないが山を舐《な》めていると言ってもいい。

「格好間違えた……」

「登山するとは思わなかったものね」

瑠璃《るり》とあやめは特に苦心しながら進んでいる。

二人は本来であれば情報提供が為《な》されて基地が見つかった時点でお役御免のはずだった。瑠璃《るり》が同行していたのは主に賊の追跡の為だったからだ。特殊部隊が行う急襲作戦に関与するべき存在ではない。だが、瑠璃《るり》とあやめは自分達から願い出て同行していた。

「お二方、俺のシャツでも腕でも掴《つか》んでください。坂道です。その方が歩くの楽でしょう」

竜胆《りんどう》はぜいぜいと息を吐く娘二人に両腕を差し出す。鍛えられた腕は大変頼もしく見える。

「え、でもそれって引きずって歩くってことでしょ。竜胆《りんどう》さま辛《つら》くなるよ？」

「構いません。女性二人くらい羽根の軽さです」

「し、紳士だわ……阿左美《あざみ》様……私の婚約者と大違い……」

「あやめ様の婚約者、一体どんな方なんですか……」

「なんかね、竜胆《りんどう》さまよりチャラチャラしてるよ」

「……否定出来ないわ」

「俺はチャラチャラしてない」

「ちなみにあたしの婚約者さんはね、頭が良くてすごく優しいんだよ。大人の男の人なの……素敵なんだぁ、へへ。でもあやめは胡散臭《うさんくさ》いって言うの」

「優しいとは思うけど、パニック映画の最後のほうで主人公を裏切るタイプよ、あの人は……」

「すごく気になってきました。結婚式呼んでください」

もはや竜胆《りんどう》の為にも撫子《なでしこ》の無事を確認、保護の手伝いをしないと気が済まないというのが瑠璃《るり》達の言い分だった。また、賊に狙われる危険もある為同行したほうが安全という現実もある。ついていかない場合はどこかで待機するか、少数の護衛を連れて四季庁に戻ることになるが、その間に襲われる可能性は大きい。そしてそれは竜胆《りんどう》も同じだ。

多方面から聞かされる裏切りの数々に、すっかり脳内は周囲への不信感で満たされていた秋と夏は、ここまで来たら一蓮托生《いちれんたくしょう》、秋を救うまで春夏秋冬の共同戦線は維持しようと互いに意思表示をしていた。

廃神社は見るからに打ち捨てられた、といった様子だった。

此処《ここ》にはかつて祀《まつ》られた神がおり、参拝者も居て歴史があったという事実が悲しくなるほどだ。竜胆《りんどう》率いる急襲部隊はそこで一旦立ち止まる。

瑠璃《るり》が連れてきた野犬と野鳥を斥候にして周囲を探らせると、数分もしない内に戻ってきて基地の正確な場所が判明した。廃神社の更に奥。鎮守の森の中にひっそりと隠された鉄筋コンクリートの建物があった。一見すると何かの施設に見える。住宅とは言えない大きさだ。二階建ての横長構造。建物の周りはぐるりと塀があり、入り口には『凰女《おうめ》林業《りんぎょう》株式会社』と表札があった。

地元の名前をつけている会社というのはいかにもありそうではあるが、竜胆《りんどう》達がどれほど携帯端末で検索をかけてもそんな会社名はサーチエンジンに引っかからなかった。

「公課庁の法人登録を調べました。大和国《やまとこく》で企業している会社なら必ず登録されてるわ」

一番冷静に対処したのはあやめだ。真っ先に国営のサイトで調べるあたりしっかりしている。

「『凰女《おうめ》林業《りんぎょう》株式会社』なんてありませんから、絶対に怪しいです」

「俺達が居る凰女《おうめ》山の森林所有者は現在の市長一族のようです。地元の名士が架空の会社をこんなところに作っているのも怪しい。間違いないかと。届け出もない会社なら、今ある材料だけでも接触をはかれる。【豪猪《やまあらし》】の隊員にまずは行ってもらい、立ち入りをごねられても無理やり入ります。瑠璃《るり》様、あやめ様はここまでで十分ですから。待機しててください」

「でも、みんなが不利になったら動物達を出すよ」

「いえ、お二人が危険になったらで結構。瑠璃《るり》様、あやめ様……ついてきてくれて本当にありがとうございます。俺の願いは、貴方《あなた》がたと撫子《なでしこ》を無事に安全な場所へ移すことです。お願いです。危険な真似《まね》はしないでくださいね」

竜胆《りんどう》が真剣な表情でそう言い聞かせるので、勝ち気な瑠璃《るり》も納得はしなかったがその場はとりあえず言うことに従うことにした。

賊の本拠地を目前にして作戦会議は終了し、いよいよ接触となる。

まずは竜胆《りんどう》が言った通り、国家治安機構【豪猪《やまあらし》】の隊員が塀を越えて侵入し、建物のインターフォンを押した。一度目は反応なし。何度か押して、『国家治安機構です、開けてください』と玄関扉を叩《たた》き続《つづ》けるとようやく中から人が出てきた。

いかつい男が既に怒った状態で顔を出す。

「おい、人の家の敷地《しきち》に勝手に入ってんじゃねえよ」

男は作業服でもスーツでもなかった。平日の昼下がりに会社と名がつく建物から出てくるような人間にはとても見えない。夜の繁華街を練り歩く柄の悪い男といった風貌だ。とはいえ、すぐに突入するわけにもいかない。一旦は平和的な会話のやり取りが必要とされた。

【豪猪《やまあらし》】の隊員はハキハキとした口調で喋《しゃべ》り出《だ》す。

「国家治安機構のものです。こちらで違法行為が色々と疑われているので中を検《あらた》めさせてもらいにきました。代表の方はいますか？」

「……はぁ？　今は、いねえよ」

ぶっきらぼうな男の言葉にも負けじと隊員は話し続ける。

「中を検《あらた》めさせてもらってもいいですか」

「ふざけるな、不法侵入だ！　それに……そうだ、令状！　令状無いのかよ！　こういう時そういうの最初に見せるもんだろ！」

「今回、我々がこちらの捜査に来た目的は四季の代行者へのテロ行為があったからです。無令状逮捕案件となり、令状なしでの捜索が許されています。原則令状主義も、この場合は例外とされるんですよ。ご存じありませんでしたか」

男は顔色をがらっと変えた。急に黙り込んで目が右往左往する。隊員は立て続けに質問を続けた。

「ここは誰に許可をとって建てた建物ですか？　不法建築物ですよね」

「……はあ？」

「貴方《あなた》は家と仰《おっしゃ》いましたが表札は会社になっていますね。林業の会社なんですか？」

「……そうだよ」

「届出確認しても良いですか？」

「何だそれ」

「林業するなら届出を国に出してるでしょう」

「……」

「無いのなら、貴方《あなた》はまず先に自分が不法建築物に居ることを自覚してください。これだけですぐ機構に引っ張っていくことも出来るんですよ」

正面玄関で【豪猪《やまあらし》】の隊員と男が押し問答をしている間に、建物の中から人相の悪い男達がどんどん出てきた。肩の押し合いが始まる。

竜胆《りんどう》達は【豪猪《やまあらし》】の隊長から待機を命じられまだ敷地《しきち》外《がい》で見守っていた。他の【豪猪《やまあらし》】の隊員達も突入の合図を待っている。

「うわっなんかあの男の人、拳回しだしたけど阿呆《あほ》じゃない？　国家治安機構の人の肩摑《つか》んだだけでも逮捕案件なのに」

次第に暴力的になっていく様をあわあわとしながら見ている。

「始まったわね……」

「あ～喧嘩《けんか》になってきてる！　どうする？　犬行かせる？　嚙《か》ませる？」

「瑠璃《るり》様、待機でと言ったでしょう。行くのは俺。貴方《あなた》達は安全なところで待っているのが仕事です。撫子《なでしこ》を無事に保護出来たら、ぜひ警備体制に加わってください」

「もう結構怖い雰囲気ですけど、阿左美《あざみ》様あの中に入るんですか？」

「入ります。しかし、【豪猪《やまあらし》】の隊長殿が『突入』と合図を出してからです」

その場は一触即発の空気に包まれていた。

捜査への協力を要請している【豪猪《やまあらし》】の隊員に男が手を出した時点でこちらが突入出来る状況は作り上げられている。玄関前での攻防はどんどん白熱していった。

最初に対応したいかつい男の他にぞろぞろと中から現れた男達に対抗すべく、こちらの人員も数名止めに入る。しかしそれでも事態の収拾はつかない。

「こちらは発砲許可が出ている、撃つぞ！」

「しゃらくせえっ！　出ていかねえならぶっ殺すぞっ‼」

両者一歩も退《ひ》かずの状態で睨《にら》み合《あ》いが続く。

「死ねっ‼」

誰かがそう言った。と、その直後に【豪猪《やまあらし》】の隊員が胸を押さえて倒れる。建物内から出てきた男達は銃火器を所持していた。

すうっと【豪猪《やまあらし》】の隊長が息を吸い込んだ。

「突入うううううううっ‼」

号令がかかった。控えていた【豪猪《やまあらし》】の隊員達、国家治安機構の機構員、秋の代行者救出の為同行していた四季庁保全部警備課職員達もなだれ込むように敷地内《しきちない》に入り、抵抗する男達に反撃を開始する。

「いってきます！」

防弾ベストを借りて着用した竜胆《りんどう》が瑠璃《るり》とあやめに宣言するように言ってから走り出す。

『いってらっしゃい！』

双子は同時に言って竜胆《りんどう》を送り出す。

その背を見つめながら瑠璃《るり》は不安げに声を漏らした。

「い、行っちゃった……」

瑠璃《るり》とあやめは敷地外《しきちがい》の木々の根元に隠れて待機となる。

四季庁からの護衛である保全部警備課職員も急襲部隊に回したのでいま二人を守っているのは瑠璃《るり》が飼いならした野犬達しかいなかった。

大きな木から少しだけ顔を出して乱闘を見守るしかない。

最初に接触をはかった【豪猪《やまあらし》】の隊員以外は対テロ用の個人装備をしていた。

目出し帽、抗弾仕様の制服、その上に防弾ベスト、軍用靴、軍用手袋、そして銃火器、縦長の防弾盾だ。

普通に生きていればお目にかかれない装備の者達を目にしているのに敵は怯《ひる》む様子がない。

個々の戦力に差は大いにあるが荒事に慣れている様子が見て取れる。特殊部隊を投入しているというのに即時解決する様子はなかった。よって、自然と手に汗握る応援となる。

「がんばれ！　竜胆《りんどう》さま！」

「心配だわ。大丈夫かしら。格闘技がお得意だと聞いていたけど……」

「いざとなったらあたしが援護してあげるって！　いけ！　竜胆《りんどう》さま！　あ、すごい！　やっちゃえやっちゃえ！　あ、え……？」

瑠璃《るり》は途中で言葉を失った。

「あら……？」

あやめも思わず口元に手をあてる。言葉がうまく出なかった。

語彙力を無くすほどの光景がそこにはあった。

「え、まじであれ、竜胆《りんどう》さま？」

竜胆《りんどう》が先程までの婦女子に優しい柔和な姿をかなぐり捨てて、柄の悪い男達を片っ端から近接格闘術で倒していく様は娘二人の言葉を失わせるのに十分だった。

夏主従はお互い驚いた顔で目をパチクリする。

人当たりよく会話してくれていた年上の男が自分達から離れた途端、まったく違う顔をして並み居る敵をちぎっては投げるように倒し始めたのだから戸惑うのも無理はない。

「邪魔だな」

竜胆《りんどう》は言いながら向かってくる敵を片手でいなし、そのまま背負い投げをした。

幼児を相手にしたような軽々とした動作。

だが、投げられた男は地に沈むと痙攣《けいれん》を少ししてから動かなくなった。【豪猪《やまあらし》】の隊員が素早く倒れた者を防弾盾で組んだ自陣内に引きずっていく。

「護衛官殿！　撃たれます！　中に入ってください！」

「いや、これで良い。俺が倒し続ける。君らが片付ける、前進する。そうしている内に玄関までたどり着けるだろう。さすがに俺も単身で中に殴り込むほど馬鹿じゃない」

先発で交渉していた何名かは建物内に入ることに成功していた。

しかし、中で無事な状態かはわからなくなってきた。【華歳《かさい》】の男達は銃火器の使用に長《た》けている。押し負けている可能性が高い。号令がかかってから突入した竜胆《りんどう》達、後続班は玄関までたどり着けず暴力の応酬をしている状態だ。【豪猪《やまあらし》】の隊員は何か言いたそうにしたが、また男達が突撃してきたので竜胆《りんどう》のほうが走って行ってしまった。

「邪魔だ」

竜胆《りんどう》の戦い方はとにかく静かだった。

アクロバティックな動きを剣術に組み合わせた寒月流《かんげつりゅう》とは正反対で、流水のような動きだ。相手の動きに対して攻撃を優先させずまずはかわす、もしくは防御する。働いた力の作用を逃がすように柔らかく動き、そして気がついた時には敵の首を絞めるか投げ飛ばしている。

竜胆《りんどう》は帯刀していたが刀は抜かず、素手ですべて相手していた。

一人、二人、三人と次々に放り投げていく。大和《やまと》柔術、大和《やまと》合気道などをかじったことがある者ならばそれが達人の動きだとわかるが、素人目《しろうとめ》からは竜胆《りんどう》が重力を操っているようにすら見える。魔法のように動きが軽いのだ。瞬《まばた》きする間にあらゆることが終わっているので実際やっている複雑な足さばきなどは視認出来ない。

——それほど強くない。だが、数が多い。

竜胆《りんどう》は玄関を目視した。

どれくらい人員が隠れているのだと言いたくなるほど次々と建物内から人が出てくる。二階建て構造の建物だが、恐らくは地下施設があるのだろう。でないと説明がつかない。

──撫子《なでしこ》を人質にとられる可能性が高い。迅速に処理して中に入らなければ。

いま、何を為《な》すべきか。まずは乱闘を制さねばならない。

銃火器所持の者達をなるべく早く無力化、近接格闘でぶつかってくる者をのしていく。この工程を何度も繰り返す。とにかく相手の勢力を削っていくしかない。

「……邪魔だっ！」

竜胆《りんどう》はもう撫子《なでしこ》のことしか考えられなかった。

その様子を見守っている瑠璃《るり》とあやめは互いに手を繋《つな》ぎ合《あ》いながら興奮していた。

『か、格好良い……』

双子らしく、声を合わせて言う。

「瑠璃《るり》！　阿左美《あざみ》様強いわ！」

「う、うん……格好良い……強い……すごい……ギャップ……やば……」

瑠璃《るり》の視線の先にいる竜胆《りんどう》は、正に『強い』と評するに値した。

「何なのあれ？　動作はすごく静かだけど……竜胆《りんどう》さまが触れると人が回転したり吹っ飛ぶの何なの？　気功的な何か？」

「恐らくだけど……阿左美《あざみ》様のあれ、海外では有名な殺人格闘術よ」

「何それ」

「正確に言うと、銃火器などを持った相手を制する近接格闘術なんだけど……会得《えとく》が難しいから習得している人口は少ないのよ。私もあれ一度習ってみたかった……」

あやめは格闘技を学ぶことに忌避感がない様子だが、瑠璃《るり》はあからさまに嫌な顔をした。自分がやることではないと思っているのだろう。

「こわ〜次元が違うじゃん……人類が会得《えとく》したらだめな感じのやつじゃない？」

「だから殺人格闘術って呼ばれているの。海外で暮らしていた時期があるらしいし、そこで学ばれたのかしら……武芸の達人っていうのは本当だったんだわ」

あやめは瞳をきらきらと輝かせた。

「全部無事に終わったらお稽古に行かせてもらえないかしら……！」

「やだー！　あやめがムキムキになっちゃう！」

「いえ、あれは体幹とかが大事になってくる格闘術だからムキムキにはならないと思うわ」

「護衛官魂育てなくていーよー！　うわわ、見て！　倒された人がピクリとも動かないのこわすぎ……マジかー、竜胆《りんどう》さま、マジかー……あたし達には優しいからさあ……え〜、生意気な口きいちゃった……後で謝ったほうがいいかな……？」

「距離とられたら多分悲しむわよ。あの方、普通に心根が優しい方よ」

「でもさ、軽々しく背中とかバンバン叩《たた》いちゃったよ……うわ、うわわ、容赦ない！　竜《りん》胆《どう》さま容赦ない！　羽子板に突かれた玉くらい男の人の身体《からだ》飛んだ！　竜胆《りんどう》さまこわい！　格好良い！　でも怖い！　やっぱ後で謝ろ！」

「疲れが見えないのがすごいわ。心労は身体《からだ》に出やすいけど、肉体は頑丈な人なのね」

あやめが感心してつぶやいていると、小さな鳥が二人の頭上に飛んできた。瑠璃《るり》が手を伸ばすと小鳥は宿り木を見つけたようにスッと止まる。更にいつの間にか一匹離れていた犬もハッハッと息を切らして近寄ってきた。

「あやめ、この子達、報告があるって」

犬は何かを伝えるように吠《ほ》える。

「……」

瑠璃《るり》は黙って耳を傾けた。あやめはこういう時、雑音を立てないようにしているので静かに見守る。やがて犬と小鳥が鳴き終えると、小鳥が手元からまた飛び立ち、こちらだよと言うように一方向へ低空飛行していった。

「瑠璃《るり》、何だって？」

「……」

「瑠璃《るり》？」

「まだ確定じゃないけどやばいかも。ちょっと見に行く」

瑠璃《るり》は乱闘の観戦すらやめて小鳥を追いかけていく。

「ちょ、ちょっと瑠璃《るり》?」

慌ててあやめと、野犬達も後を追う。ずんずんと山の木々の中を進んでいくと、たどり着いたのは建物のちょうど裏側にあたる場所だった。【豪猪《やまあらし》】の隊員が二名、立っているのが見える。塀の外で何かを待っているように視線を右往左往している。しばらくして、塀の内側から男の声がした。

「中に入ってる! 早いとこ持ってってくれ!」

「ゆっくり降ろせよ」

【豪猪《やまあらし》】の隊員達は待っていたかのように返事をする。

「……うそ、あの人達……賊と話してる……?」

あやめの呆然《ほうぜん》とした言葉に、瑠璃《るり》は無言で頷《うなず》いた。

「裏切り者だよ。でも、【豪猪《やまあらし》】のメンバーの中には居なかった人だって。新しい匂いだって犬の子は言ってた。制服だけ揃《そろ》えたどっか知らない人じゃないかな?」

「……ん、待って? でもそれって私達の行動が賊側に漏れてるってことにならない?」

「多分、そう。あたし達と同行しながら密告した人が居るんだよ。四季庁職員か……国家治安機構の人か……どちらにせよ、その人もこの非常時に乗じて消えてるだろうね。結局こっちの集まりにも裏切り者がいたってわけ」

あやめは腰に下げていた脇差に手をかけた。

「……くそだわ」

珍しく汚い言葉遣いをするあたり、相当怒っている。

「本当くそ。四季庁にも国家治安機構にも、大鉈《おおなた》を振るう人が必要だよ……」

塀越しにトランクケースが引き渡された。長期旅行用の大きなサイズだ。小さな子どもなら入ってしまえそうな大きさに見える。瑠璃《るり》とあやめは顔を見合わせた。

「……瑠璃《るり》、『中に入ってる』のって……」

「十中八九、撫子《なでしこ》さま。絶対にそう。あたしの勘もそう言ってる」

「確実？」

「確実」

「了解、信じるわ。生きてる……のかしら……」

「ああ……そうだよね、あれが死体の可能性だってあるんだよね……ちょっと血の匂いがするとは言ってたの……」

瑠璃《るり》は唇を噛《か》んでいる。やりきれない気持ちが行き場もなく彷徨《さまよ》う。

瑠璃《るり》とあやめは撫子《なでしこ》とさほど親交があるわけではなかったが、初めて彼女が挨拶してくれた時のことは覚えていた。まだ、本当に小さな女の子だったのだ。

あの守られるべき年齢の子どもが、トランクケースに入れられているという事実だけで耐《た》え難《がた》いものがあった。

「あやめ、撫子《なでしこ》様の服の切れ端出して。捜索の為に借りたやつ」

あやめはスーツのポケットから透明袋を取り出した。着物の切れ端が入っている。半壊した秋離宮から竜胆《りんどう》が引っ張り出してきたものだ。

「ねえ、お前。黒い毛並みの可愛《かわい》いお前」

護衛のように付き従っている野犬の一匹に瑠璃《るり》は声をかけた。賢そうな瞳をした大型犬だ。瑠璃《るり》が頭を撫《な》でると嬉《うれ》しそうに喉を鳴らした。

「いい子、いい子ね……竜胆《りんどう》さまのところに行って」

鼻先に透明袋をチラつかせて、口元に持っていく。黒犬は瑠璃《るり》が望む通りにそれをくわえた。

「竜胆《りんどう》さま。わかるかな……そうだよ、一緒に山を歩いてきた。お前のことも何度も撫《な》でてくれていた人。あの人だよ。無理やりにでも引っ張ってきて。これ、撫子《なでしこ》様の捜索の為に借りたお着物の切れ端、持っていったら多分わかるから……そら行けっ！」

言って渡すや否《いな》や、黒犬は来た道を走って戻った。

「……瑠璃《るり》、私が仕留めるわ。待機してて」

「わかった。危なくなったら援護するね」

瑠璃《るり》とあやめは互いに頷《うなず》き合《あ》った。【豪猪《やまあらし》】の制服を着た男達、賊二名がトランクケースを乱暴に転がしながらその場を離れていく。

「行くわ」

あやめは静かに囁《ささや》くと、忽然《こつぜん》と姿を消した。

とは言っても、本当に姿を消したのではない。彼女の足が速すぎただけだ。スカートスーツ、ヒールのある靴、走るには不利な格好であったとしてもそれを物ともしない俊足だった。

その上、走る時に音がほとんどしない。だから男二人は彼女が忍びの者のように背後に現れ、むき出しの刀で襲いかかってくるまで気づかなかった。

「女っ⁉」

「あっあ、あ、あ、うああああっ！」

あやめは奇襲をしかけることに迷わなかった。

自分の妹が、夏の現人神《あらひとがみ》である娘が眷属《けんぞく》を使って撫子《なでしこ》の匂いを嗅ぎつけたというのだから男達にその中身は何だと聞く必要すら感じなかった。

瑠璃《るり》の護衛官になってからずっと、あやめは瑠璃《るり》を守ってきた。

あらゆる者から守ってきた。悪い大人達の魔の手から、あの天真爛漫《てんしんらんまん》な現人神《あらひとがみ》に惹《ひ》かれる男達の目線から、果ては孤独や悲しみからも守ってきた。

汚いものを代行者から遠ざけ、心を守るのも護衛官の仕事だ。

ずっと傍《そば》に居た。見つめてきた。

彼女の生命使役《せいめいしえき》による効果と確実性、弱点、それらを知り尽くしている。分身とも言える双子の彼女は、あやめから見ればしようのない我儘娘《わがままむすめ》ではあるが。

――勘は外さない。

野生じみた勘を持っているのだ。恐らくは夏の代行者特有のものだろう。

おまけに使役した動物が撫子《なでしこ》の匂いを嗅ぎつけた。死体であれ、部位であれ、中に入っているのは間違いない。

――だからその腕を落とす。

トランクケースを持っている男の腕目掛けて刀を振った。

鮮血と悲鳴が宙を舞う。赤い血があやめの眼鏡に飛び散った。

「ぎゃああああああっあああああっああああ！」

視界が悪くなったが、気にしている場合ではない。刀身についた血と脂を振って落とす。

もう一人の男のほうに悠然とした様子で問いかけた。

「お見事、それでも貴方《あなた》はトランクケースを離さなかった。よほど大事なものが入っているのね？　どうぞそのままゆっくりと地面に置いて」

さわさわと風がそよいでいた。

春色に染め上がった山々の中で、柔らかで優しい風に吹かれ、黒髪の美しい女が血塗られた刀を振るう姿は異様な光景だ。

「貴方《あなた》に拒否権はない」

そこに穏和で控え目な性格のあやめは居なかった。

「貴方《あなた》に明日もない。よくもやってくれたわね」

これこそが夏の代行者護衛官、葉桜《はざくら》あやめ。

「恥を知りなさい、賊が……」

妹を守る為に強くなった『姉』という存在だった。

「さあ、それを寄越して。中を検《あらた》めさせてもらうわ」

あやめは刀の切っ先を向ける。

じりじりと男と睨《にら》み合《あ》いをしながら距離をはかった。

男はトランクケースを置くか置かないか迷っている。どちらの行動をとってもあやめは斬るつもりだった。

「お姉ちゃんっ！」

だが、瑠璃《るり》の悲鳴じみた声で事態は急転した。

建物側から塀を越えて複数の男達が瑠璃《るり》に迫っているのが見えた。この騒ぎに気づいた賊だ。

しかし瑠璃《るり》はそちらを見ておらず、あやめの後ろを指差している。

振り返ってみると、廃神社のほうから十数人の男達が警棒やナイフ、拳銃を持った状態でぞろぞろとやってきた。建物の騒動に駆けつけてきたということはかなり近い距離に彼らは居たことになる。

――賊の基地は、あそこだけじゃなかったんだわ。

恐らくは、あやめ達が通り過ぎてきた廃神社にも基地機能があったのだろう。一見、誰も寄り付きそうもない建物だ。中がどうなっているかまでは誰も見なかった。

——どうする。

前後に、運命の分かれ道があった。

廃神社からやってくる賊を倒し、空気も少ない中、トランクケースに閉じ込められているであろう撫子《なでしこ》の救出を優先するか。

それとも撫子《なでしこ》を見捨てて、自身の主《あるじ》のほうに走っていくか。選択肢は二つ。

——どうする！

あやめはじりじりと追い詰められる。

「君命っ！」

その時、迷いを吹き飛ばすように瑠璃《るり》が叫んだ。

「秋を守って！　あたしは自衛する！　だから大丈夫っ！　あやめはその場で戦闘続行っ‼」

瑠璃《るり》の甲高い声があやめの耳に届く。

しかも彼女は、滅多に使わない言葉を使った。

君命と言ったのだ。主《あるじ》に従えと命じた。

——瑠璃《るり》。

先程まで、みっともないとも言える恐れを含んだ声音で『お姉ちゃん』と叫んでいたくせに。

他人を守る為に決断した。

「繰り返します！　君命です！　あやめ、撫子《なでしこ》さまを守りなさいっ!!」

あやめはぐっと唇を噛《か》んだ。

そう言われれば、あやめがすることはただ一つしかない。

「……拝命いたしますっ！」

こちらは任せろという気持ちを込めて大きな声で返事をした。

そして言いながらトランクケースを持っていた男の懐《ふところ》に入り込み腹部を抉《えぐ》るように刺した。

痛みに苦しむ男の声が山の中に響く。あやめはすかさず手を伸ばしトランクケースを奪取しようとしたが、男は渾身《こんしん》の力で放り投げた。トランクケースは少し離れた場所へゴロンゴロンと音を立てて落ちる。あやめは青筋を立てて怒鳴る。

「大事に扱いなさいよっ！　中、人が入ってるんでしょっ!!」

落ちたトランクケースを、あやめは目視だけする。動いている様子はない。早く開けてやりたいが、今はむしろ入っているほうが安全な状態だと言えた。何故《なぜ》なら。

「ゆら、ゆら、ゆら、花ゆらり、草光り、夏乱れ」

夏の現人神《あらひとがみ》がこれから此処《ここ》を戦場にしようとしていたからだ。

「こい、こい、こい、恋散りぬ、虎が雨、夏花火、蛍売《ほたるうり》」

瑠璃《るり》の歌い方は一風変わっていた。他の代行者は大地や空に投げかけるように歌うのだが彼女は近寄ってくる賊の男達に向かって牙を剝いている野犬達に歌声を捧《ささ》げていた。

「さい、さい、さい、割いて尚《なお》、蜻蛉《とんぼう》生《ま》る、秋を待つ」

彼女のつぶやく言葉が神の名のもとに力を持ち、ある種の呪いとなり、生命は傀儡《くぐつ》となり、その身のあり方さえ変化させる。瑠璃《るり》の周囲に居た野犬が狼《おおかみ》の遠吠《とおぼ》えのように吠《ほ》えた。

するとどうしたことか。

「座して待つ、秋を待つ」

その山に隠れて生きていたであろう、他の野犬達が次々と姿を現した。

「……行け！　あたしを守りなさいっ‼」

にじり寄ってくる男達に眷属《けんぞく》をけしかける。ほとんどが愛らしい顔をした小型犬か中型犬だ。

だが、瑠璃《るり》の神通力《じんつうりき》で力を帯びた野犬達の様相はすっかり変わっていた。

口元から牙を見せ、喉をぐるると鳴らす。大地を蹴る跳躍力は猫のように強い。

小さな怪物と化した野犬達は瑠璃《るり》に襲いかかる者達に一斉に噛《か》みついた。

「やめろ、やめろやめろやめろおおおおおおおおおっ！」

彼らは皮膚を裂かれ、血を流し、悲鳴を上げ、パニックに陥った。

野犬達は一人を倒すと今度はまた一人と的確に各個撃破していく。犬に噛《か》まれた者達は死んではいないが、短い死を体験させられたようなものだ。猛犬にリンチされるなど、恐怖体験でしかない。

「行けっ！　次！」

瑠璃《るり》は近寄ってくる男達から小走りで逃げながら命令を下し続ける。

瑠璃《るり》自身に超人のような強さはない。あやめや竜胆《りんどう》のように研鑽《けんさん》された格闘術、剣術も持ち合わせていない。彼女は本当にただの女の子だった。

だが瑠璃《るり》が歌えば、命じれば、生命は歓喜し恋をし、直ちに下僕《しもべ》となる。

獣達が居る限り瑠璃《るり》に死角はない。彼女の身体《からだ》に触れることさえ叶《かな》わない。触れようとした者は直ちに喉元を食い破られる。忠実な下僕《しもべ》達によって。

しかし、何と言っても多勢に無勢な状況。瑠璃《るり》もあやめも、それぞれ離れた場所で四面楚歌《しめんそか》の戦いをしている。個々の力が強くても、次から次へと増援が来ればやがて力尽きてしまう。

二人にこそ増援が必要だった。瑠璃《るり》とあやめは同時に祈る。

——誰か、助けに来て。

そしてその祈る相手は二人の中で限定されていた。

「お二方っ！」

走ってくる人の足音と声が聞こえた時、瑠璃《るり》とあやめは顔を歓喜に染めた。

足音の主は姿を現すや否《いな》や、瑠璃《るり》の横をすり抜けて野犬達と格闘している賊の一人に飛び蹴りを食らわした。

「遅れましたっ‼」

派手な一撃が賊の顔にクリーンヒットし、瑠璃《るり》はあんぐりと口を開ける。開幕ドロップキックで戦闘のゴングを鳴らしたのは阿左美《あざみ》竜胆《りんどう》。彼女達が求めていた、現状絶対に裏切らないと信じられる大人の男だ。瑠璃《るり》が機転を利《き》かせて、野犬の一匹に連れてこいと命じていたが、それはちゃんと成功していた。途中離脱したのか、あちらは片が付いたのか、どちらにせよすぐに決断して来てくれたのだろう。ハンサムな顔が随分と汚れていて、肩で息をしている。

「竜胆《りんどう》さまっ！」

婚約者に心底惚《ほ》れている瑠璃《るり》だが、さすがにこの時ばかりはときめいた。

「まずこいつらを片付けます！　貴方《あなた》を守る！」

そう宣言すると、竜胆《りんどう》はあやめに殺人格闘術だと言われた無音の体術で野犬に混じって賊達を蹴散らし始めた。

途中からようやく武器を使用し始めた。刀で撫《な》で斬《ぎ》りにするようにして相手を怯《ひる》ませ、即座に蹴りと拳を交えて地に沈めている。

瑠璃《るり》はあやめの方を確認した。数が多いせいで押されている。おまけにトランクケースが奪われていた。一際身体《ひときわからだ》が大きい男がトランクケースを軽々と持ち上げ走り去っていく。

「竜胆《りんどう》さま、こっちもう良い！　あの大男追って！」

「しかし……！」

「あのトランクケースの中！　撫子《なでしこ》さま入ってるよ！　奪われたら終わり！　良いから行って！　後はあたしの眷属《けんぞく》でまかなえる！」

「……すみませんっ！」

竜胆《りんどう》は数名の賊を残した状態でその場から離脱し、あやめが居る方向に走りだす。

あやめは賊から奪った拳銃と脇差、両方を交互に使いこなして的確に敵の数を減らしていた。何も見ずに今度はあやめが叫んだ。

「阿左美《あざみ》様っ！　トランクケースを追ってください！」

「……すまないっ！」

謝罪と共に横をすり抜けながらも竜胆《りんどう》は二、三人の男を斬りつけて助太刀してからまた走った。その手際《てぎわ》の良さにあやめは思わず笑みが出る。

夏主従に『追え』と言われたトランクケースを持った大男は廃神社のほうへ下っていた。あやめほどの速さではないが、竜胆《りんどう》も弾丸の如《ごと》く走っていく。

竜胆《りんどう》は早々に距離を詰めた。大男はトランクケースという重みを抱いている分、速度も遅い。竜胆《りんどう》が追ってきていることに気づいたのか、あろうことか大男は竜胆《りんどう》に奪われる前にトランクケースそのものを山中の道の脇に放り投げてしまった。

「……糞《くそ》がっ！」

竜胆《りんどう》はあらぬ方向に飛んでいくトランクケースを追いかける。地面に叩《たた》きつけられ地に落ちたトランクケースは草むらをスライディングして行き、山崩れで出来た低い崖を転がり落ちた。

ゴンッ、ゴンッ、ゴンッと音を立てて岩にぶつかる。そして、もはや乱暴な扱いに耐えきれなかったのか、頑丈にロックされているはずの錠が壊れて中身が飛び出した。

「……な、で」

最後まで竜胆《りんどう》の言葉は続かなかった。

トランクケースの中には竜胆《りんどう》が追い求めていた存在があった。祝月撫子《いわいづきなでしこ》だ。竜胆《りんどう》が狂おしいほど守れなかったことを後悔した秋の代行者が確かに居たが。

「……」

彼が記憶していた状態ではなかった。

——なで、しこ。

その愛らしい顔は青痣《あおあざ》と切り傷まみれだった。

着物の裾から覗《のぞ》く手足には殴打《おうだ》の痕が遠目からも確認出来た。明らかに殴る蹴るの暴力を何度も受けている。そして、意識があるようには見えない。

――撫子《なでしこ》。

呼吸しているかもわからなかった。もっと近づいて、抱き寄せて、大丈夫かと声をかけてやらなくてはわからない。此処《ここ》では遠すぎる。

――俺の撫子《なでしこ》をよくも。

竜胆《りんどう》の心が、絶望と怒りに染め上がったその時、頭に強い衝撃を受けた。

「……っ！」

後ろから殴られたのだ。崖の上から体勢を崩して落ちていく。

撫子《なでしこ》がトランクケースの中で味わったように、ゴム毬《まり》のように肉体は跳ねて至るところにぶつかり、やがて崖下にたどり着いた。受け身をとったが、どこかの骨が何本か軋《きし》んだのを竜《りん》胆《どう》は感じた。折れたかもしれない。すぐに撫子《なでしこ》の生死を確認したかったが、崖を下りてくる足音が聞こえて立ち上がる。

「……ぶち殺すっ!!」

敵を排除せねば自分の姫君の元まで駆けつけられない。

竜胆《りんどう》は明確に殺意を持って大男と対峙《たいじ》した。

時系列は此処《ここ》より遡る。秋と夏に【華歳《かさい》】の基地情報を知らせた冬は空を駆けていた。

「スピードあげろっ！　凍蝶《いてちょう》！」

「……っ」

「俺の術式構築と解除よりお前のほうが遅いっ！　何してるっ！」

凍蝶《いてちょう》は喋《しゃべ》る余裕があまりなかった。冬の里の暮らしの中で冬季期間中でもバイクに乗ることはあったが、自分の主《あるじ》が作る氷の橋の上を走ったことはない。

しかもこの橋はビルの屋上からビルの屋上へと架けられており、両サイドに柵はなく、転倒すればバイクごと地上に叩《たた》きつけられる。自分だけなら良かった。だが後ろにはこの狂気のドライブを考えついて実行せよと命じた主《あるじ》が居る。

「スピードもっとあげろっ!!」

彼を守りたくて速度を制限しながらスリップに気をつけて走っているのに、理不尽なことを言うのである。凍蝶《いてちょう》は被《かぶ》ったヘルメットの中で舌打ちした。

——どうなっても知らんぞ！

凍蝶《いてちょう》はアクセルを操作する。スピードメーターがぐぐっと動いて数字を跳ね上げた。狼星《ろうせい》は凍蝶《いてちょう》にけしかけた以上、彼の運転を必ずサポートしなくてはならない。舞踊は出来ない、詠唱をすれば舌を嚙《か》む。無言で頭の中で描いた氷の橋を作り続ける。

そして犯罪の証拠を消すように通り過ぎた橋を粉雪に変えて消していく。幼い頃からひたすら氷の花と剣《つるぎ》を作ってきた技術が役に立っていた。集中力が途切れたら終わりだ。

しかし、そんな状況の狼星《ろうせい》の携帯端末に着信が入った。

——誰からだ。

帯に入れ込んだ端末を片手で取り出し、何とか表示を見る。

そこには『姫鷹《ひめだか》さくら』の名があった。先程の着信もさくらからだったが実際に電話に出たのは雛菊《ひなぎく》だった。これも雛菊《ひなぎく》その人かもしれない。そう思うと、狼星《ろうせい》は居ても立っても居られず凍蝶《いてちょう》のヘルメットを拳で叩《たた》いた。

「止まれっ！　止まれっ！」

凍蝶《いてちょう》は『は？』という顔をヘルメットの中でしてからブレーキを操作する。

奇《く》しくも彼らが停止したのは四季庁庁舎が間もなく見えてくる帝都のオフィス街周辺。若者に人気の商業ビルの屋上から屋上へと架けられた氷の橋のど真ん中。遥《はる》か下の地上では歩行者天国を行き交う人々がこの国の冬の現人神《あらひとがみ》の蛮行に気づきもせず歩いている。

「さくら！　さくらからの着信だ！」

凍蝶《いてちょう》はゆっくりとバイクを移動させる。

「早く出ろっ！　次のビルの屋上へ移るぞ！」

幸いなことに誰も上がってくることがなさそうな場所に移れた。

有名な海外の俳優が笑顔を見せている口紅の看板だけが置いてある。狼星《ろうせい》は緊張した手つきで端末を耳元に当てた。

「出るのが遅れて悪い……狼星《ろうせい》だ、雛菊《ひなぎく》……いやさくらか？」

少し震えた声で名乗ったが、すぐに相手からの声は聞こえなかった。あちらも誰が出るかわからなかったのだろう。ほっとするような吐息の音がした。

『狼星《ろうせい》、私だ』

連絡してきたのは正しく姫鷹《ひめだか》さくらだった。

「さくらだ、凍蝶《いてちょう》」

凍蝶《いてちょう》がヘルメットを外して顔を見せる。そして頷《うなず》き、狼星《ろうせい》とさくらのやりとりを見守った。

「さくら、雛菊《ひなぎく》と共に無事か？」

『生存はしている。雛菊《ひなぎく》様も無事だ。だが庁舎は何者かに襲われている』

「秋から聞いて把握してる！　こちらで情報は摑《つか》んでる！　それは【華歳《かさい》】の攻撃部隊だ！　庁舎内にまだ居るなら今すぐに脱出しろ！」

さくらの息を呑《の》む音が聞こえた。

『無理だ。機を逃した。こちらも秋に伝えたが、来るな。危険だ。庁舎には近づかず、信じられる者だけで身を隠せ。我々は攻撃に備えている』

さくらの電話の用件は、狼星《ろうせい》達の身の安全の確保だった。

ここで一旦時系列を整理する。

四季庁庁舎が襲われ、雛菊《ひなぎく》とさくらは立てこもることになり、まず冬主従に連絡していた。だが凍蝶《いてちょう》が迷っている間にさくらは竜胆《りんどう》への電話が繋《つな》がりそちらに出た。雛菊《ひなぎく》と凍蝶《いてちょう》が携帯端末で話している間にさくらは竜胆《りんどう》に長月《ながつき》の裏切りを伝えた。そして四季庁庁舎一階の抗争で爆音が響き、同時に雛菊《ひなぎく》＝凍蝶《いてちょう》間、さくら＝竜胆《りんどう》間の回線は途絶える。

狼星《ろうせい》はこの回線不通により動揺すると同時に激しい怒りで首都高で氷山を作り上げ追っ手の賊を完全封殺。その後に竜胆《りんどう》に連絡し、石原《いしはら》から聞いた【華歳《かさい》】の基地情報を伝えた。

という流れだ。そしていま春主従は籠城戦《ろうじょうせん》を行おうとしており、冬主従は奇跡のショートカットで四季庁までの最短の距離をバイクで爆走している。

【華歳《かさい》】のトップである御前《ごぜん》は国家治安機構の振りをしてゆったりと庁舎に忍び込もうとしていた。

「交戦するつもりかっ⁉　何で逃げなかった！」

狼星《ろうせい》の責めるような言い方に、さくらは強い口調で言い返す。

『こっちも色々あるんだよっ！』

本当に色々あったのだが、それを説明している時間はないのでただ突然怒ったようになってしまった。

「お、怒るなよ。俺は心配で……」

『うるさいっ！　一生懸命やってるんだ！　ごちゃごちゃ言うな！　いいからお前らだけでも無事でいろ！　雛菊《ひなぎく》様もそれを望まれている。こちらに来るなっ！』

雛菊《ひなぎく》が自分達を心配しているという言葉は、少なからず狼星《ろうせい》の心を切なくさせた。

「……だから、怒るなって」

──早く会いに行かねば。

「悪いがもう庁舎近くだ。間もなくそちらに到着する。俺と……俺と凍蝶《いてちょう》が今から行くから待ってろ！　お前ら何階に居るんだ、それだけ教えろ！」

『……現在十九階だが、作戦を実行してからは私と雛菊《ひなぎく》様のみ二十階に上がる。空中庭園があるんだ。そこで迎撃戦をするつもりだ。狼星《ろうせい》、もう切るぞ。言いたいことは言った』

「待て待て待て！　迎撃戦って何だ！」

『迎撃戦は迎撃戦だ』

「駄目だ駄目だ。何とかして脱出しろ。うちの護衛が【華歳《かさい》】のスパイで口を割った。庁舎に爆発物をしかける計画がある。どれくらいの規模のものかはわからん。下手に動くな！」

『爆発……？』

「そうだ。帝都周辺の基地から国家治安機構の【豪猪《やまあらし》】に要請はした。【豪猪《やまあらし》】のテロ対策爆弾処理班が向かう手筈《てはず》となっている。要請はしているが間に合うかわからない。それと、【華歳《かさい》】のトップが雛菊《ひなぎく》を狙ってそちらに行っているらしい。国家治安機構の格好をした奴《やつ》が現れても信用するな！　奴《やつ》らはその制服を着て潜入することになっている。周辺の国家治安機構も消防も救急もすぐには動かんぞ。妨害工作と金のばら撒《ま》きで、本物が到着するのは随分後になるらしい。はっ！　笑えるよな……！　それでも国防の組織かって話だ！」

『おい、爆発、爆発って……どれくらいの規模なんだ……！』

「だからわからん。雛菊《ひなぎく》に限っては爆発に巻き込まれる可能性より、誘拐される可能性のほうが高いそうだ。【華歳《かさい》】の御前《ごぜん》はあいつがよほど欲しいらしい。従って、爆発が起きるにしてもお前らが襲われて、奴《やつ》らが撤退を完了する頃合いとなる。すぐではない。今が無事ならまずは逃げることを考えろ、戦うな！」

さくらからの返事はすぐになかった。

今の状況だけでも手一杯なのに、爆発物という不安要素、おまけに再び雛菊《ひなぎく》の身が狙われているという確定情報まで入ってきたのた。

「おい！　一息で言ったが理解したか？　【華歳《かさい》】と爆弾が来る！　行政からの助けはすぐに来ない！　だから俺達が今から行くんだよ！　逃げられるなら行く前に逃げろ！」

『理解はした！　だが……っくそ！　厄日だ！』

身を焼くほどの焦《あせ》りと恐れが彼女の心を支配している。

「さくら、さくら？ おい、落ち着け！」

『うるさいっ……うるさい……落ちついている！』

「狼星《ろうせい》、どうした」

「いや、さくらが……」

「大丈夫なのか？」

「……」

――大丈夫ではない、と判断したほうがいい。

狼星《ろうせい》がその時とった行動は、とても自然なものだった。

「……凍蝶《いてちょう》」

狼星《ろうせい》は携帯端末を凍蝶《いてちょう》に渡した。

「声をかけてやれ、多分、お前が必要だ」

彼女と彼が、かつては年齢を越えた友情とも、師弟愛とも言えるような関係性を築いていたのを見ていたからだ。だから不安に揺れている今のさくらに必要なのは凍蝶《いてちょう》だと判断した。

凍蝶《いてちょう》は一瞬迷ったが、すぐに端末に声をかけた。

「さくら」

その時、約五年ぶりにさくらの耳に凍蝶《いてちょう》の声が届いた。

『……』

さくらは何も言わない。息を呑《の》みこんだような吐息だけ、凍蝶《いてちょう》に聞こえる。

「さくら……凍蝶《いてちょう》だ。聞こえるか？　大丈夫か？　怪我《けが》などしていないか？」

慈雨のように優しい声で凍蝶《いてちょう》は言う。

「もう少し待っていてくれ、今、そちらに向かっている」

凍蝶《いてちょう》の囁《ささや》いた言葉は、何かを解決するようなものではなかった。

「さくら……」

だが、何よりもさくらの身を案じているのは伝わってくる。

凍蝶《いてちょう》にとってさくらとはどんな存在なのかはわからない。

大事にしているのは確かだ。さくらにとって雛菊《ひなぎく》が世界で一番大切な女の子であるように。

「どうしたんだ」

凍蝶《いてちょう》にとって、姫鷹《ひめだか》さくらは世界で一番気にかけていたい女の子なのだ。

「……さくら、泣いているのか……？」

見守っていたい。支えてやりたい。出来ることなら、いつまでも。

凍蝶《いてちょう》が庇護《ひご》欲《よく》を満たしたいだけなら、此処《ここ》まですがるように想《おも》えはしなかっただろう。

紡《つむ》がれる声は、祈るように彼女の安全を願う感情に満ちている。

「泣かないでくれ、お前に泣かれるのは、何よりつらい」

たとえ恋愛感情ではなかったとしても、相手が自分に心を割いてくれている。

それは今のさくらには何よりも効く特効薬だった。

鼻をすする音が鈍く携帯端末越しに響く。

『……泣いていないっ！』

そう宣言したが、明らかに涙を流していて、不安げで、揺れている声だった。

そんな状態だと悟られたくないのだろう。だが、堪《こら》えきれていない。

「嘘《うそ》をつけ……久しぶりに、話してくれたな」

さくらは小さな声で『うるさい』と返した。

「さくら、私をまだ恨んでいるか……」

『……』

「私に言いたいことがたくさんあるだろうな。全部聞く。殴ってくれて構わない。その為にも、生きて会いたい。大変だろうが、お願いだ、もう少し待っていてくれ。すぐ行くから……」

凍蝶《いてちょう》は自分の言葉がもはや彼女に届かないであろうと理解していた。

嫌われていることも、許してはもらえないことも覚悟している。

恐らくは拒絶されるだろう。それでも伝えたいと思った。

「さくら、ひとりで何とかしようとするな。信じないだろうが、私はお前の味方なんだ」

凍蝶《いてちょう》にとっては、あの日居なくなってしまった少女はずっと心の中に居る。

忘れたことはない。目的の為ならすぐに人間関係を清算出来る男が、さくらにはそれをしなかった。出来なかった。

どれだけ大切に思っていたか、消え去った後に凍蝶《いてちょう》も自覚した。何をするにも、あの子はいまどうしているかと思いながら今日まで生きた。

「ずっとお前の味方だ。変わっていない」

だからこの言葉に嘘《うそ》はない。

「お前を守る。雛菊《ひなぎく》様も、狼星《ろうせい》も守る。今度こそ私が守る。すぐに行くぞ。泣くな、待っててくれ……泣くな、さくら」

『……』

さくらが、その時どんな顔をしていたのか知る者は居ない。

『すぐ……来るのか』

くぐもった声が聞こえた。思わず凍蝶《いてちょう》は聞き返す。

「うん？」

『ほんとうに、すぐ、来るのか……？』

少しだけ幼くて、ただの少女のような声で問われて、凍蝶《いてちょう》は胸が熱くなった。

ずっと昔に、彼のことを『凍蝶様《いてちょう》』と読んでいた頃のさくらの声だ。

ただただ楽しかった四季降ろしのひと月も、ただただ悲しくて辛《つら》かった喪失の年月も、さくらは凍蝶《いてちょう》を支えてくれていた。昔の時間が一瞬流れたような気がした。

「……ああ、すぐ行くっ……」

『本当だな……』

「信じてくれ、絶対だ。お前を助けに行く」

『……わかった、待っている……早く来い……凍蝶《いてちょう》』

それだけ言うとさくらからの通話はプツッと切れた。

「……」

可愛《かわい》げも、愛想《あいそ》もない返事だったが。

「…………狼星《ろうせい》」

凍蝶《いてちょう》には十分だった。

「アクセル全開で行く。多少危険でも良いから最短の道にしろ。さくらと雛菊《ひなぎく》様が待っている」

かつてないほど、闘志に溢《あふ》れている。

「あ、ああ……わかっている」

狼星《ろうせい》は言われて即座に凍蝶《いてちょう》の腰に手を回して二人乗りの体勢になった。

――良かった。話をさせて正解だった。

意識を集中させ、また氷の橋を作り始める。

――それにしても、こいつはさくらのことを本当にどう思っているのだろう。

作りながらふとそう考える。

狼星《ろうせい》はさくらの気持ちを知っていた。一緒に住んでいたのだ。わかりやすかった。わかってないのは凍蝶《いてちょう》くらいだった。

狼星《ろうせい》から見ると、凍蝶《いてちょう》のさくらへの気持ちはただの師弟愛だった。今もそれは続いているだろう。兄が妹を守るように、慈愛を注いでいた。

だが、さくらが途中で姿を消してから凍蝶《いてちょう》は変わった。

喪失を持て余すような、名前をつけることすら難しい思慕を抱き始めたように思える。

狼星《ろうせい》もさくらを案じてはいたが、凍蝶《いてちょう》のものとは温度も質も違う。

そして会わない間にさくらは変わってしまった。もう『凍蝶様《いてちょう》』と慕っていた娘は居ない。姿形も、きっと数年前とは大きく変わっているだろう。これからどういう関係になるのか予想がつかなかった。

──可能性はあるのかもしれない。

そうなら良いのだが、と他人事《ひとごと》ながら狼星《ろうせい》は思う。

──そもそも、こいつは恋愛をするのか？

今度は違う疑問が浮かんだ。

凍蝶《いてちょう》にプライベートはほぼ無い。冬の里襲撃から妄執に取り憑《と》かれたように狼星《ろうせい》第一の生活をするようになった。それまでは休みをとって街に行ったりもしていたが、今はほとんどそういうことはない。ずっと狼星《ろうせい》と居る。恋愛をするような環境を作っていない。

――俺が恋人のようなものだ。

自分の護衛官ながら、良い男だと認識している。仕事柄、家庭を持つのは難しいだろうが一晩付き合う相手くらいならいくらでも作れるだろう。できれば幸せになって欲しい。

自分勝手な望みかもしれないが、どうせ実るならさくらの想《おも》いが実って欲しいと思った。

「凍蝶《いてちょう》」

「何だ……早くしろ」

「してるだろ。見ろ俺の芸術的なまでの氷の橋を……いやそうじゃなくて、あのさ、何事もなく終わったら……休みやるから、さくら連れ出してどっか行って来い」

「……やめなさい」

「何でだ？　別に悪いことじゃ……」

「そうではなくて、世間ではそういうのをフラグというんだ。やめろ」

「ああ……そういうことか、いや了解」

「わかったのならいい」

絶対に全員救って安全な場所へ移す。狼星《ろうせい》、雛菊《ひなぎく》、さくらの兄貴分である凍蝶《いてちょう》の頭の中は今それしかなかった。よって、狼星《ろうせい》の言葉は単純に思い描く最高の結末へのノイズでしかない。

凍蝶《いてちょう》はヘルメットを被《かぶ》るのをやめて、代わりにサングラスをかけ直した。

「二人の居場所は？」

「庁舎十九階らしいが、二十階に移動すると言っていた。そっちに行ったほうがいいだろうな」

「了解した。本気で飛ばすから、落ちるなよ。落ちても私だけでも行くぞ」

「そこは拾ってくれよ」

「私の主《あるじ》なら勝手に這《は》い上《あ》がってくるだろう。口を閉じなさい。舌噛《か》むぞ」

狼星《ろうせい》は凍蝶《いてちょう》の宣言を見誤っていたわけではないが、彼の言うアクセル全開が想定の二倍だった為早々に舌を噛《か》んだ。


同刻、雛菊《ひなぎく》は電話を終えたさくらを見ていた。

正確に言うと、電話の最中に泣いてしまった彼女の背中を撫《な》でながら横顔を眺めていた。

——さくら、限界、きてる。

この状況下、皆を守る為に奮闘している彼女に頭が下がる思いだ。十九歳の娘がよく周囲を引っ張っている。そして彼女に任せきりにしている自分が不甲斐《ふがい》ないと感じていた。

「さくら、もういいよ、雛菊《ひなぎく》、みんな、守る」

安心させたくてそう言ったが、さくらはクビを言い渡されたようにショックを受ける。

「だだだめです！」

鼻水をすすりあげながら必死に言ってきた。

「でも、さくら……泣いて、る……」

「汗です！　冷や汗です！」

――絶対に、ちがう。

しかし、ここで更に否定してはさくらの立場を貶《おとし》めることになるかもしれない。雛菊《ひなぎく》はさくらの次の言葉を辛抱強く待った。涙を服の袖で乱暴に拭ってからさくらは再度口を開く。

「雛菊《ひなぎく》様、話している内容、聞こえていたと思いますが……大変なことになりました」

「うん……もう、世界の、おわり、みたい、だね」

「そんなこと言わないでください……」

「だって……観鈴《みすず》さん、と、爆弾、くる、でしょ……」

「はい……」

「悪いこと、だらけ……世界の、おわり、みたい」

その言葉は様々な事柄を内包していた。

もはや死を覚悟しているとも聞こえたし、雛菊《ひなぎく》にとって観鈴《みすず》という女が『世界の終わり』と同義語とも聞こえた。どちらもかもしれない。雛菊《ひなぎく》の瞳は暗澹《あんたん》たる色に染まりだした。

さくらだけではなく、雛菊《ひなぎく》の精神状態も危うくなりつつあった。

――観鈴《みすず》、さん、が、くる。

雛菊《ひなぎく》にとって、観鈴《みすず》という女は人生のほとんどを共にした相手であり、歪《ゆが》んだ愛情で育ててくれたもう一人の母でもあり。

——もう一度、しんだら、雛菊《ひなぎく》は、次、何になるの、かな。

以前の雛菊《ひなぎく》を殺した犯人でもあった。

彼女が『前の』雛菊《ひなぎく》を殺したのだ。

新しい雛菊《ひなぎく》が生まれてしまうほど、精神的に追い詰めた。

——雛菊《ひなぎく》、連れ戻し、て、何を、したい、ん、だろ。

いつかまた接触を図られる可能性は常に想定していたが、いざそうなると心に来るものがあった。彼女にされたこと、彼女にしたこと、すべての記憶が痛みを帯びて戻ってくる。

——あの人、は、おはなし、できない。たたかう、しか、ない。

雛菊《ひなぎく》は観鈴《みすず》という人間がちっとも理解出来なかった。どういう行動をする人かはわかる。だが、何をしたいかはさっぱりわからない。

彼女は母親になりたがっていた。しかし同時に雛菊《ひなぎく》を壊したがっていた。

彼女は雛菊《ひなぎく》を娘だと言って愛《め》でた。しかし無慈悲にも見知らぬ男と子どもを作れと言った。

発言と行動が乖離《かいり》している。すべて一致している人間も珍しいだろうが、あまりにもズレすぎていると何もかも信じられなくなる。彼女という存在の輪郭が不確かで歩み寄りすら難しい。

雛菊《ひなぎく》はいつも彼女の逆鱗《げきりん》に触れるのを恐れ縮こまっているしかなかった。

——雛菊《ひなぎく》、さらわれたら、また、かんなびす、つくる？

暴力と恐怖に支配された異常な生活。

——それとも、雛菊《ひなぎく》のからだ、うば、われる？

一人の支配者により作られた、宗教的なまでの世界。そこでは観鈴《みすず》が神で、他は眷属《けんぞく》。誰も逆らってはいけない。逆らえば罰がくだる。

——きっと、もう、耐えられ、ない。

あまりの怖さに、雛菊《ひなぎく》の瞳にも涙が浮かんできた。思い返したくなくても、自然と湧き上がってきてしまう。

観鈴《みすず》と過ごした約八年間を。

雛菊《ひなぎく》が観鈴《みすず》の周囲で人が死ぬのを見たのは、狼星《ろうせい》達と別れてすぐだった。

【華歳《かさい》】と、現在とは形が違うが流れを組んでいるかつての【彼岸西《ひがんにし》】の合同テロは冬の代行者こそ殺害しなかったが、冬の里という難攻不落の要塞を落とし、かつその場に居合わせていた春の代行者を誘拐することが出来た。テロとしては大勝利だ。

賊という者達は、瑠璃《るり》やあやめ、竜胆《りんどう》が悪《あ》し様《ざま》に言っていた通りそれぞれの理念があり、その為に抗議活動として暴力を使う。

【彼岸西《ひがんにし》】は『根絶派』だった。冬という季節の排除を望んでいる過激派。まだ長月《ながつき》が参加してもいなかった頃の在り方だ。古くは寒村の生まれの者が冬の代行者に抵抗して家族を殺され、その恨みで子々孫々に反逆行為が引き継がれていった。冬を殺せれば何でも良かった。

【華歳《かさい》】は【彼岸西《ひがんにし》】とは違った。

観鈴《みすず》の父親がそのまた上の父親から引き継いだ組織だったが、テロ活動はしているものの、あまり理念という理念はなかった。四季の代行者をもっと有効活用すべきだろうという漠然とした政府への抗議活動。これが一番近い表現かもしれない。それを理由に反政府活動をすることのほうが重要だった。正義の名のもとに行われる暴力は甘い味がする。観鈴《みすず》の父親は多角経営をしがてら、賊の長をするという二足のわらじを履いた状態だったので、親から受け継いだ組織をそれほど動かせていなかったが、観鈴《みすず》に代わってからは大きく飛躍した。

【彼岸西《ひがんにし》】としては、冬の里に大打撃を与えられたという栄誉を。

【華歳《かさい》】としては政府との交渉手段と成り得る金のなる木を手に入れたというわけだ。

しかし、雛菊《ひなぎく》の扱いをめぐり【華歳《かさい》】と【彼岸西《ひがんにし》】は早々に衝突した。

結果だけを言うと、観鈴《みすず》の命令で【華歳《かさい》】は【彼岸西《ひがんにし》】の組員を複数名殺害した。

世紀の大規模テロを起こした二つの賊組織は、仲間割れというよりかは【華歳《かさい》】の一方的な裏切り、虐殺で結束に終わりを告げた。

雛菊《ひなぎく》は自分のほうに手を伸ばして、救いを求める大人達の顔が、潰れた果物のようになっていくのを見た。【彼岸西《ひがんにし》】は雛菊《ひなぎく》が欲しいと【華歳《かさい》】と言い争いをした為に殺されたのだ。

『これ、あなたのせいね』

死体の手首を持ち上げて、笑いながら振って遊んでみせた観鈴《みすず》の姿を雛菊《ひなぎく》は覚えている。

【華歳《かさい》】の基地に着いてからは個室を与えられて、雛菊《ひなぎく》はほとんどそこに監禁された。

一日に数時間は別室で大麻を栽培する。最初は長時間ずっと労働させられていたが、段々と雛菊《ひなぎく》が弱っていき死にかけたので短時間となった。雛菊《ひなぎく》は育てている物が何なのかもわからず、とにかく栽培し続けた。声が嗄《か》れても、神通力《じんつうりき》の使いすぎで熱を出しても、雛菊《ひなぎく》の『義務』が免除される日はなかった。観鈴《みすず》は毎日必ず顔を見せに来た。

時には一緒に食事もした。服やぬいぐるみを買い与えるのが好きだった。雛菊《ひなぎく》自身の好みについては特に考慮はされておらず、自分の好き嫌いを押し付けてそれが正しいと教えた。

何をするにも大きな感謝を求めた。対価がいつも発生する愛情だった。

それは、おままごとのような家族ごっこだったのだ。

雛菊《ひなぎく》がうまく演じていれば観鈴《みすず》も良い母親でいる。少しでも間違えれば恐ろしい支配者となって罰や叱責を与えてくる。手が出ることも多かった。

『何が悪いかわかってる？』

そうやって怒られるのが雛菊《ひなぎく》は一番嫌だった。

望む解答を捧《ささ》げられないと観鈴《みすず》はどんどん不機嫌になって、また叩《たた》いてくる。

ただ叩《たた》かれたくないだけの子どもは恐怖で頭が痺《しび》れてうまく答えられない。そうしてまた暴力と叱責を受ける。頭が痺《しび》れる。責められる。頭が痺《しび》れる。

監禁生活は頭が痺《しび》れてくる。

頭が痺《しび》れてくると、頭がおかしくなる。

頭がおかしくなると、正常を求める。

正常を求めると、頭がおかしいほうが取り残される。

取り残されると、どちらかが肥大化する。

肥大化すると、片方は擦り切れたように小さくなっていく。

小さくなっていくと、いつか消える。

いつか消えることを、死と言う。

今の雛菊《ひなぎく》にとって、死は始まりだ。

そういった意味では、観鈴《みすず》は正しく雛菊《ひなぎく》を生んだのかもしれない。

ちゃんと泣いて生まれてきた。世界を呪いながら。

『[redacted]』

そこはひんやりとしていて、とても静かな鳥籠だった。

雛菊《ひなぎく》は何年も閉じ込められた。

『[redacted]』

雛菊《ひなぎく》を攫《さら》った観鈴《みすず》は、違う名前で彼女を呼んだ。

[redacted]とは、彼女が亡《な》くした子どもの名前だ。人生も、名前も奪うことで彼女を隷属させたかったのだろう。その目論見《もくろみ》は成功している。ゆっくりと、人格は壊れ始めた。

『……わたしは』

一年目、雛菊《ひなぎく》は希望を持っていた。きっと誰か助けに来てくれるはずだと。

『わたし、は』

二年目、まだ記憶はしっかりしていた。慕っていた人達の顔が思い出せた。

『わ、た、し、は』

三年目、疑いを持ち始めた。もしかしたら違う名前で呼ばれる自分のほうが正しくて、過去の記憶は誤りなのかもしれない。だって誰も助けに来てくれない。

『ひな、ぎく、は』

四年目、声がうまく出せなくなった。自分の存在がとても不確かで、自信を持って喋《しゃべ》れない。本当に此処《ここ》に存在しているのだろうか。外の世界はある？　この自分は正しい？

『雛菊《ひなぎく》、は』

五年目、人格が乖離《かいり》していくのを感じて、怖くなって自分の名前を復唱し始めた。

『雛菊《ひなぎく》、は』

六年目、与えられる罰が怖くて、何も出来なくなった。

言い聞かされる言葉で精神が壊れてゆく。もう誰も捜していないだなんて言わないで。

『ひ、雛菊《ひなぎく》、は、[redacted]じゃ、あり、ま、せん』

七年目、生かされているから、生きている。喜びも悲しみもなかった。

外の世界を思うことすらやめた。でも、まだ信じていたい。

『……い、や、です』

八年目。そして、八年目が来た。

雛菊《ひなぎく》は観鈴《みすず》からとある提案をされた。提案というよりは命令だった。

『あのね、[redacted]には家族を作ってもらいます』

雛菊《ひなぎく》は言っている意味が最初わからなかった。家族を作るとはどういう意味か。雛菊《ひなぎく》は草花しか咲かすことは出来ない。人間を作ることなど習ってはいなかった。

『ふふ、おかしなこと言うのね。違うわよ。やり方が他にあるの。嗚呼《ああ》……保健教育とか、今まで一度もしてきたことなかったわね。そこは私が悪かったわ。お母さんを許して』

——貴方《あなた》は母さまじゃない。

もう何度目かわからない否定が雛菊《ひなぎく》の頭の中を漂う。

しかしそれを喉から発することは、自らを危険にするのと同じこと。自衛の為にけして言ってはならない。言ったが最後、何をされるかわからない。

『……最初はね、可愛《かわい》いあなたの相手だから、美上《みかみ》にしようかとも思ったの。美上《みかみ》なら間違いないもの。あなたと美上《みかみ》の子どもなら、私、すごく可愛《かわい》がれそう。でも、いざ頼もうと思うとやっぱり嫌で……美上《みかみ》は私のものだから、あげたくないってなってしまって……ごめんね』

要らない、と雛菊《ひなぎく》は憤《いきどお》った。

観鈴《みすず》の言う美上《みかみ》という男は、観鈴《みすず》にとっては最上の男かもしれないが雛菊《ひなぎく》にとってはただの冷たい大人だ。確かに仕事は出来る男だろう。やることなすこと、そつがない。だがそこに年長者が幼い者にかけるような優しさや愛情は一欠片《ひとかけら》もなく、養育は飼育になっている。

彼は一見まともに見えるが、観鈴《みすず》を起点にしか動かないあたりやはりおかしいのだ。

分別があるように見えても、信じられる大人ではない。

『これからする計画はね、もちろんあなたにだけ負担をかけるものじゃないわよ。その内、違う血族も攫《さら》ってくるから、そしたら少しは解放してあげる』

解放してほしい。もう解放してほしい。もうどれくらい囚《とら》われているのだろう。

『美上《みかみ》、美上《みかみ》、中に入って』

部屋に美上《みかみ》と、もう何人か入ってきた。

『薬持ってきた？』

『……本当にやるんですか』

『薬持ってきたって聞いたんだけど』

『持ってきましたけど、こんなの打ったらせっかくの金のなる木が壊れますよ』

『私使われたことある。大丈夫だった』

『……それ何歳の時ですか？　薬って体格や年齢で許容できる量変わるって知ってます？』

大人達が喋《しゃべ》る言葉が、雛菊《ひなぎく》にはわからない。

雛菊《ひなぎく》に与えられるものは少ない。言語も知識も、彼らには到底叶《かな》わない。ずっと子どものままでいさせられているからだ。

『御前《ごぜん》……彼女……かなり小柄ですけど……本当に子ども、産めるんですか？』

美上《みかみ》と共に入室してきた者の一人が雛菊《ひなぎく》をじろじろ見ながらそう言った。その目が、瞳ではなく頭からつま先まで舐《な》めるように見てきたので雛菊《ひなぎく》はたじろいでしまう。

組織の中では見たことのない人物だ。新しい人間なのかもしれない。観鈴《みすず》が虐《いじ》めて壊すから、人はコロコロ代わる。

『この前、生理が来たのよ。だから大丈夫』

『何が大丈夫なんですか……何も大丈夫じゃないでしょう』

『美上《みかみ》はどうして私のすることに反対するの？』

『リスクが大きい。良いですか、普通に飼ってりゃいくらでも金が入るんですよ。なのにわざわざ負担をかけて……』

『私は他の人とは違うの。皆に雛菊《ひなぎく》を認めさせる為に大麻を作らせているけど、真の目的は世の中を変えることよ。美上《みかみ》のようにお金儲《かねもう》けがすべてじゃないの。政府はこちらの交渉に乗ってこないし、それなら長い目で見た計画を実行すべきでしょう。四季庁や里関係者もこの数年で随分こちらの味方につけることが出来たわ。未来を見越して次の段階に行くべきなのよ』

『内部協力者を作れたのは金の力ですよ。あんだけ配れば寝返るやつらも増える。その資金源どこですか？　これでしょう？　その金のなる木がこれだって言ってるんです。木を枯らしたら活動は縮小せざるを得ない。失敗したら、お父様のお力にまた頼りますか？』

『……口がすぎるわよ、美上《みかみ》』

段々と険悪になってくる大人達の会話に、雛菊《ひなぎく》は心がざわめいていく。早く、早く終わって欲しい。何をするかわからないが、痛いことならば、怖いことならば早く。

『えっと……[redacted]だっけ？』

知らない男に腕を掴《つか》まれて、雛菊《ひなぎく》は身震いした。

『いや、大丈夫。寝てる間に終わるから』

何が、と雛菊《ひなぎく》は不安に思う。

『注射でアレルギーとか出たことないかな……』

何の話をしているかわからない。

『……多分、誰も説明しないだろうから、わかりやすく言うけど。これから君は……ええと、結婚するって言ったらいいのかな』

──誰と、誰が。

『それで、結婚したら子どもが出来る。ここまではわかる？　絵本とかでもそれくらいは出てくるよね？』

──それはわかるけど、どうして、わたしが？

『あの御前《ごぜん》さんは、君を使って新しい里を作りたいんだと。四季の代行者は血族の中から生まれる。こちら側で勢力が作れないかって考えているんだ……その為の前段階として協力者も増やしている。僕も実は血族なんだよ。普段は四季庁で働いてる。この八年で四季庁転覆の基盤はかなり作れた。時間がかかる話だし、正直難しいと思うけど……それでも内部協力者を作ること自体、前は考えられなかったのに成し遂げてる。あの人ならいつかやるかもしれない』

──どうして助けてくれないの。

『……僕は正直、この血族の制度も、里も、全部壊れればいいと思ってる。息苦しいんだ』

——助けて、お願い助けて。

『だから、諦めて』

小声でそう囁《ささや》かれた後、雛菊《ひなぎく》の身体《からだ》はひょいと抱えられた。

本能で感じた。これは絶対に逃げなくてはならない。今までの暴力とはわけが違う。何か恐ろしいことが待っている。雛菊《ひなぎく》は身体《からだ》をねじって無理やり男の手から離れた。

彼は困った顔でまた近寄ってくる。

『大丈夫だから、本当に』

その言葉は、震えて泣いているばかりの雛菊《ひなぎく》に怒りを覚えさせた。

——大丈夫だったことなんてない。

この生活で、大丈夫という瞬間は今まで一度もなかった。

雛菊《ひなぎく》は追いかけっこをするように逃げ惑い、やがて部屋の壁際《かべぎわ》まで追い詰められた。

大人達はそんな雛菊《ひなぎく》と男の様子を見て呆《あき》れている。

『ちょっと、あんまり[redacted]を虐《いじ》めないで』

『いや、違いますよ……可哀想《かわいそう》だから、怖くないよって……』

『[redacted]、その人が嫌だったら他の人にしてもいいわよ。何人か連れてきてるの。言っておきますけど、全員嫌っていうのはなしよ。これでもすごく考えたの。学歴とか、容姿とか、総合的に判断して選んできたのよ。あなたの為に』

雛菊《ひなぎく》は涙を浮かべながら顔を横に振る。拒絶を示した。

『我儘《わがまま》はだめ』

観鈴《みすず》は他愛もないことのように軽く叱ってきた。

実際、彼女にとってはそうなのだろう。

他人事《ひとごと》だ。彼女が傷つくことはない。他愛もないことなのだ。彼女は自分を守っている。

傷ついた自分の心さえ、雛菊《ひなぎく》に[redacted]と名前をつけて娘にすることで守っている。

誰かを犠牲にした生活で、心を守っている。

自分が傷つかないのだから、他の人間なんてどうでもいいのだ。

『どうしてそんなに嫌がるの？　[redacted]だって恋人とか欲しいでしょ？　それをあげるって言ってるのに……』

——恋。

『冬の代行者がまだ好きなのでは？　あのガキを守る為に身売りしてきたんですから』

——けっこん、って。

『ああ、そうだったわね』

——すきな、ひととするんじゃないの？

八年前に自分が守った人達の顔がおぼろげながらに浮かんだ。

すがる対象がそれしかなかった。

『■■■■……』

祈るような気持ちで、もうずっと会っていない人達に助けを求める。

何億回かわからない祈り。叶《かな》えられたことはない。

『雛菊《ひなぎく》』

名前を久しぶりに呼ばれて雛菊《ひなぎく》はぴくりと反応した。この女帝がわざわざ春の代行者の名前を出す時。そんな時は、何を言われるか決まっているのだ。

『言うこと聞きなさい』

雛菊《ひなぎく》が逆らえない条件を出して従わせようとする。

『あなたが守ろうとしていた人達、全員殺すわよ』

本当に生きているのかわからない、記憶の中のよすがさえ取り上げる。

『い、や、い、や、いや、いや』

雛菊《ひなぎく》は必死に首を横に振った。それだけはやめてほしいと懇願した。

何の為に、何の為に、この生活を受け入れているのか。彼らの為だ。

雛菊《ひなぎく》の短い人生で光り輝いた瞬間をくれた彼らの為にずっとこの牢獄《ろうごく》で生きている。

守って、あげたいから。

『じゃあ我慢出来るわね。そろそろ始めましょう。注射するから大人しくさせて、美上《みかみ》』

美上《みかみ》がため息を漏らした。わざとらしく嫌だと意思表示しているが結局は観鈴《みすず》の言うことを聞く。子どもの扱いなど知らぬ美上《みかみ》は雛菊《ひなぎく》に近づくと腕をひねり上げた。

『いた、いたい、いたい』

身体《からだ》が悲鳴を上げる。

『そっち、足、持って、下に一回置こう』

『ちょ、蹴ってくるんですけど』

『大した蹴りじゃないだろ。ねじ伏せろ』

雛菊《ひなぎく》の身体《からだ》はこれから彼女と結婚するという男に乱暴に叩《たた》きつけられ、組み敷かれた。

――怖い、怖い、怖い、怖い、怖い、怖い。

『さくら、さく、ら、さくらあああああっ』

土壇場《どたんば》で出た名前は、神様ではなく、たった一人の昔の友達だった。

『狼星《ろうせい》さ、ま、狼星《ろうせい》さま、狼星《ろうせい》、さま、狼星《ろうせい》、さま』

頭に浮かんだのは、結局いつまでも好きなままの初恋の少年の顔。もう忘れていたのに。

『助けて、誰か、助けて、誰か、助けて、誰か、誰か、誰か、誰か、誰か』

――誰も助けてはくれない。

それが、真実だった。

誰も助けてはくれない。
世の中に救いはない。
いまこの瞬間も、何千、何億の人々が雛菊《ひなぎく》と同じように祈っているかもしれない。
だが、助けてもらえることなどない。
そういう奇跡は起きない。救いはない。無い。何も無い。
──じゃあ、もう。
雛菊《ひなぎく》の人生に、希望はない。
──もう。
ないのだ。
──もう、耐え忍ぶこともない。
だって救いはないのだから。
──かあさま。
雛菊《ひなぎく》は生きた。それまで精一杯生きて、そしてもう限界を迎えた。もういいだろう。

《だめ、だよっ》

その時、声がした。

雛菊《ひなぎく》の中で育っていた別の自分だった。その子は今の雛菊《ひなぎく》をずっと見てきて、心の中で励ましてくれていた。負けないで、と何度も言ってくれた。

——でもごめんね、もうむりみたい。

雛菊《ひなぎく》は自分の中で育っていた小さな別の自分に話しかけた。その子は、やはりまだ頑張れと言ってきたが、雛菊《ひなぎく》はもう頑張れなかった。

《まだ死んじゃだめ》

——もうむりなの。

《ここで、あきらめ、ちゃ、だめ》

——もう頑張れないの。

《狼星《ろうせい》さま、に、おへんじ、してない、よ》

——どうせ会えないのだからいみがないわ。

《がんば、って、たたかおう、たすける、よ》

——怖いの。怖くてたたかえない。

《できる、よ。たくさん、たくさん、お花、咲かせてきた》

——でも、人に向けたことない。

《たたかって、おね、がい、しなない、で》

——しにたいの。

《いかない、で、ひとり、に、なる》

――ごめんね、ごめんね。

《かあさま、の、いいつけ、やぶる、の？》

――かあさまが呼んでるの。

《よんで、ないよ、おねがい、たたかって、おとな、と》

――たたかえない。

《ほんとうに、あきらめ、る、の？》

――うん、もうつかれた。

《いきて、いたら、いい、こと、ある、かも、なのに？》

――それまで、がんばれないの。

《それで、いい、の？　しぬん、だよ》

――うん、いい。

《狼星《ろうせい》さま、は、どう、する、の》

――あなたにお願いする。

《雛菊は、ちがう、でしょ。わたしじゃ、ない、でしょ》

――あなたにお願いする。

《てばなさ、ないで、じぶん、を、てばなさ、ないで。まだ、まだ、がんばれる、よ》

――もうがんばれない。

《しんじゃうの？》

――うん、もうしにたい。

そこまで言うと、もう一人の雛菊《ひなぎく》もあきらめたように静かになった。

《わかった……》

自死を選ぼうと思ったが、その前に彼女が出てきてくれる気配がした。雛菊《ひなぎく》は最後になってようやく救いが現れてほっと息を吐いた。自分ではない自分になること。それもまた今の雛菊《ひなぎく》の死ではあるが、壁に頭をぶつけて死ぬより。舌を噛《か》んで死ぬより。蔓草《つるくさ》を天井に吊《つ》るして首をくくるより。より優しい、精神だけの死だ。雛菊《ひなぎく》に許された、最期《さいご》の救済だった。

『もういいよ』

その時、雛菊《ひなぎく》の耳に紅梅《こうばい》の声が聞こえた気がした。

――かあさま、むかえにきて。

冬の里を守った花葉雛菊《かようひなぎく》は、誰にも看取《みと》られずゆっくりと死んだ。

雛菊《ひなぎく》の身体《からだ》は弛緩《しかん》して、先程までの抵抗はまるで最初からなかったかのように静かになった。

『……なんか、急に大人しくなりましたね』

男が訝《いぶか》しむようにつぶやく。観鈴《みすず》は疲れたと言わんばかりにため息を吐《つ》き、舌打ちをした。

美上《みかみ》は何かが起きている気がして、注意深く雛菊《ひなぎく》を見る。

目は見開いているが何も映っていない。虚空《こくう》だ。

手を口元にかざしたが、息はしていた。だが意識というものが宿っていないように見える。

『……これ、壊れてませんか？』

『は？　何それ』

『いや、だから……これ、壊れたんじゃないですか、精神が……なんか、感情という感情が抜け落ちたみたいになってるんですけど……』

『……ふーん、静かになったならそれでいいじゃない』

『御前《ごぜん》……大麻作れなくなったらどうするんですか』

『後で水でも顔にかけたら元に戻るわよ。都合が良いわ。薬要らなかったわね』

『御前《ごぜん》』

『大体ね、そんなぎゃあぎゃあ騒ぐこと？　世の中もっとつらいことがあるのよ？　神様なんだから人間の為にこれくらい我慢出来ないのかしら？　ほんっとうに面倒だわ子どもって。可《か》愛《わい》い時もあるけどほとんど面倒臭い。神の子なんだから人間の祈りに応えなさいよ』

『御前《ごぜん》、御前《ごぜん》』

『人間のほうが大変なのよ。四季の代行者なんて、何の苦労もなくちやほやされて生きてきたくせに……その生活がちょっと壊れたくらいで何なの？　人間ありきでしょ、神様なんて。人間に従いなさいよ、大人しく……ちゃんと演じてほしいわ。役割を果たしてほしい。私はずっとそうしてきたっ！　だったら他の人もそうすべきでしょ！　ちゃんとしなさいよ!!』

『違うっ！　御前《ごぜん》……お嬢様っ！　こいつ、身体《からだ》が……！』

美上《みかみ》の言葉は最後まで言葉にならなかった。


それは、それは、とても不思議な光景だった。雛菊《ひなぎく》の首筋から花が咲いていたのだ。


正確に言えば、神痣《かみあざ》に異常が出ていた。

四季の代行者はその異能を授かる時に身体《からだ》に花の痣《あざ》を発現する。

春ならば桜の花を。夏ならば百合《ゆり》の花を。秋ならば菊の花を。冬ならば牡丹《ぼたん》の花を。

入れ墨のように美しく描かれるそれは刻印された時こそ熱を持って痛いが、やがては皮膚の一部となって日常に溶け込む。

『花がっ……！』

雛菊《ひなぎく》の四季の代行者の刻印は首のちょうど後ろ、うなじに咲いていた。

今、その刻印が水をこぼしたように身体中《からだじゅう》に広がり始めている。少女の身体《からだ》を駆け巡る桜の花の刻印は枝を伸ばし、蕾《つぼみ》をつけ、花咲き乱れ、色をつけ、光を纏《まと》う。

この小さな娘が何者であるか、身を包む神威《しんい》が示し始めていた。


『ど、う、して、雛菊《ひなぎく》、を、ころし、たの』


神痣《かみあざ》の花が身体《からだ》を駆け巡る時、それすなわち四季の代行者の力の極限解放となることを、この場に居る者は誰一人として知らなかった。

『どう、して……？』

再び感情を取り戻した少女は泣いていた。頬に涙が伝う。

勇敢に戦った娘は長い時間をかけて弱り、ついさっき死んだ。

死んだ身体《からだ》には新しい自我が生まれ、静かな暴走を始めている。

大人達は急に意味のわからないことを喋《しゃべ》りだした子どもを不気味に思い、互いに顔を見合わせた。彼らの基地は、とある土地の山林に抱かれた屋敷《やしき》だったのだが、その屋敷《やしき》全体がミシミシと音を立てていった。春になれば、周囲に桜の木々が咲く見晴らしの良い場所だった。

この時の季節は冬。桜は咲くはずがない。咲くはずはないのだが。

『……どう、し、て、雛菊《ひなぎく》を、ころし、た、のっ!!』

新しい雛菊が叫んだ時には屋敷《やしき》は季節外れの桜に抱かれていた。

そう、屋敷《やしき》は抱かれたのだ。

無差別に家壁の外から刺さってくる化け物のような枝にその場に居た者全員が貫かれた。

基地は三階建てで、地下もある豪邸だったが、桜は静物も動物も関係なく刺した。

厨房《ちゅうぼう》の冷蔵庫が急生長した桜の木々に押されて料理人が潰れた。

地下駐車場で車のメンテナンスをしていた観鈴《みすず》のお抱え運転手は腕を刺されてそのまま車に磔《はりつけ》にされた。仮眠をしていた護衛陣は桜の枝に寝台ごと持ち上げられて天井から外に放り投げられた。地下に作られた植物園で丁寧に栽培されていた大麻達は桃色の花弁に埋もれた。

細い枝が伸びて雛菊《ひなぎく》と結婚すると言った男の目玉が潰れた。潰れた場所には花が咲いた。

美上《みかみ》は咄嗟《とっさ》に観鈴《みすず》を庇《かば》ったが、二人は仲良く一緒の枝で腹を貫かれた。

どこもかしこも、みんな、平等だ。ぐしゃり、ぐしゃり、ぐしゃり。

刺した。貫いた。刺した。貫いた。刺した。貫いた。刺した。貫いた。

叫びながら、少女は自分を鳥籠に入れた存在と、いまの彼女の世界すべてを攻撃した。

大人達が叫んでいる。これは悪いことだとわかっていたが、止められない。

『どうして、雛菊《ひなぎく》、を、ころし、たの……』
雛菊《ひなぎく》は、気がついたら外に出ていた、世界は銀色の雪に包まれている。とても寒い。
『……みんな、どこ』
裸足《はだし》の足は、雪を踏むごとに血の色の足跡をつけた。
『……帰りたい、よ、う』
それから雛菊《ひなぎく》は山を下った。もう誰も捜していなかったとしても、帰りたかった。
『凍蝶《いてちょう》、お兄、さま』
帰りたい。もう死んでしまった前の自分が守られていた場所へ。
『さく、ら』
すっかり中身が壊れて違うモノになってしまっていても、歓迎してくれるだろうか。
『狼星《ろうせい》、さ、ま』
肉体に魂が宿るのか、魂に肉体が宿るのか。自分殺しは罪になるのか？
『みんな、どこ』
わからないことだらけの、この不確かな世界で、ただ一つだけわかることは。
『雛菊《ひなぎく》、此処《ここ》に、いる、よ』
閉じ込められていた世界の外に、ちゃんと別の世界が存在していたこと。
雛菊《ひなぎく》の頭がおかしくなったわけではなかったのだ。嗚呼《ああ》、よかった。

——嗚呼《ああ》、良かった。帰ろうね、帰してあげるよ。

そして、すっかり壊れてしまった少女雛菊《ひなぎく》はいま、再会した従者とまた災禍に抱かれている。

「ですがやれることは限られているので、作戦は変わりません」

さくらは雛菊《ひなぎく》の手を握った。まるで暴漢に触られたように雛菊《ひなぎく》はびくりと震える。

「……雛菊《ひなぎく》様？」

「う、うん」

雛菊《ひなぎく》は力無く頷《うなず》く。

「全員配置についたら、雛菊《ひなぎく》様のお力を大いにお借りします。申し訳ありません……力不足な従者で……」

「そんなこと、ない、よ」

自分の身体《からだ》がじとりと嫌な汗をかいていること、本当はいまここで叫びだしてしまいたいこと、泣き出してしまいたいこと、それらすべてを雛菊《ひなぎく》は隠した。

「さくら、なんでも、言って」

この護衛官が愛《いと》しいから。

「いっしょ、に、たたかう、よ」

誰も捜してくれていないと思ったが、違ったのだ。

彼女は人生を棒に振りながらずっと雛菊《ひなぎく》を捜してくれていた。そして、壊れた雛菊《ひなぎく》を里から治せと言われて差し出され、逃げてもいいのに役目を放り投げなかった。

「さくらの、為なら、梅も、薔薇《ばら》も、椿《つばき》も、咲かす、なんでも、言って」

看病してくれた。大事にしてくれた。守ってくれた。愛してくれた。

「さくらは、それを、して、いいの。雛菊《ひなぎく》の、すべて、つかって、いい」

紛《まが》い物《もの》の花葉《かよう》雛菊《ひなぎく》を、それでも愛してくれたのだ。


「だいすき、だよ、さくら」


この言葉はただきくらに言い聞かせる為のおまじないではない。本心だ。

今度は一人じゃない。最高の友達が、護衛官が傍《そば》に居る。

「さくらを、守れるなら、雛菊《ひなぎく》は、なんでも、します」

だから泣かない。雛菊《ひなぎく》はさくらの手を握り返した。

「……雛菊《ひなぎく》様」

さくらはまたほろりと涙をこぼしてしまった。

「ごめん、ね。怖いよ、ね。でも、がんばろ……」

慌てて拭おうとする前に、雛菊《ひなぎく》が手を伸ばしてさくらの頬を撫《な》でた。

「こわいです、でも、頑張ります……雛菊《ひなぎく》様もこわいですよね」

「うん……こわい。でも、ね……ほかのひと、まもって、あげなきゃ」

「はいっ」

さくらの涙は、それでもうぴたりと止まった。

「……雛菊《ひなぎく》様」

「うん？」

首をかしげる雛菊《ひなぎく》に、さくらは照れた表情で言う。

「あの……言うのが遅れましたが、さくらも……さくらも雛菊《ひなぎく》様が大好きです」

「……へへ、う、ん……しって、ます」

非常事態だというのに、その時だけは二人の間で優しい時間が流れた。

後ろで声がかかる。冬の里の護衛が準備が出来たと言っている。さくらと雛菊《ひなぎく》は顔を見合わせ頷《うなず》いた。二人で決められた場所へ移動する。移動しながら二人は最後の会話をした。

「ねえ、さくら。狼星《ろうせい》、さま、たち、きちゃう……？」

「はい、来ます」

「……きけん」

「はい、でも、来ると言うのです。待っていろと……言われました」

「……にげて、ほしい」

「…………はい、ですが……自分が同じ立場でも来ます」

「でも……」

「御身が変わられていたとしても、それが来ない理由にはならない」

「……そっか」

「そうですよ」

「凍蝶《いてちょう》、お兄、さま、も、くるし、ね」

顔を覗《のぞ》き込《こ》まれながら言われて、さくらは目を逸《そ》らした。

「さくらも、変わった、けど、凍蝶《いてちょう》、お兄、さまは、くる。おんなじ、だよ、ね」

「……変わらない者なんていません。狼星《ろうせい》と凍蝶《いてちょう》も、変わったところはあると思いますよ。私が生活を共にしていた頃より、背も伸びているはず」

「……せが、たかい……狼星《ろうせい》さま……どうしよ、どきどき、しちゃう」

「しなくていいですよ、あんなのに……心音がもったいない。抑えてください」

「でも、しちゃう。さくら……二人に、会える、まで、生き、のころう、ね……」

さくらはその言葉に大きく頷《うなず》いた。

「はい、雛菊《ひなぎく》様。二人で生きましょう」

もう『貴方《あなた》を守って死ぬ』とは言わなかった。

時間軸は再度変化する。

阿左美竜胆《あざみりんどう》は自身を突き落とした男を斬り伏せていた。

これが竜胆《りんどう》のする初めての殺人だった。

「……はあ、はあ」

武芸事は習ってきたが、それはあくまで想定された事態に対応する為の訓練。

体術や剣術にしても基本は敵を無力化することが前提。死に至る技も会得《えとく》しているが、それをするということは本当に自分が殺されるような時でないといけない。四季の代行者を守護する時のみに適応される超法規的措置にも限りがある。

「……はっ……あ、……はあっ……」

今はやらねば自分が死んでいた。殺すつもりで挑んだが、本当に殺した。

法的には正当防衛となるだろうが、命の重さは法で測れるものなのかという疑問が、人を殺してから初めて生まれる。

「……あ、……は、うっ……」

吐き気がこみ上げてくる。竜胆《りんどう》は動揺していた。

秋の代行者は他の季節より襲われにくいこともあり、昨年の就任から危険な目に遭ったのは秋離宮襲撃が初めてだった。いずれは来るべき試練だと覚悟はしていた。

四季の代行者の護衛官が、任期中に殺人をせずに終えた事例は無いと護衛官の任を受ける際に聞かされていた。だから準備だけはしてきたつもりではあった。

「……」

手が血と脂でぬめっている。

「……っ」

すぐに刀を鞘《さや》に納めて、トランクケースの在《あ》り処《か》まで駆けつけた。

足がもつれる。人を殺してしまった、という事実が頭の中で鐘のように鳴り響き続ける。

それでも今は自分の悲しみより優先すべきことがある。

「なで、しこ」

自分の秋の生死を確認せねば。

「撫子《なでしこ》」

竜胆《りんどう》はトランクケースの前に膝を突き、震える手で撫子《なでしこ》の身体《からだ》を抱き上げた。

口呼吸、脈、心音、すべて一つずつ調べていく。

「……撫子《なでしこ》……」

生きていた。弱い呼吸だが、息はちゃんとしている。

「……撫子《なでしこ》っ」

竜胆《りんどう》は安堵《あんど》のあまり、涙を流しながら撫子《なでしこ》を抱きしめた。

顔や身体《からだ》の傷は深手ではない。内出血が激しいので酷《ひど》く見えていたが、骨が折れていたりはしていなさそうだった。

「撫子《なでしこ》、撫子《なでしこ》、俺だ。竜胆《りんどう》だ……撫子《なでしこ》、起きてくれ……」

竜胆《りんどう》は、普段自分が撫子《なでしこ》にどういう喋《しゃべ》り方《かた》をしていたかも忘れて呼びかけた。

離れている間どれほど彼女の声を聞きたかったか。意識が戻って欲しい。その柔らかな唇でまた名前を呼んで欲しい。

「撫子《なでしこ》」

——初めて会った時、なんて無垢《むく》な存在だろうと思った。

「撫子《なでしこ》」

——待ち受ける不幸を何も知らなかった。

「撫子《なでしこ》」

——守ってやらねばと思った。忙しさの中で、初心を忘れることもあったけれど。

「なでしこ……」

——でもずっと。

「撫子《なでしこ》、撫子《なでしこ》」

——お前が、可愛《かわい》かった。

「撫子《なでしこ》……お願いだ、起きてくれ……」

この優しくて悲しい生き物に、愛してもらえる自分であらねばと思った。

──お前にふさわしくなりたかった。

そういう自分でありたいと、この生き物に対しては誠実でありたいと。

そんな自分は真実ではなくて、作り物で、偽善者の振りでしかなかったとしても。

そうありたいと願った。

──忘れていた。

彼女の為なら騎士でも王子様にでもなれたのに。

「……ん」

何度か呼び続けると、撫子《なでしこ》の口から眠りから目覚めたようなまどろんだ声が出た。

「撫子《なでしこ》？」

「……りん、どう……？」

やがて、ゆっくりと瞳を開く。

硝子玉《ガラスだま》のように輝く特別な瞳。その中にしっかりと彼女が待ち望んでいた騎士の姿が映った。

「りんどう……」

そして、ふにゃりと微笑《わら》った。来てくれるとわかっていたような微笑《ほほえ》みだった。

「撫子《なでしこ》……俺がわかるか？」

「わかる、わ……」

「俺は誰だ？　名前が言えるか？　指、何本だ？」

「……あなたはわたくしのりんどう……阿左美《あざみ》、竜胆《りんどう》……」

「ああ、そうだ……それから？」

「わたくしの、王子様で……騎士……なの……とっても……格好いいのよ……おててはね……えっと……三本たてているわ……」

竜胆《りんどう》も唇を震わせながら笑った。

「撫子《なでしこ》っ！」

竜胆《りんどう》は壊さないように、だが会えない間の喪失を埋めるように再度撫子《なでしこ》を抱擁する。

「……あのね……りんどうの夢みてたわ……」

「夢……？」

「イチョウの葉で……花束をつくってくれたのおぼえてる……？」

「ああ、覚えてる……」

「おとこのこからね、もらったもの、それが初めてだったの……」

この幼い秋の神は、どこまでも愛らしい乙女だ。竜胆《りんどう》はようやく少し微笑《ほほえ》むことが出来た。

そして涙まじりの声で囁《ささや》く。

「何度でもやる。毎年、やるよ……撫子《なでしこ》」

「うん……」

撫子《なでしこ》はとろんとした夢心地の状態だったが、段々と自分が置かれている状況を理解し始めた。

「撫子《なでしこ》、撫子《なでしこ》……」

恋する相手に掻《か》き抱《いだ》くように抱擁されている。

「り、りんどう……え、えっと……」

現状が正視出来るようになってくると途端に顔を薔薇色《ばらいろ》に染めた。

「……撫子《なでしこ》……守れなくてごめんな……こんなに傷をつけて……賊の奴《やつ》らに殴られたのか？　俺が居ながら……こんな目に……お前の愛らしい顔が……」

「りんどう、あの、あの」

「これから一生懸けて償う。死ぬまでお前に仕える。お前の成人も結婚も俺が見届ける。老いても引退しない。絶対に償うからな、撫子《なでしこ》……」

「ね、ねえ、りんどう……何だか、おひとがらが、かわっていない……？」

「……」

言われて、竜胆《りんどう》は普段の自分が作り上げていた、撫子《なでしこ》にだけ見せていた『阿左美《あざみ》竜胆《りんどう》』が行方不明になっていることに気づいた。

「いまのりんどうも……すてき……」

すっかり乙女の表情でそう言う撫子《なでしこ》に、竜胆《りんどう》は慌てて取り繕う。

「失礼しました、撫子《なでしこ》……無事を確認出来て何よりです」

「あ、やだ。さっきのりんどうが良いわ」

「……それはちょっと……」

「いいのよ。前からね、りんどうは、わたくしの前ではちがうってしってたの……」

撫子《なでしこ》の言葉に竜胆《りんどう》は目を瞬《しばた》いた。

「……気づいていたんですか？」

「んっと、厨《くりや》のひととか、ねかしつけのひととか……みんな言ってたわ。わたくしの前でだけ……りんどうはすごく優しいのよって……」

「……」

「りんどう、わたくしのまえではお煙草《たばこ》すわないでしょう？　あれもわたくしのためなのよって。気管支がぜえぜえしないようにって」

「……」

「あとね、ほかのひとにはけっこう、くちがわるいって」

「……な、撫子《なでしこ》」

「でね、わたくしにはそういう姿をみせたくないんだって……わたくしに嫌われたくないからって。りんどうはおばかさんね。そんなことしないわ。わたくし、りんどうが……その……ちょっと悪いひとでもぜったいにぜったいに好きよ……ずっと好きよ……」

撫子《なでしこ》の健気《けなげ》な言葉を聞きながら竜胆《りんどう》は感情が急降下していた。

——ばらされていた。

竜胆《りんどう》は自分がしてきたことがあまりにも底が浅かったことに気がついて、羞恥のあまり一気に顔が赤くなる。そんな竜胆《りんどう》を見たことがない撫子《なでしこ》は、竜胆《りんどう》の頬をつんと指先でつついた。

「……りんどう、かわいい……」

幼い身にして、年上の男の可愛《かわい》らしさに目覚めている。

「やめてください……撫子《なでしこ》……」

「まちがえた、りんどう、すてき。あっよくよく見たらおけがしてるわ……血がおててに……だいじょうぶ……？」

それは竜胆《りんどう》の血ではなかった。

「……」

竜胆《りんどう》は自身がいまさっきしたことを言うことが出来ない。

「りんどう、だいじょうぶ？」

「……汚い手で、ごめん……」

そんな、と撫子《なでしこ》は眉を下げた。

「きたなくなんか、ないわ……あのね、どんなりんどうでも……わたくしにとってはね……」

撫子《なでしこ》は、全身が観鈴《みすず》によってつけられた折檻《せっかん》の傷で痛かったが、無理して竜胆《りんどう》の首に手を回して身体《からだ》を持ち上げた。

そして小鳥がふわりと舞い降りるような、軽い口づけを竜胆《りんどう》の頬に捧《ささ》げる。

「いつでも、すてきな王子様なのよ」

すぐに力が尽きて、手は離れた。甘えるようにまた竜胆《りんどう》の腕に抱かれた状態に戻る。えへへ、と微笑《わら》う撫子《なでしこ》が、竜胆《りんどう》にとっては世界で一番愛《いと》おしい、かけがえのない光として目に映った。

「……撫子《なでしこ》」

竜胆《りんどう》は抱きかかえたまま、片手で彼女の腕を摑《つか》む。何をするのだろう、と不思議そうに見上げる撫子《なでしこ》に、見せつけるようにして手の甲に口づけた。

「俺の撫子《なでしこ》は……いつでも、俺のお姫様ですよ」

今までとは少し違う、彼本来の優しさが滲《にじ》んだ笑顔を竜胆《りんどう》は浮かべた。

そして恐らくは世界でただ一人、彼女にしか聞かせない甘い声で言う。

「お前の為なら、何度でも俺は王子様になる……」

そう言って、もう一度口づけた。

「り、りんどう……」

今度は撫子《なでしこ》が恥ずかしさで顔を赤く染める番だった。

「何ですか、撫子《なでしこ》」

にっこり微笑《ほほえ》む竜胆《りんどう》に、撫子《なでしこ》はあたふたとしながら言う。

「……じゃ、じゃあ……わ、わたくし……りんどうにふさわしいお姫様でいつもいなきゃ……」

「そのままでいい。そのままで俺のお姫様だ」

撫子《なでしこ》は甘い囁《ささや》きにくらくらした。

「うっ……り、りんどう……」

かつてないほどのときめきで胸が苦しくて、これは夢なのではと疑いたくなる。

「りんどう、すき」

「俺もです」

「ほんとうにすきよ」

「もちろん、俺もそうです」

「りんどうのすきと、わたくしのすきって……」

「撫子《なでしこ》、身体《からだ》が辛《つら》いでしょうが少し我慢してください。いつまでも此処《ここ》に居ても仕方がない。戻りましょう。移動を開始します」

しかし、そこで甘い時間は終わった。

「…………う、はい。りんどう」

まだ一連の事件は終わっていないのだ。

「実は崖から落ちているんですが、なだらかなところなので無理に登らず少し迂回《うかい》します。そしたら地続きの坂から上がれるはずです。夏の方の加勢をしなくては」

「なつのかた……？」

撫子《なでしこ》はきょとんと首をかしげる。

「葉桜《はざくら》瑠璃《るり》様、あやめ様です。それ以外にも撫子《なでしこ》を助ける為に冬の御方《おかた》も春の御方《おかた》も協力してくれました」

「そうなの……？　まあ、どうしましょう……おれいをしなきゃ……」

「ええ、まずは合流して感謝のお言葉を」

「よいお菓子を長月《ながつき》さんにさがしてもらいましょう。お取り寄せのぐるめをさがすのがおとくいなかただもの」

裏切り者の顔が竜胆《りんどう》の頭をよぎる。

「……」

「秋離宮のひとたち、みんなぶじよね……？」

竜胆《りんどう》はそれには答えず、撫子《なでしこ》を抱きかかえ駆け出す。賊の男の死体から逃げるようにしてその場を去った。

竜胆《りんどう》を撫子《なでしこ》救出に向かわせた後、夏主従は戦い続けていた。

夏の代行者葉桜《はざくら》瑠璃《るり》は視線を姉に向ける。

瑠璃《るり》のほうの敵は竜胆《りんどう》がかなり片付けてくれたので後は野犬達に食いつかせれば排除は完了だが、あやめのほうは苦戦している。廃神社のほうからやってきた賊の数が多い。

「いい加減、大人しくして！」

ようやく自身を襲っていた最後の一人に野犬の総攻撃をかけさせて再起不能にした。

彼らは二度と犬が飼えないだろう。

――あやめを助けなきゃ。

瑠璃《るり》は慌てて犬達に指示を出した。

「お姉ちゃんを守って！　行けっ！」

主《あるじ》の指示に眷属《けんぞく》達は即座に反応して走り出す。山に隠れていた野犬は総動員させている。瑠《る》璃《り》を守る犬はいなくなったが、あとはあやめを囲む敵さえ屠《ほふ》ることが出来れば万々歳。

トランクケースを追ってこの場を離脱した竜胆《りんどう》の援護にも入ることが出来る。

「右に噛《か》みつけ！　左の喉を食いちぎりなさいっ！」

四季歌《しきうた》によって支配下に置かれた動物達は、夏の代行者の命令通りに動く。

基本的には標的さえ設定すれば、後は見るも無残な死体を作り上げてくれるのだが、細かい指示をしたい場合は口で言わないとわからない。

「後ろから一人来てる！　あやめの頭上を飛んで！　顔を爪でえぐって！」

一人、また一人と戦力を削っていく。二人の役割分担はこなれたものだった。

接近戦はあやめがこなす。瑠璃《るり》はあくまで安全な場所に居て、遠隔で援護する。

そういう姉妹の戦闘スタイルが出来ていた。瑠璃《るり》が援護に回った時点でこの戦いの勝利は確定したようなものだ。あやめの剣術は見事なもので、細い身体《からだ》で大の男達を物ともせず刀で斬り裂いている。もうすぐ決着がつくはず。

「行け！　行け！　倒して！」

ずっとこれで何とかしてきた。今までも危険な時はあったが、生き残れた。

だから絶対に大丈夫。そう確信していた。

「左に回って！　その男の足を……」

あやめも恐らく、同じ気持ちだった。双子なのだ。気持ちが通じ合うところが多い。

竜胆《りんどう》に先に行けと言ったのも、辛くも勝利出来ると思っていたからだ。

「……あ、し……を……」

だから絶対に大丈夫。そのはず。

「お、ねえ、ちゃ……」

そのはずなのに。

――えっ？

瑠璃《るり》は次の瞬間倒れていた。

口から血が溢《あふ》れて息が出来ない。

息がしたいのに、血が逆流するように喉から溢《あふ》れ出《で》てくる。

――何？

何が起きたのかわからなかった。痛みは遅れてやってくる。背中が痛い。槍《やり》で一突きされたかのようだ。感じたことのない激痛が身体《からだ》に走っている。痛さで四肢が震える。この痛みを取り除きたい。だが、次第に吐血で息が出来ないことのほうが苦しくなってきた。

――お姉ちゃん、助けて。

瑠璃《るり》の背中には銃弾が撃ち込まれていた。

彼女達の現在地は【華歳《かさい》】の基地である屋敷《やしき》の裏側、塀の外の開けた場所だ。屋敷《やしき》は二階建て。周囲は木々に囲まれてはいるが、二階の窓からは夏の代行者と護衛官が戦っている様子が見える。

瑠璃《るり》はそこからの狙撃で撃たれていた。発砲音がほとんどしなかったのは、消音狙撃銃が使用されていたからだ。俯《うつぶ》せに倒れて、もう何も確認出来なくなった瑠璃《るり》は朦朧《もうろう》としながらも指先を動かした。

『狩れ』

木々の上に居た鳥達に命令する。すぐさま鳥は羽ばたき、猛禽《もうきん》の姿へと変化した。

空駆ける暗殺者は問題なく敵を排除するだろう。だが、瑠璃《るり》はもはやその行く末を見られそうになかった。


――おねえちゃん。


頭の中で急速に過去の思い出がかけ巡り始めた。

小さい頃好きだった赤い靴。

お気に入りの遊び場だった夏の里の向日葵畑《ひまわりばたけ》。

表紙が綺麗《きれい》で、読まずにただ撫《な》でていた絵本。

そうした記憶の中に、必ず一人の女の子が居た。

双子として生まれたのに、先に産道から出て取り上げられたというだけで姉になった子。

ちょっと小うるさくて、けれどもいつだって頼りになって、わがままをたくさん聞いてもらった、大好きな……。

――あやめ。

記憶の中の姉はいつも怒っている。そんなに怒らせてばかりだっただろうか。

笑わせたこともたくさんあったはずなのだが、心配や迷惑をかけたことのほうが多いせいか笑顔の姉が出てきてくれない。

——ごめんね。

後から出てきたというだけで妹になった自分は、随分と楽をしていたのかもしれない。出来の良い姉と比べられて嫌な思いをしたこともあるけれど、姉だからという理由で我慢させてきたことのほうが多かった。

夏の神様なんてやりたくないと泣いた日に『おねえちゃんがそばにいるよ』と自ら護衛官を買って出てくれた。

あの時、選ばれたのは貴方《あなた》なのだから私は知らないと突き放されていたら、きっとこの歳《とし》まで生きていられなかっただろう。

——おねえちゃん。

もっと優しくすればよかった。

——おねえちゃん。

もっと良い妹であればよかった。

——おねえちゃん。

姉のことが、好きで、好きで、大好きで、彼女を束縛した。

結婚なんてしないでと困らせた。

護衛官を辞めないでと困らせた。

だって、自分には彼女しか本当の味方は居ないのだ。居なくなられたら、どうしたらいい。

どうやって生きていけばいいかわからなくなる。

——嗚呼《ああ》、でも。

もう、息が続かない。

——これで、あやめは楽に生きられるのか。

苦しい。

——あたしが消えたら、全部解決する。

こんなことになるとは思わなかった。

——そうか、そのほうがいいか。

秋を助けに行かなければ良かったのだろうか。

——あやめ、ごめんね。

いや、神としてではなく、人として為《な》すべきことをしたまでだ。間違っていない。

——ごめんね、ごめんね。

もし、何か間違っているとすれば。

——あやめ。

こんな形で、姉にさよならすることになった不甲斐《ふがい》ない自分の最期《さいご》だけだ。

——おねえちゃん、ごめんね。

葉桜《はざくら》瑠璃《るり》は絶命した。

死因は失血と窒息。背中を撃たれてからあっけなく死んだ。

葉桜《はざくら》あやめは、葉桜《はざくら》瑠璃《るり》が死亡したのにすぐ気づけなかった。

間合いを詰めてようやく排除出来た男を蹴り飛ばしがてら、妹のほうを振り返って見た。

てっきり木の陰に隠れていると思っていた彼女の妹は何故《なぜ》か地に伏していた。

そして、それまであやめの味方をしてくれていた野犬達が、急に物事に興味を失ったようにその場から吠《ほ》えて離れだす。

——まさか。

あやめの顔が一気に青ざめる。

「瑠璃《るり》っ！」

敵を背にしてあやめは駆けた。まさか、まさかと頭の中では悲鳴を上げている。俊足でたどり着いた妹の身体《からだ》の下には血溜《ちだ》まりが出来ていた。塀を挟んだ屋敷《やしき》のほうで、一人の狙撃手が鳥につつかれて窓から転落していたのだが、それはあやめの目に入らない。

「……」

ハッハッハッという呼吸音だけがその場に響く。

瑠璃《るり》が動かない。喋《しゃべ》らない。いつもならやかましいくらいに騒ぐ妹が、突然静かになった。

手を伸ばして顔を見ようとしたが、あやめは背後から殺気を感じてすぐに屈《かが》んだ。

戦いを放棄しても、敵が居なくなるわけではない。あやめはほとんど自動的に身体《からだ》を動かして迫りくる敵を斬った。斬ると、血が出る。血が出ると、自分にも妹にも血飛沫《ちしぶき》が飛ぶ。

――嗚呼《ああ》、汚い。

思考停止状態の頭が、ただそれだけを思う。

もっと他に考えることがあるのに、そこに行き着けない。信じられない。

一人殺してからあやめは確認するように名前を呼んだ。

「瑠璃《るり》?」

返事はない。

「お姉ちゃん、に、悪い冗談、やめて……」

返事はない。

「ねえ、瑠璃《るり》」

返事はなかった。

「ねえ、冗談よね」

返事がない死体を見下ろし続けるが、何も変わらない。

「うそ、でしょ」

ふらふらと近寄って、地面に膝を突き、身体《からだ》を揺すってみた。

返事はない。

「瑠璃《るり》、瑠璃《るり》？」

もうその器は瑠璃《るり》ではなくなっていた。決定的に何かが身体《からだ》から失われていた。

「あ、ああ、あ、あ」

何度も揺すってみる。地面に染《し》み込《こ》む血液の量が増えるだけで何も変わらない。

——守れなかったの？

いつ死んだかすらわからなかった。

——私、護衛官、なのに。

きっと『おねえちゃん』と呼んでいたはずなのに、戦うのに夢中で。

「る、り、るり」

こういう時、奇跡というものが起きるのでは。

そう思って『神様』と祈ってみたが、返答は何もなかった。

——神様。

もう一度祈る。

——神様。

もう一度、もう一度。

——かみさま。

何も起きはしない。

神様はそこで死んでいる。


そう、そこで死んでいるのだ。

一番身近な神様は、あやめにとっては自身の妹だった。

「瑠璃《るり》」

大和《やまと》で唯《ただ》一人の夏の現人神《あらひとがみ》。尊い命。けして失ってはならない存在。

それに、何より。

「る、り」

あやめの半身だ。同じ顔をしていて、同じ身長で、靴のサイズだって同じ。

親だって見間違うほどの、瓜二《うりふた》つの妹。

「うそ、ねえ、うそって言って」

絶対に死なせてはならない存在を、死なせてしまった。許されることではない。

あやめは、絶望の淵《ふち》で意味のない声掛けをし続ける。自分でも無駄だと理解し始めたその時。

「るり、ねえ、るり、るっ」

突如、あやめの身体《からだ》を激痛が襲った。

——な、に。

気がつけば、瑠璃《るり》の死体の傍《そば》に自分も倒れていた。見下ろすのではなく真横に死体が見える。

びくん、と身体《からだ》が痙攣《けいれん》した。雷に打たれたように二、三度全身が跳ねる。

——な、に、これ。

心はあるのに身体《からだ》を誰かに明け渡してしまったかのようだ。力がうまく入らない。戦いの興奮で気づいていないだけで、怪我《けが》をしていたのかもしれない。何とか瑠璃《るり》に手を伸ばす。

——瑠璃《るり》。

少しでも触れていたかった。瑠璃《るり》の死体はまだ温かい。温度がある。硬くもない。これは死体だと言えない、と意味のない否定を頭の中で思う。

「る、り……」

あやめは妹の名をつぶやきながら泣いた。

他に出来ることがなかった。

妹がいつの間にか死んでいたのだ。守る瞬間すら与えられなかった。目の前の敵を倒すのに精一杯で、いつも通り援護に回ってくれていたから大丈夫だと思っていた。

「る、り」

職業柄、先に死ぬのは自分だと思っていた。それが慢心を生んだ。

瑠璃《るり》が先に死ぬわけがないと。

「るり、る、り」

そういう根拠もない考えが、祈りが、妹を殺した。殺したのは姉である自分だ。

「るり、る、り、るり、る、り」

妹を殺してしまった。取り返しがつかない。

「る、り、る……」

あやめの呼びかけは途中で終わった。

「かはっ……」

背中を誰かに蹴られたのだ。口から苦痛の声が漏れる。

賊の残党の男だった。

「糞女《くそおんな》っ！」

てこずらされたあやめに腹いせをするように背中を蹴ってくる。

そして気が済むと、俯《うつぶ》せだった身体《からだ》を仰向けにされた。馬乗りに組み伏され、胸元に銃口を押し付けられる。わざわざ恐怖を煽《あお》るようにぐりぐりと押し付けられた。

——もうこの体勢では逃げられない。

どうしようもない。

——それに、痛くてたまらない。

先程から異様に足が痛いのだ。最初の痙攣《けいれん》も、恐らくはそれが原因で、倒れてしまったのもきっとそこを怪我《けが》したから。足首にあたる部分が痛い。

燃えるように、そう、燃えるように痛い。

『あやめ』

胸に押し付けられた銃口の不快感。足の激痛。その中で何故《なぜ》か頭の中で声がした。

『あやめ、あやめ』

知らない人の声だ。男かも、女かもわからない。

『あやめ、あやめ、あやめ、あやめ』

——あ、これは。

あやめはこの現象を知っていた。

『あやめ、あやめ、あやめ、あやめ』

見たことがあるからだ。それは遥《はる》か昔、葉桜瑠璃《はざくらるり》が人の子から神の子に転身した時に起きた現象だった。

——うそ、でしょ。

『あやめ、あやめ、あやめ、あやめ、あやめ』

四季の代行者は、死亡すれば直ちにその異能が別の者に譲渡される。

その時、もっともふさわしい者へと。

その選出は超自然的なもので、母から子へと受け継がれるようなものではない。

それ故、雪柳紅梅《ゆきやなぎこうばい》から雪柳雛菊《ゆきやなぎひなぎく》に、現在の花葉雛菊《かようひなぎく》への異能譲渡は春の里に衝撃を与えた。

偶然とはいえ、前代未聞《ぜんだいみもん》の代替わりだったからだ。

――嗚呼《ああ》、うそ、神様。

選ばれた者の元には、呼び声が現れる。四季の声と呼ばれる呼び声は、対象者に呪いをかけるが如《ごと》くその者の名を呼び、やがてはその者の意志に関係なく自然と顕現の力を発露させてしまう。太古からそう決まっている。瑠璃《るり》もそうだった。

――嗚呼《ああ》、怪我《けが》じゃない、私、いま。

『あやめ、あやめ、あやめ、あやめ、あやめ、あやめ』

――選ばれている。神様、私が双子だから？

『あやめ、あやめ、あやめ、あやめ、あやめ、あやめ、あやめ』

――勘違いしているの？　瑠璃《るり》は死んだのよ。

『あやめ、あやめ、あやめ、あやめ、あやめ、あやめ、あやめ、あやめ』

――夏の神様、何て愚かなの。

あやめの片足、足首に百合《ゆり》の花の神痣《かみあざ》が浮かんだことを、賊の男は気づいていない。

――私はふさわしくない、私はずっと汚れ仕事をしてきた。

勝者の立ち位置を味わって、すぐに殺さずあやめの顔を殴り始めた。

――夏の神様、私は。

あやめは、今から殺す男をじっと眺める。

――私は、瑠璃《るり》ほど優しい女ではないのよ。

瞬間、あやめの足首に咲いた神痣《かみあざ》が目にも留まらぬ速さで全身を駆け巡り、同時に『生命使役《せいめいしえき》』の力が発揮された。瑠璃《るり》のように声で指示もしなかった。指でサインも送らなかった。

あやめはただ、山全体に祈った。


『こいつを殺せ』と。


するとどうしたことだろうか。逃げ去っていた野犬達が機械仕掛《じか》けの人形のように戻ってきて、あやめにまたがっていた男の首に嚙《か》み付《つ》いた。

「へ、ぐっ」

男の最期《さいご》の言葉はそれだった。あやめを殴って随分と興奮していたようだが、自分は痛みに弱かったのか、嚙《か》まれたという認識をしただけでショック死した。

「……」

あやめはむくりと起き上がった。

いま、彼女の周囲にはまだ死体に嚙《か》み付《つ》いている野犬と、木々の上に集まりつつある鳥達がいた。廃神社のほうからまた人が見える。威嚇するように銃を鳴らしている。

「は、ははっははは、ははは」

あやめは可笑《おか》しくて声を出して嗤《わら》った。

馬鹿みたいに見えたのだ。力を誇示して、脅そうとしている者が。

あんなもの、今の自分の前では赤子も同然なのにと思ってしまう。

「あは、あははははっあは、あは、あははははっあはははっ」

銃弾が頰をかすめてから、あやめはハアと息を吐いて囁《ささや》いた。

「殺せ……」

野犬達は走り出す。鳥達は空を旋回する。

「ゆら、ゆら、ゆら、花ゆらり、草光り、夏乱れ」

この先程とは違う夏の代行者の手足となって、彼女の道を阻《はば》む者、彼女に害為《がいな》す者、すべてを屠《ほふ》らんと。

——四季歌《しきうた》なんて、スラスラ言えるわ。

嗤《わら》いすぎてまた涙があふれる。

「こい、こい、こい、恋散りぬ、虎が雨、夏花火、蛍売《ほたるうり》」

――ずっと瑠璃《るり》と居たのよ。ずっと、一緒に生きてきた。

「さい、さい、さい、割いて尚《なお》、蜻蛉生《とんぼうま》る、秋を待つ」

――練習の必要すらない。

いま、此処《ここ》で起きている異常事態を、誰も目撃していないことは四季の代行者の歴史に於《お》いては、損失かもしれない。

「座して待つ、秋を待つ」

新生した夏の代行者葉桜《はざくら》あやめは、その誕生と同時に神通力《じんつうりき》を自由自在に操るという天才的な偉業を見せていたからだ。

「死ね」

あやめは座ったまますべてが終わるのを待った。

野犬達が人間をズタボロにした後は、鳥達が命じてもいないのに鳥葬し始めた。

葬儀などしてやりたくもないのに、とあやめは冷え切った心で思う。

「瑠璃《るり》」

あやめは隣に寝ているままの死体に声をかけた。

「瑠璃《るり》、瑠璃《るり》……ねえ、聞いて……お姉ちゃん、夏の代行者になっちゃった……」

返事はない。

「瑠璃《るり》、ねえ、嘘《うそ》みたいな話だよね」

返事はない。

「……もしかしたら、瑠璃《るり》じゃなくても良かったのかな。私達は双子だから……どっちでも良かったのかな……」

葉桜《はざくら》あやめが、大嫌いで、大好きだった彼女の妹から返事はない。

「じゃあ、私が死ねばよかったのにね……」

涙がぽろぽろと溢《こぼ》れた。

何かしなくてはいけないのに何も出来ない。人が死んだ時、どうすべきか、処理の仕方はわかっている。まず誰かを呼ばなくては。でも離れられない。

「どっちでもいいなんて、神様もひどいよね……」

離れられない。無理だ。

あやめは首を嚙《か》み切《き》られた男の死体のほうに這《は》っていって、男の拳銃を手にした。

「こうなるって、わかってると、思うのに……ひどいよね……」

こめかみに銃口を当てる。

「瑠璃《るり》、地獄で一緒に文句を言おう」

引き金をひく、正にその時。

「あやめ様っ!!」

あやめの耳に男の声が届いた。

「は、はざくら、あやめさまぁっ！」

小さな女の子の声もする。

「……」

あやめは雨のように降らしていた涙を一度拭って、声の主を捜した。

竜胆《りんどう》と、腕に抱かれた撫子《なでしこ》の姿が遠くに確認出来た。犬達が二人に向かって駆け寄るが、あやめがすっかり戦意を喪失したせいか遊ぶように並走しだす。

「はあっはあ……あやめ様！」

全速力でやって来た竜胆《りんどう》を、あやめはぼんやりと見つめた。

「阿左美《あざみ》様……祝月《いわいづき》様、無事だったんですね……」

「お陰様で、いやでも、な、何をやって……はあ、はあっ……瑠璃《るり》様は……？」

竜胆《りんどう》は撫子《なでしこ》を下ろしてあやめの前に膝をついた。

「瑠璃《るり》は……」

あやめはそれまでも泣いていたが、更にぼろぼろと涙をこぼした。

「るり、るり、はぁ……！」

「あやめ様……」

顔を殴られ、乱暴されたから泣いているのではない。事切れたように動かない瑠璃《るり》を見て、涙の理由はこちらだと察した。

「あざみさま……るりが……妹が……しにました……」

あやめが涙に枯れた声で告げた。

「……何で……」

竜胆《りんどう》の返しはただの質問でしかなかった。驚愕《きょうがく》で同情や悲しみを抱く余裕すらない。

「私、が……まもれなく、て……」

「いや、君はよくやっていた……」

「うっ……ああっ……うあああっああああああっ」

感情が決壊したのか、あやめは竜胆《りんどう》の胸にもたれかかるようにすがる。

あやめを抱きとめながら、だが竜胆《りんどう》はなんとか冷静さを取り戻そうとその場を観察した。

――確かに亡《な》くなられている。

そこに生前の活力に満ちた瑠璃《るり》は居ない。

だが、まだ死んでから時間が経《た》っていないと判断出来た。

「りんどう、まだぬくいよ」

驚いたことに、撫子《なでしこ》は瑠璃《るり》の死体に怯《おび》えず、その身体《からだ》に触れる。

何かを確認するように、何度かまた触れた。

「撫子《なでしこ》」

「りんどう、わたくし……できるかわからないけれど……」

二人は同じことを考えていたのか、見つめ合う。

「やってみてくれるか？」

――もう一度あれが出来るか？

秋離宮での撫子《なでしこ》の超回復。

それが可能かどうか竜胆《りんどう》は考えていた。

撫子《なでしこ》の秋の代行者の能力は『生命腐敗《せいめいふはい》』。主に生命の在り方を扱うものだ。

秋の葉は枯れて地に落ちると、やがて土に還《かえ》り、堆肥となってまた生命を育む。

生命を色褪《いろあ》せさせるか。それとも癒やすか。この二つの権能が授けられていた。

だが撫子《なでしこ》は現人神《あらひとがみ》としては未熟で、自身の傷を見事に回復させたのは火事場の馬鹿力と言えた。そう何度も出来ることではない。

「……自信はあるか？」

「……わからない、やってみないと……でも、吸い取るものがひつようなの……あの怖いおんなのひとにとらわれている時にね、わたくし、じぶんがしたことをおしえられたの。あれを何度もできるようになってほしいって……ねずみをね……たくさん与えられて……」

何をさせられていたのか、撫子《なでしこ》は説明した。

撫子《なでしこ》の生命腐敗《せいめいふはい》の異能を安定させる為に、観鈴《みすず》はラットで練習させたらしい。死んだラットと、生きたラットを揃《そろ》えて、生きているほうのラットの生命力を吸収し、死んだラットに注げるか試したと撫子《なでしこ》は言う。

「あのね、何匹かはできたのよ……でも、ぜんぶできなかったから、たくさんぶたれたの……」

撫子《なでしこ》の愛らしい顔についている傷の数々の原因がわかって、竜胆《りんどう》は深い憎しみが湧いた。

「観鈴《みすず》・ヘンダーソンのことは末代まで祟《たた》る」

「い、いいのよ。りんどうがたすけてくれたんだもの」

「……撫子《なでしこ》、俺の命が使えるならそれで補ってくれ。瑠璃《るり》様はご婚約されている。婚約者殿に返して差し上げなくてはいけない……たとえそれで俺が……」

「りんどう、でもね」

あやめは竜胆《りんどう》の腕の中で、ハッと息を呑《の》んだ。

「……阿左美《あざみ》様……？　祝月《いわいづき》様……？　何を……」

悲しみの淵《ふち》の中で、二人が話していることを理解し始めたようだ。

「あやめさま、わたくしやってみるわ。えっとね……ここのおやま、霊脈、あるから」

撫子《なでしこ》は地面をぽんぽんと叩《たた》く。

「霊脈があると、力が借りられるのか？」

「うん。山からももらう……いま、たどってるの……りんどう、賊のひとたちをたくさんたおしてきたっていったでしょ……いまも、いる、わよね……？」

「屋敷《やしき》の正門のほうはまだ乱戦中だろう」

「みんな、すごくげんき……みんなからも、ちょっとずつ……もらってみる」

「こ、国家治安機構と四季庁職員もいるんだが、区別つくか？」

「みんなけんかしてるなら、みんなからちょっともらえばいいのよ。じゅみょうをもらうわけじゃないもの。げんきをもらうの。みんなちょっとねちゃうだけよ」

「……」

——すまん、皆。

一人の生命がかかっている。ここで撫子《なでしこ》を止めるわけにはいかなかった。

「あ、あの。助かるんですか……？」

不安げに撫子《なでしこ》を見るあやめに、撫子《なでしこ》は緊張した面持ちで頷《うなず》いた。

「やってみるわ。だいじょうぶよ」

「で、でも……死んでるのに……？」

「生も死もわたくしの領域よ、おまかせいただけますか……？」

「……」

その言葉を深く理解することは出来なかったが、あやめは撫子《なでしこ》に瑠璃《るり》を任せることにした。

「お願いします……」

撫子《なでしこ》は再度頷《うなず》いて手のひらを見せた。彼女の手のひらには、秋の代行者の神痣《かみあざ》である菊の花が刻まれている。神痣《かみあざ》があるほうの手を大地に、そしてもう片方の手を瑠璃《るり》に。

「まだ、ぬくいから……きっとできる」

意識を集中させて目を閉じた。

すると、撫子《なでしこ》の五感はするりと山と一体化した。

山の中の息吹《いぶき》を、生命を感じる。虫達の羽音、流れる清流、鳥が羽ばたいた後に散る野花の花弁。山に住むすべての構成物が手に取るようにわかる。

その中に争っている人間達が居る。怪しげな屋敷《やしき》を建てて、基地としていた賊の者達。そして彼らと交戦を続けている特殊部隊【豪猪《やまあらし》】の隊員や国家治安機構の者、四季庁職員だ。

──ひい、ふう、みい、よお。

撫子《なでしこ》は数をかぞえたが、途中でわからなくなった。

──とにかく、たくさん。

何でも良いのだ。血の気のある者達から抜いてしまえばいいのだから、位置の把握さえ出来れば良い。

──みんな、ちょっとずつ、ください。

撫子《なでしこ》の柔らかな唇が開いてすうと息を吸う。山に愛らしい少女の声が響いた。

「綺羅星《きらぼし》　星彩《せいさい》　掃星《ははきぼし》　天高く光れ　秋空に」

撫子《なでしこ》の頭の中には宇宙ともいえる『そら』が浮かんでいた。

「星月夜に飛ぶは竜田姫《たつたひめ》」

広い『そら』の中では撫子《なでしこ》が中心に居る。他の者達は撫子《なでしこ》の遥《はる》か下方だ。

「それ楽しげに　それ悠々と　歌えや踊れ」

だから撫子《なでしこ》はつまみあげるだけで良い。選別するのだ。

「色なき風に吹かれて舞えば　いつかは月代《つきしろ》にも流れ着く」

それだけでいいと、今はわかっていた。

――りんどうが居れば、わたくしは何だって出来る。

撫子《なでしこ》はいま、この世で最も安全だと思える場所に帰ってきていた。だから出来ると思った。

彼が守ってくれるなら、いくらだって秋の神様として自信が持てる。

――るりさまもかえってきて。

戦闘をしていた男達が、次々と意識を失い倒れていく様子を『そら』から見ながら撫子《なでしこ》は祈る。そして手繰り寄せる。吸収した『生命』を触れた片方の手へと流していき、葉桜《はざくら》瑠璃《るり》という器に注いでいく。

――るりさま、かえってきて。

瑠璃《るり》の身体《からだ》を貫通せず、留《とど》まっていた弾丸が彼女の肉体の中で蠢《うごめ》いた。

――かえってきて、あやめさまがないているわ。

弾丸はゆっくりと入ってきた箇所から抜けていき、やがては背中からことりと外に出る。血に濡《ぬ》れた弾丸を見てあやめは息を呑《の》んだ。

「……っ！」

竜胆《りんどう》に支えられていた身体《からだ》を起こす。撫子《なでしこ》の邪魔をしないように、だが少しでも近くでこの奇跡を見るために近寄った。

「おねえさまのよびごえがひつようです、あやめさま、おなまえを」

撫子《なでしこ》は突然目を瞑《つぶ》りながらそう囁《ささや》いた。

まるで他の誰かが乗り移っているようにすらすらと喋《しゃべ》ったことに竜胆《りんどう》は驚く。

あやめも驚いていたが、撫子《なでしこ》の指示に従った。

「瑠璃《るり》っ！」

呼び起こす、という言葉がそのまま当てはまるように、瑠璃《るり》の身体《からだ》が一度大きく跳ねた。

「……もういちど、およびください」

「瑠璃《るり》！　瑠璃《るり》！」

「もういちど」

「瑠璃《るり》、瑠璃《るり》！　お姉ちゃんよ！　お姉ちゃんのところに戻ってきて！」

瑠璃《るり》の身体《からだ》は浮かび上がるほどに跳ねた。

「……」

跳ねて、それからまたことりと動かなくなった瑠璃《るり》に、あやめは震えながら手を伸ばす。

「……るり、お姉ちゃんのところに、もどって……！」

そして小さく揺すった。と同時に、山と『そら』とのリンクが切れたのか撫子《なでしこ》がハッと顔を上げて、勢いあまってころんと転がった。

「撫子《なでしこ》！」

ぬいぐるみが地面に落ちたように倒れた撫子《なでしこ》を、竜胆《りんどう》が慌てて抱き起こす。

「……げんきにおきあがりすぎてしまったわ」

撫子《なでしこ》は少し疲れた様子でそう囁《ささや》いた。

「頭打ってないか？」

竜胆《りんどう》が過保護に頭を撫《な》で回《まわ》す。撫子《なでしこ》は上機嫌に微笑《ほほえ》んだ。

「だいじょうぶ。でもよかったね」

「……ん？」

「よかったね、るりさまかえってきたでしょう？」

竜胆《りんどう》は瑠璃《るり》の方を振り返った。

あやめは瑠璃《るり》の手を掴《つか》んで、脈を計っていた。

「……脈、戻ってます」

呆然《ほうぜん》とした声で言う。

「い、生き返ってるってことですか？」

「息もありますっ！」

あやめの瞳にじわじわと、また涙が溢《あふ》れてくる。周囲に座っていた野犬達がわんと吠《ほ》えた。

奇跡がすぐに信じられなくて、竜胆《りんどう》が撫子《なでしこ》にしたようにあらゆる脈を順に確認した。

──生きてる。

微弱だが、生きている。

「お、俺も確認したい」

「い、いきてる……阿左美《あざみ》様……祝月《いわいづき》様……瑠璃《るり》、いきてます……う、あ、ああ、あ……」

あやめは瑠璃《るり》の身体《からだ》に覆いかぶさって、泣き叫んだ。

「うあああああっああ……あああああっつ……ああああああああっ」

小さな子どもが、自分の感情を全世界に伝えるような泣き方だ。

「あ、あああああっ……うあああっ……」

竜胆《りんどう》はかける言葉が見つからず、代わりにもらい泣きをした。

「あやめ様……良かった。本当に良かったです……」

「ありがとうございます、ありがとうございます……」

涙を流す大人達を、撫子《なでしこ》はぐったりとしながらも冷静に見る。

「あ、あのね……あやめさま。るりさま、いきているけど血はもどっていないから、からだにふたんをかけちゃだめよ」

「えっ」

あやめは慌てて瑠璃《るり》から離れた。

「……いま、血はほかのひとの生命力でおぎなってるだけなの……」

諭すように言われて、あやめはぐちゃぐちゃの泣き顔で尋ねる。

「う、ううっ……ど、どうしたら、い、いいですが……」

「上にのっかって泣いたら、むねがくるしいくるしいになるわ。まずどけてあげて……」

「は、はい」

「るりさまとあやめさまの波長はすごく似てるから、呼吸がらくなしせいでくっついていてあげてほしいわ。そうしたらあやめさまの元気がるりさまにいくの。おひざにあたまをのせてあげたらどうかしら……」

言われた通りにしていくと、確かに瑠璃《るり》の呼吸が先程より安定してきた。

あやめは益々《ますます》涙をこぼす。

「……祝月《いわいづき》様、ありがとうございます、ありがとうございます……」

「そんな……わたくしがありがとうございますです……」

「いいえ、いいえ……本当にありがとうございます……ありがとうございます……」

「……たすけられて、よかった……たすけてもらえてよかった……ね。りんどう？」

「……ああっ」

「りんどうもないてるの……？　まってね、なでなでするわ」

「……い、いい」

「じゃああやめさまにするわ。あやめさま、なでなで」

「い、いわいづきさま……うあ、ううう……ううっ……ああああああっ……」

「……も、もっと泣いちゃった……」

「撫子《なでしこ》、えらいぞ……本当にえらかったな」

竜胆《りんどう》に褒められて、撫子《なでしこ》は幸せそうに彼を見上げた。

かくして、秋の代行者救出は自陣と敵陣、どちらも損害を出したが、成功を成し遂げた。

春と冬を取り巻く四季庁庁舎での事件は、この凰女《おうめ》の事件決着の時より遡らねばならない。

四季庁庁舎十九階。捜査本部があるフロアのエレベーターが開かれようとしていた。

御前《ごぜん》こと、観鈴《みすず》はうんざりした様子でつぶやく。

「……開かないんだけど」

エレベーターの中で観鈴《みすず》は何度も開閉ボタンを押していた。

だが、ガコン、ガコンと、何かがぶつかる音がするだけで扉は開かない。

「……ねえ、どうしたら良いのこれ」

「時間稼ぎでしょう。十八階に下りて、非常階段から上がるしかない」

「ええ……階段を上るの？」

文句を言いながらも仕方なく観鈴《みすず》は美上《みかみ》に言われた通りの方法をとることにした。十八階に下りた一行は一度エレベーターホールに出て、それから非常階段へ。

観鈴《みすず》を守るように進みながら十九階へと移動していく。

非常階段の扉はロックされておらず、簡単に開いた。

「……うわぁ」

侵入は簡単だったが。

眼前に広がる光景はまるで想像していないものだった。

異常事態でも動じない美上《みかみ》もあんぐりと口を開けた。

「……何、これ?」

「……何てことしやがる」

エレベーターホールから各会議室まで、このフロアすべてがジャングルと化していた。

蔓草《つるくさ》や花々に包まれて、廊下すら見通せなくなっている。

ライオンや象が突如現れても特に不自然ではない景観が意図的に作られていた。

鳥の鳴き声こそしないが、遠くから今にも聞こえてきそうだ。

しかし、そうした自然の音は一切聞こえなかった。観鈴《みすず》達の耳に届くのは、段々と正常化してきた庁舎のセキュリティシステムが自動的に復元した有線音楽放送のみ。

それも、いつものヒーリングミュージックではなく、クラシックが奏《かな》でられていた。

恐らくはこの音楽が初期設定なのだろう。いつもは別の設定チャンネルが選ばれているのだ。

小さな異常が積み重なって、大きな異常が出来上がっている。

森林の有様《ありさま》をしているが、本来は外でも何でもない場所。

頭上から流れてくる悲哀なピアノの音。

この世ならざる場所に間違えて迷い込んでしまった、そんな不思議な感覚を一行は味わう。

「情報漏えい……」

美上《みかみ》の言葉に、観鈴《みすず》が反応した。

「どういうこと」

「こっちが買収した誰かが漏らしたのか、それとも……考えにくいですが、最初から二重スパイがいたのか……春の代行者は俺達が来ることをわかっていたんですよ。じゃないとこんなことしないでしょう。これ、あいつの……春の代行者の独壇場ですよ」

「……戦う準備をされているってこと？」

「もちろんです。緑の戦場、誰も居ないフロア、どこかに隠れているんでしょう。殺してやるから来いと言われてるようなものだ」

「……」

既に一度、半殺しにされた経験がある観鈴《みすず》は、美上《みかみ》の言葉を無闇に疑う気はなかった。その推測通りなのだろうと納得する。納得するが、気持ちは割り切れないのか悲しげに顔を歪《ゆが》めた。

「どうして……私との日々はすべてが辛《つら》かったわけではないはずよ……」

「……御前《ごぜん》」

いけしゃあしゃあと、自分本位な台詞《せりふ》を吐く観鈴《みすず》に、さすがの美上《みかみ》も呆《あき》れ果《は》てた。

「御前《ごぜん》、自覚してください。俺も貴方《あなた》も、いや……俺達全員、あの娘には相当恨まれている」

「でもっ」

「貴方《あなた》が自分なりにあれを可愛《かわい》がるのは勝手だし、それを止めるつもりはないですが、貴方《あなた》の可愛《かわい》がりは普通の神経じゃあ愛情には感じられない種類のものです」

――この世でわかるのは俺くらいだろうよ。

まだ『そんな……』と悲しんでいる観鈴《みすず》を置いて、美上《みかみ》は部下に指示を出した。

「……斥候を出す。だがその前に位置情報の共有確認するぞ」

美上《みかみ》は手のひらほどの端末を取り出して操作した。八名全員、同じ形の物を持っている。

高性能の追跡機能アプリケーションが装備されているものだ。

位置情報を発信している発信機の場所を追跡出来るようになっており、おおよその距離まで数字を出してくれる。数十秒ごとに更新されていくので、発信機を持っている者の場所をリアルタイムで追うことが出来る。

「居ますね……」

「ええ、情報は春の護衛をしてた四季庁職員から買ったものよ。護衛官姫鷹《ひめだか》さくらの携帯端末の位置が追える。護衛官が居るところに雛菊《ひなぎく》も居るはず……何にせよ、わずかな時間で出来た事が、こんな風にただかくれんぼが出来る場所を作っただけなら大して作戦に支障はないわ。そうでなくとも、護衛官を人質にして『殺す』と脅せばあの子なら出てくる。斥候なんて必要ない。早く会いたい。誤解があるようなら解かないと……行きましょう。逃げられたらこの作戦を立てた意味がないわ。あの子を取り戻さなきゃ……」

「駄目です」

「美上《みかみ》！」

「御前《ごぜん》と俺は此処《ここ》で待機する。まずは斥候二名行け。代行者は殺すな。他は好きにしていい」

有無を言わせない指示に、観鈴《みすず》は口をとがらせた。

観鈴《みすず》達、エレベーターからの侵入班は観鈴《みすず》、美上《みかみ》を含め全員で八名。

別階層で同時に動いている爆弾設置班も八名で構成されている。

美上《みかみ》はとりあえず二名の部下にエレベーターホールより先に進ませた。

十九階はエレベーターホールを出ると左右に廊下が広がっており、そちらは各会議室へと繋《つな》がっている。また、中央には最上階である空中庭園への階段があった。

天井からぶら下がる蔓草《つるくさ》のせいで階段上の様子は見えない。

ただ、この大量の草木は空中庭園から伸ばされたものだろうと予想はついた。春の代行者は草花の種さえあればどんな状況下でも生命を活性化させることが出来るが、フロア全体を覆うような緑は種だけではまかなえないだろう。

斥候に出された二名の賊の男達は会議室を一つずつ開けていくことにした。

雛菊《ひなぎく》が最上階の空中庭園から発芽させ、伸ばし続けた木々や花々はあらゆる部屋を迷路のように作り上げている。

斥候二名が銃を構えながら歩いている途中、実は非戦闘員の者達が雛菊《ひなぎく》の草木の加護に守られながら息を潜めていたのだが、彼らが気づくことはなかった。

小会議室、コンピューター室、と点検を終えたところで、大会議室へと向かう。

「こっち……だよな……誰にも会わないし……もう逃げたんじゃねえのか？」

斥候の一人が不安げな声を漏らす。

「いや、まだ居るはず……」

「じゃあ情報が間違っているとか。まったく違うやつの位置情報だって可能性も……」

「御前様《ごぜん》に嘘《うそ》をついても金は入らないし、酷《ひど》い報復をされるだけだろ」

彼らに情報を売ったのは護衛をしていた四季庁の春部門の職員。非常ベルが鳴る前に雛菊《ひなぎく》達と冬の里の護衛の分断を図った者達だ。

実はこの時点で色々とイレギュラーな事態が起きていた。

本来なら、裏切り者の四季庁の春部門職員が冬の里の護衛を退けた後、雛菊《ひなぎく》達を騙《だま》し十九階に留《とど》めておく手筈《てはず》だった。

現在、位置情報を買った側の【華歳《かさい》】は春職員が雛菊《ひなぎく》達の近くに居ると思っている。

しかし、実際は春職員は冬の里の護衛に数で圧倒していたにも拘《かか》わらず負け、再起不能の状態で此処《ここ》より下の階に転がっている。運命の歯車とはおかしなもので、まるでこの過失をカバーするように【彼岸西《ひがんにし》】のメンバーである長月《ながつき》達が雛菊《ひなぎく》を助けようと動いた為にさくら達と戦闘が発生し、結果、爆発音を聞いて十九階に留《とど》まるということが起きていた。

双方何も知らないまま、物語の舞台は仕上がっていたのだ。

「……春の代行者見つからなかったら、絶対切れて誰かリンチされるな」

「怖ぇ……あの人、俺のこと殴ってた母親にそっくりなんだよな」

喋《しゃべ》りながら進む二人は、大会議室の中で急に道が開けた場所に出て面食らった。

花畑があったからだ。極彩色の花畑はまるで天国のようだった。

本来なら絨毯《じゅうたん》を敷いた床であるはずなのに、蔓草《つるくさ》や草木でみっちり覆われているので室内だが違和感はない。本当に外に居るようだった。

「……」

言葉を失って、惚《ほう》けたように眺めてしまう。それほどの力がこの花畑にはあった。

「こんなことも出来るのか……あの春の代行者……」

「これも爆破されるのかと思うと勿体《もったい》ない気もしてくるな」

「……あ、待った。端末から共有連絡来てる。離脱するそうだ」

「あっちのチームか」

「仕事早いな。こちらも頑張ろう……代行者がもし見つからなかったら、俺達殺されるぞ」

二人は喋《しゃべ》りながらも注意深く周囲を観察し前進し続ける。

「た、助けて！　助けてください！」

そんな彼らに、突然声をかける者がいた。蔓草《つるくさ》で縛られて地面に転がされている男女数名を斥候達は見つける。携帯していた銃の銃口を突きつけながら尋ねた。

「何だお前ら……」

金髪をポニーテールにしている赤縁眼鏡の女が答えた。

「ぼくらは【彼岸西《ひがんにし》】。君らは【華歳《かさい》】だろう？」

「【彼岸西《ひがんにし》】……？」

「あれだ。十年前に御前《ごぜん》様が春の代行者を攫《さら》うついでに処分した根絶派だ」

「ああ……」

まだ団体として生き残っていたのか、というまなざしを受けて長月《ながつき》は内心憤慨しながらも外面は瞳に涙を浮かべ、弱々しい様子を演出する。

「秋離宮で間諜《かんちょう》として働いていたんだけど、正体が露見してしまいこんなことに……お願いだ、同じ賊のよしみで助けてくれないか……？」

斥候達は顔を見合わせる。どう考えても怪しい。

あまりにも雑な罠《わな》としか思えなかった。

「こいつが【彼岸西《ひがんにし》】だったとしても、助ける理由がないだろう」

「……どうする？　殺すか？」

「春の代行者以外は好きにしていいと言われてたしな」

斥候達は引っかからなかった。

「待て待て待て。自慢じゃないが、ぼくは結構いい体をしているぞ。腹筋も割れているんだ。見たくないか？　殺すには惜しい人材だ。ちなみに部下も良い身体《からだ》をしている。男女よりどりみどりだ」

だがそれで良かった。この話を信じようが信じまいが、長月《ながつき》達が疑いをかけられ即座に殺されようが、殺されまいが。

「殺さないでくれ、もう少し仲良くなろうじゃないか。同業者だろう？」

視線を下に固定することが目的だった。

二人を少し離れたところから見つめる者があった。

フロア全体を覆う蔓草《つるくさ》は、何もジャングルの臨場感を醸《かも》し出《だ》す為にあしらわれているわけではない。ちゃんと理由がある。たとえばそれが天井に、まるで天蓋のように施されていたならば、運動神経の良い者なら蜘蛛《くも》の真似《まね》が出来るだろう。

「これから全部吹っ飛ぶ状況なのに女相手出来るかよ。こいつ殺そう。殺したら春の代行者も出てくるかも……」

「そうだな。じゃないとこれでは埒《らち》があかな、ぐあっ」

斥候二名の会話はそこで終わった。

二名同時に急襲された賊達は、何が起こったかもわからず意識を手放した。

襲撃者は天井の蔓草《つるくさ》に摑《つか》まり待機していた遊撃班。冬から護衛として派遣され合流した二名が、正に獲物を狙う蜘蛛《くも》の如《ごと》く、天より降りて速やかに賊の男達の首を絞めて気絶させた。

「クリア」

「……クリア、どうぞ出てきて頂いて大丈夫です」

大きな葉が繁った常緑低木の陰に隠れていたさくらと雛菊《ひなぎく》が顔を出す。

第一弾の攻撃が天井から、一発で仕留められなければ横からさくら達が攻撃する予定だった。

「春の代行者様、如何《いかが》でしたか？　ぼくの名演技は」

長月《ながつき》は縛られた状態のままニコニコと微笑《ほほえ》んで言う。雛菊《ひなぎく》はさくらの背から少しだけ顔を出してとりあえず頷《うなず》いた。言葉すらもらえていないのだが、長月《ながつき》はそれで褒められたと受け取り、歓喜のあまり地面を転がり出す。

「やめろ、大人しくしてろ。全員小声で話せ」

「ああっ姫鷹《ひめだか》様……」

さくらに踏まれて、長月《ながつき》は更に恍惚《こうこつ》とした表情になった。

「こいつらを囮《おとり》にする作戦は悪くないな。予想通り斥候を出してきたし。仲間がしばらく戻らなければ、再度斥候が出るはず……」

「はい、排除は問題ないですがそれよりも……」

冬の里の護衛は賊の上着から彼らの携帯端末を拝借した。

「爆発のほうをどうするかですね」

【華歳《かさい》】の今回のテロの参加者のみがやりとりしているプライベートメッセージルームに爆発物の設置が完了した旨《むね》が書かれていた。遠隔で操作する為、設置班は低階層まで下りて窓から脱出、御前《ごぜん》達を拾う為の逃走用の車で待機する手筈《てはず》になっているようだ。

「こちらにも人員を割くべきです」

護衛の言葉にさくらは頷《うなず》く。

「同意する。動かせるような物に括《くく》り付《つ》けられているのか確認くらいはすべきだ。狼星《ろうせい》は【豪猪《やまあらし》】の爆弾処理班を出動要請していると言っていた。こちらも人員を出して、爆弾の場所を確認し、到着まで専門家の判断を仰ぐ必要がある。それと……」

自身のジャケットから携帯端末を取り出して見せた。

「私の携帯端末だな……四季庁職員に位置情報を抜かれているとは思わなかった……携帯を貸したことは、確かにあった……不覚だ」

「いえ、逆にそれを利用しましょう。端末をこのまま置いて、花葉《かよう》様達は下層階にお逃げください。いま残りの敵はこの階層に居る者だけ。お二人だけなら蔓草《つるくさ》で窓から逃げられるでしょう？　全階層、蔦《つた》で降りる必要はありません。下から狙撃される可能性も減った。数フロア下がって、再度中へ、そこから一気に階段で走り抜ける。今までは不確定要素が多すぎて動けませんでしたが、庁舎から脱出するなら今です。これでどうですか？　一番安全なルートかと」

「……」

さくらは考えるように黙る。雛菊《ひなぎく》がさくらのジャケットを引っ張った。

「みんな、おいて、いくの？」

「……雛菊《ひなぎく》様」

「それ、だめ……」

雛菊《ひなぎく》が嫌々するように訴えると、冬の里の護衛も苦しげに言った。

「春の代行者様、我らが主《あるじ》、寒椿狼星《かんつばきろうせい》がこの場に居れば必ず貴方《あなた》の安全を最優先とします。後生ですからお逃げください」

「ん、でも、でもね。観鈴《みすず》さん、雛菊《ひなぎく》、が、もくてき、なら、みつから、ない、と、怒って、たぶん……爆破……する、ひと、だよ……この階だけ、じゃない……他の、階にだって、まだ、人、いるかも、しれない……雛菊《ひなぎく》が、残って、れば……」

さくらは雛菊《ひなぎく》に向かって『それは駄目だ』と首を振った。

「またご自分の身を差し出して他を守ろうとするおつもりですか」

「ちがう、よ、さくら。雛菊《ひなぎく》が、残って、いれば……じかん、かせぐ、くらい、できるよって……いいたい、の。もう、まえの雛菊《ひなぎく》、じゃ、ない……」

珍しく、雛菊《ひなぎく》の口から好戦的な言葉が出た。だが、顔は不安げに揺れている。

「たたかう……もう、じぶん、を、さしだしたり、しない。たたかう、の」

怖いけれど、精一杯、我慢して言っているのだ。

「いけません、春の代行者様っ」

冬の里の護衛は強い口調で言う。断固反対の姿勢を見せた。

「でも、せめて、ここにいる、職員さん、にがして、あげ、ないと……」

さくらはしばし考えた。

「……雛菊《ひなぎく》様、あの御前《ごぜん》とかいう糞女《くそおんな》とその護衛は恐らくいま非常階段付近にいます。エレベーターは我々が封鎖したので。あそこから職員を逃がすなら誘導する必要がある……降下訓練を受けてない者に蔓草《つるくさ》で降りろと言うのも現実的ではないです」

「でも、でも、この、たおれてる、人達、いってた、よね。やっぱり、雛菊《ひなぎく》、もくてき……それなら、このまま、ね、携帯、もって、あるこ？　それで、観鈴《みすず》さん、たちに、こっち、だよってしたら……そこから、うごく、よね。そのあいだに、みんな、にげれない、かな……」

「……それは」

要は雛菊《ひなぎく》が囮《おとり》になって誘導するということだ。

「ここから、上の階、蔓草《つるくさ》、で、あがる計画、もともと、してた、でしょ？　さいごの、とりで。雛菊《ひなぎく》、も、さくら、も、全力で……たたかえる、から。ねえ、計画、かわって、ない、よ。そのまま、つづけ、よ？」

「……」

言っていることは十分に理解出来た。

さくらだけなら彼女も人命救助の為に即決しただろう。力ある者がない者を守るべきだ。戦えない者を逃がすという発想が駄目なわけではない。

ただ、それは花葉雛菊《かようひなぎく》の護衛官としては、してはいけない判断だった。

相手側の動きがわかった。逃げられる算段がついた。たとえ自分達だけでも脱出すべきだ。

その結果、誰かの命が散ったとしても。

「さくら、あのね、雛菊《ひなぎく》……きょうしか、これ、いいません……ごめん、ね……」

「雛菊《ひなぎく》様……」

雛菊《ひなぎく》はさくらをまっすぐ見た。

黄金の宝石。黄水晶の瞳が、現人神《あらひとがみ》のまなざしで最も愛する従者に囁《ささや》く。

「さくら、これは、春の代行者、として、の、君命、です」

猫のように大きな瞳をさくらは瞬《まばた》いた。

「……ごめん、ね……でも、こればかり、は、だめ。まげられ、ません」

今まで、けしてそんなことを言ったことはなかった。

雛菊《ひなぎく》にとって、さくらは大切な友達だからだ。命令などしたくない。何かある時は『お願い』をしてきた。どれだけ彼女が敬愛の念をくれても、対等で居たかったからだ。

「さくら……民は、まきこまれ、て、います。これは、我々、の、たたかい、です」

それでも今は君主という立場で発言した。

「この身、は、四季の神、から、恩恵、を、たまわり、ました。季節、顕現、それ以外、の、神通力《じんつうりき》、使用、禁じ、られて、いますが、いま、攻撃、を、うけている、のは……この『わたし』です。賊から、無関係、の、民を助けなく、ては。民を逃がすこと。これを、至上命令、とします。異論は、認めません」

雛菊《ひなぎく》は、そのまま他の者達へも現人神《あらひとがみ》として言った。

「春の代行者、の、名の下に、貴方《あなた》達にも、協力の、要請を、いたし、ます」

儚《はかな》げで、弱々しくて、誰かに導いてもらわなくてはいけない、そんな娘はいま居なかった。

そこに居るのは、この大和《やまと》という国で唯一の春の現人神《あらひとがみ》。

天上人、花葉《かよう》雛菊《ひなぎく》。

一度死んだが、殺された自分の為に、帰ってきた娘。

「すこしでも、おおく、命を、まもる。その、おてつだいを、してください」

春の少女神は、そう言うと腰を折るようにして頭を下げた。

「お願い、いたし、ます。ひとり、では、できません……」

冬の里の護衛は呆気《あっけ》にとられた。

「お願い、いた、します」

長月《ながつき》達は何か奇跡でも見たように感涙した。

「お願い、いたし、ま、す」

そして、護衛官、姫鷹《ひめだか》さくらは。

「……拝命いたしました」

さくらは、覚悟を決めた。

「戻ってこないわね……」

観鈴《みすず》が手持ち無沙汰にそうつぶやく。

最初の斥候を出してから数分、端末に連絡をとっても通話に出ない。

次に更に二名の斥候を出した。現在、観鈴《みすず》、美上《みかみ》、他二名で非常階段付近のエレベーターホールで待機と警戒を続けている。

「……完全にゲリラ戦を仕掛けてきていますね。離脱させた爆弾設置班呼び戻しますか？」

美上《みかみ》の言葉に観鈴《みすず》はため息を吐《つ》く。

「もうごちゃごちゃ考えたくないわ。ねぇ、行きましょうよ」

「……いや……あれにこんな知恵があるとは思えないので他の誰かがこれを考えたと思います。下手な真似《まね》はしたくない。こんな視界も足元も悪い中でずんずん進んだらどうなると思います？」

「どうもならないわ。不安なら銃を撃ちながら進めばいい」

あまりにも無鉄砲で考えなしの発言に美上《みかみ》は呆《あき》れた。

「……防災システムは生きてるんですよ、スプリンクラーとか作動するでしょうし、そもそも何に当たるかわからないのに撃つのは愚策だ。貴方《あなた》が欲しいと言ってる[redacted]に当たってもいいんですか？　俺は反対ですね。あいつで楽に金を稼ぐ生活に戻りたい」

「……」

「……何ですか？」

「[redacted]の名前は言わないで」

ぴしゃり、と撥《は》ね除《の》けるような言葉で観鈴《みすず》は言う。

「御前《ごぜん》がそう呼びたがって俺達に押し付けていたんでしょうが」

「……最近は雛菊《ひなぎく》と呼んでいたでしょう……何だか、あの子と同じに見られなくなってきてるの……[redacted]と雛菊《ひなぎく》を、混ぜてはいけない気がして……」

観鈴《みすず》にしては歯切れの悪い返事に美上《みかみ》は眉を上げた。

「なあに？」

「いえ……」

——考えてみれば、そうか。

観鈴《みすず》は死んだ娘の名前をつけた少女に殺されかけたのだ。

存在としてはこだわっているが、もう代替品とは思えないのかもしれない。

自分の大切な存在を重ねるにしては、あまりにも危険な娘だった。

弱くて、すぐ泣いて、少し強く出れば何でも言うことを聞くような、そんな娘は消えた。


『ど、う、して、雛菊《ひなぎく》、を、ころし、たの』


大人達が、みんなで殺したのだ。もうあの娘はこの世には居ない。

「……美上《みかみ》の言うように、子どもを産ませようとするのはまずかったのかしら……」

観鈴《みすず》は考え込むようにつぶやいた。

いまこの場所は緑の中。春の代行者の領域だ。作られた戦場に足を踏み入れて、弱気になったのか、観鈴《みすず》は言い訳をするように言う。

「でも、私だって最初の結婚は好きでもない男とだったわよ。お父様に良いように使われた。散々な結婚だった。蹴られて、殴られて……赤ちゃんも流れちゃうし……」

「俺は止めたでしょうが」

美上《みかみ》は思い出すのも嫌なのか苛々《いらいら》した様子で言う。

「もっと早く呼べば良かったんですよ。そしたら俺が殺したのに」

「大丈夫よ。もうあいつはこの世に居ないじゃない」

「はい」

「美上《みかみ》が消してくれた」

「はい」

「だから大丈夫なのよ」

「御前《ごぜん》……」

観鈴《みすず》と美上《みかみ》は、すっかり二人だけの世界に入ってしまっている。

他の構成員は何も言わず、ただ黙っていた。このジャングルの中で、何が起きるのか戦々恐々としているとも言える。

「私が大丈夫になるには美上《みかみ》と、あと雛菊《ひなぎく》が必要なの」

「……」

「神様を従えることが出来たら……」

観鈴《みすず》は美上《みかみ》に極上の微笑《ほほえ》みを向けながら言った。

「そしたら、私は神様より上の存在に戻れる。軽々しく蹂躙《じゅうりん》されない。もう誰かに頭を押さえつけられる人生は嫌なの。お願いよ美上《みかみ》。私の為に、雛菊《ひなぎく》を取り戻してね」

それは罪の意識が感じられない、童女のような笑みだった。

「……」

美上《みかみ》が『はい、御前《ごぜん》』と言うべきか、『はい、お嬢様』と言うべきか迷っていると、【華歳《かさい》】

の面々が共通で持っていた端末に全員同時にメッセージの受信通知を受けた。

「………」

文面は無く、斥候に行ったまま戻ってこない者達が蔓草《つるくさ》で縛り上げられている写真が送られてきていた。

「……煽《あお》ってきてやがる」

美上《みかみ》は青筋を立てて言う。さすがに観鈴《みすず》も事態を重く見たのか、笑顔を引っ込めて神妙な顔をした。

「待って、位置動いてる」

観鈴《みすず》の言葉に美上《みかみ》は聞き返す。

「は、何がですか？」

「位置情報、固定されていたのに動いてるわ。離れていく……」

観鈴《みすず》が言うように、この位置情報を発信している端末が移動を開始している表示が出ていた。

「馬鹿にされたままでいられないわ。捕まった者は捨て置いて、こんな風に遊びをしかけてくる相手をお仕置きしてあげましょう。春の護衛官かしら？　確か若い女らしいわね……すごく、すごく、いじめがいがありそう……」

観鈴《みすず》達は位置情報が動いたポイントを、二十階、空中庭園だと当たりをつけて移動を始めた。

この動きを俯瞰《ふかん》で見ている者が居ればかなりヒヤヒヤしたことだろう。

観鈴《みすず》達の動きは、雛菊《ひなぎく》達の手のひらで行われていた。

まず、雛菊《ひなぎく》・さくら組が大会議室の窓から安全対策なしの蔓草《つるくさ》一本によるロープクライミングをして二十階へ移動した。

冬の里職員と【彼岸西《ひがんにし》】、そして散らばって木々や草木の中に隠れていた非戦闘員である四季庁秋職員の者達が観鈴《みすず》達の移動を確認してから非常階段へ。

冬の里職員と、監視対象の【彼岸西《ひがんにし》】は協力して爆弾の捜索へ。その他の非戦闘員は各フロアに避難出来ていなかった者が居ないか確認しながら下層階へ移動した。

戦力は分散され、代わりにそれぞれ任された作業が重くのしかかっていた。春の代行者の元に集った者達の総力戦だ。


「大丈夫ですか？　今から私達も一階に下ります。一緒に行きましょう」

【華歳《かさい》】のメンバーに無視されていた負傷した女性は避難した非戦闘員達に回収されていた。

非戦闘員、という字面《じづら》だけ見れば不名誉な括《くく》りをされた彼らではあるが、入社当初すべての人々へ季節を届けるという四季庁の仕事に憧れて入社してきた者達だ。観鈴《みすず》の金のばら撒《ま》きのせいでその理念も忘れて悪に手を染める者も居るが、大半の者は純粋に日々誰かの役に立ち、そして暮らしていければ幸せだと思っている。

「ありがとう……ありがとう……」

「いいえ、私達も逃がしてもらったんです。とにかく外に出ましょう」

雛菊《ひなぎく》が巻き込んではならないと言った者達が正に彼らだ。

「お任せください。ぼくはもう完全に雛菊《ひなぎく》様の犬です。絶対に裏切りません。この命、燃え尽きるまで、ラブ雛菊《ひなぎく》様です」

「……口だけではないところを見せて欲しい」

「もちろんです。お前達、さあ捜すぞ！」

大学生の時に宗教的な誘いで【彼岸西《ひがんにし》】に入った長月《ながつき》は、水を得た魚のように生き生きとしていた。雛菊《ひなぎく》の他者を切り捨てず、救いの手を差し出す姿を見て、自分が感銘を受けて信じた団体、理念は間違いではなかったのだと感激していた。

お守《も》りと爆弾捜しを任された冬の里の護衛はうんざりしていたが、さくらから『凍蝶《いてちょう》がまもなく来ると断言していた』と聞いたのでこの苦しい状況も何とか耐えようとしていた。冬の里の護衛陣から凍蝶《いてちょう》への信は厚い。彼がそう言うなら、本当にそうなのだろうと思えた。

　そして、二十階、空中庭園。

元々、年に限られた期間だけ一般開放する場所ではあるが、自然の恩恵と四季の神々を崇《あが》める意図として四季折々の草花が見られる植物園のような造りになっている。

今年、春の代行者が十年ぶりに戻ってきたということで、この空中庭園にある春の草花達は歓喜しているかのように咲いていた。

「雛菊《ひなぎく》、雛菊《ひなぎく》、何処《どこ》に居るの？」

空中庭園に観鈴《みすず》の声が響く。

「お母さんよ。お願い、攻撃しないで……」

わざと作った甘ったるい猫なで声で、雛菊《ひなぎく》の良心をチクチクと刺しながら観鈴《みすず》はやってきた。

「止まれ」

観鈴《みすず》含め四名が姿を現すと、まず出迎えたのは既に抜刀した状態のさくらだった。

庭園の中に咲き誇る桜の木々。それらが降り注ぐ桃色の花弁の中で佇《たたず》むさくらの姿は麗しの剣士といったところだ。さくらより少し後方に、雛菊《ひなぎく》も立っている。

二年前、雛菊《ひなぎく》に串刺しにされた者達からすると、この緑の戦場に居る時点でどこから攻撃が来るか予想が出来ない状態だ。さくらが抜刀して待ち構えていたのは接近戦の牽制《けんせい》。もし彼女を突破しても、雛菊《ひなぎく》が此処《ここ》に存在するありとあらゆる草花で彼らの足を止めるだろう。

早く先制攻撃をすればいい。しかし、彼女達は出迎えて静止を求めるだけだった。

「ねえ、本当に攻撃してこないの？」

観鈴《みすず》が尋ねると、さくらは舌打ちだけ返す。

「……無礼な子ね」

言いながら、内心、観鈴《みすず》はほくそ笑んだ。

——嗚呼《ああ》、そう。わかってるのね。

時間稼ぎをされているというのがわかった。

——そしてアドバンテージは、こちらにある、と。

「ふ、ふふ」

観鈴《みすず》は、他のことにはあまり頭が回らないが、こういうことはすぐ予想がついた。

「雛菊《ひなぎく》」

観鈴《みすず》は、目当ての娘に極上の笑顔を捧《ささ》げながら名前を呼んだ。

「……観鈴《みすず》、さん」

二年前、観鈴《みすず》の腹を桜の枝で喰《く》い破って逃げた雛菊《ひなぎく》は、前よりも少し大人びて、より洗練された春の娘として成長している。観鈴《みすず》は単純に嬉《うれ》しくなった。

「背が伸びたわね、雛菊《ひなぎく》」

「……」

「その服は趣味じゃないけど、大人っぽくなっててお母さん嬉《うれ》しいわ」

雛菊《ひなぎく》はさくらの和装の選定をけなされて嫌な気持ちになった。

こういう、小さなことで人を悲しませるのが得意な人だ。雛菊《ひなぎく》は友人が和装カタログを見ながら好きな色や柄を何度も聞いてオーダーしてくれたのを知っている。この着物が好きだった。一緒に選ぶのが楽しかった。その思い出ごと、好きな着物だ。

「……雛菊《ひなぎく》は、いまの、ふくが、いちばん、すき。まえのは、きらいです」

唇が震えたが、今まで一度も言えなかったことを言った。

観鈴《みすず》の隣に立っていた美上《みかみ》は一言も発していなかったが、驚いた顔を見せた。

と同時に警戒した。

――やはり、こいつは変わった。

あの狂気、あの叫び、あの攻撃。美上《みかみ》が飼育していた娘は突如豹変《ひょうへん》した。

自分が管理出来た頃の彼女ではない。侮《あなど》ってはならないと意識し直す。

――狙うなら護衛官か。

目の前の娘が位置情報の発信者だろう。そして恐らくは彼女がゲリラ戦を仕掛けてきた犯人だと美上《みかみ》は推測した。睨《にら》みつけると、さくらは怯《ひる》むどころか舌打ちしてきた。

「お前、御前《ごぜん》の右腕……美上《みかみ》だな？　お前のことは雛菊《ひなぎく》様から聞いている。何見てる、殺すぞ」

凛《りん》とした美少女といった風貌だが、態度はやくざ者のような娘だ。

「こっちの台詞《せりふ》だ。ぶっ殺すぞ、女」

「私が先に殺す」

「いいや俺が先に殺す」

「絶対に私が先に殺す」

互いに殺意の応酬をしあう。

「……美上《みかみ》、あんまり怖がらせちゃだめよ。あなたがやりすぎると、私がする時もう怖がりすぎてて、楽しくないでしょう」

「はい、御前《ごぜん》」

二人のやりとりを見て、さくらは呆気《あっけ》にとられた後、鼻で笑う。

「お前、『御前《ごぜん》』の犬か。そんな頭のおかしい女に仕えてご苦労なことだな」

「……そっくりそのまま返す。頭がおかしい女というのはお前の主《あるじ》もだろう」

「我が主《あるじ》は四季の代行者、国に於《お》いて最上位に連なる天上人。十年の時を経て、民に春をお与えになった奇跡の現人神《あらひとがみ》だ。下衆《げす》に貶《おとし》められるような御方《おかた》ではない」

「……お高くとまっても、その後ろの化け物が俺達を半殺しにして出ていった事実は消えないぞ……」

さくらは笑みを崩さず言う。

「何だ、死者は出てないのか。雛菊《ひなぎく》様の慈悲だな」

──こいつ、やはり俺が殺す。

美上《みかみ》は半ば自動的に拳銃を構えて引き金を引いた。

不意打ちとも言える早撃ち。しかしさくらもまたその前に動いていた。

「私が先に殺すって言ってんだろっ！」

弾丸は当たらず、構えたままの美上《みかみ》の懐《ふところ》にさくらが飛び込むきっかけを与える。

「御前《ごぜん》っ！」

美上《みかみ》は観鈴《みすず》を突き飛ばしながらすんでのところでさくらの刀を銃で受け止める。

他二名の賊が直ちに反応し美上《みかみ》の加勢に入った。

さくらは一旦後ろに引いて再度呼吸を整える。銃携帯の男三人。長月《ながつき》達と比べて手練《てだれ》の動きを感じさせる彼らを一気に相手するには分が悪い。

「さくら！　ころしあい、だめ！」

雛菊《ひなぎく》が叫んだ。その声に呼応して、さくらも叫ぶ。

「こいつ、雛菊《ひなぎく》様を傷つけた奴《やつ》ですよっ！」

殺意が最初から大きかったのは、前の雛菊《ひなぎく》がどうして死んでしまったか聞いているからかもしれない。幼い雛菊《ひなぎく》に与えた恐怖を、悲しみを、さくらは知っている。

さくらとしては、やっと復讐《ふくしゅう》を果たすべき相手の顔を間近で拝めた状態だ。

「それでも、だめ！」

「じゃあ生まれたことを後悔させせますっ‼」

何が『じゃあ』なのか不明な返しをさくらはする。

雛菊《ひなぎく》がだめだと言っても、一度火がついた戦士達はすっかりその気になっている。

「……小娘、ぶち殺してやるよ」

「おっさん、主《あるじ》の君命だ。手加減してやるが、絶対に泣かす」

三対一の戦いは、ぶつかり合うように始まった。

観鈴《みすず》はこの戦いは自分には関係ないと言わんばかりに落ち着き払っていた。

「観鈴《みすず》、さんっ！」

あの戦いを止《や》めさせせろという願いが込められた呼び声だったが、観鈴《みすず》は肩をすくめるだけで何もしない。

「お互い加勢はなしでいきましょ？」

「……観鈴《みすず》、さん」

「なに……？　蔓草《つるくさ》で首を絞める？　梅の木で刺す？　しないわよね。まだ、しないわよね……あなた、爆弾どうにかして欲しいんでしょう？　誰がばらしたのかしら……いやねぇ……」

「……」

「こうやって喋《しゃべ》っている間に、どうにかしようとしてる？　でも残念。そんなにすぐ解除出来るようなものじゃないわよ。これ見て？」

観鈴《みすず》の手には、携帯端末が握られていた。

「まだスタートになってない。爆弾の解除も開始も私の認証が必要なの。この端末を壊してもだめよ？　つまりね、私を大事にしてくれないといけないの。私の望む通りにさせてくれないとだめ。乱暴なことするならこのままスタート認証しちゃうわよ。しないと思う？　爆発するまでにはね、時間があるの。だからあなた達も頑張れば逃げられるわ。でも、その後はどうかしら……ビルが倒壊して……周辺はどうなるかわからないわね。そもそもまだ中に人が居るかも？　まあどうしましょうね。私は誰が死んでも構わない。自分達が無事ならそれでいいもの。後は雛菊《ひなぎく》次第だわ。あそこの戦いは面白そうだからそのままやらせましょう。私達は交渉をするの。いい？」

「……」

雛菊《ひなぎく》はさくらのほうを見た。戦いの最中《さなか》でさくらも雛菊《ひなぎく》に目線を一瞬合わす。

二人の間は、その目線のやりとりだけで十分なのか、雛菊《ひなぎく》は冷や汗をかきながらも、さくらが耐え忍んでくれることを信じて頷《うなず》いた。

「私が望むのはあなたの身柄。帰ってきて欲しいわ、雛菊《ひなぎく》。今度は子どもを産めだなんて言わないから……あなたが承諾してくれるなら、爆弾を解除して撤退してもいい」

「……観鈴《みすず》さん、は……」

「なぁに、雛菊《ひなぎく》？」

「どうして、そんなに、雛菊《ひなぎく》に、こだわる、の……」

観鈴《みすず》は小首をかしげた。

「どうしてって……あなたは私の娘だからよ」

「[redacted]を、重ねないで。それは、雛菊《ひなぎく》じゃない」

「……」

「誰かを、代わりに、すると、観鈴《みすず》さん、の、なにか、かいけつ、するの……?」

「別に解決するつもりないんだけど。八年も育ててあげたのによくそんなこと言えるわね」

観鈴《みすず》は段々と苛々《いらいら》した様子を見せ始めた。

「……」

雛菊《ひなぎく》は、刻々と悲しみを顔に表している。

「そう、だね……………母さま、より、ながく……いっしょに、いた。でも、雛菊《ひなぎく》、ちっとも、観鈴《みすず》さん、わから、ない」

お願い、と雛菊《ひなぎく》は続けて言った。

「おねがい、もう、ほうって、おいて……雛菊《ひなぎく》を、さがさ、ないで……」

観鈴《みすず》は、雛菊《ひなぎく》から明確な拒絶を受けるのは二度目だった。

「……」

一度目は『どうして殺したの』と責められた。だがそれは報復というよりかは、されたことへの反射で、拒絶にしては暴力的で、会話になってはいなかった。

いま、ようやく会話している。
「撫子《なでしこ》さまを、かえして、あげて、ほかの代行者も、傷つけないで」
おかしな縁で繋《つな》がれた二人。
自分の子ではない娘を壊したり愛したりして、やはり壊そうとする女。
自分の母ではない人を、それでも切り捨てられず、殺しきれなかった少女。
出会わなければよかったのに出会ってしまった。
「……雛菊《ひなぎく》」
雛菊《ひなぎく》は知らない。
観鈴《みすず》は雛菊《ひなぎく》が狼星《ろうせい》達を守ろうと桜の顕現をした時、涙が自然と溢《あふ》れたことを。
こんなにも、誰かの為に救済をしようとする存在が、美上《みかみ》以外にも居た。
まだ生まれて数年の子どもが、誰かを守る為に泣き叫んでいる。
清らかで、美しくて、守ってあげたくなった。
自分の人生に、この輝きが欲しいと思った。
こういう存在が、自分の人生に居て欲しかった。
しかし、観鈴《みすず》は何をしても結局は花を枯らすような女なのだ。

花葉雛菊《かようひなぎく》のことも、一度枯らしてしまった。

いま、生きている彼女は、自ら接《つ》ぎ木《き》をして立っている娘だ。もう観鈴《みすず》の花ではない。

雛菊《ひなぎく》自身も、自分がかつての『わたし』ではないと自覚している。

心は、一度死ねば戻らない。同じ心は帰ってこない。

折られた心を持つ人間は、そのまま折れてしまうか。

「観鈴《みすず》さんが、叫び出したい、そのきっかけ、に、代行者を、つかわない、で」

強度を増して、立ち上がる。その二択しかない。

前の雛菊《ひなぎく》は『耐え忍び、戦機を待つ』が出来なかった。だが今の雛菊《ひなぎく》は違う。

「雛菊《ひなぎく》たち、は、しんでも、しんでも、また、あたらしく、うまれてくる、けど、だからって
……つかわない、で」

戦う意志がある。

「ころさない、で」

他者を守る強さがある。

「今日も、みんなを、きずつけ、る、じゅんび、してる」

学びを得た。苦難を越えた。

「こわいこと、しないで……それが、観鈴《みすず》さんの、ために、なっても、しないで……！」

自分を傷つける者達に、宣戦布告する勇気がある。

「しないで、ぜったいに、ゆるさないから……！」

言いながら雛菊《ひなぎく》は金の瞳から涙の海を溢《あふ》れさせた。そんなこと、本当は言いたくはなかった。

強い言葉も、誰かを傷つける言葉も、自ら言いたい娘ではない。たとえ相手が犯罪者であっても、口にしたくはなかった。

「観鈴《みすず》、さん、ゆるさない」

だが、繰り返し言う。

「ぜったいに、ゆるさない！　しないでっ‼」

言わせたのは、観鈴《みすず》だ。

観鈴《みすず》が堪《こら》えきれないといった様子で笑うのを、雛菊《ひなぎく》は怒りを滲《にじ》ませながら見る。

「ふ、ふふ……ふふ、ふ、あはっ」

「……何で、笑う、の？」

「……雛菊《ひなぎく》の言葉が、まるで幼い頃の自分が言っているようで笑えたの」

観鈴《みすず》もまた、人生のあらゆる場面で自分に危害を加える者達に叫んできた。

――どうしてそんなことするの。

――どうしてそんなことするの。

――どうしてそんなことするの。

返事が来た例《ためし》は無い。放たれた悪意は浴びせられたほうには遺恨として残るが、浴びせたほうはさして覚えてもいない。一瞬の快感の為に他者を痛めつける。ただそれだけなのだ。

「私はね、そう叫んでも世の中はちっとも優しくならないから、立場を変えたの。立場を変えるとわかるわ。殴る方が楽しい。だからみんな人を痛めつける側に回るのね。そっちのほうが強いのよ。そっちのほうが声が大きいの。大きな声で怖がらせるように言えば、みーんな言うこと聞くのよ。でもね、私はその立場でより良い世界を築こうと思ってるの……あなたの力も、他の代行者の力も、もっと困っている人に役立てるべきよ。助けを求めてる人がいるわ。なぜ無視するの？」

「……」

「あなたの言ってることは子どもの駄々よ。そんななまぬるい祈りをぶつけられたって、私にはまったく響かないの……大体ね、許さないって言うけど、どう許さないのよ。もう少しであっちの殴り合いも片がつくでしょ。そしたらあなた、あの子を生かす為なら私の言うことを聞くと思う。あなたが他人の命にこだわっている限り、勝ち目はないのよ。いいから私の言うことを聞きなさい、雛菊《ひなぎく》。あなたは私の所に帰ってくるの。ずっと私の物よ」

　すると、雛菊《ひなぎく》は硬い表情ではあるが、少し微笑《ほほえ》んだ。

「かちめ、ある、よ」

　そう言う雛菊《ひなぎく》の唇は震えていた。

「かちめ、ある」

なぜそんなことが言えるのか。さくらが勝つと信じているのか。

観鈴《みすず》はちらりと美上《みかみ》の様子を窺《うかが》う。娘一人に手こずっている。さくらはなりふり構わずで衣服も乱れ、息も絶え絶えだ。防戦一方に見える。

——大丈夫、問題ない。

しかし雛菊《ひなぎく》は絶望していない。

——何？

その微笑《ほほえ》みは、観鈴《みすず》には不気味なものとして映った。

「なに……笑ってるの？　馬鹿にしてるの？」

その笑みを見ていると、何故《なぜ》か怖気《おぞけ》が立つ。

「私を馬鹿にしたら許さないわよっ！」

ぞわり、ぞわりと、寒気がするのだ。身体中《からだじゅう》、急に体温が下がってきた。

「寒く、なって、きた、ね」

雛菊《ひなぎく》はぽつりとつぶやいた。

「は？」

「寒く、なって、きた」

おかしなことを言うものだ。いまこの世は春。この春の代行者自身がもたらした季節で暖かく包まれている。観鈴《みすず》の身体《からだ》を包む寒気はただ雛菊《ひなぎく》を不気味に思って生まれたもので。

「雛菊《ひなぎく》、待って、たの」

けして本当に寒くなったわけではないはず。

——もしかして。

観鈴《みすず》はそこで自分の吐息が白くなっているのに気づいた。

——嗚呼《ああ》、嘘《うそ》。

気温が急に低下していた。雛菊《ひなぎく》の言う通り寒くなってきている。

——嘘《うそ》でしょ、もしかして。

「雛菊《ひなぎく》、ずっと、待ってた」

観鈴《みすず》の仲間達は気づいていない。戦いに熱中して、外気温の異常に気づいていない。

「美上《みかみ》っ！」

「雛菊《ひなぎく》様っ！」

これが何の前触れかわかっているのは、さくらと雛菊《ひなぎく》。そしてようやく理解した観鈴《みすず》だけ。

さくらが叫ぶと呼応するように雛菊《ひなぎく》も叫んだ。

「さくらっ！」

二人の行動はすべて計算されていた。

この緑の盤上を、どうしてすぐ機能させなかったのか。

観鈴《みすず》はもう少し考えるべきだったのだ。彼女が推察していた通り、雛菊《ひなぎく》達が時間稼ぎをしていたのは間違いなかった。だが目的は爆弾を止める交渉をすることではなかった。観鈴《みすず》の性格を考えるとどんな状況に転がっても結局は最後に爆破するだろう。拘束に成功し、それから何かしらの条件を提示して交渉を始めても、解除条件を言わない可能性が十分にあった。

そもそも爆弾のことは爆弾処理班に任せるべきことだ。なら彼らが来た時にすぐ対応してもらえる環境を整えることぐらいしか門外漢の雛菊《ひなぎく》達に出来ることはない。ではどうするか。

まず一つ目は専門家が来るまでこのテロリスト達を足止めし、可能であれば制圧すること。

二つ目はあわよくば爆弾の停止条件を知ることだった。

自分の優位性をすぐひけらかしたがる観鈴《みすず》なら、口を滑らせるかもしれない。攻撃をすぐに出来ないと思い込ませることにした。先制攻撃をしなかったのではない。油断してもらう為にしなかった。

さくらがいやに好戦的に戦いを始めたのもパフォーマンスだ。

多勢に無勢の状況、雛菊《ひなぎく》が手を出してこない。それを見れば、観鈴《みすず》は自分達が勝つ流れだと思うだろう。確実に喋《しゃべ》ってくれる保証はなかったが、少しでも可能性があるならやるべきだと判断した。どの道、爆弾処理班の為に時間を稼がなくてはならないのだ。

運良く会話して間もなく観鈴《みすず》から爆弾の解除条件を入手出来た。

解除には観鈴《みすず》の認証が必要だということ。操作は端末で行われているということ。であるならば機を見て端末を奪う。これから来るであろう爆弾処理班に判断を仰ぎ解決を委ねる。想定していた流れの中で、いま最も望んでいた展開が転がり込んできていた。

後は相手を仕留めるタイミングだ。これに関しては作戦というよりは祈りに近かった。

観鈴《みすず》達にとって死角と成り得る者。まさかこの場に現れるとは思ってもいない存在が来てくれたなら、その時こそが敵を一網打尽にするチャンスだ。

「……美上《みかみ》っ‼　冬の代行者がくるわっ！」

そして彼らは来た。瞬間、四季庁庁舎二十階、ガラス張りの空中庭園の天井を突き破る何かが現れた。それは春を切り裂く魔術師のようで、この美しい緑と花の空間に暗闇と冷たさと、少しの死を纏《まと》ってやって来た。帝都《ていと》の街中に氷の橋を作り出し、最高速度で走ってきた鉄の馬は最後の氷の橋をこの二十階に設定していた。誰もが天井を見上げた。雛菊《ひなぎく》もさくらも見た。

「雛菊《ひなぎく》っ‼」

「さくらっ‼」

冬の代行者と護衛官が、荒唐無稽なことをしでかしながら、自分達の名前を呼ぶのを聞いた。

派手に突っ込んできたオフロードバイクは、奇《く》しくも雛菊《ひなぎく》とさくらの間に着地した。
急スピンして大事故を起こしそうなところを狼星《ろうせい》の氷の異能がせき止める。
空からやってきた冬の代行者に呆気《あっけ》にとられた今が好機だった。

「「確保っ!!」」

雛菊《ひなぎく》とさくらが同時に叫ぶ。役割分担は出来ていた。雛菊《ひなぎく》が観鈴《みすず》を、さくらが他の三人を拘束しなくてはならない。確保と叫んだ瞬間、雛菊《ひなぎく》は手のひらに握って隠していたいばらの種を発動させていた。それは雷が走るような速さで観鈴《みすず》の元へ伸びてゆき、その身体《からだ》を搦《から》め取り、端末は手からこぼれ落ちた。雛菊《ひなぎく》は慌てて走って端末をキャッチする。そのまま転倒した。

「お前っ！　冬の代行者……！」

観鈴《みすず》は拳銃を取ろうとしたが、雛菊《ひなぎく》のいばらの拘束を受けて腕が思うように上がらなかった。
バイクから飛び出るように降りて駆けつけた狼星《ろうせい》は、雛菊《ひなぎく》の動きを見て即座に対応した。

「だったら何だ、頭が高いぞ、痴《し》れ者《もの》がっ!!」

片腕を掲げて、観鈴《みすず》のちょうど頭上に大きな氷片を作り上げそのまま落下させる。
頭が高い、と一喝された観鈴《みすず》は天上人に跪《ひざまず》くが如《ごと》く、頭に直撃した氷片の衝撃で膝を折った。
真っ赤な血がたらりと流れる。

「だ、め！　ころし、ちゃ！　だめ！」

転んだまま起き上がれないでいる雛菊《ひなぎく》が悲鳴のような声で叫んだ。

「……っ」

「そうよ！　私を殺したら爆弾の解除がっ！」

観鈴《みすず》は頭から流血しているというのにまだ威勢のよい態度で言った。

狼星《ろうせい》はそれを聞いて、既に手のひらに作り上げていた氷の大太刀を仕方なく分解する。

悔しそうに睨《にら》んでくる狼星《ろうせい》の様子が可笑《おか》しいのか、観鈴《みすず》は高笑いした。

「ははっあははっ！　悔しい？　ねぇ、悔しい？　私が十年前あなたの春を攫《さら》った女よ！」

「……！」

「でも残念。あなたはこれ以上私を傷つけられないわ。だってそうしたら皆死んじゃうかもしれないもの！　せっかく雛菊《ひなぎく》が守ろうとしているのに、まさかあなたがそれを台無しにしないわよね？　それとも何？　心中したいの？　付き合ってあげましょうか？　ははは…っ！　あははっ！」

「っるせぇんだよ‼」

「あははは…っ！　あはははっあははは‼」

狼星《ろうせい》は迷ったあげく、そのまま走って観鈴《みすず》の顔面に掌底《しょうてい》打ちをした。冷気が走り、観鈴《みすず》は叫ぶ間もなく視界をブラックアウトさせた。

「……」

狼星《ろうせい》は観鈴《みすず》という存在の胸糞悪《むなくそわる》さに吐き気がした。対面して話したのはこれが初めてなはずだが、もう二度と喋《しゃべ》りたくないと思った。雛菊《ひなぎく》は受け身も取れず、ほぼスライディングしたようなものだったので身体《からだ》に鈍痛が走っていた。携帯端末を恐る恐る持ちながら起き上がる。

「雛菊《ひなぎく》!」

後ろから迫ってくる足音と声に、雛菊《ひなぎく》はびくりと震えた。

「大丈夫か?」

待ち望んでいた人が後ろに居るのに、振り返れない。

「受け止めてやれなくてごめん……身体《からだ》起こすぞ。手が触れるけど許せよ」

身構えたが、腕を掴《つか》んで身体《からだ》を持ち上げ、身を起こしてくれたその人の動作はすべてに於《お》いて優しかった。雛菊《ひなぎく》の瞳に、その人の情報がどんどん入ってくる。

大きな手、香の匂い、喪服のような着物。

「……雛菊《ひなぎく》……助けに来たぞ」

白い肌、厚い胸板、端整な顔立ち。黒鴉《くろがらす》の髪。寂しげでいて、蠱惑的《こわくてき》な瞳。

「……わかるか? 俺……」

抱き起こす形で立ち上がらせたので、二人の顔の距離はあまりにも近かった。

雛菊《ひなぎく》はハッとして身を離す。端末を胸に抱いたまま、大げさなくらい後退《あとずさ》りした。

「……ひな」

狼星《ろうせい》は、その拒絶ともとれる反応にみるみる顔が青ざめた。もし心の中で起きていることが事象化出来たら、狼星《ろうせい》の心臓が破裂した様子が確認出来ただろう。

「雛菊《ひなぎく》、大丈夫だ、俺は敵じゃないっ！」

狼星《ろうせい》が近づく、すると雛菊《ひなぎく》はまた一歩下がった。

二人の間には目に見えぬ溝のようなものが出来ていた。


「これで終わりだっ‼」

一方、さくらはまず美上《みかみ》だけに攻撃の対象を絞って動いていた。

一足飛びに近づき、顔面をつま先で蹴り上げる。ぐらりと揺れる美上《みかみ》の身体《からだ》を乱暴に摑《つか》んで首に刀を当てた。他二名の賊達を牽制《けんせい》する。

「手を出すなっ！」

一時気絶状態になったが、すぐに暴れ出した美上《みかみ》を必死に押さえる。

「さくらっ！」

バイクから降りた凍蝶《いてちょう》は狼星《ろうせい》に何も言わずともさくらの方に走った。凍蝶《いてちょう》は残りの賊二名に居合斬りを放ち、長い脚で回し蹴りを喰《く》らわせた。

踊るような、流れるような動きはさくらと同じだが、彼女よりもっと激しく、そして一撃のダメージが大きい。すかさず首を刀で斬ろうとしたが、慌ててさくらが止めた。

「やめろ！　生かしておけ！」

「……！」

言われて凍蝶《いてちょう》は斬らずにそのまま二人の内一人の脳天に鞘《さや》で攻撃を食らわせ、もう一人は掴《つか》みかかって来たタイミングで一本背負い投げをして気絶させた。男二人が地に沈むのは一瞬だった。凍蝶《いてちょう》に息の乱れはない。さくらだけ荒い呼吸をしていた。

「さくらっ‼」

凍蝶《いてちょう》はすぐにハッとした様子で駆け寄ってきた。到着してから数十秒でのこの手際《てぎわ》。さすがのさくらも美上《みかみ》を押さえながら驚いた。これではまるで白馬の騎士のようだと。

――嗚呼《ああ》、来るな。

凍蝶《いてちょう》が近づいてくる。更に呼吸が乱れてきた。

さくらはその時、既にかなり体力を消耗していた。三対一でずっと殺さず、殺されず、場をもたせていたのだ。今、自分はどんなひどい状態なんだろうと見た目のことを気にしてしまう。

「……さくら、大丈夫か？　そいつを拘束するのか？　私が代わろう」

「あ、ああ……」

「よく頑張ったな。もう大丈夫だぞ。冬の護衛はどうしてる？　彼らと連絡はとれるか？」

状況の解決を先にしようと、矢継ぎ早に言ってくる凍蝶《いてちょう》にさくらは何も言えぬまま美上《みかみ》を奪われる。

「離せっ！　離せっ！　お嬢様っ！」

「こいつも黙らせるぞ、いいな？」

こくこく、と頷《うなず》くさくらを見てから凍蝶《いてちょう》は体格の良さを利用して腕で美上《みかみ》の首を絞め、すぐさま意識を落とした。

「よし……」

あまりにも速すぎて、今までどれだけこういうことをしてきたのかと怖くなるほどに一連の動きは瞬《また》く間《ま》だった。

――今更だが、こいつ敵に回したら怖い奴《やつ》だな。

自分の剣の師匠が、体術も含めて超一流の暗殺者素質があることを思い出す。

「凍蝶《いてちょう》、雛菊《ひなぎく》様を」

「大丈夫だ、狼星《ろうせい》がついてる」

狼星《ろうせい》も駆けつけたおかげであちらも拘束は済んでいるようだ。

雛菊《ひなぎく》は狼星《ろうせい》と何やら話している。さくらはそちらに行きたかったが、今邪魔するのは良くないだろうとそのまま離れたところで見守った。

「さくら……」

凍蝶《いてちょう》に呼ばれて、さくらは視線を彼に向ける。

二人は時間が止まったかのようにしばし見つめ合った。

「……怖かっただろうな。すまなかった。もっと早く来たかった……だがお前が耐えていてくれたおかげで間に合ったぞ」

さくらは何も答えられない。久しぶりに見る凍蝶《いてちょう》の姿がまぶしかった。

「……」

「次の対応に移ろう、行けるか？」

何も答えられない。電話で聞いた声がそのまま今自分にかけられていることが体温を上げるし、頭の中をぼうっとさせる。

「……」

凍蝶《いてちょう》はさすがに無視され過ぎて訝《いぶか》しげな様子を見せた。

「さっきから黙っているが……もしかしてどこか痛いところがあるのか？　それなら見せてみなさい。というか……」

そこまで喋《しゃべ》って、凍蝶《いてちょう》は気がついた。

「……その」

目の前の娘が自分の知る頃より遥《はる》かに大きく成長していることに気がついた。

「なんだ……ええと……」

軽々しく話しかけるのを躊躇《ためら》ってしまうような美しい娘だ。

「……」

凍蝶《いてちょう》の言葉もそこで続かなくなった。

——これは、誰だ？

急に、そんな疑問が浮かんだ。

先程までは『これはさくらだ』と思って早口に話しかけていた。見つめた時も『さくらだな』と思った。だが、時間が少し経《た》つと自信がなくなってきた。

——本当にさくらか？

少女の五年は、青年の五年より遥《はる》かに変化がある。十九歳の姫鷹《ひめだか》さくらは、その変貌ぶりで凍蝶《いてちょう》を大いに戸惑わせていた。凍蝶《いてちょう》が黙ってしまったので、さくらは自分の顔がひどいことになっているのだろうかと不安になってきた。じわじわと、再会出来た喜びも湧いてくる。

さくらの大きな猫目が涙で潤み始める。

「な、何なんだよ……お前、おそいんだよ……くるのが……あと、一度にたくさん喋《しゃべ》るなっ」

精一杯、絞り出した言葉はそれだった。

——私の馬鹿。

さくらは自己嫌悪《じこけんお》に陥る。涙声で、虚勢を張っているのがすぐわかるような声。

せっかく素直になる機会なのに、愛想《あいそ》のない第一声となってしまった。

かつて、袂《たもと》を分かつまでは敬語で喋《しゃべ》ってくれていた娘が今は乱暴な口ぶり。

急に方向転換してきた態度を目の当《まあ》たりにして戸惑ってもよさそうだが。

「……すまない、ゆっくり話す」

凍蝶《いてちょう》はさくらを凝視するのに夢中だったので、命がけで助けに来たことへの礼すらなくても気にしていなかった。

「もう、いい！　そいつ重要だから殺すな。御前《ごぜん》に圧力かけるのに使う！　冬の護衛はいま下の階で爆弾捜しをしてる！　直ちに合流するぞ！」

「……わかった、殺してないぞ。あの、な？」

「……何だよ」

「……本当にさくらか？」

「はあ？」

素っ頓狂な声が出た。

凍蝶《いてちょう》はサングラスをおもむろに外して、じっと顔を近づけて見てくる。

「な、ななっ」

「……さくら、だよな……？」

まだ信じられないのか、どんどんにじり寄ってくる。

さくらの心臓は限界に達した。

さくらは凍蝶《いてちょう》の胸を押しのけて距離をとった。

「近いっ！」

すると、凍蝶《いてちょう》は明らかに傷ついた顔をした。

「……お前……お前、お前！　確信がないのに話しかけていたのか？」

わなわなと羞恥で震えながらさくらは言う。

「いや、雰囲気は私の知るさくらと似ていたから、そうだろうとは思ったが……」

「私が知らない人だったらどうするつもりだったんだよ！　恥ずかしいぞ！」

「確かに人違いしてたら恥ずかしいな。だが、合っていた」

凍蝶《いてちょう》は、改めてといった様子で柔和に微笑《ほほえ》む。

「久しぶり、さくら……その、大きくなったな？」

さくらは赤く染まりつつある顔を腕で隠しながら怒鳴る。

「親戚の人みたいなこと言うな！」

凍蝶《いてちょう》は怒鳴られても嬉《うれ》しそうにしている。

「そのようなものだろう。いやしかし……にわかには信じられないな……私はただ老いただけなのが気恥ずかしいくらいだ……」

「信じろよ！　正真正銘、さくらだ！　でもお前が知るさくらじゃない……」

「そうか……」

「そうだ！」

足元に倒した人間が転がっていることも忘れているのだろう。凍蝶《いてちょう》はとにかくさくらとこうして話せることが嬉《うれ》しいのか、ずっと笑顔のままだ。

「……じゃあ呼び方を変えたほうがいいだろうか？　姫鷹《ひめだか》さん、とか……こんなに立派な娘さんに成長したお前をそのままさくらと呼ぶのもな……」

「そのままでいいよっ！」

さくらと凍蝶《いてちょう》は、昔とは随分違う関係性が始まろうとしていた。


護衛官二人が気を遣ったものの、現人神《あらひとがみ》達はぎくしゃくした再会をしていた。

「……雛菊《ひなぎく》……俺は、俺は、敵じゃ、ない……」

それは雛菊《ひなぎく》もわかっていた。離れたのは、あまりにも距離が近かったせいであるし、成長した狼星《ろうせい》の姿に驚いていたからだ。

「……冬の代行者、寒椿狼星《かんつばきろうせい》だ。事情は聞いてるぞ。心の……その、心が違うのだろう？　でも、記憶はあると聞いている。覚えていないか？　お前に花梨《かりん》の氷の花をあげたよな？　一緒に……一緒に、冬の間、たくさん遊んだ……お前に助けてもらって……俺、二十歳になれた……雛菊《ひなぎく》、俺は敵じゃない。助けに来た……助けに来たんだ。逃げないでくれ……頼む……」

それもわかっている。

季節の最上位。祖である冬。雛菊《ひなぎく》が知る中で一番高貴な男の子だ。

十年前、もう死んでしまった雛菊《ひなぎく》が恋していた男の子。

あの少年が成長していま目の前に居る。

――嗚呼《ああ》、狼星《ろうせい》さまだ。

観鈴《みすず》と対峙《たいじ》していた時から溢《あふ》れていた涙が更に瞳からこぼれる。

十年、ずっと心の片隅に居た男の子。

――狼星《ろうせい》さま、生きてる。

初恋の人がそこに居る。命を懸けて生かそうとしてくれた。他の皆の為に死のうとしていた。

もう消えてしまったかつての雛菊《ひなぎく》は、彼を守りたかった。

――ちゃんと、生きてた。

生きていることは聞いていたし、さくらが会話をしたことも確認している。

だが、肉眼で見るとその感動は言い表せないほどのものだった。嗚呼《ああ》、と雛菊《ひなぎく》は思う。

――この瞬間は。

まるで悪いことをしている気持ち。

――本当は、あの子の、ものだったのに。

本来、此処《ここ》に居るべき女の子の立場を横取りしている。そう雛菊《ひなぎく》は感じた。

だが、同時に花葉雛菊《かようひなぎく》として狼星《ろうせい》との再会に胸震わせていた。今、この感情は誰のものなのだろう。自分のものなのかすらわからない。死んだあの子の残骸が嬉《うれ》しい嬉《うれ》しいと泣いているのか。それとも今の自分なのか。どちらにせよ、もう居ない自分を想《おも》って雛菊《ひなぎく》は涙してしまう。

——ごめん、ね。

会わせてあげたかった。

——ごめんね、ごめん、ね。

生きて、彼の元へ帰してあげたかった。

——しぬの、とめられなくて、ごめん、ね。

彼が好きだと言ってくれた女の子は自分ではないのだ。それなのに、雛菊《ひなぎく》として此処《ここ》に居る。

——でも、よかったね、狼星《ろうせい》さま、いきて、たよ。ちゃんと守れてた。

彼が生きて、成長してくれていることは嬉《うれ》しい。死んだ自分への手向けの花のように思えた。

「ろう、せい、さま」

雛菊《ひなぎく》は、距離をとりながらも狼星《ろうせい》に話しかけた。

「……ごめん、な、さい」

謝罪しなければと、思った。

「……あのこを、かえして、あげられなくて、ごめんね……」

彼と再会出来たのに、会っているのは紛《まが》い物《もの》の自分であるということがこんなにも切ない。

「……どうして……謝るんだ……」

「……あのね……前の……雛菊《ひなぎく》……」

「ああ……その話は聞いてる」

「死んでしまった、あの子……ね、狼星《ろうせい》、さま、のこと好き、だった、の」

十年越しの告白の返事をもらって、狼星《ろうせい》は固まった。

「最後、まで、ね、好き、だったんだよ……ごめん、ね。かえして、あげられ、なくて……狼《ろう》星《せい》さま、だって、ちょくせつ、聞きたかった、よね……ごめん、ね……」

人づてで聞いていた雛菊《ひなぎく》の中身が違うという事実が、ようやくわかってきた。

――嗚呼《ああ》。

いま必死に話してくれている女の子は、狼星《ろうせい》の初恋の女の子と同じだが。

――本当に、違うんだ。

だが、やはりそのままではない。何処《どこ》がどう違うと問われたら、明確には答えられない。

――でも。

違う雛菊《ひなぎく》に、地続きの彼女が居ることもわかる。

「ごめん、ね……おへんじ、にせもの、の、雛菊《ひなぎく》、からで、ごめん、ね……」

しとしとと、雨を降らすように泣く雛菊《ひなぎく》に、狼星《ろうせい》は一歩、また一歩と近づいた。

雛菊《ひなぎく》も今度は逃げない。涙で視界が歪《ゆが》んで、逃げることが出来ない。

「……伝えてくれて、ありがとう」

「……っ」

狼星《ろうせい》は雛菊《ひなぎく》の顔を覗《のぞ》き込《こ》んだ。嫌々するように顔を手で隠される。狼星《ろうせい》は仕方なく、雛菊《ひなぎく》の着物の袖をつまんだ。繋《つな》ぎ止《と》めたかった。

「ずっと、ずっと、好きだったんだ。返事を聞けて嬉《うれ》しい。俺達、両思いだったんだな……」

「ごめん、ね……ごめん、ね……」

狼星《ろうせい》はかぶりを振る。

「知れただけで、十分報われた」

「かえってきたの、雛菊《ひなぎく》で、ごめん……ね……くっ……う、うう……」

「……泣かないでくれ……お前が……いや、君が……君が帰ってきてくれたのも俺はすごく嬉《うれ》しいんだ……本当だ」

「……っうう、……う、うう……でも、ひな、違う、の……」

「わかってる。違うよな。でも君だけでも帰ってきてくれてよかった」

「……違う……のに……？」

そこで雛菊《ひなぎく》はようやく顔から手を離した。目を瞬《また》き、涙のしずくをホロホロと溢《あふ》れさせながら尋ねる。

「違う君だからといって、俺が帰還を喜んじゃいけないのか？」

いま、そこに居るのは今年から春の代行者として働く少女。

「俺が好きだった女の子を、守ってくれていた人だぞ。そうじゃなくても、俺達……あの子のことを共有してる……思い出だって、一緒のものを持ってる。どうして謝るんだ。俺が君を拒絶すると思うのか」

「だ、って……」

「俺は、絶対にそんなことはしない」

新しい花葉《かようひなぎく》雛菊は、いま初めて寒椿《かんつばき》狼星《ろうせい》と出会った。

「……生きて戻ってくれて、ありがとう……俺は、あの子をずっと、好きだったけど……それが、君の帰りを喜ばないことにはならないよ」

きっと、彼にこう言ってもらいたくて、ずっと長い旅をしてきた。

「生きていてくれて、ありがとう」

ずっとずっと、長い旅をしてきたのだ。

「……ひな、ぎく……帰って、きて、よかった……？」

今度は雛菊《ひなぎく》が狼星《ろうせい》の着物の袖を掴《つか》んだ。彼を繋《つな》ぎ止《と》めたかった。

「帰って、よかった……？」

この瞬間すらも、永遠に世界に繋《つな》ぎ止《と》めたい。

「ああ、嬉《うれ》しい。すごく嬉《うれ》しい……」

「……みんな、ね、みんな……帰ってくるの、待って、なかったんだ、よ……」

「俺は待ってた。さくらも待ってた。凍蝶《いてちょう》もだ」

「………まがい、もの、の、雛菊《ひなぎく》、でも……？」

「さっきも言っただろ。君が帰ってきてくれて嬉《うれ》しい」

「……ほんと、に？」

狼星《ろうせい》は、十年ぶりにやっと穏やかな微笑《ほほえ》みを顔に浮かべて頷《うなず》いた。

「冬の神に誓って、嘘《うそ》をついていない……」

そして、雛菊《ひなぎく》の手をとった。自分の手と違い、雛菊《ひなぎく》の手は温かくて春のようだ。

「俺の言葉を疑わないでくれ。不安になったら何度聞いてくれてもいい」

彼女を凍えさせたくはなかったが、どうしても捧《ささ》げたいものがあって神通力《じんつうりき》を使った。

一瞬にして氷の花が生まれる。そっと、雛菊《ひなぎく》に握らせた。

初めて捧《ささ》げた時と同じ、花梨《かりん》の花だ。

「でも答えは決まっている。君が帰ってきてくれて嬉《うれ》しい。君に会いたかった」

二人は知らないが、その花言葉は『唯一の恋』と言われている。

「もう君を誰にも奪わせないし、傷つけさせない」

狼星《ろうせい》もまた、この時ばかりは涙がこぼれ落ちた。

「君は俺の春だ……」

「おかえり、雛菊《ひなぎく》」

四季庁庁舎テロ事件は、このようにして幕を閉じた。

後の詳しい顛末《てんまつ》は駆けつけた本当の国家治安機構と、特殊部隊【豪猪《やまあらし》】の爆弾処理班により記録されている。少々、非人道的扱いが見られる為、機密文書扱いだ。

冬主従と春主従によって拘束された【華歳《かさい》】のトップ、観鈴《みすず》・ヘンダーソンは気絶から目覚めると縛り上げられていた。場所は十八階のカフェテリアだった。

カフェテリアの商品のミネラルウォーターを顔にかけられて目覚めさせられた観鈴《みすず》は、起きて早々に春の護衛官姫鷹《ひめだか》さくらと顔を合わせた。

「……直接喋《しゃべ》るのは初めてだな。私は春の護衛官、姫鷹《ひめだか》さくら。以後お見知りおきを」

「は？」

どうしてこんな状況なのか。観鈴《みすず》は鈍痛響く頭で考える。

──そうだ。空中庭園に突然バイクが突っ込んできて。

そして気がつけば顔面に攻撃を喰《く》らっていたのだ。観鈴《みすず》の普段はすました美しい顔が、今は凍傷まみれになっていた。

「早速だが、お前には色々聞きたいことがある」

さくらは観鈴《みすず》から奪った携帯端末を見せた。それから冬の里の護衛と長月《ながつき》達が捜し当ててくれた爆弾も。カフェテーブルの天板裏に爆弾が接着されている。

「これの解除方法だ。幸いなことに……いや、残念なことに爆弾処理班がここまで来るのにまだ時間がかかるらしい。我々は待機している間、出来る限りのことをしようと思った。我が主《あるじ》がもし庁舎が爆破されてしまったらと心を痛めているのだ。近隣の民に被害が出てはたまらない。お優しい方だからな。嗚呼《ああ》……二度とお前に会うことはないぞ。目につかない場所でお休みになって頂いている。それで、爆弾なんだが……お前の端末、この画面に複数番号が振られているんだよな……てっきり爆弾は一つだけかと思ったらあと数個あるようだ。そして一つずつに解除コードが存在している……と。お前が寝ている間に、他の【華歳《かさい》】の奴《やつ》らを殴り倒して聞いてみたんだが、解除コード自体はお前しか知らないと言われた。さすがにこれは教えて貰《もら》わないといけない。一個ならまだしも複数……あまりにも解除に時間がかかりすぎる。どうか教えてくれ。私は我が主《あるじ》が安心して冬との再会を喜べる状況にしたい」

「……は、ははっ……馬鹿じゃないのあなた。教えるわけないでしょ……」

「そうなのか？」

「当たり前よっ！　でも……そうね、私を解放して、私達の仲間も逃げられる算段をつけてくれるなら今回は交換条件として教えてあげてもいい。あなた達は人死にを防げるし、私達は帰るだけ……雛菊《ひなぎく》のことはあきらめてあげるわ」

床に寝転がりながら威勢のよい発言をする観鈴《みすず》に、さくらは微笑を浮かべる。

「お前のことは既に嫌いなんだが、もう一段階嫌いになれると清々《すがすが》しいな……」

目は笑っていないさくらの表情に、観鈴《みすず》は少しだけゾッとした。

「年上への口の利《き》き方《かた》を気をつけなさい……」

「お前も私への口の利《き》き方《かた》を気をつけろ。お前の大事なものの命は私がいま握っているんだぞ」

そう言われて、観鈴《みすず》は何のことかわからず疑問符を浮かべた。彼女の人生で大事なものなど無い。あるとすれば、【華歳《かさい》】という自分の居場所と、右腕の男くらいだろうか。

「……」

観鈴《みすず》は、縛られた状態で顔を左右に向ける。

「捜してるのか？　こっちだ、こっち。見えるか？　もうすぐ死ぬぞ。お前達が……雛菊《ひなぎく》様にしたことを考えると、この死なせ方は優しいくらいだ……そう思わないか？」

無理やり見せられた方向には、同じく拘束され意識を失っている美上《みかみ》の姿があった。

観鈴《みすず》は悲鳴を上げた。

「ははっ」

さくらは笑った。

相手を油断させ、あわよくば爆弾の解除方法を聞く。彼らを拘束し爆弾処理班を待つ。

これは、言ってしまえば雛菊《ひなぎく》の為の作戦だった。

実際のところ、爆弾の解除方法を聞けずとも良かった。

どんな流れでも、最終的には観鈴《みすず》達を無力化出来ればそれでいい。

言うことを聞かなそうな相手なら、聞いてもらえるようにすれば良いだけだとさくらは思っていた。最初は観鈴《みすず》に自分の命を天秤《てんびん》にかけさせようと考えていたのだ。

爆弾処理班がすぐ来てくれるならそれで良い。来ないようなら、それまでの間に生まれたことを後悔させる苦痛を与えてやれば口を割るだろうと。具体的に言うならば指を一本ずつ折っていけばいいじゃないかと考えていた。

けれど、心優しい主《あるじ》に『あいつら半殺しにして爆弾の解除方法聞きましょうよ』と言っても雛菊《ひなぎく》は拒否するだろう。もっと穏便なやり方で話を聞こうと言ってくるのが目に見えている。

だからまずは、雛菊《ひなぎく》の意向に沿う流れを作った。さくらとしては不本意だ。

事態が解決したとしても何かしら復讐《ふくしゅう》がしたい。

司法に任せる前に何か出来ないだろうか。どうにかして復讐《ふくしゅう》がしたい。いや、絶対にする。

と固く決意していたさくらの前にそれは現れた。

美上《みかみ》が同行していたのだ。

さくらは雛菊《ひなぎく》の口から、美上《みかみ》が観鈴《みすず》を大事に思っていることを聞いている。

また、過去の話で観鈴《みすず》が雛菊《ひなぎく》のつがい相手に美上《みかみ》を差し出さなかったことも知っていた。

観鈴《みすず》が美上《みかみ》を連れてくるかどうかはわからなかったが、彼は現れた。

美上《みかみ》を見た時、さくらは思った。

『なんて幸運なんだ』と。

彼を押さえれば観鈴《みすず》への効果的な脅し材料になる。

一泡吹かせることが可能だ。

さて、無事確保出来たらどう調理しよう?

そこで悪魔の囁《ささや》きが聞こえた。


『復讐の方法ならもう知ってるじゃないか』


観鈴《みすず》が雛菊《ひなぎく》に散々やってきたことだ。

さくらは、主《あるじ》が自分達が再度襲われない為に監禁生活を我慢していたと聞いていた。

何度も、何度も、何度も、何度も、観鈴《みすず》は雛菊《ひなぎく》を脅したそうだ。

言うことを聞かないなら、お前の大事なものを壊してしまうぞ。

最初、それを聞いた時、怒りで身体《からだ》が震えた。許せないと思った。
人間の心理を利用した残虐な行為。なんて非道なんだと。
だが、いまこの瞬間はその発想をくれたことに感謝している。
相手を従わせるには、何より大事にしているものを人質にとると良い。
人間の大事なものとは何だろう。大抵の人は自分の命だ。
そして、もう一パターンは自分が愛する誰かだろう。
それを奪われて、さあ壊してしまうぞと言われたら人はどうなるのだろうか。

「ははっ」

だから今、さくらは笑っている。

幸いなことに、爆弾処理班が来るのはまだ時間がかかる。じゃあもうやるしかないじゃない
かとさくらは腕によりをかけて復讐《ふくしゅう》の舞台を整えた。素晴らしい協力者も来てくれた。
帝都《ていと》の街並が一望出来る大きな窓から美上《みかみ》の半身を投げ出して、足だけ持っているのは冬の
護衛官、寒月凍蝶《かんげつついてちょう》。一見優しそうに見えるが彼もまた主《あるじ》の為なら何でもする男だ。

「な、なに……？　ちょっと！　美上《みかみ》を離して！」

凍蝶《いてちょう》は困ったように笑った。

「離すと落ちてしまうんだが……」

「そんなの当たり前でしょ！　床に、床に下ろして！」

観鈴《みすず》の怒声がカフェテリアに響く。さくらは露骨にうるさそうな顔をした。

「凍蝶《いてちょう》……この女、状況をわかってないぞ」

さくらの言葉に凍蝶《いてちょう》は頷《うなず》く。

「そのようだ、少しわからせてやらないといけないな。ギリギリを攻めるか」

ずりずりと窓の外へ身体《からだ》を落とされていく美上《みかみ》を見て、観鈴《みすず》は更に悲鳴を上げる。

「やめてっ！　やめてやめてやめてやめてやめて！　何てことするのっ⁉」

「……離せと言ったのはそちらだと思うが。なあ、さくら」

「全くだ。何てことするの、というのもおかしな言い分だな。十年前冬の里を襲撃した分際でこういう時は他者に正しさを求めるのか？」

呆然《ぼうぜん》としながら口を開けている観鈴《みすず》に、凍蝶《いてちょう》は静かに語りかけた。

「自己紹介が遅れたが、私は冬の護衛官、寒月凍蝶《かんげついてちょう》。同じく十年前、我が主《あるじ》を苦しめられた者だ。様々な団体が、お前達を正しく裁きにくる前に殺しておきたいと真剣に考えている……と言えば恨みの深さがわかってもらえるだろうか。爆弾処理班の仕事が早く終わるように、我々が速やかにこの場から解放され、安全な場所へ移る為にぜひ解除コードを教えて欲しい。教えて貰《もら》えないのなら……仕方ない。君の大切な人を壊そう」

「凍蝶《いてちょう》はやると決めたらやる男だぞ」

「そうだ。私はやると決めたらやる」

「美上《みかみ》は関係ないっ！　美上《みかみ》は関係ないじゃないっ！」

「いや、あるだろ。お前の右腕だ。雛菊《ひなぎく》様もきっと同じように懇願されたのだろうな……だがお前達は聞きやしなかった……お可哀《かわい》そうに……我々が敵《かたき》を討つべきだ」

「落とす前に意識は戻そう。寝たままいかせるのはつまらない」

「そうだな……しかしこの状態で起こしたら暴れて自ら落ちるんじゃないか？」

ずり、ずりり、と美上《みかみ》の身体《からだ》は外へと呑《の》み込《こ》まれていく。

――何なの。

こんな状況はおかしいと観鈴《みすず》は思った。いつもこういうことをするのは観鈴《みすず》のほうなのだ。

自分は安全な場所で命令する立場が当たり前。だから、逆転させられている今が受け入れられない。そもそも、爆弾の解除方法、他の設置場所を知る為に人質をとるというやり方を四季の代行者の護衛官がするとは思いもしなかった。

「やめてやめてやめてやめて！　嘘《うそ》でしょう？　本当に殺す気なんてないわよね……？　だってあなたがた、犯罪者になるつもり……？」

さくらと凍蝶《いてちょう》は顔を見合わせる。

「主《あるじ》の為なら修羅にもなるよな、凍蝶《いてちょう》？」

「その通りだ、さくら。今更、そんなことを言われても困る……私は既に賊の処刑自体は何度もしているし……」

「なぜ我々に清廉さを求めるんだ？」

「……民には清廉であるべきだが、賊にまで清廉である義務はない」

観鈴《みすず》の背中に、冷や汗が流れた。

「ちなみに、こいつを落とした後はお前を後追いさせる。同じ窓で、同じポイントに落とす。男の染《し》みを見ながら生まれたことを後悔しろ。次の交渉材料はお前の命だ」

彼らは本気だ。

そして、この状況を少しばかり楽しんでいる。

「観鈴《みすず》・ヘンダーソン。もう一度よく考えろ。お前はどうせ牢屋《ろうや》行きだ。お前が楽しい世界は来ない。だが、好きな男が生きてる世界と、死んでる世界、どっちが良い？　たとえこれから二度と会えなくても、生きていてくれているという事実は心を慰めてくれるぞ。これは実体験だ。私は新しい春の代行者が生まれない八年をそのように受け止めていた」

「私達の気が変われば、選択肢は一つ失われる。さくらはこう言っているが、私はもう腕が疲れてきたので選ばせるより、お前に地獄を見せたい気持ちが強い」

「やめろ凍蝶《いてちょう》、事後処理を早く終えないと雛菊《ひなぎく》様と狼星《ろうせい》を待たせてしまうだろう？」

「……そうだな、二人が安心して休めるようにする為にもやはり爆弾は解決しておきたい……もう少し頑張るか、残業だな」

「良い残業だ。十年間、ずっとこうしてやりたかった」

「確かに、楽しむ方向でいこう」

「今日は良い日だな。最高の復讐日和《ふくしゅうびより》だ。鼻歌を歌いたくなってきたぞ」

二人は終始低いテンションで会話をし続ける。

観鈴《みすず》が観念するまでに少し時間を要したが、最終的にはすべての爆弾の設置場所と、解除コードを白状した。爆弾処理班が到着した時、観鈴《みすず》は彼らに『助けてくれ』と泣きついたという。

何にせよ、四季庁庁舎は無事に守られた。

雛菊《ひなぎく》と狼星《ろうせい》は隔離されていたので、このことを知らない。

終章
春の舞

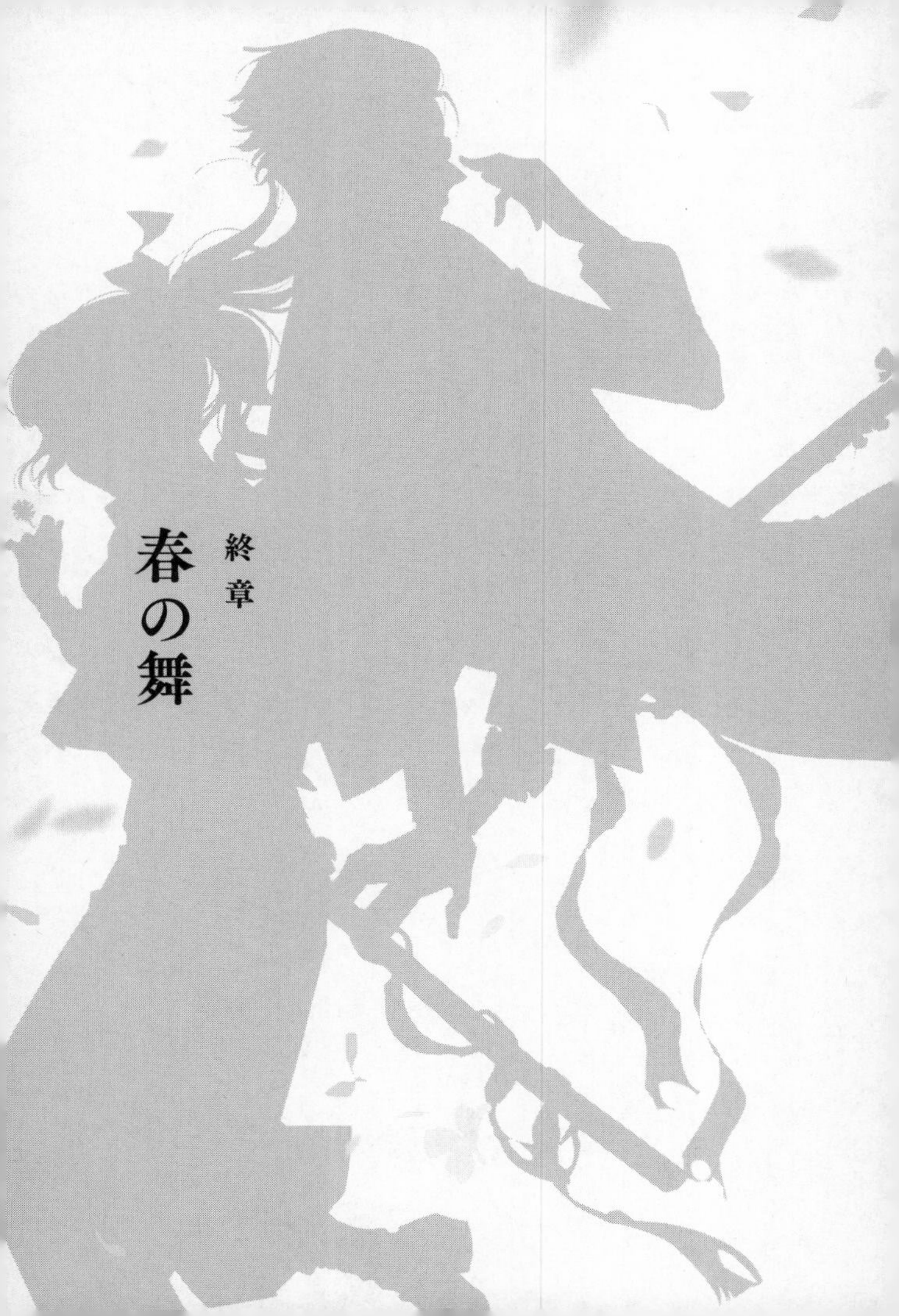

ひらり、ひらり。

さら、さら。

ひらり、ひらり。

また、さらさらと音がする。

水の音だ、とぼやけた頭で雛菊《ひなぎく》は思った。

自分が居る場所は海辺でも川辺でもないはずなのに何故《なぜ》だろう。

——さくら、どこ。

視界はまるで星朧《ほしおぼろ》。はっきりとしない。

何だかとてもたくさん眠ってしまった気がする。まだまだ寝足りない。眠っていたい。
このまま目を瞑《つむ》っていたいのに。
どうしてか絶対に『見なくてはいけない』という気がして身体《からだ》を起こした。
ふわふわとしている。
——あれ、これ。
そこで、雛菊《ひなぎく》は。
——此処《ここ》、知って、る。
現在の雛菊《ひなぎく》はその光景を見た。
桜浮かぶ水面を渡船が泳いでいたのだ。

薄桃色の花弁は互いに群れをなし固まってぷかりぷかりと漂っている。

それを割るようにして渡船が進んでいく。

引き裂かれた桜の花弁達は船が過ぎていくとまた風に揺られて集まり水辺に桜の絨毯《じゅうたん》を作る。

ついつい微睡《まどろ》んでしまいそうな優しい日差しが、色づいたばかりの木々の色彩が、鳥たちの声が、全て完璧な調和を齎《もたら》し至福に満ちた春の日を作り上げていた。

——嗚呼《ああ》、待って、これ。

見渡す限り一面桜雲《おううん》の世界。此処《ここ》が何処《どこ》か知らなければ春夢か、はたまた現《うつ》し世《よ》ではない別の場所へ迷い込んでしまったのではと思う者も居ることだろう。

船に乗っていた客は自然のあまりの美しさに陶酔し、ほう、と吐息した。

——これ、昔の記憶。前の雛菊《ひなぎく》の、記憶だ。

客は二名。どちらも女性だ。一人は『儚《はかな》さ』をそのまま美しい女に作り上げたような人で、春の世界に寄り添うように存在していた。

——か、あ、さ、ま。

楚々《そそ》とした着物姿、伽羅《きやら》色の髪の毛は結い上げられ梅の花の簪《かんざし》が飾られている。

——お母、さま。

見え隠れするうなじが白く艶《なま》めかしい。年齢《ねんれい》は二十代にも三十代にも見える。顔の作り自体は清楚《せいそ》な乙女、それがそのまま年を経たような人だった。

──母さま、まだ、生きてる。

もう一人は四、五歳の幼女だ。恐らく実の娘だろう。美姫此処《びきここ》にあり、といった風貌をしている。母親が『儚《はかな》さ』ならこちらは『可憐《かれん》』と言える。

──あの子も、死んで、ない。

顔立ちは似ていないが髪と瞳の色は似ていた。母の髪が伽羅《きゃら》色なら娘は琥珀《こはく》色。母の瞳が黄色の風信子石なら娘は黄水晶。そんな具合に並べば母娘《おやこ》だとわかる。

この花時は、舟を渡している船頭には見慣れた景色だった。

──嗚呼《ああ》、これ、夢？

現実と見紛《みまが》う夢。

自分の身体《からだ》は透けていて、雛菊《ひなぎく》は過去の母娘《おやこ》のすぐ傍《そば》に居るのに干渉出来ない。

雛菊《ひなぎく》はもう居ない自分と、もう居ない母親を見つめることしか出来ない。

「母さまの春です」

まだ何も知らない、かつての自分を見て雛菊《ひなぎく》は涙が溢《あふ》れてきた。

「わたしの母さま、春の代行者さまなの……すごい……？」

──あのね、あなたも、なるん、だ、よ。『春』に、なるの。

「はい。わたしは雪柳雛菊《ゆきやなぎひなぎく》。曙《あけぼの》から来ました。雪柳紅梅《ゆきやなぎこうばい》の娘。今年で五さいになります」

──花葉《かよう》を、父さまの、花葉《かよう》をさずかる、ん、だよ。

必死に話しかけても反応は返ってこない。

小さな『あの子』。儚《はかな》げで今にも消えてしまいそうだがまだ体温のある母。

そのどれもが懐《なつ》かしく、だがとても残酷だ。世界が美しい分、残酷さが際立《きわだ》っていた。

「母さま……この人、わたしの……お父様なの？」

──この時、もっと、父さまに、好かれて、いたら。

「いえ、何でもない……わたしが居なくなった後の世界で、あなたを守ってくれるからね……」

──そしたら、家族で、住むこと、出来たの、かな。

無情にも時は過ぎてゆく。最後に母を見た場面まで。

「いつも居なかった。お祖母様が貴方《あなた》を育てたようなものよ。わたしと居ない方が良《い》いの」

──そんな、こと、言わないで。

「そんなことあるの……母さまは悪い女だから、一緒に居ると雛菊《ひなぎく》まで悪く言われるの……」

──それでも、良かった、よ。

「母さまが嫌なのよ。自分のことを言われるのは構わない。でも雛菊《ひなぎく》が言われるのは……すごくすごく、悲しいの……」

――独りの、ほうが、悲し、かった、よ。

「ええ。苦しい時があっても、生き抜いて……」

――母さま、あの子、は。

「生きる為《ため》に逃げてもいい。逃げることは負けじゃないの」

――生きた、よ。

「とにかく生きて。そしてまた戦える日を待つの……心に、刀を抱いてね……」

――頑張って、生きた、の。ねえ。

「生きるのは、あなたにしか出来ないのよ。雛菊《ひなぎく》」

――ねえ、そっちに、いる？

ほろほろと涙を零《こぼ》しながら雛菊《ひなぎく》は見守る。

母親と引き離されていくかつての「あの子」の頑張りを見ることしか出来ない。必死に抵抗して、母のところに行きたいと手を伸ばすが大人達は誰も許してはくれないのだ。

母すら、許してはくれなかった。

――もう、会え、ない。

「良い子にする。良い子にします。だから……次の満月まで会える？」

――もう会えない、ん、だよ。

「いいよ、じゃあ一緒においで」

そこで、雛菊《ひなぎく》は涙をしとしとと流したまま息が止まった。

「いいの……母さま？」

老婆の拘束から身を抜け出して、転がるように飛び出し、母の元へ駆けていく。

雛菊《ひなぎく》がずっと守って、死なせてしまった『あの子』が違う未来を描き出したのだ。

――嗚呼《ああ》、嘘《うそ》。

「わたしね、すごくすごくいい子にしてたんだよ」

紅梅《こうばい》に抱きつき、満面の笑顔で彼女は言った。

「がんばったの、生きた、よ」

「ええ、知ってるわ雛菊《ひなぎく》。母さまは見てたもの」

――これは夢、つごうの、いい、夢、でしか、ない、よ。わかって、る。

「あと、まかせてもいいよね？　がんばったもの」

「……」

――わかってる、よ。これは、本当じゃ、ない、よ。

「いい？　雛菊《ひなぎく》」

夢の中の紅梅《こうばい》が『あの子』ではなく雛菊《ひなぎく》に声をかけた。

泣いている雛菊《ひなぎく》を、紅梅《こうばい》がまっすぐに見ている。『あの子』も、ごめんねというまなざしでこちらを見つめていた。

「雛菊《ひなぎく》だけ、もう少し、頑張ってもらってもいい……？」

――これが、本当、じゃ、なくて、も。

「大変な役目を任せてごめんね……雛菊《ひなぎく》。もう少し、頑張れる……？」

――本当じゃ、なく、ても、答えは、決まって、るの。

「う、ん。雛菊《ひなぎく》、は、まだ、頑張る……！」

そこで意識は現実に引き戻された。

夢から醒《さ》めたことに気づく。雛菊《ひなぎく》にとって朝起きたら泣いていることは珍しくはない。

人生のほとんどを泣いて暮らしてきた。笑っている時間のほうが少ない娘だ。

「……」

いつもは、そういつもは寂しさを誤魔化すように自分を自分で抱きしめて、悲しさをなだめるのだが。

「……ん」

今日はもう抱きしめられていた。

彼女の従者が同じ寝台に居て、雛菊《ひなぎく》の腹回りに顔をうずめている。まるで抱き枕扱いだ。

主人をぬいぐるみのように抱きしめるさくらの姿に、雛菊《ひなぎく》は自然と笑顔が浮かんだ。

「さく、ら」

笑うと涙がこぼれたが、それほど嫌な涙ではなかった。

「……」

雛菊《ひなぎく》は室内を見た。宿泊している旅館の部屋の窓は大きく、遮光カーテンの隙間から朝日が漏れている。暁《あかつき》の射手《しゃしゅ》が務めを果たしたのだ。

──良《い》い、日に、なり、そう。

今日は雛菊《ひなぎく》にとって、四季全体にとって重要な式典が執り行われる日だった。

「……さく、ら」

「ん……む……」

「雛菊《ひなぎく》の、さく、ら」

「む、む……」

まだおねむな従者の頭を撫《な》でながら、雛菊《ひなぎく》は歌うように名前を呼ぶ。

「さくら、朝、だよ」

新しい日々の始まりが待っていた。

大和《やまと》はその年の夏、約十年ぶりに代行者が勢揃いした四季会議を開いた。

厳重な警備の中、帝州《ていしゅう》、帝都《ていと》の大和《やまと》神社、本殿にて儀式は執り行われた。

参列するのは限られた関係者だ。四季の代行者の護衛官達は自分達の主《あるじ》の晴れ舞台を誇らしげに眺めている。それぞれの式典礼装で着飾り、歌い、舞い踊るのは春夏秋冬の代行者。

よく晴れた日、朝から行われた儀式は正午に差し掛かった頃、終わりを迎えた。

最後は四季の祖である冬、その現人神《あらひとがみ》、寒椿《かんつばき》狼星《ろうせい》が締めくくりの唱和の号令をかける。

「二十四節気、唱和」

春の代行者、花葉《かよう》雛菊《ひなぎく》が前に出た。

「立春　雨水　啓蟄《けいちつ》　春分　清明　穀雨」

他の代行者は続いて同じ言葉を唱える。後は繰り返しだ。

夏の代行者、葉桜《はざくら》あやめ、そして、奇跡の生還を果たした葉桜《はざくら》瑠璃《るり》が前へ。

「立夏　小満　芒種《ぼうしゅ》　夏至　小暑　大暑」

秋の代行者、祝月撫子《いわいづきなでしこ》はちらりと自身の護衛官を見てから微笑《ほほえ》んで言う。

「立秋　処暑　白露　秋分　寒露　霜降《そうこう》」

寒椿狼星《かんつばきろうせい》が朗々と最後の唱和の先導を務めた。

「立冬　小雪　大雪　冬至　小寒　大寒」

全員で並び立ち、四季の御姿《みすがた》を象《かたど》った像に一礼をする。

「季節は此処《ここ》にあります」

計五名の四季の代行者は、滞りなく四つの季節が健在であることを四季の神々に報告し、祈りを捧《ささ》げた。

四季会議の後は大和《やまと》神社内で祝宴が毎度行われる。

式典礼装から着替えた四季の代行者達は護衛官達と合流し、ぞろぞろと神社の廊下を歩いていた。四つの季節の現人神《あらひとがみ》と護衛官。勢揃《せいぞろ》いしている姿はとても華やかだ。

「ねー、あやめ見てた？　あたし踊り一回間違っちゃった……夏の神様怒ったらどうしよう」

「……だから、昨日もう少し練習してから寝ようって言ったのに……」

現在、葉桜瑠璃《はざくらるり》、葉桜《はざくら》あやめは史上初の双子神として活躍していた。

瑠璃《るり》は一度死に、姉であるあやめがその時最もふさわしい者として夏の代行者の異能譲渡が行われたのだが、秋の代行者の力により生還。何故《なぜ》か、瑠璃《るり》は代行者の異能を保有した状態で生き返っていた。二人の神の誕生は、婚約者との恋路に変化をもたらしたのだが、それはまた別の機会に語られるべき話だ。

「すみません……あやめ様……昨日、俺が止めていれば……同じホテルだからとつい、お部屋におしかけて……」

阿左美竜胆《あざみりんどう》は新たに護衛チームを組んで日々警護に当たっていた。

元同僚である長月《ながつき》は、現在国家治安機構で勾留中だが、二重スパイとして育てあげようという話が四季庁の上層部から出ているらしく、目下それが頭痛の種だ。

「いえ、阿左美《あざみ》様を責めるつもりはないです。私もその……一緒にカードゲームしちゃったし」

「いいえ、いいえ。わたくしがわるいのよ……カードをさいしょにやりましょうって言ったの、わたくしなんですもの……まさか、るりさまがあんなにムキになるなんて……すごくおそくまで夜ふかししてしまったものね」

秋の代行者祝月撫子《いわいづきなでしこ》は、秋離宮が壊れてしまった為、秋の里にて生活をしている。誘拐事件解決の縁もあり、夏の代行者とは以前より増して良好な仲を築いていた。

「撫子《なでしこ》ちゃん、それ勝者の余裕？　十戦十敗した敗者が言うのもなんだけど、次は絶対に負けないから。マジ、めっちゃ練習するし」

「そ、そんな……るりさま、あのね……わたくし札あそびがつよいみたいなの。るりさまがかてるやつにしましょう？　おかわいそうになるわ。なにがいいかしら……ね、りんどう？」

竜胆《りんどう》にべったりなのは変わらないが、年上の同性の友達が出来たことは彼女にとって、良い影響となるだろう。今度、瑠璃《るり》から子犬をもらうことになっている。

「憐《あわ》れまれたー！　幼女に！　憐《あわ》れみの目で見られた！　ちょっと！　護衛官さん！　どういう教育されてるんですか？　この幼女、すごい精神的にえぐってくるんですけど」

「……すみません瑠璃《るり》様。撫子《なでしこ》に悪気はないんです……本当に、昨日も瑠璃《るり》様に勝たせてあげたいと内緒で話していたんですよ……なぁ、撫子《なでしこ》？」

「いいのよ。ハンデしてあげても負けるのこの子。お二人とも気にしないで」

「きーっ！　みんなの優しさがすごくむかつく！」

夏と秋がガヤガヤと話している後ろには、比較的落ち着いて会話している春と冬が居た。

冬の代行者寒椿《かんつばき》狼星《ろうせい》は、春の代行者花葉《かよう》雛菊《ひなぎく》の小さな手を握ってエスコートしていた。

彼女の一挙手一投足を、一瞬でも逃したくないのか雛菊《ひなぎく》ばかり見ている。

春を慈《いつく》しむその姿は冬の神そのものだ。


「ひな」

狼星《ろうせい》は頑《かたく》なに以前の自分は今の自分とは違うと主張する雛菊《ひなぎく》を慮《おもんぱか》り、『ひな』と愛称をつけていた。雛菊《ひなぎく》、と呼ぶ度に申し訳無さそうにする顔を見るのが辛《つら》くなったせいもある。

「はい、狼星《ろうせい》、さま」

新しい呼び名は狼星《ろうせい》にだけ許されたものだ。彼の口の中で甘く転がるその愛称は、雛菊《ひなぎく》の耳に優しい響きで届いている。雛菊《ひなぎく》は『ひな』と呼ばれるのを、とても好ましく思っていた。

「足元、気をつけてな。廊下は滑りやすい」

「はい」

「……あいつら、騒がしいな」

「でも、瑠璃《るり》さま、げんき、よかった、ね」

雛菊《ひなぎく》は嬉《うれ》しそうにつぶやく。

「ああ、撫子《なでしこ》もな」

そう言いつつ、狼星《ろうせい》は瑠璃《るり》のことも撫子《なでしこ》のことも大して見ていなかった。

真新しい着物に着替えた雛菊《ひなぎく》の晴れ姿に釘付《くぎづ》けになっている。普段、柔らかく広がっている長い髪は可愛《かわい》らしく三つ編みされ、雛菊《ひなぎく》が歩くたびに揺れていた。

狼星《ろうせい》はその髪に触れたくて仕方がないのだが、ぐっと我慢しながら言う。

「四季会議の後の宴《うたげ》は初めてだよな？　というか、四季会議自体が初めてか……」

「はい、狼星《ろうせい》さま、はじめて、です」

「宴《うたげ》は飯がわりとうまいぞ。ひなが好きなものがあればいいが……」

「和食……洋食……」

「和食だな。そこはもう諦めろ。こういう時はいつも和食だ。ああ……オレンジジュースは用意しろと言っておいた。そこは大丈夫だぞ、ひな」

雛菊《ひなぎく》は子ども扱いされているような気がして、照れながら返す。

「ジュース、なくても、雛菊《ひなぎく》、へいき、です」

「でも好きだろ？」

「……す、すき、です」

「ひなが好きなものを口にするのを、俺が見たいんだよ」

若い二人のほのぼのとした会話。傍目《はため》から見れば微笑《ほほえ》ましいとしか言いようがないのだが。

「……いやらしいな」

春の護衛官姫鷹《ひめだか》さくらだけは厳しい目で二人を見ていた。狼星《ろうせい》はさくらの言葉で着物の裾を踏んづけそうになる。

「おい、さくら。いま何て言った？」

「いやらしい」

「はぁっ？」

歳《とし》の近い二人は昔より仲が良いのか悪いのかよくわからない関係になっていた。

本来なら春の護衛官であるさくらは冬の代行者を形だけでも敬うべきなのだが、さくらにその気はない。狼星《ろうせい》も咎《とが》めていないので口が悪い二人はすぐ衝突した。火種は主に雛菊《ひなぎく》のことだ。

「何だか今のは私の風紀に引っかかった！」

「何だよそれ。お前の風紀委員会なんか知るか」

「私の風紀委員会は厳しい！　わざと好きというワードを言わせている気がした。そこもやはり私の風紀に引っかかった！」

「いや、そんな意図はないからな？」

「本当か？　冬に誓って言えるか？」

「ひな、ひなも勘違いするなよ？」

「おい、誓えよ」

「俺はいやらしくないぞ」

「……」

雛菊《ひなぎく》は顔を赤くして黙ってしまった。

狼星《ろうせい》と雛菊《ひなぎく》は現状、友人という関係ではあるが、狼星《ろうせい》が雛菊《ひなぎく》に思慕を抱いているのは誰が見ても明らかな状態だった。未発達な精神を持つ雛菊《ひなぎく》にもそれは伝わっている。

彼が新しい雛菊《ひなぎく》という存在ごと愛してくれようとしているのは言葉にされていなくても理解出来た。その包み込むような愛を拒絶出来るわけもなく、惹《ひ》かれていく毎日だ。

狼星《ろうせい》もしばらくはまだ発展途上でいるつもりなのだろう。関係の再構築を急いではいない。今はただ、会っている時は彼女の一番傍《そば》を譲らないだけだ。

そしてそれを護衛官であるさくらは面白くないと思っていた。

「大体……護衛官の私を差し置いて、エスコート……何様のつもりなんだ？」

「許可とっただろ！」

「……チッ」

「舌打ちやめろ！　お前、本当俺には態度悪いよな……」

「そうか……？　雛菊《ひなぎく》様以外はどうでもいいからな」

「凍蝶《いてちょう》には優しくしてるだろう！　知っているぞ！」

言われて、さくらは隣で若者達の会話を黙って聞いていた凍蝶《いてちょう》を仰ぎ見た。

凍蝶《いてちょう》はわざわざ腰を曲げて目線を合わせてきた。

「……優しくしてくれているのか？　光栄だな」

「……」

未《いま》だにさくらの恋心を知らず、ずかずかとパーソナルスペースを詰めてくるこの男のことを、さくらは今あまり考えないようにしている。

「そんなつもりはない。凍蝶《いてちょう》は……お前のように雛菊《ひなぎく》様のエスコートをさせろと一ヶ月前から私にしつこくメールする男じゃないから、まだ厳しくないだけだ。凍蝶《いてちょう》もどうでもいい」

二人の仲は完全に氷解したわけではないが、再会当初よりは意思疎通がうまくいくようになっていた。狼星《ろうせい》が雛菊《ひなぎく》と連絡をとりたがるのだ。必然的に間に入る者達が協力し合うことになり、何となく今は自然とただの同僚のようになれている。

「いいだろ今日くらい。許せよ。先に言っただけお前のこと考えていると思わないか？　お前、当日言ったら絶対断るだろ」

「ったりまえだろ。ふざけるなよ。色々根回ししやがって。断れない条件出されたら呑《の》むしかないだろ」

「いいぞ、利口だな。今日の挨拶回りは面倒だが、親しくしておいて損はない相手もいる。数名紹介してやる。さくら、護衛官として立ち回りを覚えろ。あと、ひなの護衛に推薦したい者も合流するから顔合わせするぞ。良い条件だろ？　すべて最終的にひなの為になる」

「何なんだ？　お前？　何様だ？」

「お前達より遥《はる》かに先輩の四季の代行者様だ」

「狼星《ろうせい》、さくらをいじめるな」

「いじめてない。優しくしてるだろ？」

「狼星《ろうせい》、さ、ま。さくら、いじわる、しちゃ、やだ」

「し、してないぞ？　ひな、嫌な言い方をしただけでしてないだろ？」

「もっと言ってやってください、雛菊《ひなぎく》様」


四人の間には、今年の春の出来事が嘘《うそ》のように穏やかな時が流れていた。

大和《やまと》神社の庭園内で催された祝宴は最初こそ格式張っていたが、時間が経《た》つとそれぞれの席を立ち、庭園内を散歩したり、違う席に混ざって歓談するなど和やかな食事風景となった。

ここに至るまでに、四季庁では正に『大鉈《おおなた》を振るった』と言われるほどの人事革命が起き、ほぼ半数の職員が総入れ替えされている。

庁舎の爆破テロ未遂を起こした【華歳《かさい》】の面々は投獄。だが、このテロに感化されて既存の賊組織が不穏な動きを見せているという噂《うわさ》もある。

狼星《ろうせい》達に寝返った石原《いしはら》は現在国家治安機構の保護下だ。

彼女から聞ける情報で他の賊の動きを少しでも把握出来れば良いのだが、望み薄だろう。

いま、この場に居る者達が味わっている平和もいつまで続くかわからない。

結局は、太古からずっと続いているいたちごっこ。

四季の代行者と賊の戦いは終わらないのだ。


「雛菊《ひなぎく》様、お顔赤いですね……」

「あまざけ、のんじゃった」

顔が熱くなったと言う雛菊《ひなぎく》と、いい加減狼星《ろうせい》から雛菊《ひなぎく》を引き離したくなったさくらは、少しだけ二人で席を外して庭園を散歩することにした。

「庭を散策してくる」

一応、狼星《ろうせい》と凍蝶《いてちょう》に断ると過保護な二人は腰を上げた。

「立たなくていい。二人で歩きたいんだ」

「さくら、と、おさんぽ、してきて、いいです、か？」

暗に付いてくるなよ、と釘《くぎ》を刺したのがわかったのか不承不承、狼星《ろうせい》達は頷《うなず》いた。

「……あまり遠くに行くなよ」

「もうすぐ瑠璃《るり》様とあやめ様の夏の四季歌《しきうた》の披露がある。準備が整ったら呼びに行くぞ」

雛菊《ひなぎく》とさくらは手を繋《つな》いでその場を離れた。振り返ると、心配そうに冬主従がこちらを見ている。二人はくすくすと笑いながら歩いた。

贅《ぜい》を尽くして手入れされた大和《やまと》神社の庭園は、小さな村のような造りになっている。小川も橋もあり、畑や花畑が少し歩けば目に入る。一般開放されるのは年にひと月だけ。こうして庭園内を歩くだけでも希少な体験だ。

雛菊《ひなぎく》とさくらは、赤く塗られた木橋の上で足を止めた。

「狼星《ろうせい》、あからさまですね」

「うん？」

並んで小川を見下ろしながら話す。川の流れに沿うように魚が泳いでいる。

「雛菊《ひなぎく》様に惚《ほ》れているでしょう。隠す気がない」

「……」

「お応えになるのですか？」

「……えっと……」

照れた様子を見せて、困り眉になっている雛菊《ひなぎく》を、さくらは可愛《かわい》いと思うが同時に寂しさも抱いた。いずれ今の雛菊《ひなぎく》とも狼星《ろうせい》は恋を結ぶのだろうなと確信する。

まるで必然のように二人は惹《ひ》かれ合《あ》っている。

冬と春だからなのか。それとも、狼星《ろうせい》と雛菊《ひなぎく》だからなのか。

「……歓迎はしませんが、反対もしませんよ」

前とは違い、さくらも大きな拒否感はなかった。

「あれが、大いなる努力をしていることも知っています。貴方《あなた》を守る為に、手を尽くしている。あいつなら……いつか貴方《あなた》のお父上すら味方につけるかもしれません」

「……」

雛菊《ひなぎく》はさくらの言葉に、ぴくりと反応した。

今回の一連の騒動に対して、春の里はやはりだんまりだ。雛菊《ひなぎく》とさくらは他の代行者と結束することで事件解決が出来た。それに対しても何の言葉もなく、自分達が見捨てたことから目を逸《そ》らし続《つづ》けている。ただ、父親からは電話があった。

身体《からだ》は大丈夫なのか、という確認の電話だったが、疎遠な親子からすると大いなる進歩だ。

「……さくら」

変わることがあまり得意ではないさくらに、雛菊《ひなぎく》は声をかけた。

「はい、雛菊《ひなぎく》様」

少し、言葉を濁らせるように雛菊《ひなぎく》は囁《ささや》く。

「雛菊《ひなぎく》、狼星《ろうせい》、さま、好き、だよ……」

「…………はい」

確定した言葉が雛菊《ひなぎく》から出たのは、その時が初めてだった。

さくらは思ったより傷つかなかったがやはり胸は少しだけしくしくと痛んだ。
「……そうですか」
——これは恋ではない。
恋ではないが、しかしやはり恋に似ている。
誰かに奪われたくないほど、一等、愛しているのだ。
この少女が好きだ。この春の現人神《あらひとがみ》を敬愛している。
それは、たぶんずっと変わることがない。
十年ずっと、変わらなかった。
——私は貴方《あなた》が好きです。
愛し方は違っても、狼星《ろうせい》には負けていないとさくらは自負している。
——好きですよ。
そんなさくらに、雛菊《ひなぎく》は『でもね』と言った。
「どんなに……好きな男の子がいたって、ね」
雛菊《ひなぎく》はさくらの指先に自分の指先を重ねて、温めるように握る。
もう何度繋《つな》いできたかわからない互いの手。
きっとこれからも、雛菊《ひなぎく》が自ら握りしめにいく女の子はさくらだけだ。
雛菊《ひなぎく》は、かつてないほど幸せそうな笑顔で微笑《ほほえ》んだ。

「雛菊《ひなぎく》が、世界一、愛《いと》おしい、女の子は、さくらだって、決まっているの」

それは永遠に変わらないと、雛菊《ひなぎく》は囁《ささや》いた。ずっとずっと変わらないと。

夏の風が二人の少女の間を駆け抜けた。

「雛菊《ひなぎく》様……」

もうすぐ初夏が終わる。

「最後まで、いっしょ、なのも、さくら、なの」

真夏を過ぎれば秋、秋が終われば冬。

「おばあちゃん、に、なっても、いまのまま、好き」

雛菊《ひなぎく》の恋心が別にあったとしても、傍《そば》で支え続けるのはこの春の花の名を冠した娘のみ。

来年も、再来年も、数年後も、数十年後も。

お互いが老いて動けなくなったとしても。


「さくら、大好き」

変わらない愛を、春の現人神《あらひとがみ》はこの従者に捧《ささ》げることだろう。

「さくらは泣き虫な女の子になってしまう。

「……一番ですか」

「一番、大好き。しぬまで……しんでからも、絶対に、好き」

さくらの視界がぐらりと揺れた。涙で歪《ゆが》んでしまった。この神様の前だと、さくらは泣き虫な女の子になってしまう。

「生まれ変わっても?」

誰よりも甘えてしまう。素直になれる。

「生まれ変わったら、雛菊《ひなぎく》、今度は、さくらの育てるお花、とかが、いいな」

「……やですよ。喋《しゃべ》れないじゃないですか」

「でも、さくらに愛されたい、の」

それは雛菊《ひなぎく》がさくらを愛してくれているからだ。

「愛しますよ、どんなお姿でも」

さくらは、これほどまでに神に愛されているなら、もう何だっていいと思えた。

「雛菊《ひなぎく》様、私は、いつか貴方《あなた》を守って……」

そこで言葉が途切れる。

「……」

死にたい、と続けようと思ったが、やはりやめた。

「いいえ、いつも貴方《あなた》を守ります。そして二人で生きる」

雛菊《ひなぎく》はそれを聞いて、やはり嬉《うれ》しそうに微笑《ほほえ》んだ。

「う、ん。いきる」

「私達、二人なら強いです」

「うん」

「来年も、再来年も……私達で春を捧《ささ》げましょう」

「うん」

「きっと出来ます」

「うん、ごあんしん、ください、ませ」

雛菊《ひなぎく》は、砂糖菓子のような甘い容姿に少しの妖艶《ようえん》さをにじませて言う。

「春、の、顕現、みごと、はた、して、みせ、ましょう」

遠くで二人を呼ぶ声がして、雛菊《ひなぎく》とさくらは手を繋《つな》いだまま、また歩き出した。

はじめに、冬があった。

世界には冬しか季節がなく、冬はその孤独に耐えかね、生命を削り違う季節を創った。

それは春と名付けられた。

春は冬を師と慕い、常にその背を追いかけるようになった。

冬は春から向けられる敬愛に応えるように教え導き、二つの季節は仲睦《なかむつ》まじく季節を互いに繰り返した。

しかし、途中で大地が悲鳴を上げた。

まるで休まる時が無い、と。

動物が愛を育んでは眠り、木々は青葉に包まれたと思えば凍《い》てつく。

これならば、ただじっと耐えるばかりの冬の世界だけでよかったと。

一度春を知ってしまったからこそ、冬の世界が来ることが耐えられないと。

冬はその言い分に悲しんだが、大地の願いを聞き入れて、自分の生命を更に削り生命を創った。それが夏と秋だった。

厳しい暑さの夏は自分を疎《うと》んだ大地への嘆き。

段々と生命の死を見せていく秋は自分をまた受け入れてもらう為の時間として。

大地がそれを受け入れたので、季節は春夏秋冬と巡るようになったのである。

四季達はそれぞれの背を追いかけて世界を回ることで季節の巡り変わりを齎《もたら》した。

春は冬を追いかけ、それに夏と秋が続く。

後ろを振り返れば春が居るが、二つの季節だけだった時とは違う。

春と冬の蜜月はもう存在しなかった。

冬は春を愛していた。

動物達が夫婦となり生きていくように、春を愛していた。

春もまた、運命の如《ごと》く冬を愛し返した。

その密《ひそ》やかな情熱に気づいていた夏と秋は、彼らの為に提案をした。

大地に住まう者に、自分達の役割を任せてはどうかと。

力を分け与え大地を一年かけて巡り歩く、その名を四季の代行者。

初めは牛に役目を与えたが足が遅く、冬だけの一年になった。

次に兎《うさぎ》に役目を与えたが途中で狼《おおかみ》に食われて死んだ。

鳥は見事に役目を果たしたが、次の年には役目を忘れた。

どうしたものかと頭を抱えた四季達の前に、最後に人が現れ申し出た。

自分達が四季の代行者となりましょう。

その代わり、どうか豊穣《ほうじょう》と安寧を大地に齎《もたら》して下さい、と。

春と夏と秋と冬は、人間の一部にその力をお与えになり、冬は永遠に春を愛す時間を得た。

かくして世に四季の代行者が生まれたのである。

物語はまた此処から始まる。

あとがき

拝啓、いま、どうしていますか？　寒くはないですか。

物語が終わった後、貴方《あなた》に渡す手紙がこれで良いのか、悩みながら投函《とうかん》しました。

貴方《あなた》に何か素敵なものを贈りたかった、と私は前にお話ししましたが、もしかしたら夢のように明るい世界を想像した人がいるかもしれません。ごめんなさい、私が言う素敵なものは、少し寂しいもののことを言います。

外套《がいとう》も着ずに外に出て、寒くて、寂しくて、もうどうしようもないと涙している時、同じような寒さをしている人を見つけて思うのです。

『嗚呼《ああ》、私は一人ではなかったのだ』と。

その人のところに駆け出すような気持ちのことを言っていました。同じような人が居るからいいや、という気持ちではありません。毛布を持って走って『私も寒空に居るよ。まだ頑張ってる』と声をかけるような。とにかく、すべての悲しい瞬間に少しだけでも寄り添いたかった。外はあまりにも寒くて厳しいから。

この物語は誰かに望まれて生まれたわけではありません。小さな自分を抱えて生きるすべての人に宛てた私からの文です。心無い誰かに生存やあり方を否定されたとしても、諦めなければいつかは同じ寒さを抱えた人や作品と雪夜に会えるかもしれない。

そして『また戦おう』と、思える日が来る。そういう希望を届けたかった。戦機を待って。貴方《あなた》を傷つける何かが現れても、辛抱強く生きていて欲しいのです。

私は毛布はあげられるのですが、一緒にはいられないことも謝罪します。貴方《あなた》の人生を生きるのは貴方《あなた》だけだから。

ここで、自分の戦機とは何だろうと思う貴方《あなた》を雪の国から応援しています。

この本を手にとってくれた。ただそれだけの縁ですが応援させてください。

どうか元気でいてください。素敵なものにたくさん触れて欲しい。でも無理はしすぎないで。

願わくばこの物語が貴方《あなた》を抱きしめる夜長の毛布になりますように。

締めくくりとなります。たくさんの方々へ感謝を。

書店様、出版社様、担当様、装幀家様、貴方《あなた》にこの物語を届ける為に一緒に走ってくれたすべての仕事人の皆様、ありがとうございます。

そして美しい装画に心から感謝を。雛菊《ひなぎく》達を世に送り出してくれたスオウ様、本当に本当にありがとうございます。この本を手に取るすべての方が、素晴らしい絵の世界にときめき、心奪われる瞬間を作ってくださいました。一緒にお仕事が出来て良かった。

最後に読んでくれた貴方《あなた》。いまこの時、私の傍《そば》にいてくれてありがとう。

本を閉じた後、次は貴方《あなた》が誰かの夜長の毛布になってくれることを祈っています。

◉暁　佳奈著作リスト

「春夏秋冬代行者　春の舞　上」（電撃文庫）
「春夏秋冬代行者　春の舞　下」（同）

本書に対するご意見、ご感想をお寄せください。

ファンレターあて先
〒 102-8177　東京都千代田区富士見 2-13-3
電撃文庫編集部
「暁 佳奈先生」係
「スオウ先生」係

本書は書き下ろしです。

電撃文庫

春夏秋冬代行者《しゅんかしゅうとうだいこうしゃ》
春《はる》の舞《まい》 下《げ》

暁《あかつき》 佳奈《かな》

2021年4月10日　初版発行
2024年9月30日　13版発行

発行者　山下直久
発行　株式会社KADOKAWA
〒102-8177　東京都千代田区富士見2-13-3
0570-002-301（ナビダイヤル）
装丁者　荻窪裕司（META＋MANIERA）
印刷　株式会社暁印刷
製本　株式会社暁印刷

●お問い合わせ
https://www.kadokawa.co.jp/（「お問い合わせ」へお進みください）
※内容によっては、お答えできない場合があります。
※サポートは日本国内のみとさせていただきます。
※ Japanese text only

※定価はカバーに表示してあります。

ISBN978-4-04-913753-8　C0193　Printed in Japan

電撃文庫　https://dengekibunko.jp/

電撃文庫創刊に際して

文庫は、我が国にとどまらず、世界の書籍の流れのなかで〝小さな巨人〟としての地位を築いてきた。古今東西の名著を、廉価で手に入りやすい形で提供してきたからこそ、人は文庫を自分の師として、また青春の想い出として、語りついできたのである。

その源を、文化的にはドイツのレクラム文庫に求めるにせよ、規模の上でイギリスのペンギンブックスに求めるにせよ、いま文庫は知識人の層の多様化に従って、ますますその意義を大きくしていると言ってよい。

文庫出版の意味するものは、激動の現代のみならず将来にわたって、大きくなることはあっても、小さくなることはないだろう。

「電撃文庫」は、そのように多様化した対象に応え、歴史に耐えうる作品を収録するのはもちろん、新しい世紀を迎えるにあたって、既成の枠をこえる新鮮で強烈なアイ・オープナーたりたい。

その特異さ故に、この存在は、かつて文庫がはじめて出版世界に登場したときと、同じ戸惑いを読書人に与えるかもしれない。

しかし、〈Changing Times,Changing Publishing〉時代は変わって、出版も変わる。時を重ねるなかで、精神の糧として、心の一隅を占めるものとして、次なる文化の担い手の若者たちに確かな評価を得られると信じて、ここに「電撃文庫」を出版する。

1993年6月10日
角川歴彦